U0965569

大鱼

有爱的青春陪伴者

送给陈一澜，是千千万万个陈一澜中最特别、最特殊的陈一澜。

山云作幕，请让我做你独一无二的小月光。

今宵露水重，愿我的陈一澜永远自由，永远在他爱的地方不枉努力与坚持。

——题记

孟五月
著
江苏凤凰文艺出版社
JIANGSU PHOENIX LITERATURE AND ART PUBLISHING

图书在版编目（C I P）数据

匿名情书 / 孟五月著. -- 南京 : 江苏凤凰文艺出版社, 2023.3
ISBN 978-7-5594-7388-2

Ⅰ. ①匿… Ⅱ. ①孟… Ⅲ. ①长篇小说－中国－当代 Ⅳ. ①I247.5

中国版本图书馆CIP数据核字(2022)第243216号

匿名情书

孟五月 著

责任编辑　王昕宁
特约编辑　周丽萍
出版发行　江苏凤凰文艺出版社
　　　　　南京市中央路165号，邮编：210009
网　　址　http://www.jswenyi.com
印　　刷　长沙鸿发印务实业有限公司
开　　本　880mm × 1230mm　1/32
印　　张　9.5
字　　数　393千字
版　　次　2023年3月第1版
印　　次　2023年3月第1次印刷
书　　号　ISBN 978-7-5594-7388-2
定　　价　45.80元

江苏凤凰文艺版图书凡印刷、装订错误，可向出版社调换，联系电话025-83280257

目录

第一章 他回来了 /001

第二章 星星永远发光，陈一澜也是 /014

第三章 她眼底深藏的喜欢 /029

第四章 十七岁的英雄主义 /053

第五章 小字条上的还有我 /060

第六章 美人鱼对她吹泡泡 /081

第七章 拿个第一给你看看 /119

第八章 小心珍藏的月亮 /134

第九章 我在你家楼下 /151

目录

第 十 章 银杏叶与小爱心 /158

第十一章 年少的坦诚热烈 /165

第十二章 第一张长大后的合照 /186

第十三章 亲口对你说新年快乐 /209

第十四章 她坚定地朝他跑来 /215

第十五章 好响“抱抱鸭” /224

第十六章 金牌与她，他都要 /237

第十七章 我多幸运，有一个我们 /254

第十八章 陈一澜被禁赛 /263

番 外 情书（温初柠篇） /291

第一章
他回来了

八月中旬，天气不太好，卧室的窗户没关，吹进来一阵阵潮热的风。

温初柠午睡醒来，下意识地看了一眼时间，下午四点半。

她不是被热醒的，而是因为门外打电话和高跟鞋敲击地面的声音。

“嗯，我手续都办好了，机票是今天晚上七点多的，大概明天下午落地，你来接我……好……哪这么多事，我们小柠很懂事的，而且有她舅舅在，我不担心的……

“对，房子的手续也已经办妥了。这才八月中呢，小柠会在开学前搬回去，老房子离临江一中更近，估计也就十来分钟……嗯，那边治安蛮好的，是我以前和温绍辉结婚时的医院家属院。

“嗐，能被闲话什么？都过去这么多年了，再说了，老房子，原来的住户基本都搬走了……”

温初柠下床，看到家里的东西基本都被送到老房子里了，显得有点空荡，她的行李箱放在卧室最中央。

而客厅里，她妈妈周梦正拉着行李箱，刚挂断一通电话。

周梦今天打扮过了，肉粉色的雪纺衬衫，浅卡其色的修身半裙，尖头高跟鞋，精心化的妆，长鬈发，手肘上挎着一只大象灰色的 Birkin（铂金包）。

周梦今天心情不错，挂了电话后脸上还带着笑，回头看到了女儿，照例叮嘱了几句：“再开学就高二了，好好学习，我们小柠成绩好，说不定以后能来英国留学。”

温初柠没接她的话，问她：“过年还回来吗？”

“得看情况……”那就是不了。

温初柠蹲在卧室行李箱前，抽出一条运动短裤和一件 T 恤。

周梦看了眼腕表，犹豫着说：“过年的时候，你舅舅要是不在家……你去你爸那儿吃，我都打好招呼了，你许阿姨人蛮好的。”

温初柠“嗯”了一声。

周梦得走了，还想说点什么，最后还是没说。在她心里，女儿永远都懂事、省心，她平时工作忙，女儿总能把自己照顾好，

周梦拎着行李箱开门走了。

温初柠拎着短裤站起来，周围安静到好像被世界遗忘了。

这一天，在某种程度上算是一条分割线，像是长大的分割线，也像是她被世界抛弃的分割线。

妈妈周梦远赴英国追求自己的事业，爸爸温绍辉早就另组家庭，还有了一个小女儿。周梦和温绍辉离婚多年，但尚且算是和平结束婚姻关系的。

去爸爸那儿，温初柠也觉得尴尬，那是别人家的烟火温馨，许阿姨人再好，那中间也隔着“前妻”和“现任”的距离。

温初柠无端觉得胸口发闷，也恰好是在这时，桌上的手机响起来。

温初柠看了一眼，锁屏上弹出来好多未读微信。

发小孙嘉曜加特林似的给她发消息——

【陈一澜回来了！】

【你快来啊，陈一澜回来了，我们去机场接他！】

【算了，陈一澜好像已经到了。】

【陈一澜好像心情不好，我今天约了唱歌呢，估计要黄了。】

【要不你去找找他？在体育场的游泳馆，离你家最近了。】

温初柠打字，又觉得打字太慢，索性拨了个电话过去。

“姑奶奶，你可算有回应了，陈一澜电话都不接，你快去找找他劝劝他，几场比赛发挥不好算什么嘛。他在市体育场啊！你家对面那个！”孙嘉曜是个话痨，说话语速也贼快。

“怎么回事？”

“唉，三言两语跟你说不清，你自己去问陈一澜吧，我好不容易回来一趟，我可想死临江的烧烤了……”孙嘉曜咋咋呼呼，末了又补一句，“我们都不敢和他说话，他那脾气你也知道，小柠柠，你俩关系最好，就靠你了。”

温初柠多少猜到了一点缘由。

她看了一眼时间，已经是下午五点了，便去冲了个澡。出来的时候，她看着床上扔着的短裤和T恤，犹豫了几秒，想拿一条裙子，又觉得显得像特意打扮，最终还是穿了自己最习惯舒适的衣服。

近几年政府号召“全民健身”，临江市所在的S省又出了不少国内外有名的游泳健将，所以，这座城市里的游泳馆越开越多，连带着很多学校也有了游泳队。

游泳这项体育运动要想走专业，要看年龄，游泳运动员的黄金年龄小，且要看先天身体条件，十九岁到二十四岁是出最佳成绩的年龄区间，所以运动员入队训练的年龄都很小。

温初柠现在所在的小区对面就有一个游泳馆，但这个房子被周梦卖了，当作她自己“创业基金”的一部分。

温初柠花了几分钟走过去，临到地方的时候，转了个弯，进了便利店，买了两瓶冰镇的荔枝气泡水。

易拉罐冰冰凉凉的，拿出来的时候，罐壁贴着掌心，水汽被这温度液化成了水珠，掌心潮湿一片。

走到场馆门前，温初柠深吸了口气，好像鼓足了勇气才迈进去。

游泳馆通常在五点半下班关门，她过去的时候，偌大的场馆里只有三两个人，空气潮湿。

50 米的长池里，一道身影破开澄澈的水，翻起了粼粼水浪，周围几个坐在泳池边的少年眼睛一眨不眨地看着。

“太牛了吧，这个动作绝对做得比我们教练教的专业！”

“他来的时候我就觉得他好酷，一米九多吧？该不会是省队的专业运动员？”

“有这个可能！我刚才看时间，咱们这个泳池长 50 米，他四个来回就是四百米，用了蝶泳、仰泳、蛙泳、自由泳……专业的混合泳！”

“你看时间了吗？”

“4'18''！太牛了！美国飞鱼菲尔普斯在 2008 年创的世界纪录也才 4'03''呢！这个纪录至今没人刷新。咱们能游进 5 分钟都很牛了。”

三个少年围在一起大呼小叫。

教练是个中年男人，吹了声哨子：“干吗呢，还不走？”

“拜拜！”三个少年脚底抹油跑了。

教练又吹了吹哨子：“水里那个……要下班了！”

水里的影子不理会，修长且肌肉分明的身影依旧没在水下，他迅速地游回来，手掌触壁，身子像一尾灵活的鱼，脚蹬了池壁，又迅速朝反方向冲了出去。

在安静的场馆里，只听到被拍击的水花翻涌起的声音。

教练咋舌，转头看向坐在池边的女孩：“你朋友？”

“嗯。”温初柠开了一罐气泡水，就坐在起跳台上看着水里的身影。

“挺强啊，省队的？”

“国家队的。”

教练把嘴里的话咽回去了，眼里发光，正好手机响了，只能先走。

温初柠就坐在池边，看着水里的人一圈又一圈地游，不知道过了多久，他终于停下。

温初柠看他。

陈一澜两手扶着泳道线，单手摘下泳镜和泳帽，手臂的线条流畅结实，水珠顺着滚落，他抹了一把头发，露出光洁的额头。

温初柠其实已经很久没见他，见到时也是在各个赛事新闻的画面里，上次见面是什么时候？大概是去年的夏天。

此刻的陈一澜面部轮廓更为凌厉立体，他的眼型好，双眼皮，看人时冷冷淡淡的，暗藏着一股锐利，随着他的动作，发丝上的水珠顺着他的下巴滚落，他抬眼看到池边的温初柠。

也就是这一瞬间，温初柠才确信孙嘉曜说的——陈一澜心情确实不太好。

在看到她的一刹那，他眼底的阴霾才淡了些。

陈一澜双手撑着池壁翻身上来，带起了一地水渍。

温初柠将手里的气泡水递向他。

陈一澜站在她面前，定定地看着她，一米九三的身高，气势逼人。

温初柠坐着，他弯下腰，两手撑着膝盖微微喘息，肩宽腰窄，肌肉分明，身形极好，骨骼硬挺，肌肤白皙健康，水珠顺着锁骨与腹肌流淌下来，别有一种青春的清冽与性感。

“游了多久？累不累？”温初柠单手打开了饮料，重新递给他。

陈一澜弓着身，听到她的声音，蓦地心口一酸。

他直起身来，接过了她手里的气泡水。

手指相触的刹那，却好像有种奇异的电流擦过，他手上的水珠落到她的手背上，迅速温热起来。

“不累。”陈一澜喝了一口饮料，喉结滚动，声音清透好听。

他侧头看她，温初柠迅速地别开视线。

“等我很久了？”

“也没有。你这次回来待多久？”温初柠温声问他。

“不知道，教练给了我两个月的假。”

陈一澜赤脚走在地板上，单手拎着易拉罐，他活动了下手臂和脖颈，姿态难得有些闲散。

不冷不淡的几句话，更让温初柠觉得不对劲。

陈一澜走到男更衣室门前时，温初柠指了指门口：“我在那儿等你。”

陈一澜晃了晃易拉罐，算是回应。

温初柠吸了口气，走到一角给孙嘉曜打电话。

孙嘉曜正大快朵颐地吃着平日教练不许吃的垃圾食品，声音含混。

“陈一澜到底怎么了？”温初柠压低声音问，“还有，你怎么也回来了？你也回来两个月？”

“嗯，我俩最近的比赛成绩让教练不太满意……主要是我们队里来了个新人，成绩太猛了，直接吊打我们所有人。陈一澜最近几场比赛成绩都不太好，正好陈一澜他妈妈有意见吧，教练就给了两个月的假，让他调整心态。”

孙嘉曜乐天派，继续说道：“不过我觉得休假也挺好，我俩这成绩吊打多少人了，主要是新人太有天分了啊。哎，你们别忘过来，我订了烤鱼，来我家，我都一年没吃了啊……”

温初柠默默挂了电话，总觉得背后有一道视线。

她一回身，陈一澜站在她的身后，不愧是专业运动员，身材绝佳，脱衣有肉穿衣显瘦，肩宽腰窄，裸露的小腿与胳膊修长有力。

他的视线里总有种让温初柠看不透的情绪。

从游泳馆出来的时候，二人无言，但也总有种莫名的和谐与自然。

十七岁的温初柠身高才一米六二，堪堪到陈一澜的胸口，他一米九三的身高真不是盖的。陈一澜只比她大几个月而已。

小时候，因为陈一澜的妈妈和温初柠的妈妈在同一家医院上班，那时还是住的家属院——单位包分配的房子。住在家属院的，不是医生就是隔壁体校教练。

家属院的孩子年龄差不多大，整天凑在一起疯跑，独独数陈一澜、孙嘉曜和温初柠关系最好。因为他们三家挨着，上下楼的关系。

疯跑的日子在他们六岁的时候就结束了，省体校的教练来他们小学选体育苗子。那会儿陈一澜和孙嘉曜身高蹿起来了，又异常活泼好动。尤其是陈一澜，爸爸是游泳教练，他早早学习游泳，孙嘉曜跟他一起练。于是在那年夏天，省体校的教练一共选了七八个孩子——选中的游泳苗子只有陈一澜和孙嘉曜，其他几人训练别的项目。

陈一澜去了体校后，只有寒暑假能短暂地回来几天，那会儿温初柠父母离婚，她随妈妈搬离了家属院。

可陈一澜假期仍然会来找温初柠，尤其是温初柠家对面有个游泳馆，陈一澜回来也是泡在那里，温初柠就默默陪着他。

去了体校后，陈一澜的话不多，个子又高，看人时冷冷淡淡一瞥，让人觉得不太好接触。他听人说话时也是漫不经心的，只有温初柠说的东西，他总能一次次记在心里。

就比如现在。

二人并肩走在路上，陈一澜从裤子口袋里拿出一个小盒子递给她。

温初柠将易拉罐扔进垃圾桶，接过他手里的盒子。

打开，是一枚熊猫头的吊坠，很精致漂亮。

温初柠摸出了自己的钥匙，将它挂在钥匙链上，又仔细地看了看，熊猫头上缀着一些小碎钻，这盒子也挺别致，问道：“贵吗？”

“还行。”

温初柠心满意足收起来，还想说点什么，但到了岔路口，绿灯在闪烁，提示还有 8 秒，她说：“我们跑过去。”

她刚要拔腿跑，手腕却被人捉住，一辆电动车从她面前飞驰过去，掠过的风吹起了她的碎发，拂在鼻尖，痒痒的。

她没站稳，又或许是因为手腕上灼热而有力的掌心，有那么一瞬间的失神。还没等她反应过来，侧脸撞在了他的胸口，隔着薄薄的棉质 T 恤，温度一点点熨过来，她甚至清晰地听到了他左胸口有力的心跳声，一下一下地撞击着她的听觉。

有种……淡淡的柑橘与柠檬的清朗味道。

原来，没有想象中那样坚硬。

“你小心点。”陈一澜扶住她，拉着她往后退了几步。

“哦。”

温初柠别过视线，并肩站在他身边的树荫下，悄悄看了一眼，也不敢太明目张胆，只看到了他线条坚实的下颚。回想到刚才的一幕，总觉得心里有点紧张，她默默调整了几次呼吸，却觉得一阵阵的风把他身上的气息送入鼻腔。

陈一澜察觉到她的视线，偏头看了她一眼。温初柠下意识地转眸，有种被抓包的感觉，那柠檬味的风吹起了耳边的碎发，拂着耳郭都在隐隐发烫。

陈一澜若有似无地勾了勾嘴角，阴郁了多日的心情总算是稍微晴朗了一些。

孙嘉曜家已经搬离了当初的家属院，他爸爸很有头脑，从体校离职后做了些小生意，家境不错，在市郊买了个二层小别墅，楼上有一露台。

孙嘉曜妈妈是全职太太，平日里做做美容、看看儿子比赛，这会儿孙嘉曜回来，他妈妈做了很多吃的。

孙嘉曜叫来了不少昔日家属院的玩伴，围在天台吃烤鱼。

长木桌上铺了方格布，彩灯闪闪，夏风习习。

“你们体校是不是不用上课？”

“上啊，但是我们课特少！大部分时间都训练的。”

“一天都泡在泳池里？”

“怎么可能，我们还得做有氧无氧训练，还得训练耐力和体能。唉，早上六点就得起来训练，真不是人过的日子。”

“得了吧，我们早上六点上自习，晚上九点半才放学，比你们也好不到哪儿去。”

几个少年围坐在一起叽叽喳喳，互相羡慕。

烤鱼香辣，热腾腾的，这几个男孩子凑在一起说说笑笑，温初柠插不上话，就默默埋头吃东西。

她恰好吃到一块鱼，没看到下面的红色辣椒，吃下去后嗓子呛得难受，咳嗽了几声，随后放下筷子，小脸憋得通红。

“哎，小柠怎么回事？”孙嘉曜问了一声。

“没事，我下去倒杯水，顺便看看阿姨忙得怎么样了。”温初柠捂着嘴，咳了几声起身下楼。

天台上只剩下了男孩子，饭桌上短暂地安静了几秒。

“小柠好像马上就要搬回来了。”一个高个儿说。

“怎么了？”孙嘉曜问，“我也感觉小柠今天话不多呢。”

“没怎么吧，听说她妈妈今天出国了，这就是以后小柠自己住啊，温叔叔那边也没动静……”

几个人撇撇嘴，把话题带过去，陈一澜却站起来了。

“你干吗去？”孙嘉曜“哎”了一声。

“下去看看。”

“他在你们队里训练也这样？”另一人小声问。

孙嘉曜咬着羊肉串翻白眼：“以前还说话，新人来后他话更少了，天天泡在训练馆。”

“你们教练对他没意见啊？”

“没啊，我们教练对他可是严师慈父，但是我们总教练不高兴……别说这些了，我好不容易回来一次，咱们好好快乐一下嘛。”

孙嘉曜大大咧咧，是个享乐主义，他重新烤了几串羊肉，扇着风跟哥们约晚上去打游戏。

风一吹，青春的张扬和忧愁混合成了一种别样的味道。

温初柠下楼的时候，孙嘉曜妈妈正好换了衣服准备出门。她披上一件外套，在门口换鞋，看到温初柠，颇有点热络和抱歉地说：“阿姨出去一下，厨房里有水果，你们想吃什么自己拿，千万别客气啊。哦，对，烤箱里烤了点蛋挞，小柠，等会儿你拿出来吧。我去接你叔叔，都四十多岁的人了，喝点酒就不知道怎么回来。”

“行，阿姨您注意安全。”温初柠乖乖应了一声，目送孙妈妈出了门，才折回厨房里。

她端起凉水壶倒了一杯冷水，听见身后有脚步声。

孙嘉曜家的厨房很大，陈一澜走到了冰箱前面，他拉开冰箱门，又走到她身边拿了一只玻璃杯，倒了一杯牛奶，搁在了她的面前。

“谢谢。”温初柠小声说，露台上的嬉闹声淡了很多。

烤箱发出“嘀”声，蛋挞的奶香溢出来。厨房有一面是落地窗，孙嘉曜大概是遗传了孙妈妈的乐天派，外面小院里布置得很温馨，挂着很多小彩灯，厨房里也很有生活气息。

温初柠本应该习惯的，但周梦就这样突然出国，让她有种错觉——自己是被遗忘的，是无足轻重的。

陈一澜没走，他洗了个苹果，拉了张椅子，并肩坐在她身边。

温初柠偏头看他，对上他的视线。

陈一澜天生很好看，少年的骨骼轮廓坚硬优越，又因为长期锻炼而显得线条更加利落分明。

他把苹果掰开，一人一半。

“你怎么不上去？孙嘉曜他们……”

“陪你。”

陈一澜挪回视线，随意地坐在椅子上，两个字言简意赅。

他咬了一口苹果，发出了轻微的声音。

温初柠拿着苹果，怔怔地看着他，心里知道他肯定看出了什么。

温初柠不爱抱怨什么，尤其是家里的鸡毛蒜皮，想着他平日训练已经很辛苦了，自己这些也算不上什么大事，索性什么都没说，就跟他并肩坐在这里吃苹果。

就像小时候那样，她屁颠屁颠跟在陈一澜身后，那会儿家属院前面有个闲置小楼，三角顶，几个孩子常去，陈一澜先攀着上去，然后对她伸出手，拉着她上去。

两人肩并肩坐在房顶上，等了一场没有等到的流星雨。她小心期待，流星雨没出现，陈一澜让她等着。

他动作麻溜地翻身下去，几分钟后又回来，不知道从哪儿买了一把仙女棒，点着了递给她。

六岁那年没有流星雨，但有陈一澜送她的，属于他们的熠熠星辉。

陈一澜等了好一会儿，不见温初柠说话，借着吃完苹果去扔果核的时候看了她一眼。

温初柠低着头咬苹果，话不多，情绪都写在脸上，周围弥漫着薄薄的低气压。

她的苹果吃完，陈一澜伸手，将干净而好看的掌心递到她面前，自然而然地接过了她啃完的果核扔向垃圾桶。

“啪”一声，果核丢进去了。

陈一澜洗了洗手，把牛奶重新递给她：“难过什么，不还有我吗？”

从孙嘉曜家出来的时候，已经是晚上九点多。

几个少年吃吃喝喝，在暑期的末尾放纵，孙嘉曜高兴坏了。

孙嘉曜妈妈扶着喝醉的孙爸爸进来，孙爸爸满脸通红，豪情万丈地抓着空杯子举着，慷慨激昂道：“你们几个，就是国家的未来，是国家的希望……”

“你快去睡觉吧，真是烦死人了。”孙妈妈咬牙掐了他一把，推着他进去。

温初柠和陈一澜想帮孙妈妈收拾露台，孙妈妈怎么都不许，非要让他们早点各自回家休息。

从小别墅区走出来，喧嚣与热闹好像已经过去了很久，夜风吹过道路两边的景观树，别有一种空旷的静谧。

走到十字路口，陈一澜问温初柠：“回哪儿？”

“家属院吧。”

东西早就被周梦送过去了，舅舅去外地参加什么讲座，估计回来也会很晚。

其实有那么一点点私心……莫名想跟陈一澜多待一会儿，温初柠很珍惜这样的片刻。

“好。”陈一澜照旧是老样子，双手插袋应了一声，有点散漫。

温初柠跟在他身边，路灯把二人的影子拉长，他们并肩走在回家的路上。

奇怪，以前见到陈一澜，怎么没有这样的感觉？像喝下的第一口冰镇气泡水，入口后小气泡“噼里啪啦”炸开，甜味后知后觉涌上来。

温初柠借着等红灯的间隙看了他一眼，他的身形比以前更加结实高大，每一处的肌肉线条都恰到好处，因为长期的锻炼，他身上总有一种斐然的气质，是力量，也有一种坦荡和坚毅。

察觉到温初柠的视线，陈一澜睨了她一眼，温初柠镇静自若。

“要不我让你抱一下得了，”陈一澜轻笑一声，“你正大光明地看，我又不会说你。”

说着，陈一澜还干脆站在了温初柠面前，他比她高了那么一大截，于是在她面前微微躬身。

一张俊脸在面前放大，温初柠猝不及防对上他的视线，他直直地看着她，她甚至还可以在他黑色的瞳孔中看到自己的倒影。

夜风凉，撩着她的一绺碎发拂过他的下巴，软软痒痒的，携着一点皂香味。

温初柠的目光想躲闪，他就躬身晃着脸追随着她躲闪的动作。

“你看什么？”

“看你。”

“我有什么好看的？”

奇怪，红灯怎么还没结束，但温初柠心里又想要这红灯再久一点。

“啧，我们四百多天没见面了啊，看看还不行？”陈一澜颇有点无赖。

“你们队里……不是有女生吗？”这话是脱口说出来的，说出来之后，温初柠瞬间后悔了。

陈一澜站正身子，神态闲散。

两人站在路灯下，陈一澜晃了晃腿，踢走一粒小石子，像是随意又自然地说：“哪有你好看啊。”

温初柠愣了愣。

“你放心，咱俩认识十几年，我对你可是有特殊滤镜的。”

温初柠抿抿唇，转头的当口脸颊就有些隐隐发烫。

“走啊。”

绿灯亮了，这条街上行人少，只有一辆车在宽敞的马路上等红灯。

陈一澜双手插袋，倒走着看温初柠，还对她吹了声口哨。

温初柠小跑过去。

“嘿，你跑什么？”陈一澜提步追她。

温初柠可跑不过他，除非他是故意的。

过了这个路口，街角有一家便利店，陈一澜说：“输的人买饮料。”

“那我可随便选了。”温初柠跟在他身后进来，店里只有一个收银员在玩手机。

空调吹散一些夏季的闷热。

温初柠想从冷柜里拿可乐，陈一澜把一瓶酸奶塞到她手里：“吃那么多还喝碳酸饮料，今晚不想睡了？多喝点奶，长个儿。”

“十七了还能长吗？”温初柠略无语。

“不长也挺好啊。”陈一澜直起腰站在她面前，单手拎了一瓶冰镇矿泉水。

他气势有点逼人，个儿高，挡着一点光。

温初柠仰头看他，余光看到那个收银员小哥往这边看了一眼，莫名脸上有点烧。冷柜的凉气丝丝缕缕，怎么都吹不散那股灼热。

“这不是最萌身高差吗？”

陈一澜比画了一下，姿势利落地抛起矿泉水瓶又接住，瓶子在空中划了短短一道线。

陈一澜说这话的时候，眼角挑了点笑意，总算没在泳池见到的时候那样低气压了。

他笑起来很好看。记得有那么一阵子，陈一澜参加某国内赛事的画面温初柠翻来覆去看了好多遍，甚至在导播把镜头切给他的时候，她还会特意按下暂停。

陈一澜比赛的时候没什么表情，眼神专注，薄唇微抿，戴了泳帽和泳镜，在她眼里那也是最耀眼的一个。

“走了。”陈一澜伸手在她面前晃了晃，不见她有反应，伸手捏住了她的脸颊，“温初柠。”

她猛地回神，拍开他的手：“走了走了！”

二人并肩走在一起，就像很久很久以前，他们并肩去上学，一起回家，甚至像是他以前回来时刻意等她，却又神态自然。

温初柠总会怀疑陈一澜只是路过，有点话哽在唇边，但也没说出来。

他俩相识都十几个年头了，有什么话真想说，肯定会坦诚相待。

陈一澜对回来的这两个月假期缄口不言，温初柠也对家里的事情保持沉默。

走到了家属院，二人一前一后进单元门。旧楼道本还没那么狭窄，但陈一澜高大，瞬间让小小的空间逼仄起来。

声控灯，踩一下，就亮起一抹昏暗。

到三楼，踩一下，灯没亮，是坏了，楼道的拐角处总有一些住户放东西。

陈一澜忽然停下了身影，温初柠没注意，差点撞在他身上。

陈一澜摸出手机，开了手电筒给她照着脚下的路。

在灯光亮起来的那个瞬间，一点风从楼道的旧窗户里吹进来，温初柠视线所及，他握着手机的手指骨分明，光线侧影打过来，线条结实好看。

二人的脚步在五楼停下。

陈一澜家在四楼，温初柠家在五楼。一楼三户，他两家都在东户，上下楼的关系。

停下，不只是因为到地方了，还因为四楼东户传来的争吵声。

“你说怎么办？”一道女声叫嚷，“陈一澜都十七了，做职业运动员，能有几个人真参加奥运会拿金牌？你也是个体校教练，你知道游泳运动员二十多岁就退役，到时候他干吗去？有什么正当工作？”

另一方保持静默。

女人情绪更激动了：“我早就告诉过你，我不支持他走职业，连续五次比赛都是第二第三，过不了多久就会被退回来，到时候他怎么上大学？就算以特长生身份进去了，他在体校也没读多少书。毕业之后呢？像你一样，当个游泳教练？”

“你说话怎么这么难听？”男人终于忍不住了，不耐烦地说，“我儿子我能看不出来？一澜就是游泳的好苗子！除了这一年，他拿了多少冠军？”

“你以前也没少拿冠军，你进了省队当教练，你带出过几个奥运冠军？零个吧？我也没看出你混出什么名堂！这样，趁着这两个月，我马上打电话给我同学，让一澜先去临江一中上学。”

声控灯熄灭，又亮起，防盗门的隔音并不好。

温初柠站在陈一澜的身边，悄悄抬起头看他。

门内的女人在哭，男人在沉默，声控灯又暗了下去。

温初柠适应了黑暗，也隐约看到陈一澜的脸上并没有什么太大的反应，可温初柠觉得，他此刻应该也不想去面对这些。

她静默了一会儿，说：“要不你来我家，帮我收拾一下东西？我妈前几天刚把行李送过来……我还没收拾呢。”

“好。”陈一澜应下。

五楼就三户，中间户和西户早就搬走了，所以五楼的声控灯坏掉了也没人修。

温初柠摸出钥匙开了门，陈一澜下意识地摸墙壁，摁开开关，暖白色的灯光铺泻，好多个大纸箱子放在客厅里。

这个房子的样子其实已经变了点，这些年周梦把这房子当陪读房租出去，所以当时重新装修了下，简洁风格，家具用品俱全，加之周梦走之前找了家政简单收拾，也添补了些用品。

陈一澜打开一个箱子，里面是好多玻璃盒子，被人小心地单独收藏在一个大纸箱里，旁边还细心地垫了泡沫塑料防摔。

玻璃盒子里面放着好多小物件，都是国内各个省市的文创摆件。

旁边的箱子也打开着，里面有好多卡通玩偶，玩偶的设计别具风格，胸口都绣着字，都是些锦标赛、省赛、冠军赛的吉祥物。玩偶上还刺绣着年份，都好早了。

“这么多，还留着呢？”

陈一澜半蹲在纸箱子前，心口像漫过去什么不知名情绪，又好像戳破了柑橘，酸涩，却也有种回甘。

“对呀，”温初柠换了双拖鞋，酸奶一路没喝完，她放在桌上，“这都是你送我的。”

陈一澜静默无言，拿起一个玩偶捏了捏。

这是他们之间没有明说的约定。

陈一澜六岁时进入体校，十六岁前参加了许多省级以下的比赛，十六岁后参加了多场大型赛事。

他每去一个城市参加比赛，就记得给温初柠带回来一个当地的小物件。

那只是某个分别前的豪情壮语，却都被他们两个小心地藏在心中。

一个回回记得，一个小心珍藏。

温初柠打开一个箱子看了看，是衣服，于是搬回房间。

她正把衣服一件件挂在衣柜里，陈一澜搬着那些玻璃展柜进来了。

“放哪儿？”

“书桌旁边吧。”温初柠回头指了指。

“玩偶呢？”

“你放这里吧，我等会儿放到我床上。”

陈一澜把玻璃柜放在书桌上，窗户开着，风吹起窗帘。

卧室的灯有点暗，陈一澜看到玻璃柜里有一只小白猫摆件，那是他有一回去厦城训练时买的。

那是个岛城，岛上猫很多。他围着岛跑完几公里，路过一条巷子，街边趴着一只小白猫。小白猫不困，抬着头看着他，尾巴慢悠悠摇晃。

陈一澜无端想起了远在临江的温初柠，安静恬淡，一双眼睛明亮。

于是，他买回了一只小白猫摆件送给她。

陈一澜抬起头，温初柠安安静静，弯腰捡起衣服挂在衣架上。

他莫名就想起下午时见到她，那时，他沉在低落的情绪里，以不停的训练麻痹自己。

她就坐在岸边，不催不问，在他上岸时，递给他一瓶荔枝气泡水。

——她还记得他喜欢什么。

时光会改变很多东西，但好像不会改变温初柠。

二人忙活了一会儿，简单收拾出来几个箱子。

温初柠烧了一壶水，倒了两杯端出来。

十一点，陈一澜该走了。

温初柠端着杯子，话在唇边踟蹰。

“早点睡。”

“陈一澜。”

二人的话几乎同时说出口。

陈一澜恰好站起来，把杯子放在桌上，发出很细微的“啪嗒”声，他等着她的下一句。

房子的格局很好，穿堂夜风拂面，阳台上大概是上一户人家养的晚香玉没带走，清甜的味道拂着鼻息。

温初柠抬头，撞上陈一澜的目光，他在等她说话，视线落在她脸上，是平和专注的，不催不问。她匆匆挪开视线，也仍然记得他线条流畅的下颚，还有突兀分明的脖颈与喉结。

本来很有勇气的一些话，在喉咙里绕来绕去，原本清凉舒爽的夜风像蒙了一层滚烫的绯红，无端让心跳变得急促又紧张。

“陈一澜……你已经很棒了。”

她快速说完，低下头，借故拿了杯子去厨房刷。

没缘由的话，彼此都心知肚明是为什么——显然，她听见了刚才的争吵。

陈一澜长臂一伸，在她发顶揉了一把，像小时候那样。

“早点睡吧！”陈一澜走到门口开门，“走了。”

“哦……”

防盗门关上，家里瞬间安静了，温初柠听到自己在加速的心跳声。

他刚刚摸了一把她的头发，好像还残留着他身上好闻的、干净的、清冽的皂香。

似一朵轻轻的羽毛，扫过少女最敏感的心尖。

见到他时的小雀跃，都被掩在眼角眉梢。

因为他是陈一澜，他已经比同龄的男孩子优秀太多，因为他们是相识这么多年的好友。“朋友”这两个字，像一条独木桥，一个不小心逾越了，就会掉下悬崖。

温初柠拍了拍脸，深吸了几口气。

她刷了杯子一回头，冷不丁看到倚靠在门口的高大身影。

“你怎么没走？”温初柠瞪大了眼睛。

“晚安！”

“晚……安。”

完了，刚才的窘态都被他看到了！

陈一澜！

温初柠干巴巴站在原地，压根不敢脑补自己刚才做了什么蠢反应。

啊啊啊……

陈一澜站在门口，听见门内“咔嗒”反锁门的声音，回想起刚才看见的一幕——

温初柠站在厨房的窗边，扎了个马尾，露出一截白皙脖颈，从他的角度能看到一点侧脸，少女白瓷一样的肌肤蒙着一层晚霞似的绯色。

他无端觉得空气里还残留着荔枝气泡水的味道，那是一种晶莹剔透的清甜。

原本阴郁了多日的心情，雨过天晴，下楼的脚步都轻松了几分。

第二章

星星永远发光，陈一澜也是

陈一澜的作息很规律，大概是在训练时养成的好习惯。

老房子不太隔音，楼下一关门，楼上能听到。

温初柠没太睡好，她平时很少做梦，这次做了个梦。梦里她坐在露天泳池外的岸边，阳光晴好，照着一池水泛着金光。

身姿矫健的少年灵活地在水中翻涌，他游到了对岸，一把摘下了泳帽与泳镜攥在手里，又捋了一把头发，水珠顺着线条利落拓然的下颚淌下来。

然后他突然转过身，身姿随意地倚靠着泳池边，散发着少年独有的意气风发。一阵夏风吹来，金光泛滥，有人欢呼，有人呼喊，他眼底的笑容异常璀璨。

“砰——”

一声开门声响起，温初柠的美梦被打断，她翻了个身，又听到一声轻微的哼唧，像什么小动物的声音。

温初柠一骨碌翻身坐起来，看了眼手机，早上七点半。

她平日睡觉没什么正行，随便穿着短裤和 T 恤就下床，拉开门，看见舅舅把一个纸箱放在客厅，哼哼唧唧声从里面传来。

这是她舅舅，周隽阳，一个三十岁“高龄”还未婚的青年，在市中心开了家中医养生馆。周家条件不错，可惜舅舅早些年年轻气盛“投资失败”，害得外公发了好大脾气，勒令他回来继承家业，于是这中医馆也算是交给了舅舅。

周梦也知道他在家要被念叨，索性让他来照顾温初柠，也算是搭个伴，毕竟温初柠一小姑娘，家里全然没人也不行。

这会儿，舅舅蹲在客厅里，温初柠凑过去一看，箱子里有一只小白狗，脏兮兮的，看起来也就刚满月。

“你在哪儿捡的？”

“小区门口，我回来的时候看见它趴在草地里可怜。咱养着还是送人？”

周隽阳今天刚听了什么讲座回来，电脑包就扔在沙发上，休闲衬衫配长裤，半蹲在箱子前看小狗。

“养着呗，我没意见。”

“行。我给你带早饭了，在桌子上，你吃完再去上课。”周隽阳起身，去厨房里给小狗倒了碗牛奶，“唉，以后就咱仨相依为命了。”

温初柠磨叽着去饭厅，早餐是豆浆和小笼包，她拣了一个小笼包塞进嘴里，含混不清地说：“你今天什么安排？我看家人群里，外公让你去相亲。”

周隽阳喂了小狗，说：“不去，这么多东西还得收拾，我晚点还得去中医馆看看。你上完课可以过来啊，今天有理疗师在，能给你放松下肌肉，我听说市游泳队的也来。”

“不就是拔火罐？”

“你可别小瞧了拔火罐……”

“打住，”温初柠咬着包子，“你知道你为什么单身吗？”

“为什么？”周隽阳好整以暇。

“你太老干部作风了。”

“拔火罐就老干部了？”

“年轻人喜欢的东西跟你也不沾边，你天天在办公室里喝茶养生，有女朋友就怪了。”温初柠麻溜地胡吃海塞，灌了几口豆浆缓了缓，然后拍了拍周隽阳的肩膀，“舅舅，你才三十，年轻得很，不要有心理压力。”

说完，温初柠脚底抹油去换衣服了，今天要上跆拳道的课，也不是多重要。

大概是因为父亲温绍辉早些年也从事体育行业，家里打小就让温初柠学跆拳道，温初柠从小到大都很少生病。

每年暑期的跆拳道课，她也上习惯了。

周隽阳蹲在纸箱前摸了摸吃饱喝足的小白狗，看着温初柠速度极快地洗漱完毕，然后换了另一身干净的短袖短裤，抓了包摸钥匙准备出门。

这个小姑娘，安静灵动，有时候有点散漫不修边幅，还真跟别的同龄女孩不太一样。

对这个年纪的女孩来说，早恋是第一重灾区，临江一中是市重点中学，尤其是温初柠所在的实验班，一学期开一次家长会，早恋都被说烂了。

周隽阳也侧旁敲击过，温初柠不耐烦地说他们班那些男生也就那样，她不会早恋的，别瞎操心。

周隽阳无端想起来网上的一个段子——

问：你上班懒得打扮是为什么？

答：因为公司里没有喜欢的人。

周隽阳无端笑了笑，抬眼一看，温初柠站在镜子前捋了捋头发，仔仔细细把碎发掖到耳后，还擦了点薄荷唇膏。

“今天下午可能下雨，你记得带伞。”

“知道了。”温初柠随手拿了一把折叠伞塞进包里，然后出门了。

房子回归安静，周隽阳耸了耸肩，看着客厅里堆满的箱子，准备收拾好了再去上班。

温初柠上课的地方在一文化商圈，离家属院不远，离周隽阳的中医馆也不远，那附近还有一个游泳馆。

路过游泳馆的时候，温初柠下意识地往里面看了一眼，隔着玻璃墙，看到各种各样的行人，她看完才觉得自己这个反应多余。

明明都看不到的，还要抱着希望盼望看到他。

但没看到也好，反正陈一澜回来了，这两个月里，能看到他已经很好了。

温初柠的心情轻快，到了跆拳道场馆。

教练是个中年男人，教了些动作，然后让大家练习。这个魁梧的中年男人背着手，逐一纠正，最后二人一组逐一检验。

温初柠对面的这人是她班班长，一个斯斯文文的戴眼镜的男孩，叫叶浩东，他是今年暑假才来的，究其原因，说是体育不及格。

体育不及格不应该去跑步锻炼吗，跑来练跆拳道？

温初柠的同桌当时还发出一声别有深意的“哎哟”。

眼下，这瘦高班长颤颤巍巍地举着海绵拍，小声说：“温、温初柠……你小心一点……”

“你放轻松，我踢得很准的。”温初柠宽慰他，“我动作慢一点，你看着我的动作来挡。”

话是这么安慰，但明显不管用。

见温初柠赤脚飞踢，叶浩东完全傻住，两手举着海绵板不知东西。

温初柠动作干脆利落，抬腿飞踢很有力量，宽松裤腿随着她动作稍滑了一些，露出一截白皙纤细的小腿。

“啪——”叶浩东手一软，板子飞了出去。

魁梧的教练眼风一扫，吓得叶浩东弯腰去捡。

“你太厉害了。”叶浩东小声说。

“我都练好多年了。”温初柠走到后面拿了矿泉水喝了一口。

叶浩东呆呆地看她，他觉得温初柠和学校里别的女孩一样，又不一样。

干干净净的马尾，有些碎发，脖颈的线条细柔，她平日话不多，但做事利落，安安静静坐在位置上写作业，也好像蒙着一层特殊的滤镜一样。

她挺直胸膛的样子，总是跟学校里追求白瘦的女孩不太一样，原来这种气质，更像一种坚韧又柔软的力量。

下课后，温初柠去换了衣服，不想叶浩东背着双肩包等在门口。

“咱俩不顺路吧？”温初柠捏着水瓶出来。

“啊，我去那边坐公交车。”叶浩东有点羞涩。

“哦，好。”温初柠跟他并肩下楼出来，沿着商业街走，舅舅的中医馆就在路口。

“我看咱们班主任转发的朋友圈……”叶浩东没话找话，“今年咱们临江市九月要办中学生运动会，咱们学校的运动会也在九月，班主任说可能直接以学校为单位参加市里的运动会了。”

“哦，那挺好。”温初柠百无聊赖地看着马路。

“你、你参加吗？”叶浩东小心翼翼地问。

“不知道，等开学看看吧。”

“行！”叶浩东跟温初柠走到了十字路口，对面是公交车站，他挥了挥手，摆出一个自认为好看的笑容。

结果温初柠只是打了个招呼就左拐了，他的笑容瞬间变得干巴巴的。

温初柠本来是想看一眼舅舅在不在里面，结果这一眼，隔着玻璃窗，她看到了陈一澜。

周家的中医馆在临江市小有名气，不仅是因为有资深老中医坐诊，还因为这里有拔火罐和推拿针灸等专业的养生项目，三层楼，装修设计古色古香。

一楼左边是休闲区，右边是中医坐诊，还有一整面墙的中药柜子。

陈一澜和几个人就坐在左边，桌上有茶壶和饼干小食，孙嘉曜笑得张扬，喋喋不休地说话。

陈一澜闲散地倚靠在沙发里，本来在看手机，像是心有灵犀，他抬头看了一眼窗外。

冷不丁地，二人隔着窗户对视。

恰好是阳光的投影，恰好马路边的树影随风晃动。

视线相交，在短暂的一刹那。

少年的脖颈与喉结线条流畅而落拓，宽松的T恤下的身子坚实硬朗，唇边噙着一点淡淡的笑，不知是看到了温初柠还是因为孙嘉曜的话，那笑意像是变得柔软。

温初柠就站在玻璃窗外面，下意识地想要回应，笑容牵起来，看着玻璃上映出自己的面庞。

夏天闷热，出了一点汗，浸湿了额前的一些碎发，小姑娘年轻的脸庞有点绯红，一双眼睛亮晶晶的，蕴着下意识的笑意，像夏日别样的美好。

最终是孙嘉曜看见了窗户外面的温初柠，招着手让她进来。

“嘿，你看见刚才那个男生了吗？”孙嘉曜挤眉弄眼，“公交车站边那个戴眼镜的男生。”

陈一澜抬眸淡淡看一眼：“怎么？”

“与小柠走得可近了。”

闻言，陈一澜又往那边看了一眼，男生瘦高个，戴黑框眼镜，看起来呆呆的。

孙嘉曜继续挤眉弄眼。

“你眼睛进沙子了？”陈一澜睨了他一眼。

“我都明示你了。”孙嘉曜继续仰头，下巴点了点公交车站的方向。

“她对那类型没意思。”

“你怎么知道？”

陈一澜没说话。

“哦，对，咱们家属院搞体育的什么类型的阳光帅哥她没见过！果然还是青梅竹马啊，知根知底。”孙嘉曜恍然大悟，猛地一拍脑袋，语气酸溜溜的。说的是青梅竹马，但温初柠和陈一澜明显关系更好，他仔细一想吧，陈一澜是特招人喜欢。

陈一澜笑着踹了他一脚。

正好温初柠进来，绕了一圈才到正门。

“你们怎么过来了？”温初柠走过来，就孙嘉曜和陈一澜两人在这里坐着。

陈一澜旁边的椅子被人搬走了，她只能坐在孙嘉曜旁边。

“嗐，还不是我妈让我们过来的，说这里拔火罐的贼专业。”孙嘉曜说。

温初柠古怪地看了他一眼。

“你这啥眼神，我们队里也有这个的，放松肌肉。”

温初柠看了一眼陈一澜，有点不能想象男神做这个，莫名让她脸上有点发热。

“刚才那个，你同学？”陈一澜佯装无意问了一句。

“哦，是我们班班长，上学期体育不及格，来学跆拳道。”

孙嘉曜意味深长地“哦”了一声，还用胳膊肘捅捅陈一澜。

陈一澜抬起视线，温初柠好像只是随口回答，也没太放在心上，是真的没有在意。

两人算是打小记事起就在一起玩的，什么想法都藏不过去。

中医馆的拔火罐和按摩要排队很久，店里的员工认识温初柠，给几人送来了茶水和饮料，还端上来一盘糖和饼干。

就这么闲散的一会儿，孙嘉曜又开始没话找话：“哎，小柠，咱们可能要当两个月同学了。”

温初柠刚喝了口水，无端想起了昨天晚上在四楼听到的对话，下意识地看了一眼陈一澜。他低头看手机，好像并没有什么太大的反应。

“是转学吗？”

“肯定不是，我们的学籍挂在体校呢，估计就是旁听。听一澜妈妈给我妈打电话，说应该可以批下来……我合计着是不是因为运动会呢。”孙嘉曜扁扁嘴，“你们学校体育真差劲啊。”

现在体育也被纳入考核，确实如此。

班里的女生跑个800米都累得够呛，好在温初柠有学跆拳道和锻炼的底子，在班里体育成绩倒也不错。

陈一澜和孙嘉曜虽说是回来歇两个月，但是运动员通常没有什么假期，这会儿因为特殊情况，回来的时候教练也给他们布置了训练任务。

三个人好久没见，凑在一起有一搭没一搭地闲聊，当然大多数时间都是温初柠和孙嘉曜说话，陈一澜偶尔接一句。

温初柠有意活络气氛：“没事，两个月后你们又回去训练了，在我们学校放松放松，体会一下临江一中的学习氛围。”

“啪啪啪！”

陈一澜闲闲散散地鼓掌：“领导说得对，来省重点高中放松放松。”

他故意咬重了“省重点”和“放松放松”。

温初柠尴尬挠头。

“对对对，两个月之后咱们回京城，就不信赢不了安东那个小白狗！不过话说回来，赢不了可咋办啊，咱们再回省队？”

“不努力试试怎么知道不行？”温初柠热情鼓励，“你们肯定行。”

她其实原本想说“你们都训练了这么多年”，但转念也就想到了先前那句“队里来了个新人”，怎么都觉得这句话说不出口，于是下意识改了口。

陈一澜捏着瓷杯，抬起眼皮看了温初柠一眼，她脸上那热情的表情跟参加誓师大会似的，本来就是安静的类型，这就好比让一“社恐”去进行演讲。

陈一澜那么看她，果不其然，“温向日葵”白嫩的脸涨红，变成了一朵红玫瑰。

他难得笑了起来，端起水杯喝完了水：“放心，我还能行。”

前面的工作人员叫号了，陈大侠要去拔火罐了，温初柠和孙嘉曜并肩坐在一起大眼瞪小眼。

孙嘉曜莫名脑补着，比武大赛潇洒转身的大侠，下了台就口吐白沫。

大哥，这不是你能不能行的事，是安东比你快 4 秒。

4 秒，在体育竞技里已经是极大的差距，男子 400 米混合泳世界纪录是美国的飞鱼菲尔普斯在 2008 年创造的巅峰，4'03''84，第二名是日本的萩野公介在 2016 年创造的 4'06''05。

看，就这么三秒，隔了八年，还无人可超。

体育竞技很残酷。

孙嘉曜也溜进去了。

周隽阳忙完一轮，老神在在出来视察工作，看到外面望夫石似的温初柠，屈指敲了敲桌子：“等人呢？”

“啊？啊！”温初柠应了一声，磨磨叽叽没想走，蔫吧蔫吧地往走廊里面看了一眼。

周隽阳意味深长地看她：“陈一澜？”

温初柠本来没想多的，结果周隽阳这眼神，怎么看怎么“不单纯”。

“你别胡思乱想！”温初柠的脸腾地就红了。她有个不好的毛病，就是平日里淡定是淡定惯了，但是心里一藏着事儿的时候，脸瞬间通红，视线还飘忽不定。

周隽阳在她面前坐下，摩挲着陶瓷杯，说：“啧，外甥女，你这印堂发红，眼神涣散，我看你是……”

温初柠目光茫然了那么几秒，转而凶狠起来，显得还有点欲盖弥彰。

周隽阳哈哈大笑：“进去看看呗，多大的事儿，那俩小子没拔火罐，人一早泡在游泳馆，这会儿在泡冰桶呢。”

泡冰桶是个什么东西?

温初柠背着包站起来，一边虚伪地假笑，一边倒退着走：“真的，舅舅，你别胡思乱想，这就是单纯认识了十几年的好朋友，难得见面。”

周隽阳笑而不语，温初柠索性转身往走廊里面跑，不再搭理他。

周隽阳坐在靠窗椅子上，剥了个砂糖橘，酸酸甜甜，阳光热烈，莫名叫人想起躁动的小青春，青春期藏来藏去的小心思，佯装无意的视线寻着想看的那个人。

温初柠先伸了个脑袋看，看到陈一澜和孙嘉曜分别半靠坐在一个小木桶里，里面都是冰块冰水。

她讶异：“你们不会着凉吗？”

“这是放松肌肉的，”陈一澜瞅她一眼，“我们每次赛后或者训练结束都会有。”

暴露出没见识的一面，温初柠又有点尴尬，之前一直听说他们训练量很大，是正常人远远不能想象的训练量。

温初柠觉得话题快被聊死了，这时桌上的手机响了。

应该是陈一澜的，因为孙嘉曜抱着手机坐在冰桶里玩得正嗨。

温初柠给他递过去，也不是她故意看，只是扫了一眼，看见了上面的备注——“耿教练”。

温初柠索性坐得远了一点，结果陈一澜直接开了免提，还闲闲地抬脚撩了下水。

“哎，我死了死了……”孙嘉曜正在打游戏，不满意地嘟嘟囔囔，凑近罪魁祸首那儿看了一眼，顿时喜笑颜开，“耿胖胖，想我们啦？”

“没大没小！”教练耿爱国中气十足，“你们两个回去后记得训练了吗？别光只顾着玩！”

“训练了啊！这不刚游完再泡冰桶，”孙嘉曜咬牙切齿，还不忘拨了拨水，冰块“叮叮当当”响，“您老真敬业。”

耿爱国听得出这两人实诚，笑了几声说正事：“你们……怎么想的？”

“我游！跟安白狗杠上了！”孙嘉曜转头，“陈一澜，你呢？”

陈一澜自打接了电话还没吭声，下意识地抬眸看了一眼坐在一边的人，温初柠是有意不听，但房间也就这么大，古色古香的，还点着一点艾草熏香。

艾草熏香就在温初柠旁边的矮几上，烟雾袅袅而上，百叶窗将关未关，就碎了一点光，落在她白净的脸上。

“游。”他应了一声。

“行。我提前跟你们说啊，今年临江要举办市中学生运动会，正好一澜妈妈不是想让你们两个上一段日子文化课嘛，你们要不以临江一中学生的身份报名那个游泳。你们好好游，我叫上总教练过去看。”

耿爱国这通电话，是在二人回家的第三天才打的，他这些日子也是忙坏了。

陈一澜和孙嘉曜在S省队的成绩是拔尖，但是被选入国家队后，高手云集，二人都有明显的短板，很快成绩就掉到了中游。

本来总教练对他们是抱有很高期待的，二人成绩一开始确实不错，直到新人安东到来后——4 秒的差距，怎么都破不过去。

总教练逐渐也有了意见，尤其是游泳黄金期很短，是去是留，一切拿成绩说话。

耿爱国是带他们的省队教练，也挂名国家队教练，看在他的面子上，两人没被踢出来，结果挂成了代训，代训能拿出漂亮的成绩，才能再次转正。

这也意味着，每一次比赛都有可能是最后的机会。

陈一澜在心里算了算，这一年里一共还能有两次大型比赛。

怎么想，怎么难。

“啊，那不就是个市级比赛吗？”孙嘉曜张了张嘴，这种小比赛他们几乎都不参加。

“对，不然最近也没什么别的比赛了，”耿爱国想了想，说，“年底还有一场省级比赛，但是不一定能让你俩上。”

陈一澜闭了闭眼：“中学生游泳赛在九月底。”

孙嘉曜下意识地说：“还有一个月。”

温初柠其实听不懂他们的对话，但是抓了抓关键词，也就是一个月，成绩提 4 秒。

结合孙嘉曜说的什么菲尔普斯和萩野公介的例子，温初柠默默低头，塞回了耳机。

“临江一中的体育很差，他们有自己的游泳队，但是成绩垫底，你们去了代表临江一中游肯定没问题，他们有个体育老师早些年是我学生，能带带你们，你们尽力吧.”耿爱国的时间也紧，他最后提醒，“你们想好，走职业这条路……开弓没有回头箭。”

话音落，总觉得其实藏着点复杂的情绪。

陈一澜都懂，这注定是一条异常坎坷艰难的独木桥，连路都算不上。平稳过桥已经是不易，中途坠了桥，往后的日子又会通向哪里？

选择这条路，付出怎样的努力其实没人看得到，大家都在奋力地向前，要赢，不然就要出局。

泡冰桶二十分钟之后，周隽阳说给他们订个馆子让他们出去吃。

“你去吗？”温初柠下意识地看周隽阳。

“我？我今天还有事。”周隽阳揶揄道，“陈一澜太高了，跟他站在一起我有压力。”

“小舅舅，你跟我站在一起没压力啊？陈一澜一米九三，我一米九呢！”孙嘉曜从冰桶里站起来，“哗啦”一声，带起来无数冰块和水花。

俩一米九多的少年，常年泡在水里练游泳，肌肉硬朗结实，皮肤也比别的运动员更细腻白皙，水珠顺着线条分明的胸肌与腹肌滑下来。

周隽阳情不自禁地感叹青春的美好。

温初柠塞着耳机，往那边看了一眼，恰好看到了陈一澜嘴角的笑意。他笑起来很好看，嘴角上扬，眼底的光闪了闪，比阳光还耀眼，莫名叫人脸颊发烫。

这顿饭到后面变成了温初柠和陈一澜两人去的，孙嘉曜的妈妈喊他回家吃饭。

不用多想，陈一澜的妈妈准又在医院上夜班。

“你要跟你爸说一声吗？”温初柠问。

陈一澜扯了块毛巾擦了擦头发，头发微长了，湿湿的，扫过眉眼。他清淡又随意地说：“不用，他昨天晚上就回省队了。”

温初柠默然，想起了昨天听到的争吵，还在酝酿怎么安慰，结果一张毛巾丢过来，恰好盖在了她的头上。

潮湿的，有一点青柠和柑橘的清冽味道。

“别胡思乱想，走了。”陈一澜隔着毛巾揉了一把她的头发。

温初柠拉下毛巾，孙嘉曜已经溜了，房间里只剩下了她和陈一澜。

陈一澜已经换了一条灰色的短裤，正光着上身，弯腰在椅子上捡起短袖，背对着她，微凹的脊椎线被光影落下淡淡的影子，皮肤细腻又白皙，侧身的时候，腹部的肌肉线条好看。

温初柠本来想看一眼就挪走视线，结果忍不住盯着看了。

温初柠反思：一定是因为班里的男生要么干瘦要么胖，这种极品身材也就只有网上看得到。

她正盯着看呢，陈一澜猝不及防一转身，撞上她的视线。

他单手拎着棉质 T 恤，大大方方地伸开手臂。

啧，少年的身体真美好啊，连手臂上隐约的青筋与血管都充满了荷尔蒙的气息。

见到他这么大方的姿势，温初柠嘴角的笑容凝固，脸颊瞬间涨红，别开脸也不是，往外走不是，脚下好像灌了铅。

陈一澜看她这副反应，嘴角噙着淡笑，也不再故意逗她。他抖了抖衣服，套头穿上，身材像衣架子似的，T 恤宽松，隐约能看得到硬朗的身形。

“咱俩认识十多年了，打几岁起来着？四岁还是五岁？你又不是头一次见，”陈一澜又打补丁，“我说的游泳。”

“这能一样吗？”

温初柠不理他了，抱着自己的书包快步走出去。

陈一澜在后面擦头发，也知道她走不远，他站在镜子前擦了把脸。这儿有一面半落地的镜子，他看着温初柠的背影，马尾扫来扫去，露出的一截脖颈纤细，有点碎发被风吹着，阳光一照，成了金色。

陈一澜拿着毛巾拨了拨头发，无端笑了笑。

前面是个拐角，像有预感，温初柠故意放慢脚步，拐弯前回头看了一眼。

这能一样吗？

一点都不一样。

六岁的陈一澜已经比同龄男孩子高瘦了，那会儿他身上可不像现在肌肉线条恰到好处。

周隽阳给他们订了个小餐馆，到了地儿陈一澜看了一眼，仿江南的风格，木栏杆，小灯笼，小桥映流水。窗边正好有一个服务员在上菜，碗碟里的东西就一筷子的量。

陈一澜在队里哪有时间吃这种精雕细琢的餐食，平日队里都是给他们营养配比，吃得简单方便。

他瞅了一眼温初柠，她心不在焉的。

陈一澜脑子里过了一遍温初柠的大小喜好。

他没来由想起一句话——他俩，山猪吃不了细糠。

于是他直直过了那家馆子，温初柠也没注意到，到了一路口，看着车来车往，才回头问他："哎，走过了？"

"过了，今天晚上你几点回家？"

"都行吧，我舅舅肯定要晚上九点多才回家。"

"我去游泳馆，咱俩简单凑合两口。"

"陈一澜，"温初柠踢走一块小石子，"你怎么觉得我会跟你去？"

"你自己在家待得住？"陈一澜睨她一眼，"陪你排解无聊你还不乐意？"

"乐意乐意，我太乐意了。"温初柠声音轻飘飘的，神游太虚。

刚才想的什么来着……哦，六岁的陈一澜。

前面就是一个红灯，温初柠忍不住又偷看了陈一澜一眼，结果没想到陈一澜也在看她。

两人视线相撞，也说不好是谁尴尬，木愣愣的，谁都没想到。

陈一澜轻飘飘挪开视线。

温初柠表面镇定，心里像一瓶拧开盖的气泡水，气泡"噼里啪啦"地炸开，让她想到六岁在前面奔跑的陈一澜，想到十五岁一头扎进泳池的陈一澜，想到十七岁肩高腿长的陈一澜……天哪！

"走不走啊！"

绿灯都亮了好一会儿，陈一澜见温初柠不走，这又是个宽敞的主干道，他索性拉住了她的手腕，拽着她往前走。

温初柠拖拖拉拉，脚步都像是飘起来。

这条马路真长。日光烂漫，少年的背影挺直坚实，风吹过，衣摆贴在腰上，勾勒出了腰部的线条。

"天很热吗？你脸怎么这么红？"

陈一澜松开温初柠的时候，温初柠脑子里还在切片子似的走马观花。

"走阴凉里。"陈一澜惦记着早点去店里吹空调，他个儿高，拉着温初柠的手腕，让她走树荫底下。

"男女授受不亲，不懂吗？"温初柠脸颊发烫，嘀咕了一句。

"授受不亲？"她声音很小，陈一澜还是给听见了，他不屑地嗤声一笑，

“那人家还说看光了就得负责，你看我多少回了。”

“陈一澜！”

“在！”

温初柠憋红了脸，陈一澜走在她斜前方，迈着长腿倒退着走，神情闲闲的。

手腕上被他拉过的地方好像还残留着一点体温，还有一丝青柠味的甘冽。

温初柠越想越脸红心跳，偏偏这人丝毫不觉，倒着走两步，半笑不笑的，也听不出来那是一句认真的还是随口说的。

她听不出来，但心情却因为这句话起起伏伏。

“你在你们队里也这样？”

“那肯定不啊，”陈一澜双手插兜，“好歹咱俩认识十多年，这不，特殊都给你了嘛。”

这一句回答，竟然让温初柠百感交集。少女的小心思都被“特殊”这两个字抚平，要是能找到一句话形容……那就像夏天迎风跃起的浪花，站在巅峰，碎开无数金光。

当然，这少女绮丽梦也就在到了地儿之后碎了，这又让她想到了一段难以启口的往事。

“两碗牛肚面，两份都不要辣，一份加香菜加醋。”

坐到店里，温初柠脑子里闪过了很多现在看来都尴尬的片段——

小时候，她也是调皮的，尤其是跟陈一澜和孙嘉曜一群男孩混在一起，比如有一回家属院的小孩比吃西瓜，两人一组，比谁先吃完一个。

她和陈一澜一组，两人对头撸袖子埋头苦吃。

最后两人小肚子圆滚滚的，面对面傻乐。

可怜当初的狂野不羁小女孩，现在长成了安静乖巧小斯文的样子——但在陈一澜眼里可不一定了，他们算是聚少离多，总觉得这姑娘还是小时候的模样。

温初柠确实还想拘谨一把，结果在陈一澜跟前，绷着的矜持怎么都绷不住了。

在一个认识了十多年的人面前，确实很难端得起来。

一腔小心思，又跟小时候夏天的西瓜味交叠。

热气袅袅，也亏他还记得她吃面加醋加香菜。

少女心事起起伏伏，又变成了……一餐两人十年，也挺好。

可惜这文艺劲还没过去，对面干饭陈说：“你想什么呢？再不吃面都坨了。”

少女握着筷子，满腔心思，“砰”一声，炸成了加了醋加了香菜的牛肚面。

陈一澜还很体贴地点了一份卤排骨，夹了一块最大的放到她碗里，说：“多吃点，看你瘦的。”

温初柠愣了半天：“我以为咱俩一年多没见，好歹要客套一下的。”

“客套？”陈一澜单手拿着筷子，往椅子上靠着，还真回忆了一下，然后眯了眯眼，“那不都是跟外人才客套吗？”

“那你意思我是内人？”这话说出来，两人相视，温初柠先低头吃饭。

果不其然，这是一种极其诡异的状态。

归根结底，是温初柠对认识了这么十几年的铁哥们产生了“男女授受不亲”的想法，单单一想，就觉得又酸又甜。

酸是因为他们是朋友。

甜也是因为他们是朋友——还是从小玩到大的朋友，她比任何人都了解他。

多亏了小饭馆里热气腾腾，没人注意到她微微发红的耳郭。

她也不敢抬头看，对面的少年更是如此。

想到“内人”两个字，陈一澜呛咳了一下，温初柠下意识给他抽了张纸，还不忘拧开旁边的矿泉水递给他，结果想起自己进来的时候喝了一口，忙说要去找杯子。

陈一澜直接接过了她的矿泉水，拧开了瓶盖喝了几口。

“这是……”我的。

她最后还是把话咽下去了。

温初柠坐在椅子上，陈一澜捏着矿泉水瓶，手臂结实，腕骨突兀，十七岁的少年，总有一种很纯粹的清冽。

温初柠低下头继续吃饭，也没看到陈一澜放下水瓶，耳郭隐隐发烫。

“温初柠，你别这么没良心，我对你可最特殊了，”陈一澜嘀嘀咕咕，“喝你一口水还要让我用杯子，你忘了咱俩小时候，我还把西瓜最甜的那块让给你吃呢！”

温初柠莫名头更低了。

于是两只“鸵鸟”埋头吃饭。

饭后两人溜达了一圈，主要是因为体育生体力好，温初柠的耐力也差不到哪儿去。

这天的后来，陈一澜去了游泳馆，温初柠跟着去。

两人换了一家二十四小时营业的游泳馆。

晚上七点多，人很少了。

温初柠回家了一趟，背了一个背包，丢进去两本英语书，丢进去一副耳机。她拉了一张椅子，坐在游泳池的不远处。

陈一澜换了半长泳裤，在岸边活动了一下身体，拍了拍胳膊和腿，这才下了水。

温初柠戴着耳机听听力。

这个点泳池里只有三三两两的人，尚且算是安静，温初柠的暑假作业还剩下一点，她跟着听力做作业。

陈一澜攀着水一圈圈地游，对游泳运动员来说，一天不下水，就找不到水感，所以有时候哪怕训练计划不紧张，也一定要下水游两圈。

他很久、很久都没有过这样静谧的时刻了。

在国家队里训练的时候是几人一组，永远都有教练在前面看着电记表，看着别的小组一个个超越。

陈一澜是喜欢游泳的，甚至是这么多年来他最喜欢的事，可有一天，当这件事变得不那么纯粹——每一次下水都要被教练点评，都要当作比赛去冲刺，去争那一秒，甚至是半秒的进步，快乐的天平开始倾斜。

陈一澜攀着分隔带，摘下了泳帽和泳镜，远远地看着坐在岸边的温初柠。

游泳馆的灯光长亮，落地玻璃窗外面是一个小公园，树影绰绰。

她安安静静地坐在那里，低着头戴着耳机，手里握着笔，书本放在腿上。

水很深，他攀着分隔带，这样正大光明地看着她。

他想起七八岁的时候回来了一次，其实是参加市里的一次比赛，温初柠坐在观众席里，小脸通红，为他加油，还想起那天她也是这样坐在岸边，递给他一罐荔枝气泡水。

还有晚香玉的夜风拂面，小姑娘低着头，鼓足勇气，又抬头，眼睛闪亮亮的，说："陈一澜，你已经很棒了。"

很奇妙，一颗已经干涸的心脏重新活了过来，在胸腔里"扑通扑通"地跳。

陈一澜淡笑，把泳帽扔到岸上，重新戴好了泳镜，在水中利落地转了个身。池水粼粼，一些小落寞都被收回心底，他闭着眼睛穿梭在水中，想到每一年都给她带回的比赛的纪念物都被她当宝贝似的装进玻璃盒。

十多年的记忆，哪怕一年只见几回，也在清晰起来。

温初柠做完最后一篇听力，脖子有点酸痛。她活动了下脖颈，捏了捏后颈，抬眼看，泳池里只剩下了陈一澜。

要怎么形容呢？

温初柠摘下耳机，游泳馆里很安静，只有拍击水花的声音。

泳池好大，水面寂寂，只有他游过的地方破开了白色的浪。

他游得不快，像是只在水里放松着，腿晃着，长臂伸展，那样轻松地向前游着。

像一条灵活又年轻的帅人鱼。

这条帅人鱼安安静静从头游到尾，然后手掌触壁，在水里漂亮地转身掉头。

"人鱼"游累了，就攀着分隔带游过来，摘下泳镜，抹了一把脸，额头光洁，脸颊至下颚至脖颈的线条那样流畅好看，水荡漾着，少年的手臂已经很结实。

他面对着她，闲闲地坐在分隔带上，对着她吹了声口哨，问道："温初柠，好了没啊？好了我们回家？"

"马上。"温初柠坐在岸边看着他。

窗外的月光皎洁，寂寞又热烈地映照着人间万物，年少的心动，又在这片月光下开成了娇艳的玫瑰。

温初柠想，陈一澜一定会站在顶端。

而她嘛……

温初柠低下头把书装进了书包。

平凡的她，想做黑夜里的小月光，满腔的喜欢就碎成了无数星星，平淡地陪着寂静黑夜。

二人从游泳馆出来的时候下了雨，临江市的天气总这样，一阵阵疾风骤雨，下不了一会儿就停。

二人躲了一会儿雨，等雨渐小后才撑伞走。

陈一澜举着伞，往她那边倾斜，温初柠怀里抱着包，默默跟在他身边。

“抓住。”

前面有个小水坑，陈一澜腿长，一步跨过去，他的伞仍然罩着她，自己站在了丝丝小雨里。

他一手为她举着伞，一手递给她。

那只手很宽大，掌心柔软，长指分明。

温初柠小心握住他的手，他的手很有力量，温润潮湿，下一瞬间就将她往前一带。

青柠的味道被雨水打湿，长在心里的玫瑰颤了颤。

陈一澜看着她脚下，提醒她前面水深，提醒她跳过来，口吻淡淡的。

温初柠想到小时候，有一次下了一场大雨，她和陈一澜从外面跑回家。

那天和现在一样，晚上突然下起雨，听到了雨滴“噼里啪啦”打下来。

“陈一澜。”温初柠叫他。

陈一澜停下脚步偏头看她。

“走慢一点。”

“好。”他答应。

好奇妙，只是一个“好”，心就安静下来，好像可以走出一条豪情万丈的路。

等走回家属院的时候，雨已经停了，陈一澜抖了抖伞上的水才递给她。

二人又一前一后上楼，三楼灯坏了，陈一澜提前开了手机的手电帮她照着。

到了四楼，刚想道别，东户的门突然拉开，电视里正在播放一档狗血剧，台词没听到，只听到女人在大哭。

“汪阿姨好。”温初柠喊道。

陈一澜的妈妈，汪茹，急诊外科医生，四十多岁，头发盘在脑后，隐约有些白发，因为忙工作，也没什么时间保养。她与曾经同样是急诊外科的周梦对比起来，可真是差别太大了。

“小柠也才回来，早点休息啊。”汪茹跟温初柠打了个招呼，开了门，让陈一澜进去。

陈一澜进门前跟温初柠说：“晚安。”

“晚安，汪阿姨也晚安。”

汪茹对她笑了笑，等陈一澜进了门就把门关上了。

四楼的声控灯又暗下去。温初柠上楼，舅舅已经把声控灯修好了，跺跺脚就亮起来。

她从书包里摸钥匙。老房子，实在不太隔音，她听见了汪茹在说话。

“怎么这么晚才回来？你少带着人家温初柠到处疯，人家在临江一中，那可是重点高中，别耽误人家学习。

“对了，妈上午给老同学打了电话，可能会让你进临江一中普通班，先听课看看。

“你走职业这事，妈妈不同意，正好你最近几次比赛名次都一般，妈妈觉得你还是好好上大学，还剩下一年半的时间，你聪明，好好学，说不定能考个本省的学校……哦对，你那么多比赛，是不是能高考加分来着？”

“妈，我喜欢游泳，我要走职业。”

“陈一澜——”汪茹大叫，“你跟你爸一样，非要跟我对着干是吗？”

“既然不同意，一开始为什么让我学呢？”

“陈一澜！”

“我睡了。”

“砰”的一声，门关上。

温初柠拎着钥匙，还没插进锁眼里，钥匙上挂着熊猫头的碎钻挂坠，她拎起来，熊猫上的碎钻闪闪发光。她捏着熊猫头，心口坠了坠。

那一尾帅人鱼，好像为水而生，他在无数个黑夜里游着，不管多难多累，他都在咬牙坚持着。

游啊游，从六岁到了十七岁。

温初柠回了家，无视周隽阳，心事重重地洗漱后躺在床上。

卧室床头的玻璃柜里满满都是他送的纪念物——也是他曾经大大小小的荣耀。

温初柠拎起一只小企鹅，小企鹅的胸前刺绣着某次运动会比赛的字。

她举着小企鹅。

萤火虫对天上的星星说，你的光早晚有一天会消失的。

星星不说话，挂在天上一闪一闪。

温初柠放下企鹅，拿起了手机，翻找到陈一澜的微信，编辑一行字发送过去——

【陈一澜，你超棒的。】

星星永远发光，陈一澜也是。

温初柠躺在床上翻了个身，手机振动了一下，她拿起来看。

陈一澜给她回复：【大人的事儿不用仙女管。】

得嘞，少女梦又变成了仙女的烟花，“噼里啪啦”炸开。

温初柠心情颇好地给他回：【仙女不管，仙女给你加油。】

而后她潇洒地一扔手机，翻了个身，又转回来，捞过那只企鹅抱在怀里。

八月中旬的某一天夜晚，美梦是淋湿的青柠味，是他攥着她手腕时的温热。

陈一澜躺在床上，盯着屏幕看了好半天，低声笑了出来，笑着笑着，就有点收不住了。

第三章

她眼底深藏的喜欢

陈一澜在家待得也不太安生。

家里的气氛像一根紧绷的弦，也好在汪茹工作忙，所以没什么时间来他面前说。陈建平倒好，为了避免吵架，回来住了一天就直接回省队了。

临走前，陈建平跟陈一澜说：“好好游，爸爸看好你。”

陈一澜躺在床上，很久很久没睡个踏实觉。

训练的时候太累了，早上五点半就要起床跑步，游泳可不只是游泳，要训练体能和耐力，晚上十点半准时睡觉。

日复一日，都是如此。

他本来那么爱游泳，想到未来有一天都在做这同一件事情，也会觉得枯燥难挨。他也才十七岁，也会对未来的日子迷茫，原本众星捧月，忽然有一天发现自己好平凡。

400 米混合泳的世界纪录是 4'03"84。

安东的成绩保持在 4'13"。

他的成绩是 4'17"。

差了 4 秒。

陈一澜沉沉睡去，难得做了梦，梦到小时候，他水性好，陈建平在家属院后面的体校做教练，他就在体校的泳池里游泳。

好几个小伙伴听说了，跑来对他一通夸。到后来，他进了市队、省队，很多人都艳羡他，再后来，连鼓励都渐渐奢侈了。

队里可没人照顾你敏感的情绪，师兄师姐都是那么过来的，能真正参加大型赛事的，不只是胜在成绩胜在技术，更是胜在强大的心态。

剩下的唯一的人……温初柠跟他说，你很棒的。

陈一澜的学籍档案还挂靠省体校，平日里他的生活很简单，没比赛就在学校训练，有比赛就去京城的训练基地继续训练。

汪茹在八月尾时跑了两趟，省体校的老师听耿爱国和陈建平说了，只当是汪茹在胡闹，于是随便找了理由说得过几个月再说搪塞过去了。

最后什么都没办成，只让陈一澜在普通班临时先读两个月。

汪茹絮絮叨叨，总觉得哪儿不对，但现在求人办事确实比登天难，她说：“我觉得你还是好好学习，以后考个好大学，这个年代干点什么不行？不是妈妈不支持你，咱们得现实点，你看你爸省体校教练，年轻时候国内大小比赛冠军没少拿吧？结果呢，到头来也就是个小破体校教练，奥运四年一次，能出几个冠军？还有你那个教练耿爱国，挂名国家队的，妈也没看到他带出来什么奥运冠军……”

陈一澜一声不吭，坐在房间里看耿爱国上午给他发的资料。

汪茹叨叨一通，核心思想就是不想让他继续游泳了。

其实这话陈一澜早听多了，队里有些家长打电话来，不想让孩子继续游了是因为心疼孩子没日没夜训练。

汪茹是因为好面子。以前放假回来，汪茹就常常说谁谁老公怎么出息，谁谁谁孩子怎么学习好。

陈建平沉默吃饭，陈一澜也接不上话。

陈一澜静默不语，翻看着论文，忽然想到，他游泳这么多年，汪茹一次都没来看过他。她最早支持，还是因为谁家家长说了一句：陈一澜游泳真厉害啊，拿那么多冠军，真牛。

这是个敏感的年纪，只是大部分男孩子都把想法藏在心里。

汪茹念叨完了，在家门口的小镜子前照了照，然后上班去了。

她说厨房高压锅里有给他留的粥，晚上看着自己吃点。

陈一澜也没吭声。

也是为难耿爱国，都六十来岁马上退休的人了，硬生生为了这帮孩子学会了用电脑做表格做文档，还仔细地给陈一澜制订了训练方案。

混合泳是四种泳式，蝶泳、仰泳、蛙泳、自由泳。

蝶泳蛙泳体力消耗大，仰泳做缓冲，蛙泳做体力调整，自由泳冲刺。其中，仰泳和蛙泳起到至关重要的作用，蝶泳与自由泳需要技术与速度。

陈一澜的爆发力和耐力强，仰泳拉慢速度，而往往入水后，第二个泳式就可以拉开差别，但第二个泳式拉慢后，哪怕冲刺强，总成绩回回都差了那么一点。

耿爱国一次次不厌其烦为他调整方案，让他尝试去兼项突破薄弱点。

这不就这会儿，耿爱国远在京城带队训练，还给他重新制订了训练方案。

发来就发来，还不忘附赠一条语音——

“你好好练啊，得天天下水保持水感。那边那个！干吗呢！”

陈一澜莫名一笑。

耿爱国总说严师出高徒，对他们没少关心。

陈一澜一直没太关注开学的事情，直到月底的时候，汪茹拽着他去学校签字。

S 省注重体育发展，尤其是今年举办的中学生运动会，政府要求每一所学校都必须报名参加。

一中本来就体育差劲，汪茹去交资料的时候，正巧碰见校长在教务处喝茶，校长是个体育迷，常年关注体育运动，但奈何学校的升学也有压力，学生们都闷头学习，他也是无奈。

学校里有个体育特长生班，但也是为了升学来的，体育也没多精，隔壁几个学校回回参加运动会都能摘奖，一中却跟陪跑似的。

隔壁几个学校都说，一中的学生是一群只会读书的书呆子。

眼下一看到陈一澜，中年校长眼睛一亮。

但他心里也没个底儿，毕竟陈一澜常年参加比赛，也不知道这是怎么个情况。

汪茹简直是两眼泪汪汪，拉着校长说了好半天，但校长看了一眼旁边站着的陈一澜脸上没什么太多的表情，也不像自愿的。

趁着汪茹去隔壁教务处的时候，校长给陈一澜接了一杯水："你这是……"

"教练给我放假两个月，我妈就是这样，我的档案还在体校，两个月后我还得回队训练，就麻烦您了。"

陈一澜虽然话不多，但该有的客气礼貌还是有的。

"哦哦，这样……"校长了然，然后问他，"今年咱们市运动会，你有意向代表学校参加吗？"

校长是个很和善的中年人，这两天正好处理完文理科分班的事情，排名表就在桌上，他拿过来看了一眼说："正好最后两个班是体育特长班，学习压力不大。"

陈一澜无意瞄了一眼，不算厚的一沓，最上面一张是六班的名次表，他一眼就看见了温初柠的名字。

"六班吧。"

"六班？"校长拿起来看了看，"六班是文科实验班。"

"没事，我能听懂课。"

"也行。"校长答应，毕竟陈一澜身份不一样。

温初柠今天不太高兴，不只是因为快开学了，更是因为今天一早接到了温绍辉的电话。

不提没事，一提温初柠就蔫了。

"小柠，你上个期末是怎么回事？"温绍辉明显是在家里阳台上给她打电话，"我让你许阿姨帮忙看了看……你上次怎么就考了你们班第六名？和第五名差了1分。"

第六名？

温初柠当时正坐在书桌前听听力，听到第六名的时候，心口蓦地刺了一下。

"不过没什么事，多亏你许阿姨在一中，六班少两个人。你知道添个人进去多费劲吧，你许阿姨还是老师，说实验班和普通班不一样。小柠，你有空得好好谢谢你许阿姨。"

"好，爸，我知道了。"

“行，你今天有空没？”温绍辉问，“你妹妹考上了你们一中的初中部，你许阿姨今天做饭，你正好过来一趟吧，好好谢谢你许阿姨。”

“爸，我今天……”温初柠握着手机，下意识地想拒绝。

“就这么定了，趁着你开学前一起吃顿饭。”

“爸……”温初柠话还没说完，温绍辉就笑呵呵挂了电话。

温初柠坐在桌前，耳机里还在播放听力，她没心思再听，只盯着眼前的试卷，有点空茫。

他们高二的时候分文理科，高中每年级二十多个班。

高一时，前四个班是实验班，温初柠在十班普通班，高二时多了实验五班和六班，文理科各多一个实验班，但要每个普通班的前五名另组。

很不巧，这次温初柠第六名，又是托了许阿姨帮忙才进实验班。

当初进临江一中，爸爸就想让许阿姨帮忙把温初柠调去实验班，温初柠说没关系，反正高二还要分科，这才作罢。

其实她是想自己努力的，可是总差一名。

她已经很努力了。

爸爸和许阿姨另组家庭，又生了一个小女儿，乖巧聪明懂事，被父母关怀着，这个同父异母的妹妹叫温许，连名字都是父母二人的姓氏。

而周梦先前忙得脚不着地，对于前夫新婚也只是淡漠的一句祝福，可温初柠总觉得周梦是在逃避。

这回，周梦干脆逃到了国外，扔温初柠一个人面对。

温初柠小时候还不觉得有什么，长大后，才渐渐觉得，原来有些事情有些人，早就变了。

比如去爸爸家，许阿姨脸上客客气气，终归跟温初柠没什么关系，她去了之后，爸爸不在家的时候，许阿姨也只是跟她点个头，对自己的女儿则盈笑关切。

她像个局外人。

可温绍辉毕竟舍不得温初柠，温初柠不想让温绍辉在其中难为，平日里电话都很少打。

温初柠重新捡起笔，想做题，但是脑子里“嗡嗡嗡”的。

温初柠吃完饭回来的时候，无精打采的。

其实早就能预料得到。

许阿姨是一中教高三数学的老师，平时不苟言笑，温初柠对她有一种天然的畏惧。

到了爸爸家里，家里到处都摆放着妹妹温许的东西。

温绍辉烧菜，许阿姨辅导今年要上初一的妹妹温许的功课。

温初柠就坐在客厅里，也不知道做些什么。

然后听到了许阿姨跟爸爸说——

“温许最近数学成绩退步了几名，本来想着能进一中初中部的博文班来着。”

“孩子这不才初一，急什么。”温绍辉笑呵呵的。

“能不急吗，进了博文班，要是稳住前十名，能保送一中实验班，孩子的教育得从小抓起。”

“别给孩子这么大压力。”

“还压力呢！高考少1分就是落后几千名！”

温绍辉依旧笑呵呵的，把菜翻炒得“叮当”响。

许阿姨不满，自己炒，让温绍辉出去说话。

饭香味一阵阵飘过来，这些话有意无意的，都让温初柠的心里有点酸涩难过。

她上学的时候，没父母帮忙辅导功课，也没人关怀温饱冷暖、成绩怎么样，是好是坏，全凭自己努力。

温绍辉走出来，给温初柠剥了个砂糖橘递过来。

温初柠道谢，拿了一瓣，砂糖橘不甜，很酸。

温绍辉想跟她说点话的，但张了张嘴，发现关于这个女儿的记忆，还停留在她六岁那年，后面的……

温初柠安静乖巧，不像温许活泼开朗，他都记不得这个女儿还有什么爱好了，每次过生日和过年，除了直接给她红包以外，都不知道还能送她一些什么。

“好好学习。”温绍辉最终说了一句。

“爸爸，我写完作业啦，你来帮我检查一下。”温许在里面大喊。

温绍辉笑了笑，让温初柠吃瓜子糖果，饭马上就做好了，然后起身进去了。

温初柠坐在沙发上，刚想说自己年初考了跆拳道的证书，话才到喉间，就咽回去了。

炒菜声、欢笑声，乃至于家里桌上摆放的糖果小食，都充满温馨，却离她太远了。

这餐饭，她硬是一句话插不上，只能埋头吃饭。

许阿姨做饭味道淡，周梦连煮饭都能煳锅，在厨房里折腾一通，最后让温初柠点外卖，还说想吃什么点什么。

也不知道周梦在英国怎么样了。

饭后温绍辉想送温初柠，温初柠说不了，走两步就是公交车站，他这才作罢。

温初柠是走回去的，结果周隽阳在家看电视，看她闷不作声地回来，也大概能猜到点。

温绍辉让温初柠过去吃饭，给周梦说了一声，周梦转头就告诉了周隽阳。

一个十几岁的小姑娘，周隽阳不知道怎么说这事儿，于是问道：“你回来的时候没看见陈一澜？”

“没，怎么了？”温初柠去浴室放水，打算洗个澡早点睡了。

“哦，陈一澜等你来着，我刚刚下去拿咖啡，看见他还没走，在外面打球，估计还没吃饭。”

“哦。”温初柠默默关了水，在毛巾上擦了擦手，“我出去一趟。”

“身上钱还够吗？”

“够。”

周隽阳低笑一声。

他不笑还好，一笑怪让人脸红的。

温初柠回头看周隽阳。

周隽阳举着两手投降，率先回答：“我知道我知道，就是你们认识十几年了，一年多没见。”

温初柠又把话咽回去了，换了鞋出门。

她关门的那瞬间，周隽阳轻笑了一声，青梅竹马，两小无猜，真好。

那天周隽阳光顾着提醒温初柠带伞，自己却忘了带，晚上下雨，便又加了会儿班。

结果他一抬头，看陈一澜撑着伞，迈一个水坑的时候，伞都遮在温初柠头上，路灯的光线下，雨丝细密，陈一澜淋了几滴雨，拉着温初柠的手，稳稳地把人带过来。

温初柠抱着书包，两人并肩走，偶尔搭几句话，陈一澜也笑着回两句。

周隽阳剥着橘子想了想下午看见陈一澜的事儿。

当时，陈一澜问他：“舅舅，温初柠没在家吗？”

“没在。”

“哦。”

周隽阳说：“去她爸爸那里吃饭了。”

“哦。”

陈一澜就回了两个“哦”，剩下一句是：“谢了。”

温初柠下了楼之后故意停了停，四楼什么声音都没有，安安静静的，估计是没人在家。

然后她一边跺了跺脚，亮了灯，一边摸出手机打字：【你在哪儿呢？】

她琢磨着陈一澜是在篮球场或者游泳馆，才下了楼，手机一振，是陈一澜发来消息：【回来了？】

【嗯。】

【马上，小区门口等你。】

【好。】

温初柠慢吞吞下楼，家属院晚上挺安静的，复杂的情绪闷在心口一遍遍发酵。

好像全世界就她孤零零的，什么心事都藏在心里，起初是没人说，后来也就习惯了一件件事都藏起来。

以前年纪小还能哭鼻子，仔细回想一下，初中没什么好朋友，高中……才认全高一的同学，高二就分班了。

家属院的朋友们嘛……剩下的，大概也就是孙嘉曜和陈一澜了。

小时候，攒了一年的委屈就等着陈一澜回来后往外倒，现在正值青春期，没了年纪小打幌子，很多情绪都只能藏在心里。

温初柠走出来时，看到一道颀长的身影站在小区门口，路灯把他的影子拉长，孤零零地映在地上。

温初柠慢慢走过去，像是有预感，陈一澜回头，一眼看到她。

他一眼就看出了她心情不好，等她走到跟前。

“你还没吃饭？”

“没，刚打了会儿球，等你呢。”陈一澜倒退着走，眼底藏笑，“猜猜我手里有什么。”

温初柠跟着他走：“有什么？”

陈一澜把一杯热的姜汁撞奶递过来：“喝点甜的心情好。”

温初柠接过来，杯子热热的，温度透过手心，让她不禁吸了吸鼻子。

陈一澜什么都没问，什么都没说，大概也猜到她今晚没怎么吃饱，带着她去了一家汤包店。

这家店开在临江市的江边，老字号，招牌蟹黄包，皮薄馅儿多，一个汤包有一两，一笼八个。

这是温初柠以前最喜欢的一家，却因为总排队，也没什么时间过来，这家店还不接外送。

美食的香气飘来，晚上没吃饱，肚子果然“咕咕”叫。

体育生吃饭是真不矫情，一下点了三笼。

温初柠埋头吃饭。

陈一澜抽张纸递给她，温初柠没看到。

下一秒，柔柔软软的纸巾贴在了额头上，温初柠夹着一只汤包，一抬头，陈一澜单手捏着纸巾给她擦了擦额头上的薄汗，迎风送来了青柠的甘洌清香。

陈一澜身上还穿着宽松的白色 T 恤、松松的黑色短裤与球鞋，少年轮廓分明的脸上还有点薄汗。

温初柠咬着汤包，有那么一瞬间，鼻子发酸。

饭后二人围着江边走，打算走一圈消消食就回去。

他们走的是江景路，左边是陈一澜和绿化丛，右边是围栏和粼粼江水。

“你带我走人少的地儿干吗？”

凉风吹着，温初柠摸了摸胳膊。

“怕你哭了给外人看见嫌丢人。”

他不说还好，说完之后，温初柠直接就近找了个木椅坐下了。

陈一澜笑了声，跟着坐在她旁边。

面朝着江水，能看到对岸瑰丽的夜景，江上有一艘观景船，隐约听到船上游客兴奋的声音。

到处都是喧闹，她只身一人。

只是现在，身边有了陈一澜。

“想哭就哭。”

“我又不是小孩了……”

温初柠捏着姜汁撞奶，眼神缥缈，看着不远处的水边。

水波荡漾，路灯落下一点影子。

他们俩的影子落在水面上，很淡的一层，风一吹，两道影子互相依偎，又晃悠悠分开。

“怎么不是小孩？”陈一澜两手撑在椅子上，扭头看着她，英挺的面庞噙着一点笑意，黑眸有些发亮，故意用轻松地口吻说，“你小时候不是天天跟在我后面喊一澜哥哥嘛。”

温初柠愣了愣。

“再喊个我听听。”

“陈一澜！”冷不丁想到过往，温初柠脸色有点发红。

陈一澜终于有了正行，笑她几声，腾出一只手揉了揉她的头发：“你想哭就哭，有什么大不了的，我要是不在你身边，不还有手机吗？”

“我就奇怪，”温初柠说，“你在队里哭不哭。”

“不哭，”陈一澜弯腰捡了一枚小石子丢出去，石子在水面打着圈儿荡漾出几圈波纹，“我们大部分时间都在训练，出点汗，什么情绪都没了。”

这么多年挂在心上的事，是去比赛给她带礼物。

温初柠转头看陈一澜，他神情静静的，没什么太大的起伏。

莫名想到这几次偶然听到的汪茹的那些话，明明他也有很多不开心，可在她面前，一次都没表露出来。

他是个男孩子，总不太擅长言辞，就这样坐在她身边，她想说，他就听，她不说，他就陪着。

“我不哭，我又不是小孩了。”

“放心，咱俩认识这十多年，你说你三岁要人哄，我也听的。”陈一澜又丢了一颗石子，笑着跟她说，“是吧，温仙女。”

温初柠咬着姜汁撞奶的吸管吸了一口，毫无防备被呛了一下，姜辣味道在喉中扩开，她咳嗽了几声，陈一澜伸手拍了拍她的后背。

二人一路回家，温初柠几次借过马路时偷看他。

陈一澜依旧是那副冷淡模样，双手插在裤兜里，散散漫漫，察觉到她视线时才笑一笑。

他们依然是在四楼分别。

温初柠跟他说再见，说晚安。

陈一澜笑着抬手揉了她头发一把：“回去早点睡，还有，别拿手机当摆设。”

“好。”

陈一澜拿钥匙开门。

温初柠也上楼回家，摸出钥匙前，低头看着楼下，陈一澜闪身进了房门。

说了晚安，互道了再见。

这天，是潮湿的江边，是一杯温热的姜汁撞奶，还有陈一澜拍了拍她的背，说别拿手机当摆设。

温初柠笑一笑，洗漱了一番躺在床上。

房门被敲响。

“进。”

周隽阳探进来一个脑袋：“你妈以为你睡觉了，刚才给我打过电话，让我提醒你。”

“嗯？”

“温初柠，别以为你妈妈不在就可以在家放羊撒欢了，该吃饭吃饭，钱不够跟我说。”周隽阳学着周梦夸张的语调复述一遍，还笑着说，“在你爸那儿吃得不好，跟舅舅说，舅舅虽然不太会做饭，但舅舅会点外卖啊！”

“知道了，我要睡觉了！”温初柠阴郁的心情一扫而光。

周梦虽然平时工作忙了点，但她还是温初柠的妈妈。

周隽阳笑笑，顺手给温初柠关了灯。

温初柠又摸出手机，拨了拨头发，编辑一条短信：【陈一澜，晚安！】

末了又补一句：【陈一澜最好啦。】

她放下手机，躺在床上，又没了睡意，搂过床边的小企鹅。

8 月 30 日那天恰逢周六，温初柠早上出去上跆拳道的最后一节课。

叶浩东举着海绵板，小声问她：“温初柠，你选了文科是吗？”

“嗯。”温初柠心里思考着事情，回答得心不在焉。

叶浩东絮絮叨叨说了一堆，她听得也不太真切，大意就是什么高二文理科分班，学文科的话数学和英语是难点。

她怎么能不知道？

下课后温初柠回家，一路上在想事情，都没看到晨练回来的陈一澜。

陈一澜看她一副心不在焉的神情，终于还是没忍住在中午的时候来敲她家的门。

她失魂落魄的，总不能是开学前受了什么打击。

陈一澜来敲门的时候，周隽阳正好要去上班。

一开门，周隽阳挑眉。

陈一澜神色如常，开口一句：“舅舅好。”

老实说，一米九三的身高，怪压人的。

周隽阳抬手拍了拍陈一澜的肩膀，说：“我上班去了。”

温初柠在房间里坐着，墙上贴着一张计划表，而温初柠就坐在这表前盯了大半天。因为温绍辉的话，她知道了自己被分进了六班，文科实验班。

对她而言重要的不是实验班，而是她想考的大学。

淮川外国语大学——国内知名的外语院校，分数线很高，是未来两年里温初柠的努力目标。

以她现在的成绩看，总觉得太遥远。

淮川外国语大学在 S 省招生数很少，温初柠查看了每年的分数线，估摸她至少要考到班级前三名或者市前一百名才有希望。

太遥远了。

单想到自己数学的分数，温初柠就难受。

这一年高考还未改革，语数外满分各 150 分，文综满分 300 分，淮川外国语大学的文科分数线年年都在 600 分以上。

“淮川外国语大学。”

正盯着犯愁的时候，听到身后传来一道好听的声音，温初柠一扭头，身高差的原因，她率先看到的，是一截线条流畅的脖颈，很简单的黑色 T 恤，更衬得他肌肤白皙。

陈一澜弯腰站在她身后，看着墙上贴的计划表，懒懒地问了一句：“想考淮川的大学啊？”

“嗯。”考不考得上还不一定，这么一想，温初柠蔫了，问他，“你怎么来了？”

“今早晨跑看到你心不在焉的，还以为你被谁打击了，”陈一澜弯腰随手拿了她桌上一个玩偶捏了捏，“这不是关心你嘛。”说得自然又随意。

“走，带你吃饭去。”陈一澜的手搭在她头上揉了一把。

“你怎么老带我去吃饭？”

“看个电影也不是不行。”

“你真俗。”温初柠从椅子上站起来，把他推出去，

陈一澜投降，由着被她推出来：“那你想个不俗的，我带你去。”

温初柠没哪儿想去的，只觉得暑假要结束了，忙碌的上学生涯即将开始，压力还挺大的。

早就听说过临江一中会在高二时把高二和高三的内容全部学完，高三用来三轮总复习。

而高二这年还要面临一次全科目的学业水平测试，这么一想，温初柠更萎了。

她磨磨叽叽拉开衣柜门，平时在学校都是穿校服，一中校服分春夏两季，一季各两套。

衣柜里挂着的大多是短裤和 T 恤，在重点高中确实没什么心思和时间打扮自己。

温初柠唯一的一条裙子，还是去年过生日时周梦给她买的——周梦平时不紧着她吃穿用度，但往往没时间陪她一起逛街，于是回回都是给她钱让她自己选。

这条裙子，大概是周梦唯一一次亲自给她选的。

一条很简单的白裙子，但关于这条裙子的回忆不太快乐。

周梦忙归忙，但那天特意订了酒店带着温初柠出去吃饭，偶遇了带女儿逛街的温绍辉和许燕。

那天要多尴尬有多尴尬。

“好了没啊？”陈一澜在外面问了一声，声音懒洋洋的。

温初柠的手顿了下，还是拿下了那条裙子，再不穿，以后可能没什么机会了。

“马上。”

温初柠麻利换好了裙子，站在房间的镜子前照了照，随便抓了抓头发拨弄两下，手忽然停住。

脑袋里蹦出来两个小人叽叽喳喳。

——干吗特意打扮，不是好哥们吗?

——可是陈一澜就回来两个月呢，留点儿好印象吧。

“你好了没？”

温初柠冷不丁地回神，手忙脚乱，用手指理了理头发才出来。

临开门前，她又跑到书桌边，犹豫几许，喷了点香水，又觉得味道太浓，挥手散了散。

“我开门了啊。”陈一澜在外面等了半个小时，心下觉得温初柠衣服肯定换好了，一推门，就看到温初柠站在落地窗旁边，挥了挥手。

这应该是陈一澜头一次见她好好打扮，在陈一澜的记忆里，她还是那个跟在他身后疯跑的小女孩。

怎么就没发现，那个整天大大咧咧地跟在他身后喊“一澜哥哥”的小女孩，已经长这么高了。

她柔顺的黑发在阳光下染了一层很浅淡的棕栗色，空气中萦绕着很清浅的茉莉花香味。

温初柠抬手拨弄头发，一截细细的手臂白皙，看到陈一澜开门，也只是盯着镜子，说：“催什么催，马上好了。”

陈一澜关门。

客厅里空荡荡的，鼻尖还绕着一点很淡的茉莉香。

他无声笑了笑，莫名想起了那天在游泳馆里，他攀着泡沫分隔线，温初柠安安静静坐在一旁听听力。

小时候还是一张圆乎乎的小脸，长大了，下巴尖尖的，小圆脸变成了瓜子脸，笑起来的时候，两颊还有很浅的小梨涡。

蓦地，陈一澜又想到了那天在中医馆外的路口，有男孩子对她窘迫地笑。

温初柠拨弄了半天，头发扎起来又放下去，最终还是没扎起来——发圈落在了浴室里。

温初柠磨叽半天，最终自暴自弃，就这样了。

这些该有的不该有的小想法冒出来，温初柠没敢看他的眼睛。

陈一澜就坐在沙发上看手机，家属院的老房子是被重新装修过的，采光做得很好，他坐在沙发上，莫名显得拥挤起来。

“去哪儿吃饭？”

“带你去个好地方。”

这么大个临江市，温初柠很少出来走动，一是学业忙，一是到处人挤人。

地铁七转八转，到中转站下车的时候，温初柠懵了，这一站只有下一趟地铁换乘，路线偏，但终点站是临江市高铁站。

“你……你带我去车站？”

“别胡思乱想，是孙嘉曜他妈妈带他回了趟学校，去看看他。”

“怎么了？”温初柠细细一想，他们体校好像是在淮川。虽然挂名是省体校，但是位置在不远的淮川。

“没怎么，他跟我一样，在队里成绩不突出。”

“哦……”温初柠默默站在陈一澜身边等着地铁。

听见陈一澜云淡风轻地说了这么一句话，总有点一闪即逝的空落错觉，她想张嘴安慰，话还没说出口，陈一澜拉了拉她的手臂：“地铁来了。”

“好。”

温初柠往后退了一步，结果地铁门一开，拥下来很多人，手里拎着行李箱。她这才慢半拍地想起来，快开学了，临江大学是本省的双一流。

等人散得差不多后，温初柠才跟在陈一澜身后上去，要迈步时，一个女孩费劲地拎着行李下来，脚步匆匆的，巨大的箱子正好撞到了温初柠的手。

“对不起对不起……”女孩忙道歉，而地铁已经发出了“嘀嘀”的关门倒计时声。

陈一澜眼疾手快，单手帮那个女孩子把行李箱提了下来。

“谢谢。”

“没关系。”

这趟车注定要错过去了。

陈一澜回头，拎起了温初柠的手腕托在眼前，行李箱上带着一个锁，边角把她的小指划破了。

细细的一道伤口，沁出了一点点的血红。

他问：“疼吗？”

“还好。”

事发突然，手一下就麻了。温初柠想抽回去，陈一澜却没松开，他拉着她沿台阶上去。

地铁站很大，车站里有便利店和药店，陈一澜买了独立包装的棉签和一包创可贴。

陈一澜让温初柠坐在长椅上，拎着她的手腕，用碘伏棉签摁在她伤口上擦了擦。

“不疼了吧？”

椅子在往来的地铁之间，车门打开，人流往返，脚步杂乱而匆忙。

温初柠的角度，能看到陈一澜低垂的睫毛，鸦羽似的晃了晃，在高挺的鼻梁两侧投下很浅淡的碎影。

他吹了吹伤口，温初柠手指上痒痒的，青柠的甘洌味道挨得很近很近。

半天不见回应，陈一澜弹了下她的额头：“疼就说，发什么呆。”

“没事……”

他“嗯”了一声，摸出一个卡通创可贴拆开，一边贴，一边故意逗她似的说：“货架上就这么一个粉红的，我给你拿了。”

温初柠低着头，嗫嚅半天，挤出来个“谢谢”。

“走了。”陈一澜走在前面，温初柠又一次磨磨叽叽跟上。

刚才那一瞬间，她脑子里有些空白，他挨得很近，以至于她忽略了手上的疼，这样的事不是第一次发生。

小时候放烟花，她被打火机烫伤了手指，也是陈一澜第一个发现，她的手指上还留着一道疤痕。

那会儿陈一澜也不大，他拽着她的手吹了吹，说：“我吹吹就不疼了。”

两小无猜，童言无忌。

他对她的好，也辨不清是否还停留在那时的无忧无虑里。

地铁来了，车上又下来一拨人，这回不同，陈一澜走在温初柠前面，怕她走丢了似的，拉着她的手腕。

地铁上人很多，附近几站都有学校，大多是学生们返校。

陈一澜拉着温初柠去了个人稍微少的地方。

他个子太高了，单手抓着她右边的栏杆。温初柠站在一旁，绷紧了身体，地铁每隔几分就停一下，上上下下的多是推着行李箱的学生。

温初柠抬头，视线只到陈一澜的胸前，从这个角度，正好能看到他线条流畅的脖颈，还有突兀又性感的喉结。

一普通的短袖都能被他穿得像模特一样。

他的手攥着她身边的栏杆，确实给她遮蔽了不少的喧闹，像是隔绝出了一小片只有他们的狭小的空间。

在这片空间里，她很近地挨近了他，小心又刻意。

这回地铁开门，陈一澜下意识地拽着温初柠往里面走了走，这一站人下得多，终于空了一些，有座位了。

陈一澜让她过去坐下。

他俩并肩坐在一起，挨得很近，她的裙子铺在膝盖的位置，跟他的腿相触。

对面人的行李箱滑过来，在即将撞到她的前一秒，他伸手摁住了箱子，对面的男人连连抱歉。

少年的手掌干净有力，骨节修长而分明。

温初柠忍不住想笑，又抬头，地铁车厢对面的玻璃窗上，清晰地倒映出他们二人并肩坐的身影。

她不敢笑得太明显，嘴角动了动，又低下视线，右手的小指上贴着一枚粉色的创可贴。

粉色的小爱心。

到了地方已是下午，这是温初柠第一次到淮川。

临江到淮川，也就一个半小时的高铁，两个城市离得很近，都是一线大城市，人挤人。

“孙嘉曜现在在哪里？”温初柠跟在陈一澜身后问了一句。

“不管他，我们先找地方吃饭。”

“我们今天几点回去？临江的地铁十点就停运了。”

“应该用不了太久。”

车站出来人流量很大，陈一澜刻意放慢了脚步等着温初柠一起。

温初柠是半个路痴，每次要挤电梯的时候，陈一澜就拉着她一起，像怕她丢了似的。

淮川也如临江，学校扎堆。

他们是来找孙嘉曜的，路上陈一澜跟温初柠说，他们教练耿爱国今早联系了孙嘉曜，隐隐觉得不是好事，他们谁都没启口。

最近没有大型赛事，耿爱国是省队教练，最近在淮川带队为年底的一场运动会做训练准备。

体校很大，陈一澜带温初柠进去。

这是温初柠第一次到省体校，这里有专业的水上训练基地，也有着专业的操场。

红色的橡胶跑道上，运动少年们在跑步，教练吹哨，队员们冲出去，年轻的肌肤上遍布汗水，身上的短袖被汗水浸泡湿透。

温初柠没话找话：“你们也跑吗？”

“跑，”陈一澜闲闲散散的，拉着她走内侧的阴凉处，“你以为我们只泡在泳池里？”

“嗯。”她抿抿唇。

“我们要跑 3000 米，要跑 30 米冲刺，要做核心和耐力训练。”

“为什么还要跑步？”

“现在训练水陆结合，练耐力和爆发力，为了在水里更协调。”

“你也是吗？”

“废话。”

温初柠又静默了。

陈一澜就走在她的身边，温初柠心里蓦然酸涩，从不见他抱怨什么，但能想到他在跑道上拼尽全力的模样。

温初柠收回视线，知道他辛苦是常态，说：“你……你也注意休息啊。”

陈一澜朝她看过来，两人视线相撞，在强烈的日光下，他眼底的笑意不加掩饰：“怎么，心疼了？”

他没个正行的样子散漫又迷人。

温初柠别开视线不看他。

陈一澜的手机响了，是孙嘉曜的电话。孙嘉曜声音有点低落，人在游泳训练池。

陈一澜拐了个弯，带着温初柠过去。

游泳训练馆是三层楼，一楼泳池，二楼核心训练区，三楼休息区。巨大的泳池分八个道，每一道都有游泳运动员泡在里面，一遍一遍地来回游。

孙嘉曜坐在一边，脸上有点失落。

没预料到温初柠也来了，他打了个招呼，温初柠就乖乖站在陈一澜身后。

“挨训了？”陈一澜问。

“没，”孙嘉曜咬牙切齿盯着后面看，“耿教练说，咱们代训的八个人里，只有四个人转正式队员。

“只要年底的比赛安东能稳住4分11，他就稳进了。”

“安东——”这时，有人叫了一声。

“叫我干吗？”

温初柠顺着看过去，在1号道的远处，一道身影从水里钻出来。

那道身影顺着游过来，动作利落地上岸，他肌肤白得不像话，个高，身高至少两米多，练游泳的身材很好。

温初柠不知道该怎么形容——每一个注定的冠军，身上总有一种逼人的气场，安东就是。

温初柠脑子里冒出了之前孙嘉曜说的“小白狗”“队里进的新人”这些字眼。

“嗯，4分11是吧。”

“是，估计我要垫底，我比你还慢两秒。”孙嘉曜苦笑。

“先别想了，走，去吃饭。”

“我……”

话没说完，他们身边的门就打开了。

孙妈妈跟一个身材矮胖的男人从里面走出来，孙妈妈面带愁容地问：“耿教练，那您看嘉曜这怎么办？他都已经游这么多年了，也是您一手带起来的……”

“我再想想办法给他提高提高，他一直慢两秒，正好这两个月的假，好好想想办法。总教练那边，我也会尽量延一延。”耿爱国手里拿着几张表格。

“哎，行，辛苦教练了。”

“没事，都是我分内的。”

话说到这就戛然而止，孙妈妈似乎哭过，看到他们三人，孙妈妈强挤出来笑容跟他们打招呼。

耿爱国往这边看了一眼，大概还有别的事，往泳池另一侧走过去。

“你们来这儿有什么安排？”孙嘉曜小声问了一句，“我妈估计等会儿要骂我，我先不跟你们一起走了。”

“好，没什么安排，带温初柠来逛逛。”

“行。”

“别想不开。”在孙嘉曜要过去的时候，陈一澜低声说了一句。

“想不开什么，都游这么多年了。”

“嗯。”

孙嘉曜还是老样子，愁不外露，刚才几秒的愁绪很快藏下去，他对着温初柠挥挥手：“等我回去后请你吃饭啊，小柠。”

“好。”温初柠也对他道别。

泳池里只有扑腾水花的声音，还有教练的训斥。

温初柠跟陈一澜出去，她没有说话，想安慰鼓励他，但话卡在唇舌间，不知道怎么说出口。

体育竞技很残酷，甚至远比高考残酷。

一句“游了很多年”，背后是无数的付出和汗水，是一次次艰苦的训练，而他们只要坐在教室里，风不吹日不晒。

她想到刚才在操场上跑到瘫坐在地上的运动员，想到教练大声的训斥。

“四秒，很难吗？”温初柠小声问了一句。

“别操心，不然老得快。”陈一澜语气寡淡，像是玩笑。

温初柠笑不出来，她心里知道，四秒很难。

陈一澜带着她在淮川逛了一圈，有一家网红餐馆的蟹黄面口碑很好，在几所大学附近的商圈里。

他们吃完后已是傍晚六点多，倒地铁费了点时间。

温初柠是路痴，跟在陈一澜的身后，偶尔在红绿灯的间隙里看着两旁的道路。

黄昏日落，这座大城市有着复古的欧式建筑，也有着古老潮湿的巷子与弄堂。

陈一澜的脚步停了停。

他们好像越绕越远了，温初柠想问他是不是走错了。

哪知道，陈一澜斜斜地倚靠在路边的栏杆旁，朝着前面扬了扬下巴。

温初柠茫然地看过去，看到一个很大的大理石校门，十字路口，是人来人往的学生。

而校门上，石刻的字——

淮川外国语大学。

“你想考的就这儿吧？想考咱就考，不还有两年嘛。”

陈一澜肩宽腿长，哪怕是闲散倚靠在栏杆上，也比温初柠高了很多。

温初柠呆呆地看着他，好半天没反应过来。

“这样，咱俩做个约定行不行？”

“什么……约定？”

“你考淮川外国语大学，我拿金牌，”陈一澜说，“公平，我陪你一起努力。”

“仙女想考的大学，咱就考，有什么大不了的。”陈一澜突然凑近，青柠的甘冽混合着淮川的空气里的潮湿，像一株藤蔓，缠着温初柠的心脏寸寸收紧。

“你看，这么多年，答应你的我都做到了，我每参加一场比赛就给你带一份礼物，我都坚持十多年了。这个我也说到做到，咱俩一起努力，你考淮川外国语大学，我拿金牌，你说行不行？”

温初柠呆呆地看着陈一澜，那株藤蔓收紧了，几乎要将胸腔里的空气都挤走。在人来人往的喧闹的大街上，陈一澜的眼神含了一点笑意，就这么弯腰看着她，分不清是专注认真，还是什么其他别的情绪。

她只听到了自己剧烈的心跳声，在脱离掌控。

她有一点错觉，来淮川找孙嘉曜只是个借口。

好像本来……需要安慰的人是他，怎么现在变成了他在鼓励她？

回去的时候不太凑巧，二人赶上了高铁，却没赶上最后一趟地铁。

夏天，临江市的天气捉摸不定，白天时晴空万里，晚上就开始飘雨。

两人没带伞，地铁站关了，只能躲在地铁站门口避雨。

晚上十点半，地铁站的人稀稀拉拉，他们两人就站在那儿等雨停。

温初柠问：“你回家太晚没关系吗？”

“我妈这个月上夜班。”

“哦。”

“给你舅舅打个电话说一声？”

“也行。”

温初柠给周隽阳拨了个电话。

拨是拨了，却有点期盼周隽阳千万别来。

周隽阳隔了一会儿才接了电话：“还没回来？下雨了，带伞没有？”

“没。”温初柠偷摸往旁边瞟了一眼，陈一澜站在她不远处，远处的路灯明亮，落在他的脸上，轮廓分明，长睫微垂。

“我刚洗完澡，你在哪儿？我去接你？”

“嗯……雨快停了吧……”答非所问的回答。

周隽阳顿了一秒才反应过来，但没点破：“行，那你早点回来，要是一小时后雨还没停，给我打个电话，我去接你。”

“你明天不上班吗？”温初柠犹豫，“舅舅，要不你还是早点休息。”

“不行，我得先等你回来，我明天上午不去店里。”

“行。”

温初柠挂了电话，陈一澜也没问她。夏夜下了一场雨，空气阴凉潮湿，等了好一会儿，大雨一阵阵不见停，反倒是地铁站外面的水漫上来，几乎漫过一个台阶。

越等雨越大，最近的打车点在对面路口。

陈一澜看了眼手机时间，没什么耐性继续等，他折返回去，地铁站的入口有两台自动售货机，里面还有最后一把伞，歪歪斜斜地挂在里面。

陈一澜扫码付款，伞应声掉落，他把伞递给她。

温初柠接过伞，忙问："那你呢？"

陈一澜走到出口看了看雨，又看了看地铁站台阶外漫上来的水。

"什么那我呢，我还能扔下你不管？"陈一澜瞥了她一眼，声音被雨声打散了不少，他在她面前弯下腰，声音清晰地传到她耳中，"你把伞打好，回家了。"

"我……这水好像也不太深啊……"温初柠的心一跳，嗫嚅着往外看。

临江市回回是这样，城市的排水系统做得不太好，夏天的雨又急又大，地势低的地方容易积水。

"我在你身边，哪还有让仙女蹚水的道理，上来，别磨叽。"怕她不同意似的，陈一澜还打了个哈欠，"快点，回家睡觉了。"

温初柠这才慢吞吞地过去，脑子里突然冒出来一大堆不怎么紧要的顾忌，最后越想越乱，还是磨蹭着过去。

大概真是常年锻炼的缘故，陈一澜的脊背坚实稳妥，背着温初柠的时候，还好心地帮她压了压裙角，才不至于让潮冷的夜风灌进去。

温初柠的手有点不知道放哪里，两只手举着雨伞，可又觉得有点刻意。

陈一澜背着她蹚过浅水，她低头看了一眼，水都要没到他的脚踝。

一阵湿冷的风吹过来，温初柠下意识往他身上挨了挨。

"你看看附近有没有出租车。"

"好，"温初柠一手举着伞，一手拿出手机看了看，"前面排号还有87位。"

"那坐公交车回去吧。"

"好，公交车站在对面。"

"看见了。"

陈一澜让她把伞往上抬了抬。

温初柠没话找话："那你呢，你还考大学吗？"

"嗯，要走专业，不过有学校限制。"

"也是，游泳这种特招的大学好像很少，"温初柠小心地试探，"咱们附近的城市，有吗？"

她问完，想着意图应该不是很明显。结果听见陈一澜笑了一声，语调明显上扬："怎么，怕我跑太远啊？"

"谁说的，这不就随口问问嘛。"

"行，当你随口问问，"陈一澜闲闲地说，"可能没想好。"

"那你可得好好想想。"

"嗯，是得好好想想。"

回了这一句之后，温初柠有点不知道说什么，好在过了马路就是公交车站，站牌那里空无一人，怪空寂的。

她从陈一澜背上下来，低头看了一眼，他的鞋袜湿透了。雨后的风格外冷，公交车应该过一会儿才来。温初柠的视线扫了一圈，看到了一家二十四小时的便利店。

这会儿雨也小了，温初柠把伞塞给他："你等我一会儿。"

"快点啊，公交车快来了。"

"好，马上。"

温初柠避过小水坑，朝着便利店跑过去，买了一杯热饮又跑回来。

她刚递给他，还没来得及说话，公交车就开过来了。

车上没几个人，格外安静，两人并排去了后面坐着。

温初柠低头看手机，陈一澜手里拿着热橙汁，他静默了一会儿，手指微凉，掌心贴着杯壁，有着源源不断的温暖。

他忽然想到了很多泡在泳池的夜晚，尤其是冬天，水池恒温，训练场也有暖风，可是从水里出来的时候还是有些冷。

那会儿训练馆里都没什么人了，结束训练的时候已经很晚，往往走在回宿舍路上时有一点落魄。

同宿舍的唐子甄是本地人，常被笑作"妈宝男"，笑归笑，唐子甄的父母对他确是溺爱，有时候担心唐子甄在队里吃不好，隔三岔五来送东西。

他们这些家在异地的，其实都暗自羡慕。

这么一杯热橙汁，让陈一澜心里莫名发暖。

他偏头看了看温初柠，手机屏幕的光映着她巴掌大的瓜子脸，一双眼睛里有碎光，嘴角不自觉上翘。他看了一眼手机界面，本来是无意看的，结果看到了温初柠在百度可以走游泳特招的大学。

陈一澜诓她："下站到家了。"

"啊，这么快。"

温初柠立刻关了手机屏幕，却看到陈一澜没动，依旧坐在公交车的座位上，明明灭灭的光影落在他的脸上。

公交车报站，不是要下的那一站。

温初柠这才反应过来被诓了，陈一澜坐着不让道，长腿在公交车狭窄的座椅里都显得局促起来。

温初柠又坐下，反应迟半拍想到刚才百度的东西有可能被他看到了，顿时脸色发烫。

说也不是，不说也不是。

她刚想张嘴来着，陈一澜正好转头看她。

陈一澜的五官优越，轮廓硬朗，但到底也还是十七岁的年纪，稍有一分清朗的少年气，眼型好看，薄薄的双眼皮，眼底藏着笑的时候，有点不正经的意味，却又好看得让人挪不开眼。

温初柠的手搁在膝盖上绞着，冷不丁摸到了小指上的创可贴，想到陈一澜拎着她的手，微微低头给她吹了一下，好似又飘来了清冽好闻的青柠味道，混合着他身上淡淡的香气。

他说的什么来着，哄小孩似的语气，闲散又认真：吹吹就不疼了。

温初柠猛地转头不看他，就听见他又低笑了几声。

好不容易到站，温初柠走在他前面，又怕显得太刻意，又放慢了几步等等他。

"温初柠。"快进家属院的时候，陈一澜喊住了她。

"说。"

"还挺冷酷。"

雨停了，空气还是潮湿得不像话。

温初柠停下脚步回头看他。陈一澜正好迈过一个小水坑，然后在她面前站定。

他比她高了一头都多，阴影覆在她的头顶，遮住了路灯的光线。温初柠微微仰起头看他，他的轮廓更为深刻，眼底还有一点碎光，看起来漫不经心，又像是真想正经说点什么。

莫名地，她有点紧张。

"你不用安慰我。"陈一澜盯着她的脸，慢慢一字字地说，眼神干净又坦荡，"这个年纪，遭点挫折压力又没什么，你对我信守承诺就行。"

"信守什么承诺？"温初柠一时没反应过来。

"你考淮川外国语大学，我拿金牌啊，我认真的。"

"我两年后就高考了，你两年后有比赛吗？"

"倒也说不好，那这样，咱拆分一下，你高二考年级前十名，我进步 4 秒，行不行？"

"你……干吗非得跟我一起？"

他离得近，温初柠问得有些别扭，佯装平静地问。

"这不是，"陈一澜慢悠悠地走，"陪你一起嘛。"

"我又不是小孩，不需要人陪的。"

"那不行，咱俩这交情，那句话怎么说来着——情比金坚。"

"你还挺有文化。"

"废话。"他闲散地回了一句。

温初柠默默拉开家属院的楼门，让他也进来。结果陈一澜在门口停住，像是还有什么话要跟她说。

"你进不进来？"

"温初柠。"

"说。"

"呦……你怎么还不耐烦了？"

黑夜里，陈一澜压低了点声音，一楼只有一户老大爷在住，怕吵醒了又是事。

陈一澜低头看着她，双唇动了动，像是犹豫了几秒。

“说呀。”温初柠催了催他。

陈一澜拉开门从她身边挤进来，单元门关上，一楼的狭小过道里因他的身高更显得逼仄，门上方有窗户，一点碎碎的夜光沁进来。她只看到陈一澜的眼底有些淡光，像是在认真地看着她，又像是再普通不过的眼神。

“你也不用想太多，你一点都不比温许差，”陈一澜语气有点贱兮兮的，“那天晚上就想跟你说来着，结果忘了。虽然温许有温绍辉，但你也不差，温初柠有陈一澜。”

陈一澜说完，往前走了两步，咳嗽了一声，一楼的灯不见亮。

一楼的声控灯也坏了。

月亮不知她的皎洁，不知道她的独特，一如她不知道，在陈一澜眼中，温许没有任何可比性，她是唯一的温初柠。

“走了。”

“好。”

温初柠抬起脚步往前走，却觉得脚步都莫名飘浮起来，像踩着云，心里空缺的地方，有人为她挡住了风，为她遮下了一场八月的大雨。

到了四楼，就像一条十字路口，温初柠跟他道别说晚安。

陈一澜打了个喷嚏，“嗯”了一声。

温初柠跑上楼，刚在摸钥匙，门就从里面打开了。

周隽阳给她开了门：“吃饭没？”

“吃了。”温初柠把伞撑开放在门口控水。

周隽阳琢磨着自己得说点什么，但这年纪的小姑娘心思敏感，他思考了几分钟，还是决定什么都不说。

温初柠去了浴室洗漱，周隽阳是个老古董，在客厅里看老电影。

温初柠踩着拖鞋出来，跟他说了声晚安。

周隽阳“嗯”了一声，又提醒她：“你今天早点睡，假期就明天一天了，后天开学了。”

“知道了。”温初柠进了房间，“晚安了，我的老舅。”

周隽阳没和她计较。

温初柠回了房间，把头发吹了个半干。房间里还残留着茉莉香水的味道，她小心把窗户开了一条缝，习惯性地在椅子上坐下，收拾了暑假作业，又检查了一遍才放进了书包里。

而后看着墙上贴的计划表——淮川外国语大学。

温初柠桌上的手机振动了一下，是陈一澜发过来的消息，提醒她别忘了换个创可贴。

温初柠低头，房间里只亮着一盏台灯，淡淡的光笼着，她看着小指上贴着的粉色创可贴，忍不住想到下午在车站时，他凑近低头的样子，手指上似还残留着他的温度和青柠香。

温初柠的嘴角忍不住上翘。

这放肆又突兀的淮川一日游，让她忍不住想笑。

尽管只是朋友，这样也很心满意足了。

“朋友”这个词，足够甜蜜，也足够让她心底发酸。

她把少女的心事藏在心底。

他的职业黄金生涯很短暂，如此已经很满足了。

白昼结束了，心动泊在深夜里，一遍遍重温着那些细碎的片刻、无意相触的指尖、他眼底漾着的淡笑与身上的甘冽青柠香，她翻了个身，甚至觉得这个雨夜莫名甜了起来。

温初柠摸出手机，删删改改，发了两条短信：

【我们一起努力。】

【说话算数。】

对面的人马上回复过来：【我什么时候食言过？】

温初柠弯唇笑了，扔下手机，平躺在床上，抓起那只卡通企鹅。

“淮川外国语大学。”

而另一边，陈一澜连打了几个喷嚏，冲了热水澡之后在家里找了点感冒药，仔细地看过成分，确认安全了才吃。运动员格外谨慎，很多药物都有运动员违禁成分。

陈一澜头一回没什么睡意，莫名的，第一次为了“以后”这两个字有点无眠。

在此前，他以为自己想做一个职业游泳运动员，可也会想起游泳运动员的职业生涯很短。

他知道有些大学专招高水平运动员，以前没专门看过，而这会儿这个问题冒出来，他有点无眠。

敲了敲手机屏幕，屏幕亮起来，十一点半，耿教练应该还没睡。

陈一澜是个行动派，直接拨了一通电话过去。

耿爱国果然没睡，还在教职工宿舍里制订计划。

“什么事儿？”

“耿教练，我有个问题。”

“说。”耿爱国那边“哗啦啦”地翻纸。

陈一澜想了想，问道：“你觉得我大学怎么办？”

“什么怎么办，走特招单招。”

“我的意思是，”陈一澜顿了下，“我不想离家太远呢。”

“啪！”

耿爱国放下了笔，有点累地咳嗽两声：“我们几个教练商量过，你要是去燕京大学，以你的成绩，应该可以以高水平运动员的身份直接进。”

陈一澜“啊”了一声，静默片刻：“燕京大学不是在北方吗？”

“嗯，到时候给你转队。”

“淮川呢？”陈一澜直直问出来，“淮川大学呢，有游泳特招吗？”

“有是有，淮川大学的游泳特招要高考，分数线低，但也是一本线的百分之六十五，去了有限定国际贸易专业，淮川大学的高水平运动员只招游泳、田径和乒乓球，加起来也就招生计划的百分之一，估计也就二三十个人，其中游泳只招两三个人。”耿爱国说，“你小子还敢想高考？”

“那不高考呢？”

“那得是破过纪录的高水平运动员，可以参加体育总局组织的文化课考试，过了就直接进，这种一年也没几个。”

陈一澜又一次静默了：“咱们队里的纪录是不是安东的 4 分 11 秒？”

“你要想以破纪录的成绩进淮川大学，安东的成绩可不够。”

陈一澜的脑子里闪过了“高考”这两个字。

“陈一澜，”耿爱国严肃了起来，带了这些孩子这么多年，心里门清他们想什么，于是说，“队里的规矩你还记得吧？”

说的是陈述句。

陈一澜打哈哈：“队里规矩太多了。”

“游泳的黄金期就这么几年，我不希望你们分心，年轻的时候有点想法还不正常？你给我过两年再说！”耿爱国厉声道。

“知道，我哪儿胡思乱想了。”陈一澜想辩驳两句，又觉得没什么意义。

“现在你们几个挂名代训的，明年春天的比赛成绩要是不达标……懂我的意思吧？转正国家队的名额就四个，安东要是稳住可以稳进，你、孙嘉曜和张文博有点危险，隔壁汪教练那里还有六个人，也在抢这四个名额。”

压力像山一样倒下来，陈一澜闷闷应了一声。

“陈一澜，我带你游了这么多年，我比谁都希望看到你们出成绩。”耿爱国说，“不该有的想法，给我收起来！”

“知道了。”

“九月中旬的临江市中学生游泳赛你好好准备，总教练那阵子回临江，我费了好大劲让他跟我一起来看，我说你肯定能稳进 4 分 15 秒。”

手机振动了一下，陈一澜拿开手机，看到屏幕上弹出来一条微信。

温初柠：【我们一起努力。】

温初柠：【说话算数。】

少年的心气太简单，风吹雾散，太阳升起，他笑了一声。

“陈一澜，你听见没有！”

“没，”陈一澜敛了敛笑，“这样吧，提两秒多没意思，我试试提四秒。”

4 分 17 秒到 4 分 13 秒。

安东的最佳成绩 4 分 11 秒，最低成绩 4 分 13 秒。

耿爱国拿着手机，不知道是被陈一澜惊住了还是怎么。

“4 分 13 秒。”陈一澜又重述了一遍，“我努力试试。”

他说了句“晚安”后直接扔了手机。

耿爱国大抵是被他惊住了，一直没出声。

陈一澜躺在床上，双手枕在脑后，像给自己挖了个坑，但好像也心甘情愿。

淮川大学招高水平运动员，破纪录两年是破不了的，这就意味着要参加高考，以后还要学什么国际贸易。

他捞过手机，打了一行字——

又删了。

算了，不说了。

春风吹散愁雾，太阳让希望重新发芽。

发芽就发芽吧，也没什么能做的。

温初柠得考淮川外国语大学，他得参加一场一场比赛，除了金牌，又多了一个，让一专业练了这么多年体育的“半文盲”考大学。

——他可真勇敢啊。

就为了留在淮川，这不得搭上半条命？

陈一澜恶狠狠打字：【温初柠，你最好给我考上淮川外国语大学。】

那边的人秒回：【？】

陈一澜：【考不上你等着。】

温初柠发过来一条语音，陈一澜点开，她语气茫然：“考不上就怎么？”

她着实费解，怎么隔了十几分钟，就威胁上了？

“你考不上淮川外国语大学，你就等死吧。”

高考和国际贸易，要他命。

——真勇敢。

温初柠躺在床上，翻来覆去，左看右看，以为陈一澜是说今晚背着她蹚水，上楼的时候还见他打喷嚏，该不会感冒了吧？运动员的身体都很金贵的。

温初柠叹了口气：“知道了，我一定考。”

陈一澜又打了个喷嚏，重新冲了一包感冒冲剂喝了，躺在床上听着这条语音。

听了一遍，又听了第二遍。

行。

一定考淮川外国语大学。

陈一澜他身边很多人只在意他游快了一秒两秒，只在意他付出了多少努力。

她不一样，她会问的第一个问题永远都是：你累不累？

尘世上爱我的人那么多，他们都想尽办法拉住我，可你不一样，你比他们伟大得多，你让我自由。

第四章

十七岁的英雄主义

开学那天，没有想象里的热闹，临江一中很大，办学多样化，前半部分是普通高中部，后面几栋较新的楼是国际班。

高一的新生入学，高二的文理分班，高三的从开学第一天就开始了总复习。

高二是最特别的一年，没有高一的放松，也暂未面对高三的紧迫。

五班和六班是各个普通班级的前几名另组的，五班是理科班，六班是文科班。

大家来得都很早，各自找了座位，等温初柠来的时候，就剩后排座位了。

温初柠背着书包过去，扫了一眼，选了倒数第二排。旁边坐着一个女生，在专心致志看书，温初柠坐下，看了一眼，是小说。

温初柠见过她，以前温初柠高一在十班，这个女生在隔壁班，应该是那会儿隔壁班的女班长，性格开朗大咧，叫舒可蓓。

班主任是个语文老师，叫明涛，只可惜“芳龄”早秃，光溜溜的地中海，戴一副黑框眼镜，还有圆润的啤酒肚。

这位明涛，在高中部也有不少传言——

“高二年级八个语文老师，个个貌美如花，开会的时候明涛站在那里，就是七个美女与一个野兽，哈哈，你们再猜猜明涛今年多大？”

“起码得四十多吧？”

“不对！明涛今年才二十八！”

几个顽劣的男生惊呼大笑。

温初柠扫了一圈，只看到了一个熟面孔——叶浩东。

叶浩东也看到了温初柠，有点不好意思地跟温初柠打招呼。

温初柠疑惑，他应该是学理科的，怎么跑到了文科班?

但她话不太多，也只是笑笑，算是回应。

开学第一天，班级里热闹，前后门都开着，温初柠默默拿出作业，听见脚步声，也没回头。

温初柠今天来之前特意在四楼停了停，想等等陈一澜来着，但是又不确定他入学的事情办完没有，最后给他发了一条信息。周隽阳在楼下等着她，非要说顺路把她先捎过去。

短暂的暑假结束了，最终记住的，也只有那短暂的几天。

温初柠默默准备好文具之后，肩膀被拍了一下。

她和舒可蓓同时回头。

然后，温初柠对上了一双噙笑半弯的眼睛，班级后门没有关，夏末的热烈光阳洒进来，走廊上的风吹起了几页书，发出一阵“哗啦啦”的声响。

陈一澜坐在她的身后，身形比同龄的男生更加优越，半点阳光落在他的身上。少年恣意朝气，对她挑了挑眉稍：“早上好啊，温初柠。”

孙嘉曜更是嘚瑟：“又见面了。”

温初柠一时间竟然不知道是什么反应，好在这时早自习的铃打响了，明涛踩着点夹着几份文件进来，慷慨激昂地发表了几分钟的演讲。

内容大致是之后要好好学习，还简单地讲了一下今年的学期安排。

高二上学期真的忙，各科老师会在上学期结束所有新知识教学，从高二下学期就要开始第一轮总复习。

温初柠只拣了一些重点听了听，鸡汤演说就一个耳朵进一个耳朵出。

明涛演说了十来分钟后，就是开学典礼。

班里的同学也不算是全然不认识，只是温初柠有点认生。同学们稀稀拉拉往走廊上走，舒可蓓拽了拽温初柠的衣角，两人就这么搭上话了。

舒可蓓自来熟，主动挽着温初柠的臂弯，趁着人少的时候，小声问了一句：“你跟后面那两人认识啊？”

“嗯，认识。”温初柠抿抿唇。

“叫什么？”舒可蓓轻咳一声，“就，说又见面了的那个。”

“孙嘉曜。”温初柠莫名松了一口气。

“他俩真的好高啊。”舒可蓓感叹了一句。

他们不只是高，因为长期锻炼，身材也比同龄的少年更为硬朗出挑，普普通通的衣服，也穿得跟模特似的引人。

临江一中的教学楼很大，露天的回廊，晴空光亮。

陈一澜和孙嘉曜并肩走在前面，比旁人高了一大截，出挑的身姿和两人分外优越的五官，引得周围不少女孩子偷看。

当天的升旗仪式，一班站两列，烈阳当空，几个学校的领导在主席台上发表讲话，迎新生的日子总是格外激昂。

温初柠和舒可蓓来得晚了点，只能站队伍后面，陈一澜和孙嘉曜是班里最高的两人了，也在最后面。

鼓舞了一番士气，最后校长又宣布了一件事：“九月底有临江市中学生运动会，每个年级都必须选人报名参加，大家不要只顾着埋头学习，还要搞好体育，全民健身……”

麦克风的声音响彻整个操场。

有人欢喜有人忧。

对学业繁忙的高中生来说，运动会意味着难得的放松时间，但也有部分学霸觉得运动会纯属浪费时间。

开学第一天，各科老师熟悉了一下，温初柠把心思稍微往后留了一点，后面两人安安静静，趁着下课回头看了一眼。

——原来是孙嘉曜在睡觉，陈一澜倒是认真做了笔记。

舒可蓓去接水了，温初柠回头，小声问：“你能听得懂吗？”

“我又不是文盲。”陈一澜觉得有点好笑，还颇为耐心地把课本一推，上面是记了一些笔记。

舒可蓓端着水杯从后门进来，结果不小心撞了一下孙嘉曜的椅子，孙嘉曜迷迷糊糊地直起身子揉了揉眼。

冷不丁看到一个陌生的女孩，孙嘉曜“啊”了一声，愣愣的。

“别理他，他没怎么跟女生接触过。”说着，陈一澜抬手拍了孙嘉曜一巴掌。

舒可蓓也“啊”了一声，和孙嘉曜的视线撞上，莫名有点不太好意思，闷声说了一句：“没事的。”

温初柠默默回头，“青梅竹马”的关系变成了很短暂的“前后桌”，其实她有那么一瞬间的狂喜，但是她分得清主次，也记着他们说过的那句话。

她要考淮川外国语大学，他要拿金牌。

小姑娘的心思，一点阳光就让喜欢生出枝丫，不可控地往任一方向绵延。

她想变得更好——她相信陈一澜一定可以拿金牌，她总得更优秀一点。

上午四节课，第四节课是体育课，体育老师拿着哨子，说一会儿在操场集合。

经过了语文、历史和数学课的折磨，大家终于因为这场体育课精神了些。

临江一中占地面积大，又是省示范高中，配置设施很好，单教学楼就有四栋，操场高中部和国际部各一个。

因为省内出了不少体坛名将，S 省的各个学校都很注重体育素质，一中就有一个专业的室外泳池，奈何学校的体育确实垫底，这也没辙。

学校里除了实验班和普通班，还有各个专业的特长班各两个班。这会儿高一学生在校外军训基地，少了一个年级，学校里空寂不少。

操场上只有两个班级在上体育课，一个是他们高二（6）班，另一个班……看着个子都很高。

“那边好像是高三的体育班。”

舒可蓓亲密地挽着温初柠的胳膊，温初柠也顺道看过去，是学校田径队的。

体育老师吹了吹哨子，温初柠以前在高一体育课的时候见过他，叫秦帅，个子巨高，小麦肤色，人爽朗健谈。

听说这位体育老师以前是职业运动员，不知道受了什么伤退役，而后来到了这所高中当体育老师了。

秦帅穿了一条迷彩绿的短裤和黑色的 T 恤，手里拿着一沓纸扇了扇风：“今天天儿热，就不让你们跑步了，做几组高抬腿热热身，器械室在前面，这学期大家得重视体育啊！学业水平测试有体育的，项目在前面贴着，一会儿自己选选。来，咱们班有班长吗？”

同学们都站在树荫下，女生扇风，几个男生交头接耳。

见没人回答，秦帅随便拍了个男生的肩膀："就你了，这个表格，你这两天让同学们积极报名，积极参与集体活动！下节体育课的时候给我，咱们班下节体育课是周三下午吧，后天？"

温初柠看了一眼，是叶浩东。

叶浩东"啊"了一声，摸摸头："好像是的吧……"

秦帅道："行，下周三的时候把这两份表给我，该干吗干吗去吧。"

同学们原地解散，有几个男生自来熟，招呼着去打篮球，有几个女生跟着去器械室拿球拍。

一解散，舒可蓓就过来拉着温初柠的手去旁边的公告栏选项目："咱们去看看学业水平测试的体育项目。"

温初柠莫名对这姑娘还挺有好感——高一时，全然陌生的同学，班里的女生有各自的小团体，她没几个认识的人，注意力也放在成绩上。

那会儿温初柠心里憋着一股气，因为许燕当时教隔壁班的数学，还是年级政教主任之一，她当时想，许燕肯定会跟爸爸温绍辉说她的情况。

有一个过分优秀的温许，温初柠不想沦为背景。

她并不认为自己是个争强好胜的人，可是对于这个同父异母的妹妹，还有许燕，她总想更努力，至少不想沦为衬托温许的背景。

公告栏那边围了几个同学，温初柠和舒可蓓挤过去看了一眼。

女生组：排球垫球、800 米、羽毛球、引体向上、立定跳远。

男生组：篮球、1000 米、羽毛球、引体向上、立定跳远。

选一即可。

"我初中的时候排球垫球差点不及格，我想选 800 米。温温，你选哪个？"舒可蓓晃了晃温初柠的胳膊。

温初柠扫视了一圈，思忖半秒，觉得 800 米最稳妥。

舒可蓓跟温初柠去找叶浩东选了项目，叶浩东额头上一层汗，他站在阴凉下，几张表格铺在乒乓球桌上。

"我们两个报 800 米吧。"舒可蓓拉着温初柠往荫凉里走。

"好。"

"你们两个要报运动会吗？我看这上面写的每个班都得报十个人。"叶浩东像看到了救星，"刚才我去问了一下那边的女生，都不报。"

温初柠往那边看了一眼，几个女生正抱着新发的课本，在荫凉处背单词。实验班里，谁都想多花点时间用在复习上。

"你俩是陈一澜和孙嘉曜吧？"

体育老师从器材室回来，奔着那边拿着羽毛球拍的少年大步走去。

孙嘉曜正扔起一只羽毛球，还没等挥拍，秦帅就走到了他俩面前。

"你们耿教练给我打过电话了，你们两个得报游泳对吧？还是 400 米混合泳？”秦帅走到他俩跟前，“要不要再兼个项？临江市中学生运动会的水上运动在游泳方面项目也挺全的。”

“不用了，就 400 米混合。”陈一澜说。

“行。”秦帅从口袋里摸出另一把钥匙，示意他俩跟上，“咱们学校是有泳池的，不过是露天的，环境上跟你们队里的没法比，你们训练的时候来跟我说一声，严禁私自进泳池。我办公室就在你们的教学楼一楼，我大部分时间是在的，不在的话你们告知其他体育老师，总之安全第一。”

秦帅带着他俩往前走，恰好路过操场门口。

操场入口旁边的树荫下有几张乒乓球台，周围有几个女生。

温初柠弯腰站在那儿，她旁边有一个瘦高个男生。

孙嘉曜用胳膊肘捅了捅陈一澜，又一次挤眉弄眼：“眼熟吗？”

那天在中医馆路口看到的男生，陈一澜的视线没有看那个男生，而是看到了温初柠。

临江一中的夏季校服中规中矩，黑裤子，白衬衫，男女都统一，秋季的是黑白相间的。

温初柠穿的夏季校服，白色的衬衫，黑色的长裤，白色的运动鞋，她旁边站着的女孩是她同桌，挽着她的手跟那个瘦高个男生说话。

温初柠恰好转过头，夏末的风吹起她的头发，马尾扫过一截嫩藕似的脖颈，她旁边的女孩子晃了晃她的胳膊。

温初柠一开始还在听叶浩东跟舒可蓓说话，不知道哪一秒，余光看到了陈一澜朝这边走过来，她下意识地把视线转回来，心在胸膛里剧烈地跳动着，甚至，还下意识地挺直了胸膛。

耳边听不到叶浩东说了什么，却能嗅到空气里好像多了一点很淡的青柠味，她的视线不知道该要往哪里放，依稀看到陈一澜的影子停在她的斜前方。

温初柠觉得本来应该自然一点，可察觉到他的视线往这里看，应该怎么反应？

明知他只是路过，却连呼吸都想演习。

“温温，要不然运动会我们也报一项吧？”舒可蓓以为她没太听，晃了晃她的手。

叶浩东也鼓励说：“对啊，温初柠，你跆拳道那么厉害，你报一项吧。”

“啊？”温初柠收回神，一缕风吹来，耳垂隐约发烫，她鬼使神差地说，“那报个 800 米吧。”

舒可蓓也干脆利落：“行，那我也跟你一起报 800 米。”

叶浩东不太好意思道：“那我也报个 1000 米吧……虽然我也不知道我跑得怎么样，但重在参与嘛。”

下一秒，又过来两人，长长的影子遮住了明烈的日光。

陈一澜扫了一眼，是运动会报名表。

第一页是田径类别项目，这张纸上才写了三个名字，温初柠、舒可蓓、叶浩东。

陈一澜拿起了笔，在上面写下了自己的名字。

陈一澜，3000 米。

“兄弟，你还跑 3000 米？成吧，我和你一起跑。”孙嘉曜惊呼了一声，也不甘示弱，洋洋洒洒地签下自己的名字，而后把笔放回去，看着已经惊呆的叶浩东，他颇为义气地说，“你看看，要是还有什么项目缺人，来找我。”

“得了吧你，省点体力。”陈一澜用胳膊肘捅了他一下。

“啊，我这一腔热血！”孙嘉曜笑嘻嘻的。

前面秦帅半天不见两人跟上，停住脚步往这儿看。

“你俩行吗？3000 米不好跑啊。”秦帅多少听到了几句。

“有什么不行的，秦老师，你退役早，你不知道，现在我们游泳队里，体能训练也要纳入必须考核的，3000 米我们跑可多了，耿胖胖说，体能不达标不许参加比赛呢！”

孙嘉曜天生自来熟，跟秦帅勾肩搭背。

秦帅一巴掌拍开他：“没大没小！”

“什么大小呀，我能叫你师兄吗？”

陈一澜走得慢，慢悠悠地走到了操场拐角，远处的男生投进了蓝，爆发出一小阵惊呼。

陈一澜佯装看那边，回头看了一眼。

温初柠弯腰签字，微微弓着身子，扎起来的马尾滑到左肩，她左手撑着乒乓球台，右手握笔，侧脸秀气干净。

陈一澜弯弯唇，抬步跟上去。

白色的纸上，他俩的名字并排挨着。

温初柠往那边看了一眼，只看到陈一澜的背影，颀长恣意，有少年的硬朗英气，也有专属于他的散漫。

她无意识弯了弯唇。

舒可蓓拉着温初柠去小卖铺买水，自由活动时间，班里的女生好多带了英文课本背单词。

温初柠不太头疼别的科目，只有一个数学给她拉分，她偏科有点严重。

舒可蓓跟她反着来——

第一节课前明涛的成绩表忘在了讲台上，几个好事的男同学传着看，温初柠接水前也瞅了一眼。

明明是文科生，舒可蓓数学成绩好，150 满分，可以考 130 分，但是英语才 90 分。

她俩当同桌也挺好，互补。

舒可蓓站在冷柜前，问道：“脉动还是矿泉水？”

“矿泉水吧。”温初柠指了指。

学校里有一个不算小的超市，顺着主干道再走两步，就是学校的露天泳池。

大概是怕顽皮的学生溺水，这周围有足足三米多的围栏，还有铁栅栏门，平日锁得严严实实。学校是有游泳队的，但也只是当个兴趣爱好，平日疏于训练。

游泳这项目特殊，这个年龄想走专业已经太晚了。

舒可蓓拉着温初柠过去看，铁栅栏围栏外面种了法国梧桐，里面的水池是标准的 50 米长池，水池内贴着蓝色的瓷砖，池水波光粼粼，秦帅跟陈一澜和孙嘉曜两个说着什么，听不太清楚。

温初柠只看到陈一澜站在那里，对着秦帅比画着什么，应当是入水姿势，他裸露在外的手臂线条结实好看。

树影晃了晃，在他的手背上落下浅浅光斑，他肌肤冷白，腕骨突兀，隐约有着青筋的脉络。

孙嘉曜往这边看了一眼，不正经地笑了笑。

陈一澜侧头看孙嘉曜，孙嘉曜吹了声口哨。

陈一澜的视线看过来，猝不及防地跟温初柠的相撞。他笑了，对着她挑眉，有点慵懒闲散的笑意，似是漫不经心。

温初柠的大脑空白了一秒，当时脑子里的第一反应竟然是——

以前大概是真的没有好好看过，陈一澜站在阳光下，身高优越，短发利落，细碎的刘海扫过眉眼，斑驳的影子落在高挺的鼻梁两侧，一双眼睛更显深邃。

双眼皮，眼尾上挑，本是冷硬的五官，笑起来，偏偏有种闲散的不正经，那一个单挑眉，像放电。

温初柠瞬间想到了那天，陈一澜灵活地在水里慢悠悠地游着，他扑腾着水花，健康细腻的肤色，硬朗到恰到好处的肌肉线条，让人难以挪开视线。

她藏在心底的陈一澜，会光芒万丈，尽管他们都经历低谷，可她坚信他是璀璨星辰。

这不会是他的尽头，这只是他的瓶颈。

进退维谷，别有洞天。

人生如大海，他是潮起潮落，也是她在十七岁某个夜里水涨船高的英雄主义。

第五章

小字条上的还有我

距离运动会还有三周，学校和教育局都重视起了体育，一周三节体育课，分别在周一三五。

第二节体育课是在周三下午第三节，上一节课是数学课，数学老师是个四十多岁的中年女人，叫李红兰，个子不高，短发，戴眼镜，常讲没人听得懂的冷笑话，说话拖腔带调，高中的数学本来就枯燥，她讲课速度快，开学才一周，就讲过去了两个单元。

个别学生下课会去请教问题，但更多的还是沉默地一遍一遍地刷习题。

九月的天还热着。

温初柠趴在桌上解着一道数学题，李红兰讲课太快了，很多东西大家都跟不太上。那会儿有个笑话，说数学课上掉了支笔，低头捡笔，一抬头再听便成了天书。

温初柠也不例外，才低头思考三角函数，转眼题目就变成了集合、向量和三角函数的结合体。

第二三节课之间有个半小时的大课间，班里只剩下三两个同学坐在桌前写习题，温初柠在为了一道三角函数绞尽脑汁，舒可蓓在为了一篇英语完形填空苦苦挣扎。

两个姑娘陷入奋斗，埋头苦苦做题。

“算了，要不我们收拾收拾准备去操场吧，也快上课了。”

舒可蓓率先放弃，扣上笔帽，从桌洞里抽了一本单词书，准备有空背背看。

“行。”

温初柠也欣然同意，在桌洞里翻了翻，好像上体育课带书已经成了一种流行风向，可温初柠不想背政史地，又不想把数学题带到操场上。

短暂地思考了几秒钟，她抽了一本杂志，好像不带有点不入大流。

舒可蓓看见了，惊呼：“你都能看英文杂志了？”

“打发点时间。”

“强。”舒可蓓站起来，挽着她一起出去，“英语真是太难了，什么on、in、of，还有介词，简直了。”

“我也搞不懂那些向量和三角函数。”

温初柠和舒可蓓落难真情。

温初柠回头看了一眼，没见后桌两人，刚拐出教室，就看见两道身影在下楼。

是真的奇妙，明明大家的校服都一样，以前常常听到同学调侃校服难看，可是穿在陈一澜身上，人群中一眼就能看到他。

他身姿优越，连白衬衫和黑色的长裤都能被穿出清绰的味道。只是一个剪影，温初柠下意识放慢了点脚步，她在楼上，陈一澜在下一层。

阳光的剪影落在他眼角，听不太清旁边人跟他说了什么，他唇边噙着一点淡笑，那点阳光好像都沦为了陪衬。

开学才一周，陈一澜的人缘还不错。经常会有别的班的女生假装路过，然后用着不重不轻的声音说——

“最后一排那边那个就是陈一澜。”

“真的好高，还很好看。”

“以前觉得学校的体育班已经是巅峰了，没想到这才是天花板。”

那会儿窗户开着，温初柠听到了，借着去接水的时候回头看了一眼，觉得他听到了，又好像没听到。

陈一澜坐在桌前，专心致志地看着一些论文，温初柠佯装无意看了一眼，发现是什么泳姿可以提速的论文。他看得认真，好像全然没听到外面女孩子的议论非非。

这会儿下楼，温初柠想走慢一点，可舒可蓓挽着她的手往下跑，于是在几级台阶之上，温初柠听到了有人跟他搭讪。

那是一个陌生的脸孔，大概是高三的学姐，身材匀称高挑，小麦肤色，嘴角带笑，有种运动的美感，站在陈一澜身边很是和谐。

温初柠觉得酸酸的，想要迈步走，又忍不住想听听她跟他说了什么。

“温温，我们好像月中还有一次测验……”

“陈一澜，我可以加一下你的好友吗？”

这个阳光明媚的午后，除了同学的喧闹和间歇却不止的蝉鸣，一切都好像抽成了真空。

她和舒可蓓走到了拐角处，下意识地停顿了一秒，然后清晰地听到了他的回答。

“不好意思啊，不方便。”

——语气闲闲的，声音好听。

一下阳光、欢闹声、蝉鸣、盛夏午后的风，一股脑地灌了进来。

然后陈一澜走了下来，他步子大，几步就走到了她们身边。

温初柠走在外面，陈一澜追到她身边。

“这是准备装不认识呢？”他煞有介事，“高二（6）班的温初柠同学？”

学校的回廊是露天的，阳光灿烈，楼下种着好多的梧桐木，影影绰绰斑驳碎影，夏风吹来他身上淡淡的好闻的青柠香。

温初柠侧头看了陈一澜一眼。

恰巧走到一处没有树影的地方，阳光落在他脸上，肌肤白皙细腻，瞳仁变成了很浅淡的琥珀色，别有一种柔意与朝气。就这么一瞬间，温初柠心中像是冰镇过的气泡水，“噼里啪啦”冒出来好多小小的喜悦。

她想开口说话，但在心里过了一遍，不知道怎么将情绪藏起装作正常的样子。

“温同学，怎么，不打算理我啊？”陈一澜闲闲散散的口吻，有点不太正经，还轻笑了一声，“能约你放学一起走吗？”

“你今天不训练？”温初柠终于开口了，陈一澜很少上晚自习，这阵子温初柠上学的时候都没怎么遇见他。

因为白天上课的缘故，训练不能耽搁，陈一澜一早就拽着孙嘉曜去跑步，而后回来上课，晚上还要泡在泳池里训练，的确很辛苦。

“训练啊。”他回得理所当然。

“那你还说跟我一起走？”

“这不是，”陈一澜吸了口气，舌尖顶了一下左上颌，“好几天没和你一起走了，怕你忘了我这么一号人。”

温初柠愣了愣。

“不说话当你默认了啊。”

走到一楼，陈一澜拐了个弯，去秦帅的办公室拿钥匙。

一路出了教学楼，舒可蓓碰了碰温初柠，眼神来回看：“你俩？”

“没没没，就是认识很多年了，打小一块长大……平时他都在淮川训练的，很久不见。”

“哦，那个词叫青梅竹马。”

“真不是。”

“那就是多年不见的青梅竹马。”

温初柠语塞。

恰好上课铃响了，温初柠抓着舒可蓓的手往操场跑。

温初柠回想到那天的大雨，陈一澜背着她蹚过水，想到他忽然弯腰给她吹了吹手指上的伤。

特殊，又不特殊，是她藏在八月末尾的小事。

秦帅没太为难学生们，让报了 800 米的同学们多跑跑练练，还颇为慷慨激昂地发表了一番演说，大意就是别给学校丢人。

班里报了 800 米的只有温初柠和舒可蓓。其他几个女生，大都是在叶浩东的鼓动下，报了点不太费劲的项目，比如铅球和立定跳远。

秦帅让温初柠和舒可蓓跑两圈计时，学校的要求并不高，重在参与。

舒可蓓先跑，学校的操场是 400 米，两圈。

温初柠在跑道上热身，叶浩东本来在跟几个男生打球，特意跑过来给温初柠加油。

温初柠不太好意思，只是笑笑。

等着舒可蓓跑过来的时候，突然冷不丁听到一个熟悉的声音——

“温初柠，加油！”

然后她一转头，就看到了陈一澜不知道从哪儿冒了出来，他和孙嘉曜站在操场旁边的树荫下，叶浩东比他俩矮了足足一头多。

他俩往那儿一站，气势斐然，微风一吹，陈一澜细碎的短发拂过眉眼，他干脆将手围在嘴边：“温初柠，加油！”

“小柠，加油！”孙嘉曜看热闹不嫌事儿大。

叶浩东站在那儿怪尴尬了，陈一澜好似不觉。

温初柠站在跑道上，原本还觉得夏季末尾的风舒爽惬意，这一会儿，却觉得温度都高了起来。

她的余光能察觉到他的视线，能看到他站在树荫下，白衬衫被风吹起来一角，围在唇边的手掌修长好看，腕骨的线条利落分明。

她没来由地紧张起来，陈一澜就拉着孙嘉曜在旁边给她加油打气。

秦帅吹哨，温初柠起跑。

她远远地看到了操场一角，刚才跟陈一澜要联系方式的那个女孩换了运动短袖与短裤，扎了马尾，正在跑道上助跑，然后纵身一跃，利落流畅地跳过了一根横杆。

原来是女子跳高的。

400 米是一圈，耳边除了风声，就是陈一澜的声音——

“温初柠一点都不比温许差。”

还差最后 200 米。

温初柠看到了那个跳高的女孩站在了陈一澜身边。

陈一澜闲闲散散，手里拿着一瓶水，他正在拧瓶盖，手白皙清瘦，白玉似的，隐约下的青色血管显得有点清冷。

是那个跳高女孩送的吗?

温初柠终于停下了脚步，800 米跑下来累得不行，她的手撑在膝盖上，微微躬身喘着气。

下一秒，眼前出现了一只拿着矿泉水瓶的手。

“喏，我刚去买的。”

温初柠直起身子，心直口快：“不是人家送的啊？”

“怪不得刚才不理我，原来是温同学吃醋了啊。”陈一澜晃了晃水瓶，嘴边噙着笑，对她挑眉，鸦羽似的长睫、阳光下浅棕色的瞳仁，天生有种介于正经与不正经之间的勾人。

“吃什么醋？”温初柠抢过了他手里的水瓶，跑了这一圈，嗓子发干，水是常温的，喝下几口舒服不少。

“是啊，吃什么醋，”陈一澜比她高了很多，胳膊往她肩膀上一搭，直接钩着她往操场边的树荫下走。

那个跳高女孩和叶浩东还站在那儿，陈一澜若有似无地说：“咱俩打一岁就认识，十七年的交情，蛔虫知心意嘛。”

温初柠无比确信叶浩东和那个跳高女孩听见了，因为叶浩东尴尬挠挠头，跳高女眼底也是一滞。

“你别乱说……”温初柠脸涨得通红。

“我为温仙女腹内蛟蚘也，这不挺有文化。”陈一澜文绉绉来了一句，松开了钩着她脖颈的手臂，笑了一声，然后抬手揉了一把她的头发，捋猫毛儿似的，“别忘了啊。”

她当时愣了一秒，忘了什么？

陈一澜倒退着走，心情颇好地对她比了个飞吻，看得怪叫人脸红心跳的。

孙嘉曜“啧啧”两声，特意走到她跟前，弯腰盯着她看。

温初柠气息不稳，对他没好气：“你看什么？”

“温仙女？我才几天不见，怎么你又多了个我不知道的爱称？”孙嘉曜盯她看，“有秘密是不是？”

“没有，你快去训练！”

孙嘉曜本来就是个八卦精，那个“有秘密”三个字被他说得斩钉截铁。

“孙嘉曜——”陈一澜已经走出了操场，喊了他一声。

“行，你俩有小秘密，”孙嘉曜说，“我相信我身为男人的第六感。”

“你快走！”温初柠咬牙切齿。

“等我晚点来吃瓜。”

孙嘉曜跑了。

温初柠放弃解释了。

秦帅刚才跟别的体育课老师说话，这会儿走过来，善意提醒：“平时多练练，运动会尽力即可，主要是学业水平测试体育计入成绩哈。”

温初柠和舒可蓓点点头。

“行，你们歇会儿。”秦帅从口袋里拿出钥匙，准备往外走。

舒可蓓和温初柠在荫凉里坐着歇了会儿，然后看到了那个小麦肤色的女孩往跳高那边走，她背后贴着名字：管明惠。

操场上有两个班在上体育课，还有学校田径队的在训练，跑道上也大多是田径队的队员，在为体育特招做准备。

“走，陪我去买瓶水。”舒可蓓缓了缓，从台阶上站起来，拍了拍屁股上的灰。

“好。”温初柠拿着手里的书，跟舒可蓓往超市那边走。

从操场到超市要走一段学校的主干道，还会经过篮球场，超市的斜对面就是露天泳池。

两人随便聊着天，从向量掰扯到英语的主语宾语，一会儿又掰扯到某老师讲课速度快，某老师的朋友圈。

舒可蓓说：“你知道咱们数学老师办公室里的另一个数学老师吗？”

温初柠漫不经心：“哪个？”

“教一二班那个，许燕。”舒可蓓不知道许燕和温初柠的那层关系，“就是理科实验班的数学老师，也是咱们教导主任。”

“听说过。”乍一听这个名字，温初柠低了低视线，但也不打算说太多。

“她女儿你见过没，好像就在咱们学校初中部上课，经常在她办公室写作业，挺漂亮一个小女孩，不过我觉得蛮惨的，”舒可蓓说秘密似的凑近跟她说，“上次我们去办公室问题，许燕简直就是现实版虎妈，初中才开课几天啊，许燕居然要她女儿考年级第一，还要让她参加什么数学奥赛……”

温初柠只是沉默地听着，没太接话。

温初柠数学偏科也有那么一部分原因的，虽然说知识无界限，但是每个年级每个科目组的教课老师都在一个办公室，无论是出于什么原因，温初柠都不太想见到许燕。

有一年过年，温初柠去温绍辉那里，当时温绍辉要去朋友家拜年。温绍辉一走，许燕的表情瞬间就变了，说让温初柠自己拿桌上的零食吃，结果喊着温许收拾客厅，恰好把桌上的零食都收走了。

倒也不是温初柠想吃，是许燕这种态度的转变，让温初柠对她小心翼翼的。

况且，温初柠总不想让温绍辉失望，担心自己去问问题被许燕看到，背后跟温绍辉说。尤其还有一个学习优异、活泼开朗的温许做衬托。

这么胡乱想着，人就被舒可蓓拉到了超市里。

温初柠想在外面等舒可蓓，结果舒可蓓非要温初柠跟着进来凉快凉快，她只好默默站在一边。

舒可蓓买了一支草莓味的可爱多和一瓶可乐，出来之后把可爱多塞给她。

“喏，给你买的。”

“谢谢。”

两人有一搭没一搭说着，往操场走，冷不丁听到不远处吵吵闹闹，往那边一看，隔着泳池外的一圈铁围栏，看到那里多了好几个陌生脸孔，应该是学校游泳队的。

几个人吵吵嚷嚷，她俩凑近了听。

临江一中游泳队十来个人，大多是高三的，秦帅正好让游泳队的跟陈一澜和孙嘉曜一起练习，不知道怎么吵起来了。

“嘿，我说你这人怎么回事儿呢？有你这样的吗？”孙嘉曜刚从泳池里爬出来，身上湿漉漉的往下滴水，他一脸恼火。

温初柠扫了一眼，水里还有几个人，她一眼就看到了陈一澜。

“找事儿是吧？”游泳队里一个寸头往前走了一步，游泳的都个子高，他身材虽没孙嘉曜和陈一澜结实，但肌肉线条也是一眼能看出来没少锻炼。

“张阳，小点儿声。”另一个男生从水里爬上来，甩了甩头，神色淡漠，而后看向一旁的孙嘉曜，似有些抱歉，他扯了扯嘴角跟张阳示意，“大热天的，有什么问题好好沟通。”

温初柠记得他——彭锦辉，是临江一中的游泳队队长。

之所以记得这么号人，还是因为高一时这人总隔三岔五幽灵似的出现在温初柠班门口，身旁围着几个同龄男生，看到温初柠出来就轻佻地吹声口哨，并开始推着彭锦辉起哄。

温初柠生日是在九月，才开学没多久，军训也才结束，有一天桌上出现了一只包装精美的玩偶熊。她问同桌是谁送的，同桌挤眉弄眼："就那个隔三岔五来蹲你的，彭锦辉，隔壁班的。"

温初柠二话没说把熊给送回去了，好巧不巧，撞见了正好上楼的许燕。

再往后，温初柠没太关注。

只是高一那年校运动会，温初柠百无聊赖在观众席上抱着手机看陈一澜的比赛，结果突然凑过来一个脑袋。

"原来你喜欢会游泳的啊。"

"我喜欢游泳冠军。"温初柠懒得理彭锦辉，随便扯了一句，拿着手机换了个地方。

彭锦辉那天没追上来，再后来，就是听说这人进了校游泳队。

这会儿再见到他，温初柠觉得气氛有点微妙的诡异。

果不其然，彭锦辉身边有个人认出了温初柠，"哦哟"了一声。

温初柠神色不变，往水里看了看，陈一澜在水里戴着脚蹼练打水。但有那么一瞬间，温初柠看到了他手边的水颜色变了一点，很淡很淡的浅琥珀色溢开。

"这么巧啊，你们班上体育课？"彭锦辉踢了旁边那个男生一脚，面不改色地站在温初柠面前。

"小柠，别搭理这傻子。"孙嘉曜往旁边一挡，把温初柠和舒可蓓拉到他身后。

"你骂谁傻子呢？"又有几个人往前一堵。

"不就是你们游泳队队长？在水里故意往人家身上打，别以为我没看见，陈一澜手都被他抓破了！他是眼瞎啊还是故意的？"孙嘉曜火大，"别跟我说仰泳没看见，那么大一池子，听不见旁边有人啊？"

"他手破了？"温初柠终于抓住了重点。

"我等会儿跟你说。"孙嘉曜偏头低声跟她说了一句，脾气上来了，"你们要么道歉，要么滚。"

"你这人要不要脸啊？泳池你家的？国家队代训了不起啊？还没转正式队员呢，牛什么牛？"

彭锦辉拦住后面一个叽歪男："同学，这我可不认了啊，他自己手打到瓷砖上刮破了，跟我有什么关系？"

几人争执不见停，舒可蓓去找秦帅了。

刚才看到的不是错觉，温初柠往后退了一步，没搭理彭锦辉，走到了泳池边。

温初柠在泳池边蹲下，陈一澜正好游过来，他两手抓着池壁，没戴泳帽，腾出一只手往后捋了一把头发。

水珠顺着他的额角流淌下来，他微微喘息着，透明的池水随着波漾晃动，露出来的肩颈线条结实流畅。

温初柠蹲在泳池边上，距离一下拉进，一瞬间有点不知道说什么。

他左手攀着池壁，水珠顺着手臂往下淌，因为游泳的缘故，他的皮肤是冷白色，肤质比女孩的都细腻。

这姿势……莫名让温初柠想到一句话来形容：一条人鱼。

一条非常勾人还不自知的男版美人鱼。

温初柠吸了吸气，潮湿微凉的水气，混着一点淡淡的青柠香。

她低下视线，看到了陈一澜右手上的一道红痕，是被划破了，泡在水里，都已经变成了很浅的粉色。

“你怎么过来了？”陈一澜似乎不太以为意，手下意识往后缩了一下，但还是被温初柠看到了。

“你的手，伤口要处理一下。”

“等会儿再去。”

“现在去。”温初柠站起来，“等着，我去医务室买碘伏和棉签。”

“嗯。”

温初柠不是在跟他商量，陈一澜闷声应。

孙嘉曜跟游泳队几个队员吵起来了，温初柠走过去时，看到那个游泳队的要动手。

她知道孙嘉曜和陈一澜都是挂在国家队代训的，运动员身子金贵，身体的反应大于了思考。她趁着那人靠近之前，拉住了他的手腕往前一带，屈膝顶了他的小腹，趁他疼得弓腰的时候，麻溜利落将他两手反剪身后。

“哎，我……”那男生哎哟呼痛起来。

温初柠压着不松手：“你还打算动手？”

“小柠帅气！”孙嘉曜惊呼。

“疼疼疼……你谁啊，管闲事！”被压着的男生脸色涨红，没想到被一个看起来安静普通的女孩以这种姿势擒住了，真是丢人现眼，他骂骂咧咧哼哼唧唧。

“行了。”彭锦辉刚才盯着温初柠和陈一澜那边看了一会儿，略微出神几秒，这会儿才回神。

温初柠松开手，那个男生气性上来：“温初柠？这有你什么事儿？”

孙嘉曜气乐了：“你不会说人话？”

温初柠下意识往后面看了看，陈一澜正拿着毛巾擦头发，不知道他听见没有，应该是听见了吧？

“干吗呢你们！”围栏外面传来了一声怒喝，一看，是舒可蓓把秦帅带过来了。

秦帅个高皮肤黑，大步走过来的时候很有气势，把游泳队的人吓了一跳。

“秦老师，这几个人恶性抢道！故意在陈一澜仰泳的时候挤他，还打他手！”孙嘉曜率先告状。

“仰泳看不见不是很正常？”

“那么大的池子旁边有一个人，他瞎啊还是聋啊？”

“秦老师，这人人身攻击！”

“你们给我过来！”秦帅看了一眼在后面擦头发的陈一澜，一眼看见了他手上一道血痕，脸色瞬间阴沉下来，“衣服给我穿上，来我办公室！”

几人就算不服气，但碍于秦帅是老师，骂了几句脏话就走了。

彭锦辉站在原地，手里拎着泳包，走了两步偏头看了一眼陈一澜。

见人被带走了，温初柠才松了口气。

舒可蓓要先回教室写作业，温初柠点点头，径直去了医务室，找校医拿了碘伏、棉球和一截纱布才回来。

孙嘉曜已经穿好了衣服，陈一澜披着一块大浴巾坐在起跳台上。

“陈一澜，你看没看见咱们小柠那个擒拿，牛啊，”孙嘉曜竖着大拇指，“跆拳道红带，太有安全感了。”

陈一澜只是一笑，手里拿毛巾继续擦了擦头发。

孙嘉曜听见脚步声一回头，看到了手里拿着碘伏和棉球的温初柠，郑重其事地拍了拍她肩膀：“温侠女，在下先去办公室一趟。”

温初柠目送他走。

陈一澜长腿一伸，踹了孙嘉曜一脚，孙嘉曜条件反射往前一弓：“小样，爷预判了。”

“快走。”陈一澜笑了一声。

孙嘉曜拎着自己的泳包，拐了个弯，眼神在两人身上打量。

陈一澜瞪了他一眼：欠揍？

孙嘉曜笑出声来，两只手捂住眼走了。

温初柠背对着他们，不知道这两人暗地里的小动作。陈一澜把毛巾搭在脖颈上，下半身还是一条泳裤。

烈日阳光下，少年的身骨清朗硬实，每一处肌肉的线条都被日光铺泻出另样明媚的荷尔蒙。

温初柠把碘伏递给他，阵阵夏风拂面，莫名让耳尖发热，视线都有点不知道该要往哪里放。

陈一澜却直直把一只手递给她，另一只手拿着毛巾擦头发。

温初柠只好用棉球蘸了点碘伏，陈一澜坐在起跳台上，她弯下腰，用碘伏棉球很轻地擦了擦伤口。

伤口是被划破的，有几厘米的口子，在水里泡得已经有些泛白。

她动作很轻，陈一澜也不喊痛。

“疼吗？”她没抬头，很轻地问了一声。

消完毒，她还吹了吹，让碘伏快点干。

“不疼。”跟训练的日子比起来是真的什么都不算。

游泳不只是泡在水里一天一遍遍练习水上动作，更要保持核心力量训练，甚至要跑步，一天下来，浑身都是酸痛的。但好像那些日子都这么过来了。

细细一想，她还真是唯一一个这样问他的。

哪怕只是这样一道对他来说算不上什么的伤口。

温初柠没有接话，只是两只手托着他的手掌，吹了吹，等着碘伏干掉好上纱布。

陈一澜也不说话，湿透的碎发被太阳炙烤着，一滴水珠从他的发梢上落下来，滴在她的发顶。

温初柠的长发细软，扎成了一束马尾，有些碎发在阳光下泛着一层浅淡的金色，嫩藕似的脖颈，校服是白色的衬衫，最上面那个纽扣没系，瞧见一截月牙似的瓷白锁骨。

她低着头，很轻地吹了吹。

伤口不疼，却痒痒的，像被什么扫了一下。

陈一澜看着她，她侧脸的线条秀气，鼻梁挺翘，长睫微垂，就这么看着，好像觉得时光就此停住。

被她捏着的手腕情不自禁有些僵硬，所有的感官都好像被放大，比如她身上淡淡的茉莉香，比如她手指的温度，比如手背被她指尖蹭过的感觉……

碘伏干得快，温初柠用纱布给陈一澜缠了一圈，最后系了个结。

温初柠一抬头，毫无防备撞上他的视线。

——他好像看了她有一会儿。

温初柠脸颊不自觉发烫，她吸了口气，有些不太自然。

陈一澜收回手，活动了一下手掌："晚上见？"

问得似漫不经心，声音很好听。

温初柠别开视线："我今天上晚自习，舅舅不在家，晚上九点半才放学。"

"好的，"陈一澜说，"我去训练馆。"

手这样了，不能继续泡在水里了。

他不太在意这个小小的伤口，只是连带着这个被她亲手系的纱布，都觉得想要珍惜。

陈一澜去泳池旁边的房间换了衣服，跟温初柠一起回教室。

路过了操场，看到一角——管明惠在跑道上助跑，在横杆前跳跃。

"啪——"

她身体触碰到了横杆，横杆落下。

距离有点远，只看到旁边几个女生过去，大抵是安慰，也听不太清。

回教学楼的时候正好赶上下课，走廊里不少嬉笑打闹的学生。

一楼的办公室走廊外，几个学生在罚站，正好是那几个泳队的学生。这血气方刚的年纪，确实不太服气。

他们就是因为被秦帅罚了站，心里格外不爽，各种诋毁秦帅。

"秦帅耍什么威风？不就一被省队踢出来的队员嘛，什么阿猫阿狗都能来当体育老师了。”

“估计是他技术不到位呗，见不得别人好，就拿咱们撒气。”

几个人嘀嘀咕咕，彭锦辉没接茬。他无谓地靠在墙上，隐约听到脚步声，下意识往左边看了一眼。

是温初柠和陈一澜并肩上楼，那抹身影实在是太过优越，不管放在哪里都很惹眼。

彭锦辉后知后觉，总觉得这身影在哪儿见过，琢磨了好半天，突然想起来是在温初柠的手机上。

那年运动会，温初柠在看一场游泳比赛。见彭锦辉过来，她要走，把视频关掉，手机的壁纸是一道背影。

那道背影修长高挑，白色的运动裤，黑色的半靴，黑色的长款大衣，那人从口袋里拿出一瓶水拧开瓶盖。是一张抓拍，却不难看出身材比例极佳，身骨线条优越。

那背景有点模糊，隐约看到是某场游泳赛。

那天彭锦辉只是跟她打了个招呼，随意问：“原来你喜欢会游泳的啊？”

她说：“我喜欢游泳冠军。”

后来彭锦辉搜过那场比赛，是省里的青少年游泳比赛，冠军，陈一澜。

某些东西，在这瞬间一下明朗，但随即而来的，是一股说不清道不明的憋闷。这股憋闷无处可发，寻不到一个出口。

究其底，是心不甘情不愿，又因为知晓了对方的实力，是他远不能达到的高度，他引以为豪的成绩连陈一澜的谷底都达不到。

不甘憋在胸腔里更浓烈。

体育课后是自习课，大家都趁着这个时间写作业。最后几分钟，往往有几个同学交头接耳，跟前后桌约着今天吃食堂还是在校外吃。

舒可蓓也凑近了，说：“今天咱们去学校门口那家面馆吃吧？顺道再买一杯奶茶。”

“我都行。”温初柠费劲地写着数学作业，看着数学老师布置下来的作业，温初柠已经没有食欲了。

“都干吗呢？交头接耳的！好好写作业！”

前面突然传来了一道女声，本来窸窸窣窣的班级里忽然安静下来，温初柠抬头一看，没想到看到了许燕。

本来还疑惑她怎么过来了，几秒后才反应过来许燕是教导主任。

许燕手里拎着包，显然是在下班前过来盯一下纪律。

许燕只盯了几分钟就出去了，温初柠低头继续写作业，结果却听到了许燕在走廊上跟人闲聊，伴着几声笑。

温初柠的的座位靠墙，抬头就是窗户，她其实挺后悔抬头看了这一眼。

因为她看到温许背着书包，穿着白色的校服衬衫，到膝盖的红方格校服裙，趴在栏杆那边等许燕。

五点半的天空澄澈明亮，阳光细碎，温许一看就是被娇养的，明媚活泼，比内向沉默的自己看起来要引人注目。

温初柠从父母离婚就缺失了父爱，周梦总忙工作，周隽阳说周梦是借由工作逃避生活，但父母的婚姻问题，受到伤害的只有温初柠。

早早便没有父母相伴，温初柠只能更早独立。

有时候，她真的很羡慕温许。

陈一澜坐在温初柠的后桌，见她偏头看着窗外，他也往外看了一眼，正好看到了许燕和温许并肩走的背影。

他见过温许一面，应该是几年前撞到的，是温绍辉来看温初柠，温许在车上等温绍辉。

一看两人并肩走，陈一澜多少猜到了什么。

自习课上安安静静的，只几秒，温初柠就转过了头，手里握着笔继续写作业。

陈一澜思考了几秒。

“啪嗒——”从后面扔过来一个小纸团，准确地落在了温初柠的本子上。

她放下笔，拆开纸团，上面画着一个小小的笑脸，旁边还写了两个字：【有我。】

放学后，陈一澜跟孙嘉曜要去训练，温初柠和舒可蓓去吃饭，晚自习前只有四十分钟的吃饭时间，她俩就先走了。

教室里只剩下几个同学在写作业。

孙嘉曜上课没精神，自习睡大觉，他自称“一切的热血都奉献给了游泳”，所以这会儿一放学，孙嘉曜清醒了：“真的，游一万米都比上学舒服。”

陈一澜装了几本作业。

孙嘉曜瞧见，乐了：“嘿，你怎么还带作业呢？”

“好好学习，天天向上。”陈一澜又回想起前几天给耿爱国打的那通电话，随口回了一句。

孙嘉曜活动了下手腕和脖子，嘟嘟囔囔按照计划今天得游多少，还要练核心力量。

陈一澜听得不太认真，装着课本，脑子里还惦念着温初柠。

孙嘉曜看他装了不少课本，笑着打趣了几句：“在体校的时候也没见你这么认真学习。”

“那不是，”陈一澜又装上作业，“今非昔比嘛。”

孙嘉曜看他面色如常，先是顿了几秒，而后严肃下来，问道：“兄弟，不至于吧？你这是打算不游泳了，转文化课？”

“游，”陈一澜拉上拉链，“但也想去淮川。”

“兄弟，不是去燕京吗，你怎么去淮川？”

“还跟你说？”陈一澜笑着说，“不好意思啊，我不打算跑太远。”

“没想到你还恋家。”

陈一澜没接话，恋什么家呢，只是想念某人罢了。

温初柠跟舒可蓓到学校对面的一家面馆吃饭，正是放学的时间，面馆里不少人，两人选了个靠角落的地方坐下。

温初柠去拿餐具和醋，结果正好看到马路外面停了一辆车。

许燕牵着温许，温许手里捧着一只烤地瓜，许燕帮她拎着书包，不知道在跟她说什么。母女二人走过去，许燕拉开了车门上车。

车窗半落，温初柠看到了温绍辉，他笑着跟温许说话，温许有点不高兴，但他仍然是笑着的。

温初柠看着玻璃门外面，那辆车启动了，温绍辉到底也没往这里看。

温初柠目送着那辆车子远去，就这么一瞬间，想到了自己小时候。

那会儿她还小，周梦忙于工作，来小学接她的人只有温绍辉，温绍辉回回都给她买些小零食，然后牵着她回家。

温绍辉和周梦离婚时其实没有争吵，周梦对此闭口不谈，甚至出差了三个月。那阵子一直是周隽阳陪着她，不知怎么跟她讲。

温初柠天真地问周隽阳：“舅舅，我爸爸什么时候回来呀？”

周隽阳也只是摸摸她的头，他给不出一个答案，也不知道怎么对一个六岁的孩子解释。

温绍辉更是，他走的那天只把行李打包了一下，尚幼的温初柠以为爸爸和妈妈一样，要出差了。

温初柠这么想着，心里酸涩起来。

温初柠只有十七岁，心思尚且稚嫩，她习惯懂事，其实只是因为没有一个可以诉说和依赖的港湾。

“温温，你要加辣椒吗？”

舒可蓓用托盘端着两碗面过来，温初柠迅速调整了一下呼吸，起身去消毒柜里拿碗筷和醋，将所有的酸涩压在心底。

“少加一点辣就好。”

她转身飞快擦了一下眼睛，转身的时候，也没看到正好开过去的公交车上，陈一澜在靠窗的位置，恰好看到了她转身擦眼睛的动作。

温初柠大概是因为刚才的一幕，心情有点低落，舒可蓓趁着这短暂的吃饭时间拿手机看着微博。

微信上冷不丁跳出来一个添加好友提示。

舒可蓓点进去，一眼就认出来这是谁了。

孙嘉曜还挺自恋，用自拍当头像，也不是正脸自拍，是一个侧影，一眼就看出来是谁了。

舒可蓓莫名脸颊微热，点了通过之后，还没来得及打个备注，那边发过来一条消息。

sun：【你15分钟能吃完吗？】

贝贝：【应该可以吧，怎么了？】

sun：【你一会儿出来一趟呗，就在学校门口，十五分钟后吧，别给小柠说。】

贝贝：【你怎么神神秘秘的？】

sun：【说来话长，等会儿给你发消息出来。】

贝贝：【OK。】

有点莫名其妙，但舒可蓓情不自禁心跳有点快——在教室时，孙嘉曜坐在她后面，他们平时不怎么说话，但是难以忽略这人的存在。

温初柠今天话有点少，舒可蓓也挺习惯的，她很喜欢自己这个同桌，干干净净，寡言，人很稳妥，相处着叫人心里熨帖。

舒可蓓吃得快，借口说出去买点东西马上回来，温初柠还没吃完，就坐在店里等她。

面馆就在学校对面，舒可蓓出来就看到了树下站着的两人。他们个子高，哪怕是穿着再普通不过的校服，也很惹眼。

舒可蓓小跑过去，她平时很少跟陈一澜讲话。

眼下，陈一澜递过来一小盒切块蛋糕，两杯奶茶。

"这个蛋糕麻烦你给一下温初柠，奶茶是热的，你们一人一杯。"

"啊，谢谢了啊。"

"没事，哦，对了……说你买的吧。"

舒可蓓接过去，陈一澜面色不变，少年的手掌干净修长，泛青色的血管映衬得肌肤更加白皙。

她有点小小探究，只知道陈一澜和温初柠是一起长大的关系，陈一澜的话也不多，但对温初柠，总觉得是特殊的。

比如那次路过，温初柠弯腰捡掉落的橡皮，陈一澜明明是倚靠在桌边同人说话，手也会下意识地护在桌角。

温初柠的额头撞在他的掌心，抿了抿唇，小声说了句"谢谢"。

舒可蓓从教室后门进来，分明看到陈一澜笑了一下。

年少时的小小的特殊，就这么藏在每一处不经意的小事里，藏着掖着，怕被看到，又怕她不知道。

舒可蓓怕温初柠等太久，接过后就小跑回去。

陈一澜没多留，正好下一趟公交车过来，他拽着孙嘉曜上车。

在公交车后排坐下，孙嘉曜的视线上下打量，仿佛等着陈一澜坦诚交代。

"我不说，你是不是打算看一路？"陈一澜闲闲问了一句。

"那必须的，"孙嘉曜说，"来，朕洗耳恭听。"

"也没什么，刚才看见了温叔叔。"

"啊？温叔叔？"

"嗯。"

孙嘉曜“唑”了一声，又叹气：“我听我妈妈说，温叔叔早就另组家庭了。”

“嗯。”

“你还真是贴心小天使，”孙嘉曜说，“跑那么大老远买一块蛋糕，合着还是哄人家。”

“这不就当练习一下百米冲刺嘛。”

“你真行，有一说一，你这样的，我也愿意，要不你考虑考虑我？”

“滚吧你，我看不上你。”

“看不上我，你看上谁了？”孙嘉曜挤眉弄眼地碰了碰他。

陈一澜懒得理他。

孙嘉曜继续叽叽喳喳：“喂，真的假的啊？

陈一澜不理他，孙嘉曜倒独自伤感起来：“唉……”

“叹什么气？”陈一澜随口问了一句。

“爸爸这不是看你动了凡心，”孙嘉曜沉浸在自己的世界里，“有人说，这女孩子出了校园步入社会后会遇见很多更好的男人……哎！你怎么走了？”

陈一澜抬步离开，原来是公交车到站了。

孙嘉曜赶紧跟上，在他背后念念叨叨。

陈一澜走在前面懒得理。

一同长大是个很美好的词，知晓她的每一个喜好与习惯。

像一道很模糊的分界线。

一边是光明正大，一边是藏在每一件事里的小心翼翼。

怕她知道，又怕她不知道。

陈一澜低头看了看自己的手掌，系着一道白色的纱布，明明是两个小时前的事情，可是一回想，还是能够想到她发尾扫过的痒，想到她裸露在外的一截嫩藕似的脖颈，想到淡淡的茉莉香。

他不是一个幻想家，年少的秘密都藏在时光交织的日子里，盼着有一天他能拿到金牌站在高处，然后正大光明地告诉她。

陈一澜想做最好的。

做温初柠最好的。

温初柠刚刚吃完，看到舒可蓓回来，手里还拎着东西。

两人喝着奶茶一路回教室，温初柠捧着杯子看了看，笑着说：“你还挺懂我，你怎么知道我最喜欢茉莉奶绿半糖啊？”

“猜的。”舒可蓓打了个哈哈，把蛋糕盒放在温初柠的桌上，“你等会儿再吃吧。”

“你怎么还买了这个？”

“做数学题很费脑细胞。”舒可蓓打开英语作业，“英语单词让人没有食欲。”

温初柠笑了：“明天吃饭我请你。”

舒可蓓其实想说不用来着，毕竟这也不是她买的，不过转念又想到陈一澜说的别告诉温初柠……也就应了一声。

自习课还没开始，温初柠写了一道题，心里还是有点难过，她拿出手机看了看，周梦到英国已有一段时间了，只给她发过一次微信，叮嘱她好好吃饭学习。

周梦的朋友圈里，也只分享了几篇文章。

每当情绪上来的时候，温初柠很想像别的同龄人那样，跟妈妈说话聊天，她很羡慕温许。

温初柠叹了口气，拆开蛋糕盒，发现是自己最喜欢的一家蛋糕店的草莓乳酪，小小的切块，奶油清甜，上面铺着一层草莓丁，里面还有草莓果酱的夹层。

这是她最喜欢的一家蛋糕店。

开学这一周来，温初柠跟同桌舒可蓓的沟通还没细致到如此。

而唯一这样了解她的人……

温初柠默默吃了几口蛋糕，看到了被夹在课本里的字条，上面只画了一个小小的小脸，旁边写着两个字。

有他。

十七岁可真是个矛盾又无忧无虑的年龄。

三节自习课，温初柠写完了大部分的作业，只留了一点儿要背的文综带回家。

舒可蓓怕赶不上最后一趟公交车，打了铃收拾东西先走了。

温初柠装上几本课本，临走之前想到陈一澜的约定，就发了条消息问他在哪儿。

陈一澜回得快，说马上到学校门口。

温初柠回了个“好”，整理了一下桌子，班里有个别住校的学生还在学习，她轻手轻脚把椅子推回去才背着书包走。

这个时间点校园里很安静，大部分的教室还亮着灯，别有一种幽静的味道。

温初柠慢慢下楼，从教学楼里出来，偶尔还能撞到几个嬉闹的外班男生。

出了学校门口，就看到了站在路灯下的身影，只不过那人身边多了一辆单车。

陈一澜应该是回家换过衣服了，穿着黑色的运动短裤与宽松的白色T恤，裤管松松的，裸露的腿干净清爽。

路灯旁有一棵梧桐木，落下了斑驳细碎的光影，碎光晃动，他的轮廓深邃而落拓。

温初柠小跑过马路，问道：“你哪儿来的单车？”

“孙嘉曜的，他妈妈来接他，让我骑回去。”

陈一澜推着车跟温初柠并肩走，温初柠背着书包走在一侧，她拿出手机看了一眼，已经是快十点了。

九月的晚风有点冷，回家的路上要经过学校后门，冷不丁窜出来几辆单车，陈一澜下意识腾出一只手把温初柠往边上一拉。

几辆单车呼啸而过，伴随着少年肆无忌惮的玩笑话。

“秦帅那个傻子居然罚我们写两千字检讨。”

“得了，百度一篇抄下来不就行了。”

“浪费时间。”

“等着去举报他。”

彭锦辉本来听得也不太上心，拐弯出来时觉得马路对面并肩走的身影有些眼熟。

前面是个路口，彭锦辉停车，回头看了一眼。

温初柠站在陈一澜旁边，路灯拉长两人的影子，有种别样的和谐。

“绿灯了，走了——”有人催了一句，“看啥呢！”

“没。”彭锦辉收回视线，重新骑车追上。

几人风风火火，有人轻佻吹口哨，骑车时嬉笑打闹。

温初柠听出来了，是游泳队的几个人，一抬头，车子都骑远了。

温初柠想到下午的事儿，转过目光看了一眼陈一澜的手，他手上还系着那截纱布，不过看起来好像不太严重。

明明是只该看一眼，结果视线有点挪不开，没忍住多看了一会儿。

陈一澜察觉她的视线，晃了晃手：“真不疼。”

“你今天没下水？”

“没，”陈一澜说，“跑了 3000 米。”

温初柠跑 800 米都累得够呛。

温初柠很少会问他训练的事情，常常是因为话不知道怎么说出口。

她有时候会在朋友圈里看到陈一澜的动态，游泳训练是很辛苦的，水陆训练结合，有时候单水里训练就一天一万多米。

安慰和鼓励显得太苍白。

两人静默了一阵，恰好一个路口该拐弯，再直走一会儿就到家了。

陈一澜问她：“你作业写完了吗？”

“写完了，不过还有一些要背的东西。”

“上来。”陈一澜停了停，似是随意地说，“我骑车带你早点回去，你早点背完早点睡。”

学校早自习六点四十五分就开始。

温初柠忸怩了一会儿，但这个念头才冒出来几分钟她就发现没意义。

——两人太熟悉了，一点小小的变化都显得多余。

“快点。”陈一澜跨上车子，单腿轻松撑地，催了一句，“我骑车很稳的。”

温初柠慢吞吞挪过去，这是一辆单车，后面有个座位。

她小心坐上去，手一时间不知道往哪儿扶，停在空气中，挣扎了一会儿。结果就是这短暂的犹豫，陈一澜的手反过来，准确地扣住她的手腕，往前一带，正放在他腰上——准确来说，是腰间的衣襟上。

“坐稳了。”他好像真的只是让她抓稳了。

温初柠低头，感觉手腕被他抓过的地方好像还残留着一点余热，温温的，甚至还能感触到他掌心的干燥。

陈一澜骑得很慢。晚上有点凉风，温初柠头发扎了一天已经有些松垮，耳边垂了几绺碎发，被风拂着扫过陈一澜的脖颈，很细微，撩动的好像并不是身体的触感，而是心间波澜。

温初柠不太敢乱动，车子压过一截减速带，她攥着他衣摆的手晃了晃，手指撞到了他的腰，衣衫下的肌肉紧实。

也不知道是她想多了还是怎么，脑子里冒出来的画面，竟然都是陈一澜从泳池里走出来的样子，脱衣有肉穿衣显瘦。

她脑子里杂七杂八想了挺多事情，连带着呼吸都有点儿小心翼翼。

她盼着这条路能够久一点，可也到底只有十来分钟的路程。

陈一澜把车子锁在车棚下，到了单元门那边，温初柠想了想，说：“谢了。”

“哪件事？”陈一澜晃着钥匙跟在她身后，不知道她说的是纸团还是送她回来这件事。

温初柠一边从口袋里拿出了钥匙打开单元门，一边小声说：“蛋糕挺好吃的，我好久没去那家店了。”

陈一澜微愣了一瞬，低笑一声。

“你笑什么？”

她咳嗽了一声，一楼的声控灯亮了，上楼拐弯，碰巧看到他的侧脸，鸦羽似的长睫微垂，在高挺的鼻梁两侧投下了很浅淡的一点影子。

“你同桌告诉你的？”

“我猜的。”

“那还挺心有灵犀。”

两人有一搭没一搭说话。等快要拐上四楼的时候，陈一澜忽然拉住她。

“嗯？”温初柠有点不明不白。

三楼四楼的灯都有点迟钝，半天没有亮起。

走廊和楼道黑漆漆的，陈一澜比她高了一头都多，他站在下面一阶楼梯上，攥住了她的手腕。

温初柠几秒适应了黑暗，能看到他眸子里的碎光。

四周很安静，甚至可以听到不知道哪一户人家正在看电视剧，隐隐约约的声音，还有她胸腔里剧烈的心跳声。

“真没必要去拿你自己跟别人比，你是你，谁都不能跟你比。”陈一澜说，“你不用觉得温许有爸妈在身边才好，你要委屈，咱俩认识这么多年，你有什么委屈，我还能不管吗？

“虽然我只回来两个月，但省体校也就在淮川，坐高铁一两小时就回来了。没有比赛的时候我都在淮川训练，不用觉得不好意思。”

陈一澜攥着她的手腕，这是她头一次听到他说这么多话。

心口裂开的地方，好像被人细心地包扎住，还给她小心地焐热乎。

温初柠鼻子酸酸的，说：“你训练挺忙的，我……我不应该耽误你。”

“确实挺忙的，我每天要跑3000米训练，要泡在健身房，要每天游上万米，但一天二十四小时，我总能抽出来点时间吧？”陈一澜忽然抬手，揉了一把她的头发，“自信点，别人的事儿我可能懒得管，你可不一样。”

温初柠鼻子更酸了。

“行了，早点回去背完休息了，明天还要上课。”

“好。”

温初柠点点头，又抬起脸来认认真真看他。

一片黑暗中，温初柠只能看到他的轮廓，却也能够感知到他的视线和目光。

温初柠抿了抿唇：“谢谢你，陈一澜。”

“客气什么。”他随意答了一句。

温初柠重新抬起脚步上楼，跟他说了一句晚安。

陈一澜“嗯”一声，从口袋里拿出钥匙开门。

温初柠也回家了。

陈一澜进了门换鞋，家里的灯亮着，浴室里的水声停住。

过了一会儿，汪茹从浴室里出来，问道：“吃饭了没？我正好做了些皮蛋瘦肉粥，在电饭煲里，你饿了就吃点。”

“嗯。”

“今天上课怎么样？能跟上吧？”

“还好。”

“行，我听说人家小柠成绩不错的，你要是有不会的地方，虚心请教。”

“知道的。”

陈一澜换了鞋，随意应付了几句，他没告诉汪茹自己没上晚自习的事儿。

这会儿确实有点饿了，陈一澜去厨房里盛了一碗粥，坐下之后，状似随意地问了一句：“妈，我们年级一数学老师，是温叔叔的现任？”

“许燕啊？听说过，”洗手间门没关，汪茹梳着头发说，“听说她是温绍辉的第一任妻子，因为不能生育来着，温绍辉才跟周梦结了婚……不过温绍辉跟周梦离婚后，又跟许燕复婚了吧？听说现在还有个小女儿。真是造孽，苦的可是小柠。”

陈一澜从来都不知道温初柠家里的事情，温初柠也不说，他只知道周梦周阿姨是个工作狂。

“周阿姨跟温叔叔为什么离婚？”陈一澜又问了一句。

“不知道，你周阿姨的心思都扑在工作上了，比你爸还过分，加上那年我们医院里……算了，不跟你说了，你一小孩子打听什么？”汪茹说了一半止住了，“好好上你的学！”

陈一澜没说话。

“坏了，我到点了，我去值夜班了，你复习完了早点睡。”

“嗯。”陈一澜喝了一口粥，“你也是。”

“嗐，我们值夜班的能睡什么。”

汪茹随口说了一句，匆忙吹了吹头发，也来不及吹干，回房间换了衣服，抓起包就走了。

陈一澜坐在桌前，有些食之无味。

手机是准时在十点半响起来的，除了耿教练会每天给他发点提高技术的论文外，就只有陈建平了。

“你倒也不必算着我妈上班的点给我打电话。”

“你今天练了多少？”陈建平也没搭理他的玩笑。

电话里隐约听见一点跑步的声音，陈建平应该是在体校的操场上。

“跑了三次三千米，还练了核心，”陈一澜敛了敛神色，“你不是我教练，我好像也用不着跟你汇报。”

陈建平沉默了几秒，因为常年带队训练的缘故，他平日里回家的日子很少，所以汪茹屡次不满。加之汪茹不希望儿子走职业的想法，夫妻二人诸多争吵。

他是省队里的游泳教练，也是一位父亲，他心里知道儿子有多适合游泳。

“行了，我要睡了。”陈一澜不打算多说了。

“你好好游下去。”陈建平静默了几秒，慢慢说了一句，“你已经游了这么多年，别听你妈胡说。”

陈一澜一只手握着手机，另一只手用勺子搅了搅粥，问：“如果我拿不到金牌会怎么样？”

陈建平说：“没有这种可能，你必须拿金牌。职业运动员都有瓶颈，只能多加练习突破，游一万米没用就一万五千米。”

“行了，睡了。”陈一澜忽然没什么胃口了，准备挂电话。

“一澜，你其实很……”

陈建平知道，陈一澜不只是运动员，更是他儿子，他带队素来严苛，鲜少鼓励，怕这些半大小子抓住他心软的软肋，于是在外，他都是最严格的教练。

他知道儿子进入瓶颈期后，特意跟耿爱国聊过几次，其实他多少能觉察出儿子是因为游了这么多年，突破不了瓶颈，也产生了倦怠情绪。

该鼓励的，可是他严肃惯了，估计陈一澜也没预料到爸爸想鼓励自己。

陈建平拿着手机，叹了口气。

陈一澜放下手机，收拾了桌子，去洗澡了。

温初柠回来的时候，周隽阳已经在家里了。

周隽阳的生活很简单，十二点准时睡，熬夜几率小之又小。

周隽阳说：“冰箱里给你放了几盒牛奶，你妈妈让我给你买好了夜宵，都在厨房，你吃的话自己热热，能行吗？”

“好，”温初柠顿了下，“我妈给你打电话了？”

“打啊，每天打一个，怕耽误你学习，都没和你说。”

“哦……她在英国怎么样了？”

“挺好吧，不过那家医疗公司才开拓海外市场，估计也挺忙的。”

温初柠又“哦”了一声，去放下书包洗澡洗漱。

周隽阳不打扰她，索性去书房看论文。

温初柠洗漱之后，背了一会儿文综，又复习了数学公式，才拿出了手机看了看。

她有时候觉得周梦是个太忙于工作的妈妈，对周梦没少怨念，有时候又觉得周梦其实也很在意她。

温初柠给周梦发了一条消息，不过没有被回复，温初柠也就默认了周梦在忙了。

她收拾好书包，手指停顿了下。

打开笔记本，里面夹着一张皱巴巴的字条。

温初柠坐在椅子前，单手捞过了桌上的一只小猪存钱罐，然后在字条背后写着——

【× 年 9 月 10 号。

陈一澜给我买了我最喜欢的草莓乳酪蛋糕。

他还记得我最喜欢茉莉奶绿七分糖。

他说，我还有他。】

温初柠仔细写了这几句话，将这张皱巴巴的字条抚平整，看着字条上的小笑脸，她终于笑了笑。

然后，她把这张字条扔进了储藏罐。

第六章

美人鱼对她吹泡泡

周五下午，实验班里气氛空前好。

周六周日学校的自习都是选择性上的，温初柠还没做好打算，正巧下了体育课，舒可蓓挽着她的手，约温初柠周六去水上公园，说她爸爸买了票。

温初柠答应了，她们从操场绕出来，跑道上有不少人在跑步，温初柠一眼就看到孙嘉曜和陈一澜。

温初柠只知道他们又在训练三千米。

舒可蓓很快地扫了一眼。

孙嘉曜看到了路过的她们，快跑了两步回身，倒退着跑几步，对着她俩打招呼。

舒可蓓的视线追着，很快地收回来，佯装无意地对温初柠说：“我爸给我的票有多的，他们两个有空吗？”

“应该没有，他们每天训练任务很重。”

“要不你问问？”

“行，等会儿我问一下。”

温初柠还没想太多，舒可蓓“嗯”了一声，目光又悄悄往操场那边看了一下。

人很多，可瞩目的人总能一眼看到。

温初柠和舒可蓓没什么胃口，也不想吃食堂，两人去超市一人买了一瓶咖啡后回来写作业。

温初柠看了一眼窗外，红霞漫天，初秋的风清爽。

班里的几个男生打完篮球回来，还不忘聊着月底的运动会，平日里大家都对体育不太重视，然而自打体育被记入学业水平测试后，大家都认真起来。

陈一澜和孙嘉曜专业，几个男生会去向他们请教，很快几个男生的一千米有了一点突破。

于是几个热络的男生常叫着他俩打篮球。

温初柠正坐在桌前写作业，后桌晃了晃，是陈一澜和孙嘉曜回来了，舒爽的风携带着皂香与青柠味道。

陈一澜随手将一瓶冰镇的气泡水放在温初柠桌上。

她的视线里只看到了一只手，修长有力。

再一抬眼，桌上就多了一瓶荔枝味的气泡水。

“你不去吃饭？”陈一澜随口问了一句。

“不饿。”温初柠想到了舒可蓓让她问的事儿，就回头问了一句，“哎，对了，你俩周末有空吗？贝贝想去水上公园来着。”

“周末有训练计划。”陈一澜说，“不一定有时间。”然后又踢了下孙嘉曜的椅子，孙嘉曜正伸头跟外班人聊天。

“你有空没？”陈一澜问了他一句。

舒可蓓明明是在写作业，却不自觉停了停手里的动作。

“不一定吧，耿胖胖不是给我们说训练一万米吗？游完就累死了。”

陈一澜对温初柠耸了耸肩：“那还是再说吧，不一定有时间。”

“好。”温初柠还不知道舒可蓓的小心思，也爱莫能助，“没事，咱俩去也挺好，不带他们好了，他俩吃饭太多了。”

孙嘉曜不以为意：“吃饭多怎么了？吃饭多游得快！”

温初柠懒得跟他拌嘴，问陈一澜：“你们两个又去训练了？”

“嗯，今天要下水了。”陈一澜装了几本课本，随意地回答。

温初柠低头一看，陈一澜手上的纱布早就拆掉了。

瞧见她的视线，陈一澜摊开手掌给她看，手掌上干干净净，只是手背上多了一道红色的伤疤，已经结痂，在白皙的手背上，多少有点刺眼。

温初柠在心里又把游泳队的那几个傻子骂了一遍。

陈一澜低笑一声：“走了。”

“好。”

温初柠回过身继续写作业。

舒可蓓小声感叹：“他们好辛苦啊。”

“是啊。”温初柠算着一道三角函数题。

“他们真的以后要做职业运动员了吗？”

“是的。陈一澜是的，孙嘉曜应该也是。”

“他们会以什么……特长生的名义上大学吗？”

“应该是，不过听说他们游泳队的一般都是去燕京大学，陈一澜想去淮川大学吧，现在说这个有点早。”

舒可蓓“哦”了一声：“燕京大学在燕京啊，北方冬天好冷的。”

温初柠反应再慢，这会儿也意识到什么。

她还握着笔，闲闲挑了挑眉：“你是想问孙嘉曜啊？”

舒可蓓正喝着水，冷不丁听见这名字，呛到了，剧烈咳嗽几声，白皙的脸颊瞬间涨红：“你别乱说。”

温初柠笑出声，十七岁的心事不用明说，藏在眼神里也能一眼望穿。

这会儿距离晚自习开始还有四十多分钟，温初柠做着一道三角函数题，但是算来算去怎么都不对。她问了舒可蓓，舒可蓓算了一遍也发现不对，俩姑娘对着标准答案一看，都不对。

“要不你去问问李老师？”舒可蓓说，“李老师办公室就在咱们这层的大办公室。”

“也行。”

温初柠看了一眼时间，高二的数学老师共用一个办公室，这个时间，温许放学，许燕应该已经走了。

可能是为了照顾温许，许燕没有做班主任，因为班主任更忙，每天还要盯晚自习。

温初柠拿了练习册去办公室，准备去问李红兰。

结果进了办公室之后，办公室里有几个其他任课老师，李红兰没在，反而是许燕还没走，她一眼就看到了温初柠。

“你们老师可能出去了，你过来问问题？”

温初柠本来想遁走，结果许燕先看到了她。

温初柠抿了抿唇，有些头皮发麻，但许燕都看到她了，她也不能直接走。

“来，哪道题？我给你讲讲，我正好没事。”许燕放下手里的杯子，拉了张椅子放在自己的办公桌跟前。

温初柠简直有种赶鸭子上架的感觉，她慢吞吞走了过去，心里涌上来一股后悔。

——也是在这一刻，温初柠莫名想到了周梦。

周梦只会逃避事情，逃避有时候还真的挺好。可温初柠做不到那样，她没有周梦那样的洒脱，任凭背后一锅粥，自己跑得远远的，做甩手掌柜。

她又虚无缥缈地想到，周梦和温绍辉离婚后续的事情，都是舅舅周隽阳处理的。

可现在谁也指望不上。

温初柠坐在椅子上，把练习题放在桌上。

许燕带理科实验班的数学，一看练习册上的题，也不知道是有意还是无意，说了一句：“你们班里的进度这么慢呀？这个题很简单，你套一下三角函数的公式，把它变形一下就是了。”

温初柠和舒可蓓做了十几分钟都没解出来的题，到她这儿就是一句话。

“我没看懂。”温初柠慢声说。

“我找支笔。”许燕腾出一只手在笔筒里翻了翻。

温初柠的视线顿住。许燕的办公桌上放着一张全家福，左边是许燕，右边是温绍辉，中间是温许。

看到这张照片，应该是早就能习惯的，但心里还是被针扎了一下似的痛。

许燕显然没有注意到，她撕了一张纸在纸上给温初柠写过程。

“这道题还有另一种解法，我们可以逆推……你的思维要打开……这道题很简单的，这是基础……”

不知道许燕是有意还是无意的，温初柠总有一种敏感的错觉，许燕说了三次“这道题很简单”。

温初柠其实挺怕她再来一句——“这么简单的题，温许都会做。”

但好在许燕并没有这么说。

许燕讲题的速度很快，温初柠跟不上，但也不敢停下来问，好像“这么简单”的一道题都做不出来，会让许燕觉得她不用功或者笨脑筋。

最终，温初柠并没太听懂。

许燕放下笔，状似无意地问：“你家里现在还好吧？你妈妈在国外没时间管你，你要是愿意，可以周末过来吃饭。”

“不用的，我妈在国外挺忙的，她升职了。”

升职不升职温初柠其实不知道，但她莫名心里就是堵着一口很闷很闷的气。

“哦，我怎么忘了，你妈妈是个女强人，心思都在工作上。”

许燕的言下之意，好像怎么都带了点嘲讽周梦“不顾家”的意味。

温初柠没过脑子，其实有点冲动，不知道是维护周梦，还是维护自己在许燕面前的一点自尊，说：“对，我妈妈很厉害，她现在是医疗公司在英国分部的部长。”

许燕端杯子喝水，顿了下，笑笑没说话。

温初柠捧着课本站起来，淡淡地说道：“许老师再见。”

许燕“嗯”了一声。

这像是一场无声的博弈——其实温初柠早早就有预料，某些平静，其实也只维系了表面。这本不该是她的事情，她却被卷进一场大人之间无声的纷争里。

温初柠还没走出办公室，李红兰甩着手进来了，然后在毛巾上擦了擦手。看到温初柠，她笑着说：“来问问题啊？”

“嗯……”温初柠藏起情绪，低声说，“许老师给我讲过了。”

“哦，许老师啊，许老师是理科班的，她讲得快，我看看你哪道题不会。”

老实说，李红兰其实是个挺好的数学老师，挺负责的。

一头短发，个子不高，戴着一副眼镜，数学课枯燥无聊，同学们常常犯困，李红兰也想活跃气氛，总是讲一些数学冷笑话，但没几个人听得懂。

温初柠被李红兰拉回来，李红兰一看那张草稿纸，啧了一声：“不行啊，许老师教理科班，解题思维太复杂了，这道题简单一点，你看题目上说已知条件，咱们的三角函数公式你还记得吗？你直接把公式套进去，稍微变形一下……咱们一步步来。”

原来这道题并不难，李红兰讲得仔细，没几分钟温初柠就懂了。

李红兰笑着说：“你挺聪明的，下次你直接来问我，别问许老师。许老师，你把我学生带沟里了呀，这些文科生理解不了那么复杂的东西。”

许燕只是笑了笑。

温初柠说：“谢谢李老师，我先回去写作业了。”

“哎，对了，温初柠，”李红兰叫住她，叮嘱一句，“你这偏科有点严重，千万别讨厌数学，你有不会的来问我，我毕竟还是你们班的副班主任，晚自习也能来，我在办公室里备课。”

“好，谢谢李老师。”

“行，回去吧。”

李红兰擦擦手，继续埋头写教案。

温初柠从办公室里出来，总觉得这一场无形无声的博弈，好像就在某个地方戛然而止。

文科生可能很难理解一些复杂的数学题，但她却能早早地看透大人之间隐藏的那些明争暗斗。

也是在这会儿，温初柠忽然有那么一点点理解周梦的逃避。周梦是个怕麻烦的人，她不想家庭破碎后再招惹一身的麻烦。

温初柠捧着习题册下楼时，口袋里的手机振动了一下，她拿出来看了看，是陈一澜给她发的消息。

【方便到一下校门口吗？】

【干吗？】

【出来一下。】

温初柠没回教室，直接拿着习题册出去了。

学校门口的铁艺电动移门半掩着，零零散散的学生进进出出，外面一条小吃街热闹非凡，烟火缭绕，伴随着欢笑声。

陈一澜推着单车站在门外。

温初柠小跑过去：“你忘记拿作业了？”

“想什么呢。”陈一澜推着车轻笑一声，把手里的袋子递给她。

温初柠不明所以，接过来，发现是三明治和一小盒糖炒栗子，下面还有一小盒巧克力。

“别忘了吃饭。”

“哦……那我先回去了。”温初柠有点不太好意思。

“你过来一下。”陈一澜单手推着车，忽然想逗逗她。

“啊？怎么了？”

“你头发上有只虫子。”

“啊？你帮我弄下来。”

温初柠吓了一跳，隔着推门，她往他那边倾了倾身子。

她突然凑近过来，一阵清冽的风吹起了她的碎发，拂过了下巴，痒痒的，带来一阵很浅淡的茉莉味道。

陈一澜比温初柠高很多，一低头，他就看到温初柠手里捧着糖炒栗子，睫毛下叠，半张小脸白皙恬淡。

他唇边带笑，假模假样揉了一把她的头发：“飞走了。”

“那就好。”温初柠松了口气，“那我回去写作业了。”

“嗯。”陈一澜单手扶着单车，往后撩了一眼，正好看到了彭锦辉几个人背着包出来，他又补了一句，“晚上下了自习你等会儿，我从游泳馆回来路过学校。”

“好。”温初柠不疑有他，应了一声，对他摆摆手，“我回去写作业了。”

“好。”

陈一澜是看着她进去的。

温初柠提着袋子走了两步，低头看，嘴角不自觉上扬，刚才在许燕那里的一腔憋闷，终于淡了不少。

她又走了两步，看到了游泳队的几个人，眼神都懒得给他们，直接绕道走了。

周六。

彭锦辉侧头看了一眼，学校的公告板上贴着校规校纪。

他若有所思地想了几秒。

温初柠拎着袋子回去的时候，路过超市，进去给舒可蓓带了一盒饼干和一包面包，这才上楼。

舒可蓓正闷头做英语作业，距离晚自习开始还有十几分钟。

“还是吃点先垫垫吧。”温初柠把袋子放下，拆开糖炒栗子放在中间。

舒可蓓本来还不太饿，但是看着温初柠吃也有点嘴馋。

正好做作业做得头昏脑涨，舒可蓓剥起了栗子，一边剥，一边说：“你明天几点起床啊？”

“八点多吧。”

“那行，你知道那个水上公园吧，就是在滨江路那边那个，今年新开发的项目，听说就是最近才开业。”

“知道的。明天在哪儿见？”

“明天就在水上公园正门口见吧，十点钟可以吗？”

“行。”温初柠答应下来。

舒可蓓咂了咂嘴，初秋吃到糖炒栗子，真是使人心情愉悦。

两人有一搭没一搭聊了会儿天，打了上课铃之后明涛进来看自习，她俩小心地收了垃圾扔掉，然后开始奋笔疾书赶作业。

放学的时候，温初柠收拾东西出来，果不其然看到站在路灯下的陈一澜。

见温初柠小跑过来，陈一澜好像习以为常，说：“上来。”

“走回去吧，我想吹吹风。”

陈一澜侧头看了她一眼。

“你这是什么表情？”

“说呗，又怎么了？”

温初柠其实挺纳闷的，陈一澜怎么就能看出来她不高兴了呢？明明她觉得自己现在分明应该是“面无表情”。

温初柠也确实觉得不太想瞒着，关于周梦和温绍辉的事情，她从来都不问周隽阳。

其实是问过两次，周隽阳常说，大人的事情小孩别操心，就这么给打发了。

她现在却觉得心里像打翻了什么。

“我有时候觉得，我爸爸离开我们，是不是因为我妈和我的原因。”温初柠默默走了几步，陈一澜推车走在他身边，路灯长亮，投下淡淡的光影。

“别人都这么说，说是因为我妈太扑在工作上了。”

“为什么觉得还有你的原因？”

“因为……因为我爸妈离婚的时候，他们两个都没有问过我跟谁，好像只是宣判了一个结果，跟我妈妈我挺开心的，但是……”温初柠低头看着影子，吸了口气，鼻子泛酸，她调整了下呼吸，才终于慢吞吞开口，“但是，好像是我爸爸不要我了。

“我也觉得我好普通，有时候也知道明明应该自信一点，可是总会想到温许比我优秀那么多，她还有爸爸妈妈……那也原本是我爸爸。”

陈一澜就静默地听她说着，心里掂量了一下许燕原本就是温绍辉第一任妻子的事情，估计温初柠是不知道的。

陈一澜也不打算跟她说。

温初柠说：“我有时候也真的想让我爸爸看到我，我学跆拳道，也是因为小时候，他每次都来接我。”

“你已经很好了。”陈一澜自己都觉得这句话说出来有点苍白。

温初柠也不是觉得自己想要寻求安慰，至少说出来，就好多了。

这些话就像是属于她的秘密，除了陈一澜，无人可以分享。

陈一澜给她讲了两个笑话，温初柠有点闷闷的，也没太听到心里去。

到了家属院，陈一澜看着她上去，觉得这样不太行。

他拿出钥匙开了门，钥匙插进去，听到了楼上关门声。

他站在黑漆漆的楼道里，往窗户外面看了一眼，星空灿灿，黑夜澄澈。

温初柠回去的时候，周隽阳正在坐在沙发上“噼里啪啦”打字。

温初柠拉开房间门，欲言又止。

“小鬼，有话直说。”周隽阳抱着笔记本电脑，抬眼睨她。

“舅舅。”温初柠放下了书包，走过去在他旁边坐下。

“嗯？”

“我爸和我妈离婚，真的是因为我妈总忙工作吗？”

“怎么这么问？”

“没什么……”

温初柠吸了口气，好像也觉得自己这话问出来挺没意思的。

问来问去，好像也没什么必要执着于一个缘由。

但温初柠只想知道，父母这场失败的婚姻里，到底是温绍辉不要她了，还是周梦要求自己跟她的。

温初柠平日里大大咧咧惯了，但真有这样一个小问题，总是忍不住一遍遍想。

明知道想不通，没结果。

“感情不和，不过大人的事情自有大人的解决方式，你妈这个人，就是怕麻烦，不爱跟人起争端，你外公外婆管得严，她也不太会表达，虽然她忙，她还是爱你的，”周隽阳说着，拿出了手机给她看，“你看，你妈天天给我发消息让我喊你早睡觉记得吃饭。”

温初柠看了一眼，手机屏幕上果然有不少周梦的消息。

【记得让小柠吃早饭。】

【别忘给小柠买酸奶。】

【你晚上给小柠准备点夜宵。】

…………

温初柠看着看着，忽然也觉得自己不应该纠结这个问题了。

周梦是爱她的——尽管，周梦是个不太合格的妈妈。

“谁说你什么了？”

“没。”

“跟舅舅说实话。”

“许燕，许阿姨，教我们年级数学。”

“不是你数学老师吧？”

“不是。”

“嗯，别搭理她，那是个疯女人。”

“为什么这么说？”

温初柠不知道父母离婚背后的事情，旁人都说，离婚是因为周梦一心扑在工作上。

温初柠是确实不知道，只是依稀记得在父母离婚前，周梦陷进了一场官司里，还被医院辞退了。

当时很多人非议周梦，周梦不甚在意，只是回来说了一句，有一家医疗公司聘请她，她仍然在医疗行业，但是转了别的工作。

也就是那一天，温绍辉和周梦两人沉默了一天，第二天办理了离婚手续。

“这是……许燕让你不高兴了吗？”周隽阳沉吟了一下，“你平时少跟许燕说话来往，咱们好好学习就是了。”

“好。”温初柠也没再多问，点了点头。

“行，要是学习累跟舅舅说一声，舅舅带你出去吃。”

“好。”

温初柠心情总算是稍微好了一点点，她回了房间收拾了睡衣，去洗了个澡。

周隽阳也不多打扰她，早早睡了。

温初柠躺在床上，没忍住拿着手机看了看。

正好这时，陈一澜给她发了条微信。

【睡了吗？】

【还没。】

【出来一下，有重要的事儿。】

温初柠躺在床上，房间里只开着台灯，淡淡的光笼着，她问：【什么事？】

【出来再告诉你。】

温初柠觉得也问不出什么，就关了手机屏幕下床，估计也不远，温初柠干脆穿着睡衣拖鞋就出来了。

陈一澜站在楼下，短裤短袖，身高腿长，昏暗的巷子和老过道，斑驳的树影晃啊晃，碎碎的光落在他脸上，少年的轮廓修长而锋利。

“去哪儿啊，这么晚了？”

“还能拐了你？”

说完，陈一澜拉住她的手腕小跑。

温初柠趿拉着拖鞋：“你慢一点，我鞋快掉了。”

“你真麻烦。”

“你喊我出来还嫌我。”

“谁嫌你了？这不是善意的催促嘛。”

温初柠懒得理他。

陈一澜拉着她绕到小区后面，这里有一个已经废弃掉的火车轨道和火车站台。

临江市的交通越来越发达，高铁轻轨地铁飞机，普通的火车已经很少了。

以前这里也只是一个很小很小的站台，不过人，只有些运输货物的绿皮火车经过。

小时候这里有很多杨树，有老人在这里捡拾杨树花，而后做包子，味道很好。

他们一群小孩就跟着跑过来，坐在一个矮矮的围墙上看着远处的火车。

火车的轮子撞击着铁轨，“哐当哐当”，几个小孩就用手围在嘴边，幻想着火车上有什么神秘来客。

而除了这些，温初柠对于这里的记忆，还有一个红砖石的小矮房子。

那会儿她跟在陈一澜身后，陈一澜拉着她上来，两人在这里看星星看月亮，有那么一回，陈一澜还给她买了仙女棒。

这回，已经不再是小时候了。

温初柠可以轻轻松松地爬上那截矮矮的围墙，陈一澜还是好心地扶了扶她。

温初柠跟他坐在矮矮的围墙上。早就废弃的铁轨上长出了很多很多杂草，那几棵杨树依然屹立在围墙边。

陈一澜从口袋里拿出什么递给她。

温初柠接过来，笑了。

陈一澜买到了仙女棒，细细的一根，星星造型，他买了好几盒，然后递过去一只打火机。

“咔嗒”按开，火苗窜起来。

温初柠小心拿着一只仙女棒凑过去，“噼里啪啦”碎光燃起。

“许个愿吧。”

“今天不是我生日呀。”

“谁跟你说生日才能许愿，”陈一澜并肩坐在她身边，“不开心了就许个愿。”

“谁规定的？”

“陈一澜为温初柠特别规定的。”

温初柠也没心思许愿，想了想，说：“那没什么愿望，祝你去淮川大学，我也能考上淮川外国语大学吧。”

——这样，或许你还能在我身边。

陈一澜轻笑：“你这愿望真没技术含量。”

“那你说什么有技术含量？”说完，温初柠偏头看了看他。

她手里的仙女棒还在燃着，夜风很凉，她的头发没扎起来，软软地搭在肩膀上。

陈一澜看着她，她一张巴掌大的小脸，杏目干净澄澈，才洗过澡，身上还有淡淡的沐浴露的清香。

有浅浅的茉莉味道，也好像有一点若有似无的体香。

什么愿望才叫有技术含量呢？

大概没有，因为关于愿望，陈一澜有那么一点私心地想——

那我的愿望是身边永远有你。

他十七岁的生命里有这样一个她，横跨十七年的朝朝暮暮风风雨雨，只是这样一个她，一次次鼓励着他，撑起他很多次破碎的梦想，让他一次次坚持下来。

他也想做她的铜墙铁壁，他也想要温初柠永远发光，谁都不能使她黯淡。

“今天天气不错，听说有流星。”

“这你也信啊，我上次听说有什么狮子座流星雨，等了一晚上都没看到。”

温初柠仰起头看着天。

陈一澜没看天，视线落在她的侧脸上，干干净净，那些忧虑的心事好像不见了。

他松了口气，安静地坐在她身边。

陈一澜是真的买了不少的仙女棒，温初柠索性点了一小把。

明亮的光点燃了黑夜，她晃着仙女棒给他看。

温初柠没说话，但是心情好了不少，她只是笑。陈一澜也看着她笑，藏起来的小心思就像是一场浩瀚且温柔的夜风，吹过心口，弥漫过四肢百骸，最后落在脸颊上，只有一点、只有他才能感受到的温热和滚烫。

夜空蓝得发黑，碎星缀在上面，弯月皎洁。

两人一起吹着风，并肩坐在一堵矮矮的围墙上，十几年的岁月都编织成诗，过往的日子藏在诗的每一行。

温初柠点完了所有的仙女棒，还把垃圾收了起来，扔到了附近的一个垃圾桶里。

陈一澜姿势帅气地跳下来。

温初柠扔了垃圾小跑回来。

“开心了没？”

温初柠看他一眼，说：“好多了。”

“来，抱一下行了吧？”他张开手。

温初柠觉得脸颊发烫：“没事儿你抱我干吗？”

“这不是安慰安慰你吗？”

她不过来，陈一澜朝她走过去，他个子也很高，两只手臂修长，只是虚虚地环了一下。

她的脸擦过他的T恤，薄薄的柔软的棉质料子下是少年炙热而温存的体温，好像点燃了这样一个本该平平无常的黑夜。

陈一澜的声音在她头顶响起，但是很低很低：“温初柠，我和你都认识十七年了。”

“嗯。”

别别扭扭，古古怪怪。话不说完，但也感觉彼此意会。

温初柠问：“你是不是想说还有很多十七年？”

“嗯，我觉……”

“陈一澜，谢谢你。”

“别客气。”

“我没跟你客气。”

“那你还挺有礼貌。”

两人有一搭没一搭地回去。

陈一澜站在四楼跟她说晚安，然后目送她上了楼。

周隽阳已经睡了。

温初柠躺在床上，不仅仅是毫无睡意，翻个身，都能听到自己的心在黑夜里一下一下地剧烈跳动。

她许了两个愿望——

温初柠考上淮川外国语大学，陈一澜进入淮川大学。

还有，她希望他能永远在她身边。

温初柠睡不着，爬起来，开了台灯，在便利贴上写下一句话——

【我说，我们还有很多很多十七年，陈一澜说好。】

温初柠写完后，将字条叠起来，放进了小猪储藏罐。

周六早上，温初柠早早起来，因为约着跟舒可蓓出门，特意起来吃饭。

本来是想自己下面条打发一下的，但是考虑了一下舅舅周隽阳，温初柠还是下楼去买早饭。

温初柠起来洗漱了一下，阳台上发出窸窸窣窣的声音。

舅舅还是收养了那只小白狗，每天遛，怕耽误她学习，晚上让小狗睡在阳台，还给它买了窝。

温初柠走过去看了看，小白狗已经洗了澡，白色的毛蓬松干净，扒着围栏对温初柠摇尾巴。

温初柠挺喜欢小狗的，从旁边拿了牵引绳给它戴好，准备带它一起去。

老小区外面有不少早餐馆。

温初柠随便买了份粥，买了点饭团回去，结果撞上刚晨跑完的陈一澜。

远远的就看到他了，九月中旬天气舒爽，还没怎么降温，他站在早上七点的晨光下，垂下的阳光有淡淡的彩色斑斓光晕，他穿着运动长裤与宽松的白T恤，个子高，身材比例优越，在人群中一眼能看到。

这个家属院里住的都是体校的老师和市一医院的医生，都是熟人，陈一澜停下跟一个叔叔说话。

少年轮廓干净分明，眼角眉梢噙着一点淡笑，跟旁人说话的时候礼貌客气，大概是运动员特有的纯粹与阳光，简单利落的穿搭，阳光朝气，在温暖的光线下，显得更加耀眼。

温初柠拎着早饭站在不远处，陈一澜一抬视线，就看到了她。

温初柠等他说完了话才走过去。

——其实有短暂地犹豫了那么几秒。

昨天晚上的一点回忆，像薄薄的风，又像一阵细微的春雨，猝不及防地涌上心头，她甚至还可以想起昨夜澄澈的夜空，想到天上一闪一闪的星，也想到那一个很轻、很轻的拥抱。

温热的体温在夜晚里格外清晰，他心脏跳动的声音，在黑夜里静谧隆重。

陈一澜问：“养狗了？”

“嗯，我舅舅在小区门口捡的。”温初柠问，“你吃饭了吗？”

“还没。”陈一澜说，“你准备去哪儿遛狗？”

“就去外面的花园转一圈吧，你还跑吗？”

她问完后有点忐忑，想要时间走得慢一点。

“还能再走一圈。”陈一澜扬扬下巴。

温初柠牵着小白狗，有一搭没一搭地跟他说话：“你今天要训练吗？”

“嗯，不过今天耿教练要过来，”陈一澜说，“你今天出去注意安全。”

“好。”

“你……要注意休息。”

温初柠和他并肩走在人行道上，路边的柳树枝丫被风吹动，不时有晨跑的人经过。早上七点多，城市刚刚苏醒，有种寂静的朝气。

温初柠看了一眼陈一澜的手，伤口已经结痂，看起来好多了。

因为家属院的楼都不太隔音，她昨天晚上还听到楼下有开门关门声，估计都已经是十二点多了。

看他今天早上七点就已经晨跑结束了，估计也是没睡多久。

“训练虽然很重要，但是你也要好好照顾好自己。”

“知道。”

陈一澜走在她身边，温初柠关心的话说得有些犹豫，怕突兀，又尽可能说得若无其事。

温初柠抿了抿唇，隐约听到他这句“知道”语调懒洋洋的，好像有些上扬，于是假借着看马路偷看了他一眼，却撞上他含笑的视线。

“看什么？”

“看马路。”

“右边有什么？”

温初柠一蒙。

“右边好像只有我啊？”

温初柠脸颊涨红：“你怎么这么自恋……不就是看了一眼。”

“看我就看我。”陈一澜快走两步，然后转过身来倒着走，他微微弯腰，视线与她齐平。

温初柠猝不及防地抬起眼睛，先看到的，是一截白皙修长的脖颈，还有突兀性感的喉结，他弯身，她甚至还能看到他的锁骨。

视线匆忙地想要挪开，一抬眸，却看到他的脸距离她很近很近，放大的俊脸，浅琥珀色的瞳仁，长而密的睫毛下叠，他的皮肤细腻白皙，下巴瘦削，气质清爽干净。

陈一澜弯腰看她，明显地看到她的脸颊以肉眼可见的速度红了起来。

温初柠的皮肤白，染上绯红的时候，像是盛夏的水蜜桃。

陈一澜的视线落在她的鼻尖上，阳光镀上一层很明亮很温暖的色调，她鼻尖的一点很小的很小的茶褐色的小痣几乎看不清晰。

他越看越觉得有些挪不开视线，比她朋友圈里发的照片更耐看。

这么短暂的几秒后，温初柠鼓起了勇气，恶狠狠地盯着他，问道：“你看我干什么？”

陈一澜若无其事直起身，闲散胡扯一句：“我发现你还是小时候好看。”

说起小时候，温初柠更沉默了——

关于小时候的记忆，都是她跟着家属院的一群小孩疯跑，而且最喜欢黏着陈一澜。

因为他俩住得近，陈一澜也是好脾气，默许这么一个小尾巴跟在身后。

也有时候温初柠不高兴被欺负了，就“呜呜”地跑着去告诉汪茹，汪茹拎着陈一澜上来给她道歉。

那会儿陈一澜还笑着说她：“把你弄哭的又不是我，怎么赖我身上了？”

“那还不是因为你好说话。”小温初柠可不敢跟别人这么来。

“好说话是跟你好说话，又不是跟别人好说话。”

于是每次把温初柠惹哭了背锅的人都是陈一澜。

长大之后，她有时候也觉得小时候自己挺无耻的……

温初柠默默牵着小白走在后面，陈一澜步子大，但也有刻意等着她。

“汪汪汪——”

小白狗在路上碰见了别的小狗，摇着小尾巴，但是那只狗来者不善，冲着小白狗就跑过来。

小白狗察觉不妙，“哼哼”几声往温初柠身后躲。

温初柠也被那只大狗吓了一跳，陈一澜眼疾手快，把小白抱了起来。

那只大狗意味不明地晃着尾巴，嘴里还发出一些低低的警告声。

“回去吧，这只狗常见，应该就是附近的。”陈一澜抱着小白，示意她往回走。

“好。”温初柠手里攥着一节牵引绳，小白受到了惊吓，缩在陈一澜的臂弯里哼哼唧唧。

还挺会撒娇。

陈一澜等会儿要去学校，说要游一会儿，等耿教练到，温初柠也打算回家吃了早餐之后出门。

早上九点多温初柠给舒可蓓发了个消息，结果迟迟不见回复，过了一会儿舒可蓓才给她打来电话，说自己起晚了，吃个早饭就出门口。

温初柠也不急着，叮嘱舒可蓓慢一点，注意安全。

她换了身衣服出来，周隽阳正好收拾了餐桌。

“跟同学约了出门？”周隽阳问了一声。

“嗯对，去滨江路那边新开业的水上公园，”温初柠在椅子上坐下换鞋子，小白在客厅里跑来跑去，温初柠摸了摸小白，“舅舅，你今天也要去中医馆吗？”

“今天周末我休班，要不然我送你过去吧，那边有点偏。”

“也行。”

温初柠想了想，地铁不直达，公交车也不知道等多久，这么热的夏天，她也不想太折腾。

周隽阳去换了衣服，不出几分钟就出来了。

温初柠随口问了一句：“外公今天没让你相亲去吗？”

“嘿，你这位小朋友，还挺操心大人的事儿。”

周隽阳开门出来，温初柠跟在他身后，他锁了门走在后面。

“这不是舍不得你嘛，万一你要是谈了恋爱，跟我住在一起岂不是很不方便。”

“那你就别操心了，你舅舅我怎么说也得先等你考了大学再考虑终身大事。怎么样，舅舅对你够好吧？”

“得了，你别等过年外公问起来的时候拿我当借口。”

“哈哈。”

周隽阳笑了笑，跟温初柠一前一后从楼道里出来，家属院没正儿八经的车库，私家车都停在小区的过道里面。

“你在这里等一会儿，我去开车。”

“行。”

温初柠找了处荫凉站着，远远地看到了一个女人推着自行车过来，跟路上的人打招呼。

汪茹推着车子停在外面，温初柠朝他打了个招呼：“汪阿姨好。”

“小柠回来了啊，这几天阿姨加班，都没怎么看见你。

“我听一澜说来着，你们实验班学习压力大，等阿姨有空的时候，你下来吃饭。”

“行，谢谢汪阿姨。”

“你妈妈……出国了？”

“嗯，我妈已经过去一阵子了。”

“行。”汪茹说，“你今天没上自习吗？一澜说周六自习七点多开始。”

温初柠愣了一下，随即反应过来，说道：“我今天请假了，要跟我舅舅出门一趟。”

虽然是谎言……

“怪不得，我就怕这小子又偷偷去游泳了。唉，好好学习，考个好大学才好，游泳以后没什么出路。”

温初柠没接话，汪茹收拾了一下，又说：“那阿姨先上楼了，你们一个班，你有空多劝劝他，让他好好学习。”

“好，阿姨再见。”温初柠点点头，喉咙里莫名有些苦涩憋闷。

她也是那天才知道汪茹并不支持陈一澜游泳的。

游泳这条路格外困难难熬，单是那些训练，常人都不能熬得住，也更需要鼓励和支持。

真不知道陈一澜是怎么熬下来的。

可不管怎么说，至少她会一直鼓励他，虽然不知道自己的鼓励能不能起到一点作用。

温初柠恍惚想了一会儿。

莫名想到以前汪茹和周梦是一个大学出来的好朋友，也正是因为父母离婚后，汪茹那时候颇有种恨铁不成钢的意味。

周梦逃避惯了，离婚的事情全部交给了周隽阳。

汪茹来家里找了周梦好几回，但连温初柠都不知道周梦去哪儿了。

那会儿汪茹叫周梦缩头乌龟。

细细一想，好像也就是打六岁那年，周梦也再没有见过汪茹。

周隽阳把车子开了过来，一辆黑色的大 G。温初柠老老实实在后座坐下。

周隽阳随口说：“盼你这个乌鸦嘴，你外公还真给我安排了相亲。”

“那你去呗，闲着也是闲着。”

“我就约在你们那个水上公园外面的咖啡馆，你玩完了跟我说一声，时间合适我把你送回来。”

“行。”

陈一澜的确没有去上自习课，不过他也去了一趟学校，是去找秦帅，秦帅以前也是耿教练的学生。

耿教练的高铁是中午九点多到，他下了高铁直接来学校。

陈一澜正好打算在泳池里练一会儿。

秦帅虽然是体育老师，但也挂名了一个普通班的副班主任。

他俩推门进来的时候，正好有个女老师从办公室里出去。

"秦老师来看自习啊。"

"我就盯一下，对了，许老师人呢？"

"许老师刚才出去了，你找她有事儿？"

"也没事，就是来拿个报告，我记得五班的运动会报名表在她这里。"

"哦，行，许老师桌子就在那边，你拿吧。"

秦帅应了一声，随便拉了张椅子坐下，也给陈一澜拉了张椅子。

"你在这里坐会儿，我写个报告。"秦帅打开了笔记本电脑敲字，然后问了一句，"你在队里还好吧？"

"队里挺好的。"

"嗯，在国家队就得好好训练，能去的都是各省拔尖的，竞争压力也大，你专心训练，有什么事情找耿教练。"

"我这不还没走嘛。"陈一澜轻笑一声。

秦帅盯着屏幕，一边打字，一边说："运动会结束你就回去了。"

"是的。"陈一澜蓦地想起来一件事，"秦老师，我能问你个问题吗？"

"你问。"

"你觉得，这真的有意义吗？"

秦帅敲键盘的手顿了下。

"有意义从来都不是别人可以评判的，你自己才是你的见证人，"秦帅说，"运动员的职业黄金年龄都很小，大家只能记住那些站在奥运领奖台上拿金牌的人，可奥运四年才一次，那亚运会、锦标赛、联赛、冠军赛里那么多的冠军……他们都为此付出了很多年的努力，他们训练了十几年，谁又能说是没有意义的?

"游泳是成为你、引导你，不是定义你，不要因为一时被沙子迷住了眼睛，就不想再欣赏风景了。"

"秦老师，那你为什么退役？"

"不怕你笑话，是队里的恶性竞争。"秦帅说，"等你真的站在高处的时候，遭受的远比现在多多了。动摇也是正常的，但只有你自己才能评判是非对错，其他人谁都没资格。"

"秦老师……"

这时，办公室的门被人推开了，是游泳队的几个男生走了进来。

彭锦辉跟在后面，看到办公室里的陈一澜，眼神往旁边飘忽了一下。

“你们先去游一千米热热身，我马上下去。”

“行。”

“走了啊，辉哥，干吗呢？”

彭锦辉站在门口，犹豫了半晌，秦帅也奇怪地抬头看他，几个少年拉着他出去，他有点不情不愿。

陈一澜起初没太想太多，但撞见彭锦辉的视线一直往后面的桌子上看，神色有掩饰的紧张。

陈一澜下意识地越过去看了一眼。

后面是许燕的桌子。

陈一澜知道许燕的身份，也知道她是高二年级的教导主任。

起初只是闲闲看了一眼，桌上放着不少教案，还有一个相框，一家三口的照片，还有一个已经拆开的信封。

陈一澜只支起身子扫了一眼——举报信，信已经被拆开了，里面只写了几个字。

陈一澜伸手一捞，这下看清了上面的字。

秦帅花了十分钟写完了一个报告，手机也恰好在这时振动起来。

“哟，耿教练到了，你先去游一会儿，等下耿教练来了直接来泳池，我出去接他。”

“好。”陈一澜答应，没什么多余的反应。

学校里这时候很安静，周六大部分同学都选择上自习。

陈一澜背着泳包去了泳池，游泳队的几人正在水池边嬉笑打闹，没人真正下水游。

陈一澜去更衣室换了泳裤，单手拎着泳帽和泳镜过来。

彭锦辉站在池边，心虚地不敢看他。

陈一澜却走到了彭锦辉旁边，戴好了泳镜和泳帽，入水前随意地拍了拍胳膊和腿。

“挺有意思是吗？”陈一澜淡声问了一句。

彭锦辉沉默，当没听见。

“你真有意见，冲我来。”陈一澜站在彭锦辉身边，比他高了半头，气势压人。

彭锦辉以前看过陈一澜比赛，他入水最快，身高优势，身材极好，从入场时就有一股逼人的气势。

比赛时的陈一澜专注，与平日里淡笑的模样决然不同。

彭锦辉咬了咬牙，说：“比 200 米仰泳。”

闻言，陈一澜笑了。

“你笑什么？”

“你还挺了解我的弱项，”陈一澜说，“那你也知道我不擅长长距离自由泳，1500 米自由泳，比不比？”

彭锦辉没说话。

“我赢了，以后你离温初柠要多远滚多远。”陈一澜轻描淡写，“比不比？”

“怎么回事？”游泳队的几个人看热闹不嫌事儿大，七嘴八舌围过来。

“1500 米自由泳，比还是不比？”陈一澜活动着身子，目光转过来，他戴着泳镜，露出的半张脸线条锐利，半笑半认真，“别、㞞。”

“1500 米自由泳？嘿，辉哥，你不是擅长 1500 米自由泳吗？虐他！”

“就是，陈一澜要输了。”

“哈哈，陈一澜轻敌了，不知道我们辉哥专项 1500 米自由泳吗？”

游泳队的队员围在旁边“啪啪”鼓掌。

隔着泳镜，彭锦辉也能猜到陈一澜的目光，他攥了攥掌心，说：“比。”

“有好戏看了！”

“好。”陈一澜笑了笑，在入水前做最后的热身运动。

彭锦辉有些赶鸭子上架。

游泳队的人去拿了电记表和电笛。

“准备——”

“嘀——”

二人在起跳台上做入水准备。

电笛声响起，二人像两条矫健的鱼一样入水。

游泳队的人围在泳池旁边给彭锦辉加油。

耿爱国下了高铁，路上碰见老朋友聊了两句，这才打车去了临江一中。

秦帅早早在学校门口等着他。

多年不见曾经的恩师，秦帅的心情有些激动，耿爱国远远看到秦帅，也是感慨万分。

“耿教练，要不要先去我办公室歇一会儿？”

“陈一澜那小子呢？孙嘉曜来了没？”

耿教练还有几年退休，都说离开了赛场身材横向发展，耿教练也不例外，一米八多的身高，有了啤酒肚，显得有些魁梧，两鬓也多了些灰白色的头发。

“陈一澜去泳池了，孙嘉曜马上到。”

“行，先去看看陈一澜。”

耿教练跟秦帅往泳池那边走，耿教练颇为感慨，转眼秦帅已经退役很多年，当年要不是因为一场意外，秦帅也不可能退役。

现在秦帅也才二十六岁。

但耿教练不提过往，这回来也是看看秦帅过得怎么样，见秦帅看起来不错也就放心了。

泳池就在不远处，远远地就听见了呐喊声，还有打水的声音。

耿爱国和秦帅走过去。

“这是怎么回事？”秦帅问了一句。

“哦，彭队跟陈一澜在比 1500 米自由泳呢！”一个队员激动地说，“1500 米自由泳可是我们队长的强项。”

“但是现在看起来不太好啊。”另一个队员说。

“这是第多少米了？”耿爱国问了一句。

“彭队才 700 米，陈一澜已经 800 米了。”

耿爱国一眼就看到了陈一澜，问：“陈一澜旁边那个，参加过什么比赛？”

“参加的都是市级的比赛，也就长距离自由泳能拿出手了，”秦帅说，“临江一中的体育很差，主要是重点高中，大家的重心都在学业上。”

1500 米自由泳是彭锦辉的强项，但也仅限于他没有参加过更大的比赛。

耿爱国和秦帅站在池边看，在第 1000 米的时候，已经拉开极大差距了。

能看出来，彭锦辉的打水动作已经明显变慢很多。

长距离自由泳很考验耐力和体力，陈一澜是专攻 400 米混合泳，其中最后 100 米是自由泳，自由泳最拼速度和体力，前面 300 米需要合理安排体力，往往最后 100 米可以用来冲刺。

“你觉得陈一澜怎么样？”耿爱国双手抱臂。

“挺厉害的，他训练挺刻苦的，下了课就来跑 3000 米，还会跟着田径那边练核心，我问了他，他说晚上还回去游泳馆游泳，很自律了。”

“是的，这孩子是个游泳的好材料，训练了十几年，就是现在卡在了瓶颈处，尤其是队里来了新人，训练了三个月就破了陈一澜的瓶颈数据。”

“那您打算怎么办？”

“我考虑给这孩子转项来着，但是他各项都很均衡，到现在我也没想好，我觉得 200 米或 400 米混合泳最适合他。”

均衡最难办。

“他体力好，冲刺爆发力强，其实在 400 米混合里很适合，均衡也未必是劣势，咱们国家有个奥运冠军不就是前 300 米成绩平平，最后 100 米冲刺力强，一下拿了第一。”

“也是，”耿教练说，“跟世界优秀选手相比，咱们国家参赛战术上都是第一段游速过快，四式速度不均衡的问题，现在很多国外优秀选手兼项蝶泳会多一点，但是咱们国家仰泳是弱项，陈一澜也不例外。”

“是，国外高水平运动员在蝶泳、蛙泳和自由泳里的兼项很平均。国内外优秀混合泳运动员兼项率最高的也是不同距离的混合泳，咱们国家兼项率第二高的还是自由泳，兼项结构也单一，兼项距离分散。混合泳还是挺难的，四项泳姿的技术都得熟练，四项里面得有明显的突出项目才行。”秦帅说，“不过我看陈一澜也未必不行，他明显体力好，还能在最后保持冲刺的体力和爆发力。”

“那个孩子走不了游泳这条路。”耿爱国对着彭锦辉的方向扬了扬下巴，“一看他平时就没怎么训练，耐力体力跟不上，况且十七岁这个年龄再游泳，已经太晚了。”

秦帅抿抿唇：“我还觉得这孩子心态和心理素质不行，走不了运动员这条路的。”

耿爱国不置可否。

一个良好的运动员，不只是技术过硬、先天条件良好，稳健的心态和心理素质也很重要。

彭锦辉在1000米时体力就已经略有不支，耿爱国也早有预料他不可能冲刺。

果不其然，在最后的100米时，陈一澜的速度不降反升。

“哇，15分30秒……世界纪录不也才14分31秒02……”

游泳队的成员难以置信。

陈一澜从水中出来，攀着池壁喘息，腾出一只手摘下了泳帽和泳镜扔到池边。而那边，彭锦辉还在费力地游。

“完了，丢人了……队长的纪录也才17分01秒……”差了足足有一分半。

“行了，你们几个抓紧练习，为下下周的比赛做准备。”秦帅说。

这场荒唐的比赛就这么结束了。

游泳队的成员作鸟兽散，纷纷去更衣室换衣服，看陈一澜的眼神也从最开始的没事找事变成了发自心底的敬佩。

“耿教练。”陈一澜还在水里没上来，略微喘息着，跟岸边的耿爱国打了个招呼。

“你不错啊。”耿爱国给他递过去一瓶水。

陈一澜很自律，他们队里有一句话，说一天不下水自己知道，三天不下水教练知道，这一看陈一澜平时就没少了训练，耿爱国很欣慰。

“耿胖胖——”

就在这个时候，从外面冒出来一道声音。

耿爱国抬头看出去，就看到铁栅栏外面，一道身影坐在山地车上，单手扶着车把手，另一只手在空中挥来挥去。

“孙嘉曜，你又偷懒是吧！”耿爱国隔着栏杆骂他。

“哪有啊！我家太远了，我还得骑车过来啊！”

孙嘉曜说着，把车子往泳池门前一停，一路小跑着过来，笑嘻嘻地说：“胖胖你怎么过来了啊！”

“今天队里在练体能不下水，我过来看看你俩。”

“那你今天晚上就得回去啊？”

“嗯。”

“胖胖辛苦啦！”

“没大没小。”

耿爱国笑着骂了他一句。

几个人也没打算去别的地方，正好耿教练过来一趟，喊孙嘉曜换泳裤下水。

孙嘉曜活力满满。

陈一澜坐在旁边休息。

耿爱国看着水里的孙嘉曜，叹了口气。

现在队里新来的代训一共八个，只能留下四个人，最危险的是陈一澜和孙嘉曜，但更危险的还是孙嘉曜。

陈一澜虽然有短板，但是他也有自己的长处——体力好，耐力强，爆发力冲刺力强。

孙嘉曜纯属只有体力好，爆发力冲刺力都一般。

耿爱国也挺愁的，要说可惜也是孙嘉曜最可惜——其实队里这些孩子，都练了十几年游泳，说不达标，其实不能怪成绩弱，只能说规则严苛、强中自有强中手。

耿爱国偏头看了看陈一澜，趁这会儿问他："你真打算去淮川大学？"

"嗯。"

"要是你愿意，你过燕京大学的招生应该没问题。"

"我想去淮川大学。"

"那你这得参加高考了，只是分数线低了点，你除了训练还得学习。"

"嗯。"

"你这个没良心的，"耿爱国骂了他一句，但也感慨，"不过也行啊，咱们体校也在淮川，你留在淮川也好，不只能在国家队，还能挂在S省队名下，说不定我还能带着你。"

"哪儿都能见得到的。"

"陈一澜，我先警告你，你把咱们队里的规矩记好了，我说的哪条规矩你知道吧？"

陈一澜一抬头，对上耿教练锐利严厉的视线，回道："不能早恋。"

"嗯，还是那句话，游泳运动员的黄金期很短的，就这么几年。你给我专心比赛，专心刷成绩，以后的路还长着呢……别分不清轻重缓急。"

说到后面，陈一澜就开始左耳进右耳出了，他放下了水瓶，活动了下身子，说："我继续游了。"

"你听见没有啊？"耿爱国坐在池边喊他。

"我耳朵还没出问题呢。"陈一澜懒洋洋说着，"扑通"一声跳水里了。

耿爱国气乐了。

陈一澜进了水，游了两圈到岸，看到了彭锦辉还在攀着池壁喘息。

这1500米把他累得不轻——其实他早就听见了陈一澜结束了游泳，这场比赛也在陈一澜上岸后结束。

他可以中途放弃的，但他还是坚持游完了全程。

旁边的别的队员没计他的成绩，但他自己估摸着也是17分往后了。

陈一澜的视线扫了彭锦辉一眼，对他单挑眉，像是提醒他，以后离温初柠远点。

彭锦辉觉得没什么比这个更令人挫败了，自己的长处，在对手面前什么都不是，更或许，自己根本称不上“对手”这个词。

因为陈一澜参加过那么多比赛，他的对手，都远远不是自己这种级别的。

这样的打击和挫败，让彭锦辉的脸色很差，他摘了泳帽上岸，去更衣室换衣服。

“辉哥，你上哪儿去啊？”有个人大声问道。

彭锦辉没搭腔，径直走了，像极了一条落水狗。

“陈一澜真是太牛了，没想到我能看到有人破15分，简直太精彩了。”

“对啊，咱就是说一分半，纯纯的碾压……”

听到周围的议论，彭锦辉走得更快了。

陈一澜又游了几圈上岸，耿爱国正好从口袋里拿出几张票给秦帅：“我来的时候碰见了老朋友，说水上公园开业，小秦，你要是有女朋友，带女朋友去看看。”

水上公园？

“我可没女朋友。”秦帅哂笑几声，接了票也没地儿去。

“我去。”陈一澜接过来，正好两张票，他想起来温初柠早上说的。

“你去什么去，好好训练你的。”耿爱国把票抽过来。

“训练和娱乐又不冲突，”陈一澜轻而易举从耿爱国手里把票抢回来晃了晃，“我和孙嘉曜去玩玩。”

“行，看在你今天表现不错的份上去吧，下不为例。”

耿爱国在训练上对他们很苛责，但是生活上，又像是慈父一般。

周隽阳送温初柠到了水上公园，见外面有一条才开业不久的商业街，他指了指不远处，说：“我就在那边，你要走的时候给我打个电话，时间合适我送你回去。”

“好。”

温初柠推开车门下车，远远就看见了舒可蓓。

周隽阳找地方停车，看着那边俩姑娘一到地方就买甜筒，也不由得感慨了下青春真好。

只是一转眼，看见一辆熟悉的车子开过去，周隽阳起初还以为自己看错了，直到从后视镜里看清了车牌号。

水上公园是临江市政府开发的项目，里面有不少主题区，大部分都是水上运动项目体验，也有纯天然的温泉池，还有一片人工湖，风景映丽。

“温温，你会游泳吗？”

舒可蓓今天也是打扮过了，穿着清清爽爽的方格连衣裙，长发扎了起来，小脸白皙，笑容大方。

“应该会一点，”温初柠坦诚地说，“不过我大概只会……狗刨。”

“哈哈，我也是。”

舒可蓓拉着温初柠刷票进去，舒可蓓先带着温初柠去坐了水上游艇，结果那个小哥明显是个新手，游艇“蹭”地一下窜了出去。

温初柠和舒可蓓都没准备好，溅起的水浪瞬间把两人打湿，那位小哥急得不行，欲哭无泪，接连道歉。

舒可蓓顶着溅起的水花，大喊道：“往右边打……”

“你们等等啊，我马上好了……”小哥颤颤巍巍的，“不好意思啊，我经过了正规培训的！今天开业有点紧张。”

小哥大概也是怕她俩不高兴，顶着水和“吭哧吭哧”一拱一拱前行的游艇，跟她俩大声地介绍景区的特色。

两人相视而笑，身上的衣服半湿透了，莫名觉得好像也并没有臆想里的那么狼狈。

舒可蓓的门票是通票，大部分的地方都可以去，两人下了游艇，小哥一个劲给她俩说对不起。

“放心，我们不会投诉你的。”温初柠笑了笑。

“哎行，那等会儿你们去换个衣服，我把你们的衣服给你们送去服务区烘干。”小哥有点不好意思，挠了挠头，“我给你们找个女工作人员。”

“没事，我们自己去找就行，你忙吧。”

温初柠转头一看，舒可蓓胸前的衣服湿了不少，怕被别人看到，温初柠把自己的包递给她，让她抱在胸前挡一挡。

温初柠今天穿了一条深色的牛仔短裙和深色的T恤，湿了一点也不碍事。

“等会儿我们去温泉区那边，我看这里还有一处原生林，说十点有雾，很漂亮。”

舒可蓓跟温初柠站在标牌前看着路线。

“好，你衣服还好吗？”

“还好，我们先去看雾林，之后去服务区换衣服吧。”

温初柠没意见，她都依着舒可蓓，舒可蓓的性格跟她截然相反，舒可蓓阳光明媚自信，都是温初柠所没有的。

温初柠一直很羡慕这样的女孩子。

舒可蓓拉着温初柠去看雾林，一片不算小的公园里，有修剪得高矮错落的灌木林，还有参天古木、木质拱桥、小溪流水，人工的雾气缭绕着，叶缝中落下的阳光都被折射出一种浅淡的色彩。

舒可蓓拉着温初柠走到灌木旁，让一个工作人员拍照。

“啊……”温初柠有点不好意思。

舒可蓓挽着温初柠的手臂，低声说：“笑一笑。”

雾林算是这里的一个标志景点，好多人都奔着这里来打卡，还有一些新人来这里拍婚纱照。

舒可蓓跟温初柠挤出去，两人在一处凉亭买了冰沙吃着。

舒可蓓修了修图，让温初柠看了后，要发朋友圈。

温初柠凑过去，刚笑出来，结果脸上的笑容僵住。

也不知道该说世界大还是小，凉亭在高处，下面是雾林的出口，她看到温绍辉牵着温许出来，许燕拎着单肩包跟在后面。

温初柠先别开视线，表情垮掉。

温许娇生惯养，走了一会儿就累了，嚷嚷着要休息。

“妈妈，那边有个凉亭。”温许抬头看，“爸，那是不是小柠姐姐？”

温许这句话一说出口，许燕和温绍辉都愣住了。

“温许，你不是渴了吗？先去买瓶水。”许燕岔开话题。

“好。”

温绍辉还愣在原地，没想到会在这里看到温初柠。

许燕也看见了，有意无意地说：“绍辉，正好跟你说个事。”

“什么？”

“小柠是不是早恋了？我今天早上去看自习，有人跟我说的。周梦不在她身边，没人管着，你要不去说几句？”许燕说，“你也不要觉得我多管闲事，不是为孩子好嘛。”

“什么时候的事？”

温绍辉有点诧异，但也瞬间感到愧疚——

跟周梦离婚的时候，周梦只提了一个要求，温初柠归她，允许他一年见女儿两次。

让孩子缺失了父爱，缺席了家庭，温绍辉也愧疚。

“不清楚，”许燕说，“你去说说吧，我带温许去别的地方看看。”

“好。”

温绍辉答应，心里想着怎么跟见面不算很多的女儿聊这个敏感的话题。

舒可蓓第一时间察觉到了温初柠表情的变化，问道：“温温，你怎么了？”

“没什么，看见我爸了。”

温初柠往下面瞄了一眼，只看到了许燕牵着温许离开的背影。

舒可蓓也看过去，只看到下面站着一个中年男人，虽然是中年了，但是人个子高，没有中年发福，眉眼之间跟温初柠有几分相似。

“啊，那不是咱们年级主任许老师吗？还带着女儿。”

“嗯，她是我爸爸的现任妻子。”

“啊！”

舒可蓓惊讶了一声，眼神里带着同情，下意识地攥住了温初柠的手。

见中年男人从一旁的石梯上来，舒可蓓小声说：“你爸爸好像过来了，我去买瓶水。”

温初柠点点头，但其实心里有一丝逃避的念头一闪而逝。

温绍辉尴尬地对女儿笑了笑，在她旁边的石凳上坐下。

“小柠，你也跟同学过来玩啊，爸给你买了一瓶果汁。”

“爸。”温初柠看了一眼，没接。

“爸爸平时见你不多，你最近成绩怎么样？你许阿姨说成绩下降了……”温绍辉斟酌着，想要选一个温和的方式去说，可是话到了嘴边，怎么说都觉得不太对。

“是不是你妈妈出国，没时间……”

“爸。”温初柠突然打断了他。

温初柠抬起头来看，觉得某些酸胀的情绪好像即将破裂了。

温初柠想像妈妈那样逃避，以沉默面对这些问题，可她内心敏感，又怕自己将话说得太直白，让爸爸失望。

过早破裂的家庭，让温初柠很敏感，内心深藏着自卑。

从小学时就羡慕别的小朋友有父母来接。

她一直以来没什么好朋友，也不敢邀约同学来家里玩，怕同学发现她的尴尬处境。

她盼着周梦能有时间陪她，也盼着过年的时候能去爸爸家里。

见温绍辉也看着她，温初柠勇气又破碎了。

其实她知道许燕对自己的戒备和不喜欢。

她都可以假装看不到——因为这样，只要表面还和谐着，她就还有爸爸。

“爸，我会好好学习的。”温初柠低下头，藏起泛酸的情绪，“这瓶桃汁，你还是给温许吧。”

“小柠……不喜欢桃汁了吗？”温绍辉更尴尬。

“爸，是我对桃子过敏。”温初柠站起来，觉得再多待一秒就可能会哭出来，“我先去找我同学了。”

温绍辉愣住，看着面前的果汁，一时间心口百味杂陈。

他确实也不是个合格的父亲。

对两个家庭，都有所亏欠。

怕现任家庭生嫌隙，也愧对了温初柠。

许燕牵着温许出来的时候，没想到碰见了一个并不想见到的人。

她下意识地拉起温许往旁边走，但还是被周隽阳看到了。

三十多岁的男人，家境殷实，气质斐然，平日里为人冷静平淡，看着很好相处，但许燕知道周隽阳并不是的。

周梦和温绍辉离婚的事情，是周梦的这个弟弟周隽阳一手操办的。

周隽阳带了律师，咄咄逼人，寸步不让。

许燕知道周梦性格软弱，但不知道她还有这么性格截然相反的弟弟。

“许女士。”

周隽阳倚靠在一辆黑色的大 G 旁，淡淡叫住了她。

“温许，先到车上去。”

“好，妈妈。”

温许奇怪地看了周隽阳一眼，但还是乖乖走过去了。

周隽阳讥讽地笑了笑："不把别人的孩子当孩子？"

"我听不懂你在说什么。"许燕平静地说。

"听不懂吗？行，我直白点。"周隽阳哂笑一声，"温许知道你以前做的事情吗？比如优秀的人民教师知三当三，我姐姐这个人确实挺缩头乌龟的，但这也不代表我们周家是软柿子，我希望你还记得我姐姐到底是为什么被迫摊上官司从医院离职的……许女士，世界上没有密不透风的墙。"

许燕身子僵直，眼神冷冷地看着倚靠在车边的男人，问："周隽阳，你想干什么？"

"我不想干什么，小柠还在一中上学，你最好别让我知道你让小柠不开心，"周隽阳晃了晃车钥匙，笑着说，"不然哪天，你怎么对我姐姐的，我怎么加倍对你。"

许燕愣了愣。

周隽阳客气地笑了笑，拉开车门，动作停顿了下："许女士，忘了跟你说，证据我已经找到了，你可别想在学校里影响小柠，要是被我知道了，后果……"

周隽阳适时停住，对她淡笑，拉开车门上车。

倒车时，他从后视镜里清晰地看到了许燕渐渐苍白的脸。

温初柠有点意兴阑珊，舒可蓓拉着她逛了两圈后，觉得得说点什么。

二人去了趟服务区，把衣服交给服务员烘干。

而后两人披着浴袍去服务区的餐厅吃午饭。

"我没和你说吧，"舒可蓓端着餐盘，在自助餐桌上夹了点蛋糕甜点，"我爸妈很早就离婚了，我跟我爸爸的，我爸爸前几年再婚，新的阿姨跟他有了一个弟弟，我妈妈也再婚了。"

温初柠站在舒可蓓身边，愣滞了几秒，端着餐盘看舒可蓓。

舒可蓓平时很喜欢笑，这会儿表情却很平淡，但还是对温初柠笑了笑。

"其实不是跟你吐苦水的，只是……"舒可蓓说，"有时候家庭的原因，我们没必要为之自怨自艾或者难过，甚至要把责任推到自己的身上，其实父母的感情破裂，受到伤害的只有我们。"

"对不起，贝贝……我不该……"

"没关系的，"舒可蓓给温初柠端了一杯果汁，"家庭的问题，从来都不是我们的错。"

温初柠点点头。

因为这一场小小的插曲，温初柠跟舒可蓓的关系更近了一步。

这是她第一次有这样一个可以无话不谈的、放下戒备心的好朋友。

二人简单地解决完午餐，舒可蓓拉着温初柠去选泳衣。

售卖泳衣的地方是在一个巨大的泳池边，温初柠选了一身相对保守的米色吊带，配浅奶绿色的短裙。

她刚换了出来，在外面等着舒可蓓一起去泡温泉，结果好巧不巧——

“陈一澜，我们上哪儿去啊？”

孙嘉曜的声音大剌剌地从那边传来。

温初柠拎着一顶遮阳帽，就坐在泳池边歇着，远远就看到了陈一澜和孙嘉曜从不远处走来。

他还是穿着早上的黑色运动短裤，换了一件黑色的T恤，在日光下，整个人瘦高且身形利落，短发被风吹着，斑驳的碎影落在他高挺的鼻梁旁晃动。

温初柠低头，正巧身前走过去一个S曲线的女人，连体泳衣被她穿得凹凸有致。

她低头看看自己……

干瘦，身材平庸。

平时穿着宽松的校服还好，但泳衣都很修身。

也不知道是哪儿冒出来的一股情绪，让温初柠想逃避了。

她悄悄抬起视线，原本是想看陈一澜走到哪里了，结果偏偏好巧不巧，陈一澜早有预感似的，朝她这边看过来。

那一瞬间，周围的空气再度被抽成了真空。

水花声，嬉闹声，通通消失不见。

就这么一个很短暂的刹那，风住了，风又起。

“温温，这个好不好看？”舒可蓓换了一条连体的泳衣出来，然后瞬间顿住了。

温初柠的脑子一定是抽了，她本来坐在池边，下意识往下滑。

“扑通——”

水花溅起来。

温凉的水从四面八方涌过来，标准泳池的水深1.8米。

温初柠小时候学过几天游泳，但是姿势一点都不标准。

她闭上眼睛，憋着气，盼着陈一澜没看到她。

也是这么一个瞬间，她莫名觉得自己很平庸，平庸的身材。

温初柠闭着眼睛，沉进泳池里。

很安静，身边的水温度适中。

她胡乱地想着，原来他在泳池里的感受是这样吗?

“扑通——”

水花溅起来。

身边的水动荡，她慢慢艰难地睁开眼睛。

一切好像都变成慢动作。

她看到陈一澜朝她游过来，黑色的短裤都没脱，只赤裸着上半身。

他在水里也很白，肩膀与脖颈修长有力，肌肉的线条是恰到好处的美好。

他朝她游过来。

温初柠就蹲在泳池底，起初是想他千万别看到自己。

他在水中，睁着眼睛看着她。

很安静，很静谧，他也憋着一口气。

看到她的瞬间，他忽然弯唇笑了。

他的面庞在水里有种梦幻的浅光，是光晕折射过水面，鎏光四溢，她心动的少年就在她的面前，茶棕色的瞳眸噙着淡笑。

温初柠觉得自己胸腔里的氧气不多了。

陈一澜忽然吐出一口气，一个圆圆的泡泡，在水里晃动着，慢悠悠地朝她飘过来。

像什么呢?

像一条蛊惑人心的美人鱼，对她吹了一口气。

像春风拂过一片静谧的森林，她的心花就在一瞬间密密麻麻地绽放。

陈一澜攥着她的手腕把她拉上来。

她像一条干渴的鱼，大口大口呼吸着空气。

头发全都湿透了，水珠顺着白皙的脸颊往下落。

陈一澜浮在水面上，抹了一把脸，额头光洁，下巴瘦削，线条分明，这是露天的泳池，水澄澈见底。

“你看见我躲什么？”陈一澜也微微喘着说，“还跳到水里，我差点忘了你小时候……”

温初柠蓦地想起来——

小时候有游泳教练来选人。

几个男孩子趴在泳池旁边，手撑在池壁，把脸埋进池水里比憋气。

六岁的温初柠也是爱玩的年纪，她跟着一头扎进水里。

结果一个女孩子憋气比他们几个男生都久。

以至于陈一澜第一个反应过来，以为她在水里憋死了，然后把人从水里抓起来。

当时温初柠傻乎乎地问：“我第一是不是？”

冷不丁想起这段往事，温初柠的脸憋得通红。

陈一澜笑了。

显然跟她想到一起去了。

温初柠浮在水里，抓了一把水泄愤似的往他身上一扔，然后就要往岸边游过去。

本来想别丢人，结果完美中了墨菲定律。

然而下一秒，她的手腕被拉住，人被扯回来。

温初柠脸颊上的涨红还未褪去。

陈一澜的皮肤是真的白皙细腻。

为什么这么笑着看着她?

泳池里的水晃啊晃，涌到胸前，胸腔里心跳剧烈，一下一下泵出滚烫的热血。

温初柠的头发湿透了，刘海胡乱地贴在额头上。

水珠滴答滴答落下来。

温初柠鼓足勇气盯他，心跳乱得不像话，在胸腔里剧烈地跳。

视线一瞥，落在他握着她手腕的手上。

少年的手臂结实，指骨修长分明，白玉似的。

“你……”

“干吗”俩字还没说出来。

陈一澜松开她的手，轻描淡写地说：“你上错方向了，这边没栏杆，你爬不上去。”

温初柠的脸涨得更红了。

“你俩干吗呢？在里面演罗密欧与朱丽叶啊！”

孙嘉曜小跑过来，不知道从哪儿扯了两块大毛巾，在岸边扭秧歌似的晃。

舒可蓓买了两杯果汁端在手里，对着温初柠抛了个眼神，眼底是揶揄似的笑。

温初柠简直窘迫难当，心想，完蛋了。

陈一澜先她一步上去，温初柠扭扭捏捏，陈一澜黑色的短裤已经湿透了，他从孙嘉曜手里扯过大浴巾，没好气地说：“消失。”

“哇，行啊你，卸磨杀驴。”

孙嘉曜捂着眼，又觉得“驴”是在骂自己，他噎住了，骂骂咧咧走远。

温初柠在水里琢磨着自己怎么从水里上岸。

哪承想，陈一澜又折回来，他在岸边蹲下，对她伸出一只手。

“上来。”

“我自己会。”

“给。”

陈一澜的手还是递在她面前，他的裤子还在滴滴答答地滴着水，池边的岸上有一小圈水渍。

温初柠别扭半天，最终还是把一只手交到他的掌心里。

他手里还有没干的水迹，掌心相触，他牢牢地攥住了她的手，弯腰站起来，让她踩着短梯上来。

温初柠上了岸，下一秒，大毛巾丢到了她头上。

“自己擦擦。”

“哦！”

温初柠扯下大毛巾裹在身上，只看到陈一澜的背影。

他拎着一块大浴巾，赤着上半身，肩宽腰细，正儿八经锻炼过的倒三角身形，仅仅一个背影，依然有着少年的硬朗清冽。

陈一澜弯腰从地上捡起T恤，孙嘉曜两只手捂着眼睛，不知道开了什么玩笑，陈一澜一脚踹过去。

“陈一澜你是不是脸红了？嗷！你真踹啊！哈哈哈，值了！小柠，你一澜哥哥脸红了！”

少年的声音透过风，吹进耳边。

温初柠裹着大毛巾，唇边莫名其妙噙起了一点笑容，甚至不敢笑得太明显。

彼时秋高气爽，阳光明媚。

陈一澜走到拐角处，脚步顿了下，回头看。

温初柠还裹着浴巾站在原地，低着头不知道傻乐什么。

他拿着毛巾擦了擦湿透的头发，微凉的碎发拂过耳畔，一个冷，一个热。

身边好像有一点残存的茉莉香味。

陈一澜低头看了看自己的手。

他无声笑笑。

她的手软软的，很细。

就那么很短暂的几秒钟。

他陷入盛大且空旷的砰然中，世界都仿佛短暂地静止住， 他清晰地感受到自己的心跳怦怦，唇角也不自觉地弯起来。

——眼神像风，温暖的阳光带来好心情。

心事像鱼群，你一出现，我就想跃出海面弯成一枚月亮让你开心。

短暂的周末结束，开学半月，有一场排名考试，属于小考，第二天就能出成绩。

成绩出来的时候，温初柠其实早有预料，但是冷不丁看到那张数学卷子，还是愣住了片刻。

这天晚自习，明涛捡着几个重点关注的同学来办公室谈谈。

温初柠挺紧张的。

陈一澜跟孙嘉曜在操场跑步。

“温初柠，过来一下。”明涛从后门过来，敲了敲桌子。

温初柠放下笔，舒可蓓也扁扁嘴，指了指自己的试卷。

估计下一个叫的就是舒可蓓。

她俩，一个数学擦边，一个英语擦边。

温初柠去了明涛的办公室。

一个年级有十几个语文老师，共用一个大办公室，因为刚考完一场试，办公室里有几个被叫来谈话的学生。

明涛弯腰拉过来一张椅子：“来，坐。”

温初柠坐下，有些拘谨。

明涛手里拿着一摞成绩单，选出来温初柠的，他吸了口气，说：“你还是有点偏科啊。咱们是文科班，拉成绩的主要就是数学。你看，你成绩挺综合，数学垮下来这么一大截……你英语还是年级第一，可数学在咱班都快倒数了。”

温初柠没说话。

“咱们高二了，也得定目标了，你打算考哪里？有想法没？”

“有，淮川外国语大学。”

“淮川外国语大学，这可是双一流，分数线有点高啊，你这个数学成绩还得提提，不然淮川外国语大学可不行。”

“我问了下李老师，李老师跟我说你基础还可以，咱们实验班进度很快，你得跟上，有时间你多问问，别不好意思，我看你文综还可以，有很大的进步空间……”

明涛是个负责的班主任，很简洁地把温初柠的成绩分析了一圈。

温初柠默默点头。

“行，回去上自习吧。”明涛端起水杯说，“把你同桌舒可蓓叫过来。”

温初柠又点点头，从办公室出来的时候，却看到许燕让两个男同学搬着纸箱子，她没看到这边的温初柠。

“许老师，以后我们还能去您办公室找您问题吗？”

“能啊，又不耽误，我就在楼下。”

“行。”

温初柠下意识往后退了一步，看着许燕从楼梯拐角下了楼才出来，她不知道发生了什么。

慢了几分钟，正好碰上英语老师走过来。

“来，你过来一下。”英语老师对温初柠招招手。

温初柠拿着卷子过去，英语老师的办公室就在语文组隔壁。

在学生时代好像总有一种奇怪的传言，都说英语老师打扮漂亮，温初柠的英语老师也是，名叫崔萍萍，三十出头，个子娇小，常年穿着大方得体的连衣裙，桌上除了教案和书就是插着玫瑰的花瓶。

“崔老师。”

“来，坐，”崔萍萍用一次性纸杯倒了杯水递给温初柠，“我看你英语成绩一直挺好的，高一我教你隔壁班。”

温初柠抿抿唇。

“你以后有打算考外国语类的学校吗？”

“有，是淮川外国语大学。”

“这个学校分太高了，不过你还可以考虑一下另一个，我记得临江外国语大学有个特招保送，历年来咱们学校稳拿英语年级第一的都有希望。”

温初柠知道临江外国语大学，就在本地，也是双一流，但她因为跟陈一澜的约定，总想继续往前努力。

“不过淮川外国语大学确实也很强，你知道全国英语竞赛吗？”崔萍萍说，“我记得是每年九月开始报名，两次笔试一次口试，最后一次去燕京封闭式决赛，这个如果能拿到一等奖，应该可以拿到淮川外国语大学的降分录取。”

“啊？这个我知道，我可能不行吧……我记得是面向全国高中生的……”

温初柠没想过，高一的英语老师就跟她说起过，但她觉得自己只不过是英语成绩好，从没想过去参加这样的大型赛事。

“你水平已经很好了，我看你桌上还有英文小说，你试试吧，正好是以学校为单位，我正愁着呢，要不然我给你报上吧，试试看。”

“好。”

“行，你不用太紧张，正常发挥就好。”

“好。”温初柠点点头，临出来前，她再三犹豫，她一直挺喜欢崔萍萍，就多问了一句，“崔老师，您知道许老师怎么了吗？”

“哦，她调到高一去了。怎么了吗？”

“没怎么，我先回去啦，谢谢崔老师。”

“没事。”

温初柠松了口气，从办公室出来的时候，莫名觉得心情都放松了一点。

正好打了放学铃，温初柠这才想起来明涛的话，匆忙往教室跑。结果路过明涛办公室，看到舒可蓓已经在了，她松了口气，想着等舒可蓓一起回教室。

明涛谈成绩是速战速决，是打算全班挨个找一遍。

舒可蓓从办公室出来，看到门口的温初柠，两人共患难，今天晚饭也不打算出去吃了，就在超市里一人买了一个三明治和一瓶水，手挽手去操场散散步。

九月里的下午五点半是个很美好的时间。

因为运动会在即，各个班里报了项目的人都在抽空训练，当然也少不了一些不爱学习的男生来摸鱼打球。

温初柠和舒可蓓在操场边缘坐下，有三三两两的女生手挽手在塑胶跑道上走，偷偷看某个穿着短裤 T 恤跑过去的男生。

其中一个女生戳穿另一个女生的心思，另一个女生就连忙说：“哪有，才不是为了看他过来的。”

“那我们回去呗。”

“再看一会嘛。”

“还不承认，你就是来看他的。”

温初柠和舒可蓓听着前面俩姑娘说话，咬着三明治相视一笑，然后两人的视线在操场上寻了一圈。

是喜欢的少年在人群里格外耀眼呢，还是她们眼里看不到别人呢？

温初柠一眼看到了陈一澜和孙嘉曜，他俩在跑道的一端练短跑冲刺，这也是游泳运动员需要练习的，以此提高爆发力。

秦帅给他们训练了几圈，然后吹了吹哨子，去吃饭了。

陈一澜和孙嘉曜来回跑，女子跳高队的也在那边，温初柠说不失落是假的。

女子跳高队的女生个子都可高了，人均一米七，瘦得跟竹竿似的，关键人家并不是纯瘦，而是有线条的瘦，穿着紧身的短运动背心和短裤，还能看到马甲线。

温初柠咬着三明治，腮帮一鼓一鼓的。

她看见管明惠从旁边拿了两瓶水递给他俩。

——我就看你接不接。

陈一澜往后退了一步，抹了一把额头，表示还得继续训练，管明惠就拿着水站在一边看他俩跑。

陈一澜跑了四五次，最后显然累了，他转过身，背对着那边的几个女生，掀起了T恤擦了擦汗。

那边的女生没看见，结果这下变成了面朝着温初柠。

“我啥都没看见啊……”舒可蓓把眼睛一闭。

温初柠嘴里的三明治都忘记嚼了，只看到陈一澜穿着黑色的运动短裤，两根裤带子晃了晃，T恤一掀，六块腹肌线条并不夸张，是恰到好处的分明，还有没入裤腰的鲨鱼线。夕阳还悬在天上，光线暖洋洋的，她就这么清晰地、一览无余地看到了陈一澜的腹肌。

陈一澜也看到了她，对着她吹了声口哨。

一瞬间，温初柠的脸颊瞬间涨红，快速地嚼了嚼嘴里的三明治咽下去。

陈一澜朝着她走过来，他跑了好多圈，呼吸还不太稳当，胸腹上下起伏，有些汗水顺着脸颊流下来，恰好划过突兀的喉结，顺着颈部流下去。

少年白皙的肌肤泛着一种浅浅的水光，健康又自然，斑驳的阳光映过他的眼睛，那么一瞬间，他的眼底有点浅茶褐色的光泽，胸前的T恤也微潮。

可温初柠只嗅到一种属于他的、很清爽的清柠味道，有点让人上瘾。

陈一澜自觉，捞过了她身边的水瓶拧开喝了几口。

“喂……这是我的……”

“先欠着。”陈一澜气息略微不稳，“等会儿还你。”

温初柠脸颊涨红。

陈一澜直接坐在了她身边，两条长腿大剌剌地一伸。

“你们怎么过来了？”孙嘉曜拿过两瓶水，他还活力满满，那两瓶水是管明惠的。

舒可蓓接过来，把两瓶水拧开，说：“谢了啊。”

孙嘉曜一愣，还没反应过来，舒可蓓把两瓶水都拧开了。

他渴得厉害，两瓶水灌进去，舒可蓓惊呆了：“你不能优雅一点？”

“优雅啥？”这俩字超出了孙嘉曜的字典，他一脸蒙。

舒可蓓略微不自然：“喝那么快也不怕呛到。”

“没事！咳咳咳……”话音才落，孙嘉曜果然喝呛到了，捂着胸口剧烈地咳嗽。

舒可蓓第一个站起来，让他弯腰，给他拍了拍。

两人别别扭扭奇奇怪怪，孙嘉曜莫名脸红，捂着胸口跑了，说要扔垃圾。

“垃圾桶就在这边，你跑那么远干吗？”舒可蓓喊了一声，孙嘉曜跑得更快了。

温初柠被逗笑了。

陈一澜站起身：“你等我几分钟。”

“哦……好。”温初柠吃完了三明治，把垃圾扔到旁边的垃圾桶里。

她和舒可蓓相视一笑。

陈一澜没一会儿就小跑着回来了，给她扔过来一瓶冰镇的气泡水，还扔过来两只草莓味的可爱多。

温初柠将其中一个递给舒可蓓。

“谢了啊。”舒可蓓说完，拆开了可爱多的纸，去旁边扔外壳。

陈一澜站在温初柠旁边，垂手就揉了一把她的头发。

“你别乱动……”

温初柠的马尾瞬间乱了，碎发因为静电有点奓毛。

陈一澜低声一笑，忽然半蹲下，温初柠坐在台阶上，抬起头看他。

夕阳还有一层金光，尽数落在陈一澜身上，他黑色的短发利落，被风吹得有点乱，少年的脸庞年轻瘦削，双眼皮，是很耐看的桃花眼。可温初柠很少见他这样眉眼含笑的时候，眼尾微弯，睫毛纤长浓密，鼻梁高挺，薄唇微微上翘，有种不自知的性感勾人。

陈一澜弯着眼睛，懒懒地说：“看都看了，我摸一下你头发，我们小柠还不太高兴了？嗯？”

温初柠的脑袋瞬间空白，手里攥着可爱多，一时竟找不到一句可以说出口的话。

陈一澜笑了，他故意使坏似的，对着她吹了一口气，她的碎发微微飘起来，拂过睫毛，痒痒的。

陈一澜站起来，又顺猫毛似的顺了一把她的头发。

“吃完早点回去写作业了，好好学习！晚上给你买糖炒栗子吃。”

陈一澜说完，不等她回应，站起来朝着另一侧跑道上的孙嘉曜跑过去。

温初柠手里举着可爱多，才拆开了一层纸，有一点点融化。

微微凉的草莓味道弥漫开来，温初柠咬了一口。

一点都不恼，甚至有点期待晚上的糖炒栗子。

她莫名觉得一些细碎的开心，密密麻麻的，气泡似的在心口炸开。

时间一晃，到了九月底。

对于重点中学来说，运动会是一场短暂的放松，甚至运动会前一周教室里的气氛就变轻快了。

这是场激动人心的竞技之旅，也是一群意气风发的少年肆意挥洒着汗水的青春之歌。

运动会前一天，班里的气氛空前浮躁，明涛的语文课干脆没上，在班里说了几句注意事项。

“运动会在市体育场举办，明天早上七点在班里集合，学校包了大巴车，两班一辆，明天咱们班的看台位置我带队过去。你们要是带吃的，带好垃圾袋，注意文明素养，别跟春游似的！要体现一中风气，啊！还有，每个同学写五条运动会的句子，到时候在主席台上念。叶浩东，这事儿交给你了！

“一个人五条，来教室就收！”

台下同学欢呼。

这节课估计是上不下去了，明涛打开多媒体，他不是那种传统的只会让大家背诵课文的“老刻板”，每回涉及到晦涩的课文，明涛就给他们找好视频资料让他们了解背景故事，有几篇课文选修是《红楼梦》的章节来着，明涛那阵子给他们放了几集《红楼梦》。

学生们很受用。

崔萍萍也是，学校的课程进度很快，枯燥的语法难免让大家犯困，崔萍萍就找了点外语影片，下载好了拷贝在电脑桌面上，上课的时候放给他们看。

这会儿明涛看他们没心思上课，从桌面上给他们找电影看。

大家都不想看《百家讲坛》和《红楼梦》，桌面上其他的电影都是英语老师崔萍萍下载的。

有一部叫《怦然心动》。

“看这个吧。”明涛打开了播放器，然后回办公室拿水杯去了。

几个男生颇为自觉地拉上窗帘，关了灯，教室瞬间黑了下来。

前排的女生不看，就趴在桌上做题；中间的几个同学认认真真看，后排的男生有的看，有的干脆趴桌睡觉。

“嘿，孙嘉曜去厕所了，你要不要坐他那儿？”舒可蓓小声说了一句，对温初柠挑了挑眉。

温初柠没啥意见，倒数后两排，一个是看不见，一个是这节课看电影估计也没人管。

温初柠收拾了东西过去。

陈一澜在桌上趴着呢，上一节是体育课，只看见他和孙嘉曜跑了好几圈，这会应该人累得不行。

孙嘉曜就上了个厕所回来，一看自己位置被占了，前桌空了。

见他咂咂嘴，温初柠竖起手指比了个“嘘”。

孙嘉曜扔过来一个眼神——都懂，你俩肯定有小秘密。

温初柠隔着桌子踢了他一脚，孙嘉曜捂着嘴笑。

舒可蓓是有心的——结果这会儿孙嘉曜坐过来，她紧张得不行，握着笔写试卷。

孙嘉曜瞅了一眼，凑过去，压低了声音说：“同学，你试卷拿反了。”

舒可蓓忙一看，手忙脚乱正过来。

孙嘉曜乐了，但一根筋的少年，怎么可能看得懂这些兵荒马乱下暗意涌动的小心思呢？

温初柠坐在孙嘉曜的位置上，孙嘉曜桌子真干净。

屏幕上在播着《怦然心动》，这电影温初柠以前听说过，青梅竹马电影的代表作。

她是拿了一份英语试卷过来的，结果没忍住，视线就落在陈一澜身上。

他趴在桌上，个高腿长，黑色的校服长裤，白衬衫脱了垫在桌上，里面穿着一件白T恤，他裸露的小臂线条紧实。

教室里光线很暗。

陈一澜的脸枕在胳膊上，少年的轮廓瘦削，眉眼精致，鸦羽似的长睫垂着，鼻梁也格外高挺。

温初柠悄悄看着他，莫名想起来——

那天去淮川，就一个小伤口，他特意选了一个粉色的创可贴，自然而然地给她吹了吹。

又或者，身形颀长的少年倚靠在拉杆旁，神情恣意，好像藏着万种的清朗，他背后是天边最后一点橘光，是她梦想的学校，是车水马龙，烧红的晚霞，烫得心怦怦直跳。

他说——

“咱俩做个约定行不行？你考淮川外国语大学，我拿金牌，我们一起努力。”

过去的一些事情一回忆起来，就让她忍不住嘴角上扬。

抬起头，教室里的同学正看得津津有味。

画面上的老人跟男主角说——

“我们有的人黯淡无光，有的色泽艳丽，有的光彩照人，但是有时候，你也会遇到色彩斑斓的人，真的遇到，其他一切都不重要了。”

温初柠弯唇笑了。

她笑着拿起笔准备写试卷，结果旁边的人动了动，她看了一眼陈一澜。

陈一澜可能没睡着，他睁开了眼睛，瞳眸幽深，有点懒散的目光落在她脸上，后排的窗帘被风吹动的，晃了晃。

一缕日光沁进来，落在温初柠的脸上，擦过她秀气的鼻尖，他甚至清晰地看到了她鼻尖上那颗小到不能被察觉的小痣。

温初柠故作镇定，拿着笔写试卷。

陈一澜支起身子扫了一眼屏幕。那句话，被翻译成了，斯人若彩虹，遇上方知有。

陈一澜没说话，他们做了一回很短暂的同桌。

两人没有说话，她低头写试卷，他清了清嗓子，拿出一本耿教练发给他的训练计划看，又忍不住偏头看了她一眼。

他会想起那天背着她蹚过水，她伏在他背上，小心地撑着伞为他遮下雨；她小心地珍藏着他送过的玩偶；在雨后的公交车站，她给他买了一杯热饮让他暖暖手……

一些画面在脑海中闪过，陈一澜也只能想起这一句台词。

——“真的遇到了，其他一切都不太重要了。”

因为一同长大，太过了解，这条模糊的界限却又好突兀。

她总因为温许而敏感自卑，可她也是他独一无二的温初柠。

有些话就在喉中千转百回。

最后陈一澜也没什么心思继续看。

他索性重新趴回桌上，枕着胳膊，脸朝着温初柠。

温初柠再怎么专心也专心不下去了。

陈一澜的手伸过去，比了个耶，竖在她的头上。后排的窗帘又被风掀了掀，她侧过头去看墙上。

墙上倒映出来她的剪影，马尾束着，头顶上方好像多了两只兔耳朵。

“你无聊不无聊！”温初柠攥着笔瞪了他一眼。

陈一澜闷着笑，手落下来，软软地搭在她头发上，低声说：“多可爱。”

“无聊！”

“说真的。”陈一澜忽然凑过去。

“什么真的假的？”

他突然凑过来，温初柠的脊背不自觉地绷紧，坐得笔直。

他看着她的脸，有种郑重，分外专注。

因为趴了一会儿，少年的头发有一点乱，露出一点光洁的额头。

他的眼瞳是深茶褐色的，表情像在说大事。

温初柠攥着笔，忽然想到，运动会结束，他是不是也该回去了呢？

还没想什么呢，陈一澜开口了。

“我想不出多华丽的句子，温初柠，我大概只有三句话想跟你说。陈一澜永远在你身边；你比谁都好；别忘了咱俩的约定。”

——你考淮川外国语大学，我拿金牌。

“听见没？”

“听见了。”

“咱俩认识十七年，你懂我意思吧？”

“嗯？”

“我认真的。”

温初柠的心重重一跳。

“知道了。”

她也小声回了一句。

陈一澜也应了一声，低头继续看手里的论文。

温初柠捏着笔，英文试卷上正好是翻译词组。

A：flipped.

B：crush.

C：see eye to eye.

D：time will tell.

怦然心动。

喜欢。

心有灵犀。

时间会给你答案。

温初柠无聊，在心里造了个句——

Flipped.

I have a crush on CYL.

I hope we can see eye to eye.

I hope time will tell.

我希望我们是心有灵犀，我也希望时间会给出答案。

第七章

拿个第一给你看看

运动会在周六举办，因为七点要到校，温初柠起了个大早。

早上五点半闹钟就响了，她爬起来冲了个澡，选了一条运动裤和运动背心塞进书包里，然后掂了掂，觉得好像有点轻，她又塞进去一本英文小说。

周隽阳今天也早起了，他穿着睡衣拉开门，问："要不要送你去体育场？"

"不用，我们学校今天有大巴车。"

"你走这么早。"

"不跟你说了。"

温初柠换好校服，抓着书包溜出门。

周隽阳挑眉，去厨房倒了杯水，然后走到了窗边，端着水杯往下看。

温初柠站在楼下，扎着马尾，穿着黑色的校服长裤和白色的衬衫，倚靠在一棵树旁。

她抱着手机看了一会儿，没几分钟，单元门又被推开。

陈一澜从里面走出来，黑色的运动长裤，外面一件白色的薄运动外套，他今天没穿校服，少年身形依旧高挑，行走的衣架子。

两人并肩外外走，不知道说了点什么。

周隽阳捧着水杯，初晨的阳光晴好，两人走出去，莫名和谐，真是青春正好。

温初柠和陈一澜一起走出了小区，问："你也没吃早饭？"

"没，我听见你闹钟五点半就响了。"

陈一澜打了个哈欠，懒洋洋地跟在她身边，头发还有点乱。

搞体育的，没那么心细时刻注意形象，但即便如此，他也是依旧恣意耀眼。

也不知道为什么心神不宁，温初柠今天早早就醒来睡不着了。

好像想到今早能和他一起走，恨不得五点就爬起来收拾一番。

尽管二人从小一起长大，刻意收拾显得突兀又莫名。

两人一起去了一家早餐店。

"你今天跑 800 米是吗？"陈一澜问。

"对。好像开幕式结束后先比田径赛，我是高二年级第二组，可能在八点半吧。"温初柠咬着生煎包问，"你们游泳什么时候比？"

"九点多或十点多吧，我没看，不过我还要兼一个 100 米短跑。"

"可以吗？"

“有什么不可以。”

早餐馆这会儿还没什么人，这是临江市一家老招牌生煎店，木桌木椅，墙上挂着液晶电视播放老字号的历史。

一碟四枚小生煎，两人点了几碟，陈一澜还给温初柠点了一碗小馄饨。

“孙嘉曜今天比什么？”

“也是400混合泳，不过他还兼一个3000米长跑。”

陈一澜把最后一只虾仁生煎夹到她面前的碟子里：“快吃，公交车快来了。”

“哦……”

温初柠咬着生煎，鲜甜的汤汁四溢，虾仁弹牙新鲜。

“那你加油。”她口齿不清地说。

“你也是，好好跑。”

陈一澜倒了一小勺醋，又给她加了一点辣椒，搅了搅小馄饨，然后推到她面前。

“放心，哥拿个第一给你看看。”

“咳咳……”

温初柠被呛住了，他这话说得轻而易举，随意散漫，势在必得。

今天班里乱糟糟的，学校的停车场里停了很多大巴车。

明涛站在讲台上喊话，讲台下的学生交头接耳，难掩兴奋。

“去了之后别忘了，咱们有入场，每个班级走方阵，就一圈啊，然后班长带队去咱们班的观众席，之后报名项目的同学去检录。张莎莎，你别忘了，代表咱们班的仪容仪表啊。”

他们班走方阵都没太练习，因为按照上场顺序，前面还有两个学校，明涛也知道他们班的同学没什么心思练这个，要求也只是穿好校服，别顺拐就行了。

他们班选了一个举牌子的，叫张莎莎，个高儿肤白漂亮。

上大巴车的时候，温初柠和舒可蓓坐在倒数第二排，同学们叽叽喳喳，有人带了作业，有人带了吃的。

舒可蓓晃晃书包：“我带了薯片饼干巧克力，等会儿咱们去看比赛。”

温初柠了然她的小心思，比了个“OK”的手势。

陈一澜和孙嘉曜两人个子高，进大巴的时候微微地弯了弯腰，前面几排坐的是别的班的女生，纷纷回头往后看他俩。

“咱坐这儿吧。”

“后面去。”

陈一澜微微弓腰，掐了孙嘉曜一把。

“儿子，你怎么还掐爸爸？”孙嘉曜差点跳起来，一抬头，看到了坐在倒数第二排的温初柠，他压低声音回头，“我就说你小子放着这边不坐非得去后面，你果然有非分之想。”

“我想你。”陈一澜笑着骂他一句，推着他坐到最后一排。

孙嘉曜一路“啊”“哦”“喔”“噢”四个声调不停，两人在后面压低声音嘀嘀咕咕吵来吵去。

温初柠只听见一个“小柠”，然后就听到少年低沉而轻微的笑意。

虽然不知道他们说了什么，但好像是好事，她莫名有些想笑。

临江市体育场很大，标准的塑胶跑道，旁边就是专业的游泳场馆，这里举办过不少比赛。

下了车之后，明涛喊着同学们集合，结果张莎莎捂着肚子蹲下去，小脸苍白。

“莎莎，你怎么了？”明涛忙走过去问。

张莎莎白着脸摇摇头：“老师，我可能今天不能举牌子了……”

“你不舒服？”明涛问她，“吃坏了还是怎么了？”

张莎莎不肯说，只捂着肚子弓着身子。

明涛了然，招呼了个女老师：“王老师，我这个学生不太舒服，你带她去一趟洗手间吧。”

“谢谢明老师。”张莎莎羞窘万分，手里还提着袋子，“老师，这衣服……”

明涛愁着脸，在班里扫视了一圈，看温初柠和张莎莎身材相仿，“温初柠，要不你来？”

“啊？”跟舒可蓓站在一边分享巧克力的温初柠一脸蒙。

“你举咱们班的牌子吧，你和莎莎差不多高，就你了。”明涛把张莎莎的袋子递给她，“洗手间在那边，你去换上。”

温初柠依旧蒙得不行，舒可蓓推了她一把，低声说：“那条裙子可好看了，穿上！”

温初柠扭头，悄悄看了一眼，陈一澜跟几个男生站在一起，引得周围好几个女生偷偷看着。

进到体育场，操场阔大，外面一圈是观众台，观众台下有遮阳伞，操场上放着激情澎湃的音乐。

明涛让同学们去站好队，几个比赛早的项目先检录。

舒可蓓拉着温初柠去洗手间换裙子，两人一路小跑。张莎莎的裙子是年级统一准备的，白色的抹胸纺纱长裙，长长的纱质裙摆，很显气质。

舒可蓓把温初柠的头发放下来，随便给她理了理，袋子里面还有一个珍珠发箍，舒可蓓给她戴好，然后整了整脸颊两边的头发。

“真好看！”舒可蓓对她比了个大拇指。

温初柠小心地看了一眼镜子，也有点不好意思。

时间到了，舒可蓓拉着温初柠一路小跑到操场，这条裙子很显眼，走道上别的班的男生对温初柠吹口哨，温初柠听不太见，视线下意识地寻了一圈，一眼看到了陈一澜在操场的一角检录。他脱了外套，里面是一件白色T恤，志愿者把号码牌别在他的身前。

夏末秋初，天气清朗，少年只是随意站在那里，就能吸引她的全部视线。

入场很快，明涛把牌子递给她，让她拿好。

明涛今天穿得跟程序员似的，卡其色的长裤格子衬衫，一颗光溜溜的地中海格外瞩目，说：“你拿好，我没要求，别顺拐丢人就行。”

“明老师，你怎么老说顺拐啊，你是不是顺拐啊！”有个男同学打趣道。

“好好走！好好比！尽力就行！”

操场的音乐响起来，前面的学校已经入场，一圈走完后直接去了观众席。

温初柠很紧张，入场时心情本来平静如水，直到走到操场拐弯的时候，陈一澜还没检录完。

“现在入场的是临江一中高二（6）班，这是一个团结友爱的班级……”

高二（6）班。

陈一澜扬起视线，下意识从人群中寻找温初柠的身影。

可人群里没有——

他眼中的女孩站在最前面，白色的长裙掐出细细的腰，肩颈线条流畅纤细，他的视线落在她身上。

她的长发挽了起来，额头饱满光洁，唇红齿白，有些碎发扫过圆润的耳垂，她目不转睛的。

夏末的风吹动她的裙摆，恰好的阳光在她头上的珍珠发箍上折射出一点碎光。

陈一澜看着，心跳剧烈。

这年夏天的风，夏天的阳光，像一场没人看到的海啸，只是一眼，心跳就分外急促，他不自觉弯唇笑了笑，视线一直追寻着她的身影，看着她走向前方。

“啧啧，小柠是真的好看，”孙嘉曜不知道从哪儿冒出来了，搭着陈一澜的肩膀，“出水芙蓉，云鬓楚腰！”

“你狗血剧看多了？”陈一澜笑着掐他，“快走，那边还要检录。”

“啧啧啧……”孙嘉曜单方面跟陈一澜勾肩搭背，“对了啊，耿教练刚才给我打了电话，他带着总教练已经到了，说等会儿就进来，让咱们好好表现。懒狗，你也好好表现！”

“你也是，好好跑。”

陈一澜没太介意这个称呼。

“爸爸会的。”

“滚。”

孙嘉曜笑嘻嘻的，伸展了一下胳膊：“真是好久没比赛了，我太激动了！啊，我永远爱比赛！”

市局和教育局的领导进行了足足三十分钟的讲话，比赛正式开始。

这只是一场中学生运动会，并不算什么大型赛事，重点也并不是取得成绩，而是体育氛围。

最先开始的是高中男子的短跑和长跑，其次是投掷类和跳高跳远，按照流程，游泳一般在最后，但比赛规模不大，就放在了中午。

温初柠和舒可蓓也被叫去检录，温初柠脱下裙子，换上短裤和运动背心，在操场门口等待检录。

但她检录的时候，男子组已经开始比了。

有些遗憾，看不到陈一澜跑 100 米。

“高二女子 800 米，第一组和第二组！过来检录！”

舒可蓓是第一组，温初柠是第二组。

温初柠去给舒可蓓加油打气。

而另一边，耿爱国跟总教练姜平过来。

俩中年人踏进这里，身边都是不太专业的运动员，但青春气息洋溢着，让二人别有感慨。

进了国家队和省队，那都是残酷的体育竞技，可没多少人围在操场的跑道边为你加油呐喊。

赛场上，每一秒的进步，都是长久的艰苦坚持和汗水。

“我听秦帅说，一澜报了100 米，孙嘉曜报了 3000 米，孙嘉曜这小子……”耿爱国笑着说了一句。

姜平不仅是总教练，还在体育局挂职，平日里有些严肃，不苟言笑。

“他俩成绩在队里确实算不上顶尖，各有优点，但咱们这是国家队，只有顶尖的才能留下来。”姜平淡淡说了一句。

“是，但我也相信他们两个。”

“毕竟是你一手带起来的。”姜平说，“能理解。”

耿爱国没再多说，带着姜平挤过去，正好 100 米开始，运动员们在跑道上各自准备。

裁判员举着发令枪，发令枪响，运动员们冲出去。

陈一澜的爆发力是队里最强的，他的陆地训练也在前三名，也难免耿爱国看好他。

短跑最能训练爆发力和冲刺力，陈一澜领先一截，第一个撞线。

耿爱国凑过去看了一眼计分表：“10 秒 12。”

男子百米的世界纪录是 9 秒 58，是牙买加的博尔特在 2009 年柏林田径世锦赛上刷新的纪录。

后面几个的成绩都落后陈一澜一秒多。

耿爱国笑着说：“我就说他冲刺很强。”

姜平没接话，往后走了几步，到一处阴凉里站着。

耿爱国说：“我是觉得，400 米混合泳不比 200 米，200 米要快速的转换能力，400 米要精通蝶仰蛙自每一种泳式，还得其中某项有自己的拿手成绩。一澜虽然仰泳拉慢了一点，但我觉得他在最后的自由泳上还可以提提成绩。”

“嗯，说的倒也是，我看他还兼项过接力泳是吧？”

“对，我给他安排的最后一棒自由泳，还特意在前面给他安排了一场长距离蝶泳，这个耗费体力，长距离蝶泳后让他继续参加接力的最后一棒，结果这接力不是拿了金牌嘛。”

姜平似乎想了一会儿。

一个优秀的运动员，不仅需要极强的专业技术、平日里的刻苦训练，还需要能够应对高频率高强度比赛的稳重心态。

陈一澜确实都能做到。

他爆发力强，耐力强，体力好，也能够面对高强度高频率的比赛，心态很好。

两人在阴凉里聊了一会儿。

男子 3000 米开始了。

耿爱国第一个看见了孙嘉曜，这小子跑 3000 米也毫不费力，好像有使不完的力气。

跑完之后，孙嘉曜粗喘着气看见他俩，登记完成绩就小跑着过来跟他俩打招呼。

“耿教练！姜教练！”

孙嘉曜拿了瓶水灌进去，大口喘气。

“我先不跟你们说了啊，我还有点事。”

“你还干吗去？”耿教练喊他。

“我还临时兼了个扔铁饼！我们班那个男生临阵逃脱了！”

“你悠着点！”

耿教练喊完，人没听见，跑了。

姜平看着孙嘉曜，也有些惋惜。

这个比陈一澜还难受，成绩比陈一澜还慢两秒。

“这个你怎么想的？”姜平说，“孙嘉曜成绩提不上来，明年肯定得被刷，你们二队八个代训，一队汪教练那里还有八个人，就是十六个人，只能四个转正，你们队里安东要是稳住，他肯定占一个……”

陈一澜还有拼一拼的机会。

孙嘉曜希望渺茫。

“我有想过一个。”

“什么？”

“孙嘉曜是真的热爱赛场，我有想着给他转项。”

“转什么？”

“铁人三项，游泳，自行车，跑步。”

姜平吸了口气：“这铁人三项确实缺人，但孙嘉曜也不一定愿意，他家长那边也不一定同意，再说吧。”

姜平和耿爱国聊了一会儿，视线搜寻一圈，没看到陈一澜。

两人找工作人员要了张表格，看到400米混合泳在九点半开始。

毕竟是个小小的市级比赛，泳赛不多，两人看了看，参赛选手的名字大都是市级选手，他俩不担心陈一澜的名次，只是耿爱国心里担心陈一澜的成绩，他可是好不容易把姜平说过来。

陈一澜的成绩是4分17，他起初定的目标是进4分15，结果那天陈一澜打来电话，说要试试4分13。

少年口吻是随意的，4分15多没意思，说要进步4秒。

耿爱国其实挺担心的——他知道陈一澜这段日子有刻苦训练，但能不能提成绩是真的说不好。

他也想让姜平改观，这次比赛，是为数不多的机会。

“陈一澜这小子又跑哪儿去了？”

耿爱国找了一圈都没看到。

陈一澜去哪儿了？

女子800米开始，温初柠站在跑道外给舒可蓓加油，400米的塑胶跑道，一组八位。

舒可蓓拿到第三名。

温初柠拿着一瓶水在终点线那儿等她。

舒可蓓喘息着，接过水，去录入成绩，紧接着就是第二组开始预备。

温初柠都没来得及跟舒可蓓说点什么。

舒可蓓拎着水瓶，胸前起伏：“你加油！我在终点线等你。”

“好！”

八个跑道，温初柠在最外圈的8号跑道。

她旁边的女生马笑彤是五班理科班的，温初柠认识她——因为以前二人高一时就是隔壁班，同一个英语老师，温初柠的英语稳居年级第一，马笑彤常年第二第三。

但温初柠的英语更是天生的语感好，马笑彤是典型的死记硬背型，且有点争强好胜，温初柠随和，也不太在意，马笑彤回回冷着一张脸。

温初柠在8号跑道热身，马笑彤在旁边7号道。

有两个运动员还没来，裁判让志愿者去班级喊人。

这么个空当，马笑彤问：“听办公室老师说，你报了全国中学生英语竞赛？”

温初柠点点头。

“我也报了。”

“那挺好。”温初柠对陌生的人话不太多。

尤其是马笑彤，总是这么直勾勾地看着人，让人心生防备。

“你是要去临江外国语大学吗？我听崔老师说临江外国语大学有保送，”马笑彤说，“我还听说只有一个名额。”

温初柠不是傻子，总能听出来有种不太对味的意思。

以为她参加英语竞赛，是为了拿临江外国语大学的保送？可惜温初柠不想去临江外国语大学。

自古以来，第一和第二总有那么点诡异的不合——这就是了。

暗中争着，但温初柠毫不知情。

“你不会是因为我报了 800 米所以也报了 800 米吧？”比赛开始前，温初柠问了一句。

马笑彤不说话。

这个女孩瘦瘦的，皮肤有点黄，听说家是周边城镇的，在这里住校，能从城镇考到临江一中，确实很努力。

温初柠忽然也不知道说什么。

那两个姗姗来迟的运动员终于到了。

温初柠弯下身，800 米是站立式起跑。

红色的塑胶跑道，四周的观众台上都是密密麻麻的人影，已经是九点多了，太阳正烈。

“预备——”

发令枪响，温初柠冲出去，风声刮过耳边，她控制着呼吸，心脏在胸膛里剧烈跳动着，跑过太阳下，跑过操场的拐弯。

跳高项目在操场中间，穿着短裤背心的管明惠人瘦高腿长，助跑，一跃而起，姿势漂亮擦杆过。

温初柠莫名想到那天一中的操场上，管明惠给陈一澜递过去一瓶水。

虽然他并没有接。

温初柠心里憋着一种只有她知晓的涩然，奋力地向前跑，像是想要证明什么。

在最后一圈的时候，温初柠看到终点线的尽头，陈一澜站在跑道外面，黑色的运动长裤，白色的 T 恤，薄外套随意地搭在肩膀上。

他旁边是记分员。

他站在那儿，身影被镀上一层金色的浅光，深黑色的碎发被光映出一点金色，他的脸瘦削，轮廓分明落拓，好看的桃花眼微弯。

他一定是最瞩目的那个人——陈一澜。

还有最后二百米。广播里在慷慨激昂地读着诗朗诵，远处的跳高如火如荼。

有人在欢呼，温初柠什么都没听到。

她的视线有些模糊，只看到陈一澜站在终点，两只手围在唇边。

“温初柠，加油——”他在喊。

舒可蓓也过来了：“温初柠加油，温初柠加油——”

陈一澜含笑地看着她，为她加油。

少女穿着运动短裤运动背心，露出的腿笔直白皙，一张小脸因为跑步而绯红，额头的碎发湿了些，发丝在空中扬起，连每一根头发都好看。

有那么一刹那，一切好像变成慢动作，他站在那儿，有想要张开手的冲动。像小时候那样，温初柠莽莽撞撞跑过来，陈一澜怕她摔倒，提前准备好护着她，于是小温初柠来不及刹住，一头撞在他胸膛上。

那都是多少年前的事情了，很奇妙，有些画面就在脑海中翻涌起。

温初柠咬牙冲过来，第一个撞线。

汗水从额头滚落，温初柠累得不行，回头看，马笑彤才跑了一圈半。

温初柠喘息着去录入成绩，然后站在阴凉处，躬身弯着，手撑在膝盖上休息。

陈一澜却走过来，拉住了她的手腕，将她拉起来：“刚跑完别停着，走两步缓缓，给。”

他另一只手里拿着一瓶荔枝气泡水，是常温的。

温初柠学跆拳道，身体有底子，但耐不住刚才跑得拼尽全力，一双腿都泛酸虚软。

陈一澜本来只是想让她直起身子，结果温初柠腿一软，差点摔在他身上。

多亏是刚跑完步，脸本来就有点红，她极快地抽回手，抢过他手里的饮料，拧了一下拧不开。

陈一澜拧开了重新递给她：“去休息休息，我准备去比混合泳了。”陈一澜还好心扶了她一把。

温初柠这才抬头看到陈一澜额头上还有一点汗水——他才跑完 200 米不久。

“好。”

大概是有点赶时间，陈一澜小跑着从一旁绕出去。

水上赛馆在操场外面。

明涛说过，比完一场就快点回观众席，但温初柠依旧站在操场的阴凉处——

广播里的女声不知疲倦地读着：“秋高气爽，少年们！成功是美妙的一瞬，但你们把辉煌与喜悦留给了赛场……”

温初柠调整了下呼吸，心跳仍然剧烈，她低头看着手里的荔枝气泡水，手腕上，好像还残留着陈一澜握过她的温热。

他跑完 200 米就过来找她，只为了给她加油。

温初柠直起身子，看向身旁的舒可蓓，问：“去不去？”

“去呀！”

俩姑娘一拍即合。

操场门口有志愿者询问，她俩借口说想上厕所，成功溜出来。

她俩小跑，一路跑到游泳馆，里面大声放着音乐，工作人员以为她们是观众，特意带着她俩去观众席。

大概是真没多少人关注游泳比赛，几层的看台上都没什么人，也正因如此，观众席也只开放了一个区，后排有一些男生，是各个学校游泳队队员。

温初柠拉着舒可蓓在第一排坐下。

有广播在叫号，游泳运动员入场。

八个赛道，每一个赛道前都有工作人员坐着，负责检查。每个赛道后，都放着椅子和大箱子，方便运动员脱衣服放入。

前面三个出来的运动员不认识，她也没什么兴趣看。

“4 号道，临江一中，陈一澜。”

听到这个名字，温初柠的心都提起来。

陈一澜已经戴好泳帽和泳镜，从门内走出来，依然是黑色的运动裤，白色的 T 恤，只是这会儿把外套穿上了。

他个子是最高的，肩宽，腰窄，行走的衣架子似的。

他活动了一下肩膀，坐在椅子上，弯腰脱了鞋放进箱子里，而后脱下运动裤，里面是一条半长泳裤，然后反手脱下了 T 恤放进箱子里。

“哇哇哇……”舒可蓓显然没看过游泳比赛，瞬间低呼。

“5 号道，临江一中，孙嘉曜。”

温初柠的视线依旧落在陈一澜身上，他显然不知道她过来了，全神贯注地做着热身。

他是所有人里面最高的，宽肩窄腰，侧过身时，肩颈线与腰臀线清晰，健康而结实。

他抬手拍了拍腿，手掌与手指修长有力，指甲修剪整齐，甚至能隐约看到他突兀的腕骨和手背上隐约的青色血管与脉络。

独属少年的清冽与介于男人之间的荷尔蒙，被盛夏加了一层滤镜，羞怯，却又挪不开半丝视线。

温初柠莫名脸颊发烫，想到了刚才在操场上不经意地摁到了他的腰侧。

“他们比赛都这样吗？”舒可蓓小声问了一句，“这也太……火爆了吧。”

“大型赛事还会专门给镜头。”温初柠也小声说了一句。

舒可蓓咂嘴：“诚不欺我啊，长得帅的都上交国家队了，这也太杀了……”

俩姑娘一对视，各自脸颊红红。

陈一澜迈上了起跳台，转了一下脖颈。

“刘浩，加油——”后排的男生在给他们的同学加油。

“陈一澜加油——”温初柠脑子一热，扶着栏杆站起来。

陈一澜转过头看向观众席。

他一眼看到了温初柠，她的马尾有点松散，就在第一排，半个身子探出栏杆，她们后面的男生起哄似的故意喊刘浩，温初柠就在喊陈一澜加油。

陈一澜弯唇笑。

这不是一场大型的赛事，只是一场很无足轻重的市级比赛。

可也是第一次有人为他坐在观众席，这样为他呐喊与加油。

不是队友之间鼓励似的加油，也不是教练的随口一句加油。

是温初柠，很纯粹的，坐在那里为他加油打气。

温初柠看着他，少年的侧脸线条像刀割似的锋利，下巴瘦削，他调整了下泳镜，在起跳台上躬身准备动作。

让她想起今早在早餐店，陈一澜闲散地靠在椅子上，跟她说。

拿个第一给你看看。

第一声电笛声响起，运动员们各自就位。

第二声电笛声响起，运动员们冲入水中，锻炼过的身材结实，线条流畅。

陈一澜的入水速度最快，入水距离稍远一截。

第一个泳姿是蝶泳，对腰腹和胸肌要求高，温初柠的视线紧紧地追随着陈一澜，他的腰腹起伏，在水中像一条灵活有力的白色鲸鱼，又像一条矫健凶猛的鲨鱼。

可兜兜转转，温初柠觉得，或许一条出水人鱼才更像他。

就像不久前，他在泳池里游来游去，她坐在岸边听听力。

无意间的一瞥，他浮在水里，身形优越，是真的像一条在不经意里蛊惑人心的人鱼。

第二个泳姿仰泳时陈一澜已经与他们拉开了一人的身位，他的速度均衡，结实的手臂划开水浪，即便这是他的弱项，但在目前的比赛里仍然吊打众选手。

温初柠没来由地觉得一阵心疼，在她眼里，他已经足够好了。

可体育竞技就是这样残酷，强中自有强中手。

至第四个泳式自由泳的时候，陈一澜的优势已经完全发挥出来了，最后一百米，其他的选手已经筋疲力尽，陈一澜却从此时开始冲刺，他的速度猛然加快，全程都保持着冲刺的速度。

只有水花扑腾的声音，周围的世界静谧，他上下起伏，温凉的水溅在脸上。

他不断调整呼吸，拼尽全力地向前游。

他不能懈怠，半秒都不能慢。

“陈一澜，加油，陈一澜，加油——”

世界都好像空旷了，他不用看，也能想到温初柠扶着栏杆大声地喊着。

她的脑中好像已经空白，心脏急速跳动，看他超出第二名那么一大截，让她抑制不住地激动。

他真的已经很棒了。

姜平和耿爱国坐在最后一排。

耿爱国看到了坐在前面的温初柠。

“那小姑娘谁啊？”姜平难得笑了，“喊得还挺卖力。”

“陈一澜的朋友。”耿爱国没多说。

“陈一澜这回不错。”姜平夸赞说，“后半截都在冲刺啊，我看他最后一百米一直在保持冲刺。”

“嗯，陈一澜卡在 4 分 17 很久了，这场比赛前，我说能进 4 分 15 就行，他说试试 4 分 13，我看这回应该行。”耿爱国也变着花样说，“陈一澜训练很刻苦的，这段日子天天下水，还跑 3000 米和 30 米，我前几天过来一趟，陈一澜核心腰腹也没落下。”

“陈一澜真是你爱徒。”

“他六岁那年，是我亲自挑了他和孙嘉曜，”耿爱国感慨地说，“这孩子遗传了陈建平，青出于蓝胜于蓝啊，是个游泳的好苗子。”

“这些走职业的孩子，都是打小练，”姜平也叹了口气，说，“走职业哪那么简单，到后面不仅拼天赋，还拼努力，最后真成功的，也就万里挑一。”

两人感叹了一会儿，继续看比赛。

从第二个泳式仰泳开始，所有运动员的距离已经拉开，陈一澜和孙嘉曜稳居前二，越后面，拉开的距离更是越来越大。

直到最后的自由泳，孙嘉曜已经慢下来。

陈一澜全程保持着冲刺状态。

他稳拿第一。

从超一个身位，到后来，他已经提前到终点，孙嘉曜还剩 50 米。

陈一澜单手摸着池壁上方，腾出另一只手摘下了泳帽和泳镜，看向前面的大屏幕。

第一名：陈一澜，4'13''84。

第二名：孙嘉曜，4'18''21。

第三名：刘浩，4'28''38。

…………

“成绩已经在大屏幕上显示，其中7号道与8号道无成绩，7号道出发犯规，8 号道转身犯规……”

温初柠坐在看台上，陈一澜攀着泡沫分隔栏，他也在寻着她的身影。

他喘息着，水珠顺着尖削的下巴流淌下来，脖颈与锁骨有水光，一种清冽的荷尔蒙爆棚，他不自知，只弯着眼睛对她笑——

他做到了。

温初柠也笑起来。

他值得。

运动会一天就结束了，下午的时候大家都意兴阑珊。

明涛看大家都蔫了，就允许自行回家，他叮嘱了一圈要注意安全，也没几个人听见。

班里有几个同学还准备回学校写作业。

舒可蓓表示自己要回家，温初柠又看向陈一澜。

陈一澜耸肩：“回去吧，今天早点休息。”

“好。”

温初柠收拾了包，孙嘉曜表示自己要打车回去。

“你往哪儿走？”舒可蓓问孙嘉曜。

“啊，我往东边，”孙嘉曜摸摸头，“华景天地那边。”

“那咱俩顺路。”舒可蓓又说。

“啊，顺路啊。”孙嘉曜丈二和尚摸不着头脑。

“那你俩一起走吧，打车方便。”温初柠忍不住回头说了一句。

“好像也行。”

“那行吧。”舒可蓓矜持地说。

温初柠忍着偷笑。

陈一澜站起来，回头看她：“走吧。”

“好，”温初柠拎起书包，“那我们先走了。”

“行。”

温初柠笑了，小跑着跟上陈一澜的脚步，陈一澜步子大，她背着书包小跑过去，陈一澜突然停下脚步回身，手掌正好搭在她发顶。

“怎么，又打算撞我怀里？”陈一澜闲闲散散，另一只手抄在裤子口袋里。

他身形颀长优越，晴天白云，恰好的风拂过，带来一阵属于夏末的味道。

是塑胶跑道，是汗水，是欢呼雀跃，也是他身上淡淡的青柠的清冽味道。

温初柠瞪了他一眼，拍开他的手，拨弄了下头发：“少摸我头发。”

陈一澜低笑一声。

体育场的位置有点远，附近还没有地铁站，陈一澜拿着手机看了看地图。

他们要走过一条马路去坐公交车。这条路并不宽，一面是高墙，石砖墙壁，垂下来密密麻麻的不知名的粉色花。另一面是铁栅栏，里面种着郁郁葱葱的蔷薇花。这条路笔直的，没有几个人经过。

他俩并肩走，呼吸里满满都是花香。

陈一澜从口袋里摸出一枚奖牌，红色的带子，铜色的奖牌。

陈一澜递给她。

“给我……做什么？”

“拿着呗，”陈一澜拉过她的手，放进她的手里，“每回比赛不都记着给你带礼物嘛，我说话算话。”

说话算话了很多年，每一句都算话。

温初柠握着奖牌，奖牌上还沾着他手心的温度。

陈一澜双手插兜，向前走了两步，然后回身看着她。

“温初柠，我做到了，”他说，“你也要说话算话。”

温初柠笑了，朝他跑过去，莫名觉得好像一切都充满了无限的可能。

“我知道，考淮川外国语大学。”

“嗯。”

“你走慢点，我今天已经很累了。”

“要不我屈尊一下背你过去？”

“不至于，不至于，我是跑了个 800 米，又没残废。”

“嗯，今天嗓子也挺受委屈。”

温初柠又不好意思了，她轻咳几声：“你拿第一这不是也得感谢我给你加油嘛。”

“是。”

——是因为你出现，为我呐喊，为我加油打气。

两人贫了几句，路口就是公交车站。陈一澜倚靠在路牌旁，温初柠背着包站在他身边。

她偷偷看了他一眼，少年意气风发，侧脸刀刻一般落拓，鼻梁高挺，干净清爽。

她又很快收回视线。

陈一澜向前探身看公交车来没来，其实他并不是想看公交车，是想不经意地看她一眼。

风吹起温初柠的碎发，她低垂着睫毛看着地上掉落的花瓣。

她的背后是郁郁葱葱盛开的蔷薇花，花头繁多，从铁栅栏里探出头，地上也落了好多花瓣。

她踢着一片叶子。

陈一澜轻笑，莫名就想到了早上入场时，她穿了一条白裙子，掐腰细，天鹅颈，肩头白皙圆润，发箍上的珍珠泛着碎光。

可耀眼的不是珍珠，而是她，不顾一切为他呐喊的温初柠。

陈一澜和温初柠倚靠在一截矮栏杆上，他们的手撑在上面，相距只有几厘米。

陈一澜的手动了动。

温初柠偏头看着身侧密密麻麻的花簇。

“公交车来了，走吧。”温初柠从包里翻出公交车卡晃了晃。

“好。”

陈一澜直起身子，跟在她身后。

相距只有，三厘米的手。

傍晚入夜，温初柠早早洗漱后躺在床上。

她翻了个身爬起来，从书包里把那枚奖牌拿出来，她攥着带子，浅金色的奖牌晃啊晃。

她想到陈一澜站在池边，肩宽腰窄腿长，少年回过头看着她，薄唇微动，泛起一抹淡淡的笑容。

他是矫健灵活的鲨鱼。

他是温柔单纯的白鲸。

也是一条，勾人却又不自知的人鱼。

人鱼游来游去，闯进她心底。

他本应该瞩目，他本应属于领奖台。

温初柠淡笑，将奖牌挂在了她的玻璃柜里。

她坐在桌前，用毛巾随意擦了擦头发。

陈一澜站在花墙旁，身形优越恣意，他对她说——

“温初柠，我做到了，我说话算话，你也要说话算话。”

她从便利贴上撕下一张纸，认认真真地写：

【Flipped，CYL。

CYL 对我说加油。

我一定要考淮川外国语大学。

CYL 说话算话，我也要说话算话。】

她写完，折好，丢进了小猪存钱罐。

第八章

小心珍藏的月亮

运动会是周六举办的，第二天不上学。

温初柠洗了个澡早早躺下，白天跑 800 米时还没这么累，洗了个澡躺下，腿根发酸。

第二天，温初柠早早醒来的，倒不是别的，是因为一早外面的敲门声。

老房子是真的不隔音。

她好像听见了温绍辉的声音。

记得昨晚周隽阳说，今天他不去中医馆，当时温初柠没接话，又有点不好意思问，总觉得去水上公园那天，舅舅的相亲又黄了。

大人的事儿小孩还是少管好了。

温初柠起初以为敲门声是幻听，结果翻了个身，真听到了温绍辉的说话声，温初柠才确信并不是幻觉。

她翻了个身坐起来，应该出去打招呼的，但是想起了那瓶桃子果汁，便坐在床上没动，竖着耳朵听外面的动静。

“隽阳，小柠还没起？”

温绍辉买了些水果和零食过来的，因为思来想去都觉得上回水上公园的见面不太愉快。

温绍辉夹在中间很为难，温初柠是他的女儿，温许也是，可现在已经是两个家庭，舍不下温初柠，也不想让现在的家庭心生嫌隙。

周隽阳冷淡地看了温绍辉一眼，说得不轻不淡：“来还买什么东西，我们都不缺。”

温绍辉尴尬笑笑，周隽阳没赶他走，出于客气，还是给他倒了一杯水。

温绍辉找了点话题，周隽阳并没接话。

温绍辉又等了一会儿，往卧室那里看了一眼，还是没听得到动静。

他多少也是拘谨，周隽阳只是看起来温和，实际不然，他和周梦离婚那阵子其实闹得不太好看，周隽阳这人可不是软柿子，泾渭分明，谈不拢直接请律师法庭见。

“过来有什么事儿直说。”周隽阳不欢迎他。

“今天正好放假，我想带小柠出去玩来着，”温绍辉喝了口水，犹豫了下说，“小柠成绩好像下滑了……是不是早恋了？隽阳，你有时间可以跟小柠聊一下，高中就这么三年……”

“有句话你听过吗？”

温绍辉不明。

“智者见智，淫者见淫。”周隽阳端着茶杯，似笑非笑地说，“小柠早恋，我怎么不知道？您又是听谁说的？您太太？”

温绍辉的脸色微变，尴尬更甚，同样也有些不悦，周隽阳说话直白，甚至有些难听。

“你是小柠的亲生爸爸，不管出于法律还是出于道德，我都不会阻止你见她，但小柠不只是你温绍辉的孩子，也是我的外甥女。温绍辉，你不是一个合格的爸爸，孩子的教育问题有我们周家，就算我姐姐不在身边，我也会把小柠照顾好。”周隽阳站起身，神色微嘲，“我希望小柠能有一个正常的童年和青春，如果你让小柠不开心，我不欢迎你来见她。”

温绍辉一顿：“隽阳，做人别这么……”

“我没告诉过小柠你和我姐姐离婚的真正原因，我已经够仁至义尽了，不是吗？”周隽阳起身送客，“我要是告诉了小柠，你觉得你这个父亲的形象会变成什么样子呢？”

温绍辉一句话都说不出来了。

周隽阳有意送客，温绍辉只能起身走。

走之前，他站在门口，似乎斟酌语言，还想说什么。

可话还没说出来，房门“砰”的一声关上了。

温绍辉站在门外，被震了一下。

楼下有买了菜回来的住户，看到温绍辉的时候还愣了一下。

“过来看小柠啊？”

“哎，是的，过来看小柠。”

“周梦也不着家，前不久看到她回来，还是打扮得花里胡哨的……唉，要是小柠跟着你就好了。”

温绍辉尴尬笑笑，不知如何接话。

“那我先上去了。”

“行。”

温绍辉站在楼道里，回头看了一眼。

他和周梦有诸多不合，从一开始就不合适，婚姻一旦开始了，尤其是有了孩子后，那种矛盾只会被激化。

到最后，他已经分不清，是因为周梦以病患为重工作繁忙从不顾家，还是因为周梦永远冷处理一段矛盾。

二人是和平结束婚姻关系的。

归根结底，是因为他希望妻子能将重心放在家庭里，可周梦是急诊医生，他的确不能怪他。所以在许燕出现的时候，周梦果断地选择了离婚，而后干脆搬到了医院里住。

那阵子，拖着不签字的人是温绍辉。

再后来……

手机铃声打断了温绍辉的回忆，他接起来，发现是许燕。

“你上哪儿去了，温许等会儿得去参加奥数班上课，你快回来把她送过去！哦对了，温许说想吃橘子，你回来的时候在楼下买两斤。”

“知道了。”温绍辉应了一声，也是在这样的时刻，他觉得对温初柠更为亏欠。

可一步错，步步错，弥补并不能掩饰下那些裂痕。

温绍辉叹了口气，抬步离开。

温初柠在房间的床上躺着，脑子有点空白。

温绍辉和周隽阳说话的声音不大，她后来贴在门板上听。但两人可能铁了心不想让温初柠听见，嘀嘀咕咕的，她一句都没听清楚。

“叩叩叩——”舅舅敲了敲门。

温初柠光着脚跑回床上拉开被子躺回去。

周隽阳推开门道：“起来吃早饭了，我等会儿要出去一趟。”

“好。”

“我不知道你想吃什么，我早上买了豆浆和小笼包，在桌上。有事儿给我打电话。”

“知道了。”

“对了，我今天来不及遛狗，你去遛遛小白。”

“行。”

周隽阳没打算跟温初柠说温绍辉来过的事，他叮嘱一番，去换衣服出门了。

温初柠躺在床上，深深地叹了口气。

她看了一眼手机上的时间，是上午八点多，她有些萎靡，小白在阳台上坐着，摇着尾巴看着她。

她抱着小白出去，下楼的时候特意在四楼听了听动静。

陈一澜家里安安静静的。

楼下的老太太聚在一起聊天说话，看见温初柠，几个中年妇女说：

“我今天看见温绍辉过来了，应该是来看女儿。”

“怎么这么久都没见过周梦？”

“周梦前不久回来过呀，还是花里胡哨的，一点都没四十多岁的样子。”

“这两人离婚是真可惜，都是因为周梦不顾家，打扮得那么好看，离婚十有八九是因为周梦，要不然温绍辉这么顾家，两人散不了的。”

“那阵子不是有人去周梦医院闹了嘛，周梦是被辞退的，肯定是周梦做了什么。”

“可怜的是小孩子哦，摊上这种妈……”

温初柠的脚步只停了几秒，回头看了一眼，三个女人围在一起聊得正兴头上，被温初柠发现了也不尴尬。

温初柠憋着情绪，牵着小白走了。

温初柠牵着小白转了一圈，刻意去了陈一澜晨跑的那一段路，结果没看到人。

她打算绕一圈回家。

临江市有一条江，晚上看才漂亮，跨江大桥，亮着璀璨灯光，晚上还有夜游船，江这边是一条老街，有仿古的民宿，也有海鲜馆子。

夏天，有些店铺就在外面支着桌子，大家在沿江路边吃大排档。

白天这里人少，安静。

温初柠牵着小狗走。

远处传来自行车的车铃声。

温初柠抬起头，陈一澜穿着黑色的运动短裤，白色的运动球鞋，上半身一件白色的 T 恤，他小跑着，裸露的一截小腿线条流畅，他的手臂结实白皙，短发被风吹乱，软软地拂过眉角眼梢。

大桥下面的江水平静地泛着粼粼波光。

孙嘉曜慢悠悠地骑着单车，陈一澜在慢跑。

温初柠站在那儿，远远地看着陈一澜，他的视线看过来，她心上的阴云就这么轻而易举地散开了。

孙嘉曜还要回家，跟温初柠打了个招呼就骑车溜了。

温初柠牵着小白，走得磨磨叽叽。

陈一澜呼吸不稳当，小跑到她身边："走，回家了。"

温初柠走得慢吞吞的。

陈一澜放慢脚步，察觉到她低着头，问："怎么了？给你舅舅欺负了？"

"不是，早上我爸来了，"温初柠有些丧气，"还有楼下的阿姨说闲话。"

"说闲话多正常，别往心里去。"陈一澜在她面前不太在意形象，直接撩起了衣摆擦了擦汗。

那一瞬间，温初柠牵着小白，视线都不知道往哪儿放。

少年的肌肤白得不像话，早上的阳光很好，他出了不少汗，掀起衣摆，腹部的线条紧实，腹肌轮廓分明，他随意擦擦汗，颀长的身高，每一寸都似上帝偏爱的精心，活力与朝气，还有青春的荷尔蒙。

"温初柠，你是你，外人的话都不重要，"他走在前面，倒退着，身材比例优越，阳光镀在他的脸上，他对着她笑，"别人说什么都不会影响你在我心里的位置——你是最特殊的。"

陈一澜说完，重新转身小跑："走了，回家吃饭了！"

"你怎么知道我没吃饭？"温初柠牵着小白也跑向他。

"猜的。"陈一澜等她跑过来，伸手揉了一把她的头发，"走，想吃什么，我给你买。"

那点儿不高兴，烟消云散，再找不到痕迹。

陈一澜向前跑。

江水悠悠，路边的花开得正茂。

少年站在一条马路的前方，回头看着她，白色的T恤被风吹着，隐约还能看到他劲瘦的身躯，蓝天繁华江水，早上八点半的太阳正好。

他总能够悄无声息地带给她一整天的好心情。

“走啊，还愣着干吗呢？”

“来了！”

温初柠回神，结果小白“汪汪”两声，兴奋地挣脱了绳子，摇着尾巴，奶里奶气地朝着陈一澜跑过去。

陈一澜弯下腰，把小白抱起来，他摸了摸小白的脑袋，小白吐着舌头激动地舔他的手。

温初柠在后面攥着狗绳，瞪了小白一眼，腹诽：你还挺会找人撒娇。

小白更来劲了，趴在陈一澜怀里，伸着头去舔他的下巴。

温初柠气得不行，在后面对着小白张牙舞爪。

温初柠和陈一澜一起去吃了早饭，陈一澜没多少假期，又或者说他一年里的假期很少。

陈一澜上午要去泳池。

温初柠跟他随便吃了点早餐，温初柠牵着小白，故作不经意地问他：“你是不是快要回淮川训练了？”

“不一定，这事儿还没定。”

没定的原因有三，一是他打算进淮川大学，体校的课肯定跟不上，二是今天陈建平回来了，估计两人又得吵吵，三是昨天赛后听耿教练提了一嘴，说临江的老校区修缮好了，他们水上项目可能会搬回来。

S省体校原本是在临江市的，因设备和训练场馆较老旧，这几年在翻新，工程量大，所以搬到了淮川校区，这会儿工程结束，耿爱国说估计过不久就得回来。

但消息还不确定，所以陈一澜没提。

“好吧。”温初柠默默跟在他身后，总觉得有点失落。

不是因为别的，是因为这短暂的两个月好像过得很快。下次他再回来，都不知道是什么时候了。

这么胡思乱想着，已经走到了家属院。

陈一澜停了停脚步：“晚上我去游泳馆。”

“哦。”

“哦？”陈一澜挑眉，“有空可以来找我。”

“那没空。”

“是吗？”陈一澜走在她前面，“我怎么看着你脸上写着……”

“陈一澜马上走了，我好舍不得他。”

他语气懒懒散散的，嘴角藏着点笑，显得贱兮兮的。

被戳穿了心思，温初柠多少有点羞恼。

两人站在楼梯上，他在前面，个儿那么高，挡着前面的光，温初柠推了他的腰一下催他快走。

陈一澜回身，她猝不及防差点撞在他身上。

温初柠只觉得身体瞬间僵硬了。

他手里拿着一瓶矿泉水，指骨修长有力，手掌宽厚干燥，温初柠的视线落下去，他的手格外宽实，稳稳当当的，指甲漂亮整洁。

“我要是走了，你真没舍不得？”

少年站在她上面一级台阶，宽松的棉质T恤总能被他穿出一种格外清爽。他声音低低沉沉的，楼道里空寂，一个人都没有。

他声线放低，就像小时候一群小孩子玩捉迷藏，她非要跟着陈一澜跑，陈一澜也不知道往哪儿躲，最后一把将她拉进桌底。

长长的桌布遮挡着，他俩面对面坐在下面，可是那会儿虽然是同龄，陈一澜已经比她高一大截了。

外面的小朋友在找。

温初柠紧张得不行。

怕她叫，陈一澜伸手捂住她的嘴，小声说：“别怕。”

这才几年过去呀，原本小男孩奶里奶气的声音变了，变得低沉动听，个子也窜到了一米九三，肌肤细腻白皙，却又处处散发着一股清冽的荷尔蒙气息。

温初柠咬了下唇。

陈一澜笑了：“不逗你了，走了。”

他松开她的手腕，抬起脚步快速上楼。

温初柠牵着小白站在原地，被他握过的手腕，还好像残留着一点温热，还有专属于他的青柠味道。

小白坐在台阶上，两只黑溜溜的大眼睛睁大，张着嘴吐着舌头，尾巴摇来摇去，好像亲眼目睹了这点心事。

温初柠脸颊微热，抬起视线，陈一澜在楼上等着她。

温初柠快步走上去，陈一澜从口袋里拿出钥匙准备开门。

“我晚上七点多过去。”

“好。”

“快回去了。”

“你等等。”温初柠又叫住他。

陈一澜转眸看她，这么直接的目光，温初柠脸颊涨烫，她干脆一咬牙一狠心，说：“好歹也当了一个月的前后桌，舍不得这不也情理之中？”

“你真没良心啊，温初柠，”陈一澜说，“就记得一个月同桌，不记得咱俩打小一块长大？”

温初柠“噔噔噔”跑上楼：“你快去训练吧，我要写作业去了。”

陈一澜攥着钥匙站在四楼，抬头往上看，看着温初柠一手攥着狗绳，一手摸钥匙，没来由地笑了一声。

这不就是舍不得吗?

就这点舍不得，他已经心满意足了。

温初柠把小白松开，然后冲进洗手间用冷水洗了一把脸，从镜子里抬起头，却依然看到自己脸颊发红发烫。

一起长大也可以是个美好的词。

她有很多很多只有他们两个人才知道的美好回忆。

因为这些属于她的滤镜，哪怕是鸡飞狗跳的往事，都变成了她青春里的宝藏。

小时候一起分享过的棒棒糖。

小时候玩捉迷藏，一起躲过的桌底。

小时候手拉手一起爬到矮矮的房顶看星星。

这样也挺好，他们是认识了十几年的好朋友。

或许另一个词，叫“青梅竹马”。

也挺好。

温初柠写了一上午作业，周隽阳中午给她打过电话，说自己到中医馆忙工作了，让她记得吃饭。

温初柠忙活着做数学作业，随便敷衍了几句挂了。

这个周末各科老师布置了不少作业，温初柠费劲地写完了一张数学卷子，又掏出语文作业。

明涛考虑到运动会，布置的作业除了卷子，还有一篇作文，主题是关于运动会。

温初柠趴在桌上，看着“运动会”这三个字，她就想到陈一澜。

想到她穿着裙子，举着牌子目不斜视，却又用余光偷偷看着在角落里检录的陈一澜。

想到她跑在塑胶跑道上，陈一澜站在终点线，双手围成喇叭，大喊温初柠加油。

想到微凉的游泳场馆里，陈一澜完美的腰臀线，入水的时候矫健灵活。

他摘下泳镜，浮在水里看向她。

还有那条遍布鲜花的小路，陈一澜举着奖牌递给她，少年身形恣意，说着跟她的约定。

活力，青春无限。

关于运动会，她只能想到陈一澜。

温初柠笑了笑，拿着中性笔奋笔疾书。

手机振动一下。

美人鱼：【记得吃饭。】

美人鱼：【我七点过去。】

美人鱼：【别忘了。】

温初柠：【你一次性打完行不行？】

美人鱼：【不。】

美人鱼：【行。】

还发了一个“你打我呀”的表情。

温初柠笑了，放下手机继续埋头写作业。

陈一澜浮在岸边，池边放着他的包，他抱着手机回了几条消息，又把手机扔回去。

耿爱国还没走，在泳池边给他竖白板，上面写着几组动作做多少，带打水板，带脚蹼。

陈一澜佯装无意地问：“耿教练，我们水上项目的是不是都得搬回来？”

耿教练站在岸边说：“是的，但是什么时候不知道，我今天早上去看了，校区翻新得很好呀，很专业。

“就是离市区有点远，不过也还行。你快游，五十米分解动作，等会儿戴脚蹼练打腿。”

陈一澜重新沉进水中，动作灵活地翻了一圈游出去。

耿爱国站在岸边看。

没一会儿，又过来一个人。

耿爱国双手抱在胸前，看到来的人是陈建平。

“辛苦您了，耿教练。”陈建平也是今天坐火车才到，一到就打车过来了。

“没事，都是为了游泳事业，一澜真是个好苗子，这回这个比赛，他游进了4分15，这回成绩4分13，这能是省级比赛的冠军成绩。”耿爱国说着，又转头看他，“陈教练，你太太那边还是……”

“甭管她，一澜肯定要游的，”陈建平说，“要是能稳进4分10秒就好了，说不定以后能有机会参加奥运预选赛了。”

“这个成绩也不好突破。”

“他总得有目标努力，”陈建平说，“我一直告诉他，游五千米不够，就游一万米，一万米不够就游两万米。”

耿爱国说：“训练也得讲究技术，不然产生枯燥的情绪会适得其反。”

“枯燥什么，都游了这么多年了，总得习惯。”

耿爱国没接话。

陈建平是省队教练，管学生素来以严苛著称，训练要求极高，所以手里的队员都颇有怨言，之前带了一个好苗子，结果正血气方刚的年龄，火气一下上来，要求换教练。

最后教练没换成，该运动员夺冠后接受采访时发泄对陈建平的怨言，还被媒体乱写一通。

耿爱国换了个话题：“你今天还是跟他妈妈好好说说吧，咱们这些走职业的，家人支持真的很重要。”

“嗯，我这就回去一趟。”陈建平点点头，往水里看了一眼，陈一澜正一遍遍地游着，动作稳健有力。

温初柠下午睡了一觉，做数学卷子使人劳累。

结果这一觉睡过去，醒来就下午五点多了。

她爬起来，去厨房转了一圈，没什么想吃的，就打算先吃点饼干垫垫，把文综写完，然后出门。

结果温初柠才走到客厅，听到楼下传来争吵声。

“砰——”先是有人摔门出去。

温初柠下意识地走到窗边往下看，是陈一澜推门出来，瘦高的身影快速往外走，显然是不愿听到这些鸡零狗碎的争吵。

她抱着饼干袋子看着走远的陈一澜。

“4 分 13 怎么了？4 分 13 能拿世界冠军还是能考大学啊？4 分 13 有什么用？”

“你懂什么，我和你说了多少遍，一澜就是走职业的苗子！”

“我不管，你说破天我都不听，这年龄好好学习考大学不行吗？游泳能当饭吃啊？他除了游泳还会什么？这是我儿子，我能看他当个废人？”

“这是为国争光！”

“为哪门子国？你在体校当这么多年教练，你见过几个世界冠军苗子？”汪茹叫喊道，“你不是在体校待着吗？你回来干吗？回来就跟我为这事儿吵？”

“我真不该回来！”

“行啊，你别回来！收拾你的东西滚！”

然后闷雷似的几声开门关门声。

温初柠站在楼上，咬着饼干都索然无味，她的视线还看着远处，陈一澜的身影早就消失了。

她倚靠在窗边，后来看着陈叔叔拎着包出去，余怒未消似的。

而楼下，传来一阵哭声。

温初柠在房间里犹豫了一会儿，不一会儿手机振动，原以为是陈一澜发来的消息，但不是，只是一条垃圾短信。

手机上方的时间，是六点半。

温初柠随便换了身衣服，好在游泳馆就在对面，走过去也不远。

温初柠拿上钥匙下楼，锁门的时候视线落在钥匙挂链上——一只镶嵌着钻石的小熊猫头，当然不是真的钻石，声控灯的光线有点暗，每一颗都泛着璀璨的光。

温初柠在四楼停了停，房门没关，汪阿姨在家。

温初柠往里面伸了伸头，结果汪茹正好在收拾垃圾，看到门口的温初柠，给她打开了门。

“小柠？进来吧。”

汪茹在收拾卫生，她看起来好多了，没有刚才在楼上听到的那样撕心裂肺，只是脸色疲倦，看起来确实情绪不佳。

温初柠挺想说点话，但不知道如何开口。

汪茹给她拿来柚子，给她倒了杯水，然后捋了捋头发在她对面的沙发上坐下。

“小柠都听见了吧？”

汪茹给她剥着柚子，自顾自说：“我从一开始让他游泳，只是当个兴趣爱好，后来看到他能拿第一，我很骄傲，游着游着就到了现在。我怎么会不知道，游泳运动员退役得早，可那是正好的年纪，不然他还能做什么？要是他没拿到金牌，他又能做什么？”

温初柠知道在这种时刻，汪茹肯定想要倾诉。

汪茹说着，揩了一把眼角：“有些话没法跟一澜说出口，我有一回去体校看他们训练，准备比赛前，一天在水里泡着游一万米，还得跑还得练体能，我在游泳馆外面，看着他抱着冰袋捂手，我一想，这样的日子他过了这么多年，我这个当妈的怎么能看得下去？”

温初柠静默地听着，咬着一瓣柚子，很酸。

“让你见笑了。”汪茹吸了口气，敛回情绪。

“阿姨，我其实相信……”温初柠说，“我相信陈一澜可以拿金牌。”

汪茹一愣。

“这样的日子，这么十几年他都能坚持下来，已经比很多人厉害了。这么多年，陈一澜拿过那么多冠军和第一名，”温初柠攥着柚子，忽然很坚定，“他一定比谁都厉害。”

这也是她心动的少年，他注定会拥有荣光。

她见过他在跑道上大汗淋漓，见过他在朝阳下活力朝气，见过他在泳池里全神贯注。

这样的他，与平庸两字无关。

他是陈一澜，也是她小心珍藏的月亮。

汪茹要去医院值班，跟温初柠说了几句就骑车走了，温初柠看着汪阿姨的背影，忽然松了口气。

也不知道她说的话，有没有用。

温初柠默默抬脚去游泳馆，她戴了耳机，在路上随意地切了一首歌。

If we go down then we go down together,they’ll say you can do anything……

手机振动了一下，温初柠拿出来看，发现是陈一澜发了一条信息。

他发来一个表情包。

温初柠打字：【马上。】

游泳馆外面有一个自助贩卖机，温初柠买了两瓶苏打水，小跑进去。

七点多，泳池里没几个人。

陈一澜浮在水下，这回没有戴泳帽和泳镜，他不知疲倦地一圈圈游，连在水中转身的动作都流畅好看。

温初柠蹲在岸边看着水里的他，他时而从水中露出脸呼吸，打起的水花溅出白沫，一张轮廓英挺的脸浮浮沉沉。

水里还有别的人，温初柠都看不到，视线只看着那一道人影。

——月光皎洁，我把这茫茫宇宙视为虚无，除了你，你是我的万物。

两人并肩回去，走到楼道里，温初柠的肚子“咕噜”一声。

陈一澜脚步没停，问：“没吃饭？”

“没。”

到四楼，陈一澜开门，对她扬了下下巴：“进来。”

温初柠犹豫了几秒，他已经迈进去了，她只好跟进去。

下午已经过来一趟，汪茹把家里收拾得干干净净，陈一澜在门口换了鞋，扔给她一双新的拖鞋。

温初柠换上，自觉坐到客厅里，陈一澜钻进了厨房，翻了翻，汪茹上午光顾着跟陈建平吵架，没有做饭。

冰箱里有不少东西，但陈一澜不太会做饭，只会煮个面。

他只翻到两盒杯面，然后问温初柠：“吃这个还是叫外卖？”

“泡面吧，煮一下。”

“你舅舅不在家？”

“不在，他今天可能有事情。”

温初柠站起来，看到他房间的门开着，正对着书桌，上面乱七八糟摆了很多书，还有好几个相框。

陈一澜在厨房里烧水，一边灶煮面，另一边另起一锅煮鸡蛋。

温初柠走进他房间，总算是看清了桌上摆着的相框。她拿起来，是小时候的照片。

那会儿他俩都还小，周梦和汪茹都是急诊医生，那年医院办了一次科室春游，去了一个瀑布公园。温初柠和陈一澜坐在一块大石头上，她歪头比剪刀手，陈一澜手里举着两支甜筒。

这张照片太早了，她以前在周梦的影集本里也看到过，可是后来搬家，影集本不知道去哪儿了。

温初柠往外看了一眼，陈一澜还在厨房里洗水果，她悄悄从口袋里拿出手机，把相框里的照片拍了下来。

就几分钟，陈一澜喊她吃饭。

两人坐在茶几旁的沙发上，一人捧一只碗，陈一澜开了电视，因为他平时不在家，家里的电视没几个频道可以看。

只有 CCTV 和体育频道。

这会儿电视上正在播一场游泳比赛。

温初柠捧着碗，陈一澜也扫了一眼屏幕。

温初柠腮帮鼓了鼓，犹豫一会儿，郑重地说：“他游得不如你好看。

“他入水速度也没你快。

“你看，他后面慢下来了。

“他姿势是不是犯规了？”

陈一澜不接话，温初柠怀疑马屁是不是拍歪了。

陈一澜靠坐在沙发上，一手抱着碗，一手随意地抓了抓头发，然后短发有点歪七扭八，但是丝毫不影响他的“美貌”。

“你看左边，这是 1500 米自由泳，”陈一澜忍笑，说，“你说的姿势犯规的这位，是国内 1500 米自由泳的顶级健将。”

丢人丢到专业人士面前了。

温初柠心想，只要我不尴尬，尴尬的就是别人。

陈一澜继续吃了几口，没来由地说：“你可能不关注游泳比赛，我游得不算最好的。”

温初柠咬着面条，慢慢说：“可是我就是觉得你不一样呀。”

“哪儿不一样？”

温初柠转过视线，陈一澜坐在她旁边，一双好看的眼睛看着她。

茶褐色的眸子，澄透直白，好像还被她这个答案逗笑了，眼角稍弯着，怎么看怎么诱人。

温初柠忙撇开视线，含混地说：“咱俩认识这么多年，我觉得你特殊一点怎么了？”

陈一澜笑了一声：“那你这滤镜还真厚。”

“那又怎么了？”她回得还挺理所当然。

陈一澜问：“你下午是不是都听见了？”

“嗯。”温初柠也没打算骗他，犹豫了一会儿，想问点什么。

陈一澜吃完了，把碗放在桌上，说道：“小时候我特喜欢游泳，因为我游得最快，那会儿有点虚荣心，后来发现泡在水里，每一次进步，都让我很满足。到后面转成职业，比赛频繁又紧张，我也会怀疑自己。”

他说这话的时候，人靠在沙发上，电视里的自由泳还在继续，有主持人激动地解说着，另一位主持人遗憾地说有一位颇受重视的运动员与冠军只差 0.82 秒。

温初柠不能想象他们训练的压力有多大，也不能想象他们平日里艰苦的训练多让人筋疲力尽，也不能想象每一次比赛时有多拼尽全力，哪怕落后 0.01 秒，那也是输了。

陈一澜难得面露一点倦怠，就像今天，他泡在泳池里一整天。

“我有时候也不知道自己的目标是什么，是进步一秒，还是按部就班地走完我的职业生涯。”陈一澜说，“我不是最有天赋的那个。”

“可你是最努力的那个，”温初柠直视着他的眼睛，“没人是你，你拿了那么多冠军，我可都记着呢。以前你回来，孙嘉曜去跟朋友玩，就你还泡在泳池里，你这么自律，你答应我的你都做到了……”

她有点着急，说话没什么逻辑，稀里糊涂说了一通，激动处还放下了手里的碗，往他那边挪了一下。

“真的，陈一澜，你……”

是晚上十点钟。

窗户开着，客厅里很静谧，不知道什么时候按到了电视遥控器的音量键，一下静了音。

外面是乌黑的天空，一轮弯月挂在天空中，蒙着一层薄纱似的，风一吹，雾气散去，月光皎洁。

温初柠坐在他旁边，有点着急，杏目直直地看着她，清澈的倒映出他的脸。

有些话差点破土而出。

陈一澜没说话。

温初柠才发现自己离他太近了。

少年的身子骨每一分每一寸都是劲瘦硬朗的，恰到好处的肌肉线条，简单的 T 恤也能穿出别有的清爽感。

他就这么懒懒散散地靠坐在沙发里，她有点着急地凑过去，都没注意到手就撑在他身边。

这一双眼睛带着点笑意，形状好看，视线深而长，像一潭平静却幽深的水，平静下，是深藏的汹涌。

温初柠真有一种赶鸭子上架的错觉。有些话，说也不是，不说也不是，就这么哽在喉间，百转千回，好难说出口，她眨眨眼睛，少年的脸和含笑的眼神，就这么烙在她脑海里。

滚烫，像打在灵魂里。

陈一澜的手在她头发上摸了一把：“行了，别煽情了，回头你哭了，又得去告我状。”

“告状？我有那么阴险吗？”

温初柠退回去，把碗递给他，任由他去收拾。

“怎么没有？四岁的时候你一周告我三次状，六岁时候一天告的次数都数不过来……”

“你怎么这么斤斤计较？”温初柠不服，“你怎么不记着我点好？”

陈一澜刷着碗，听她在外面的声音，刷着刷着就笑了。

怎么不记得？

这么多呢。

——可我就是觉得你不一样呀。

陈一澜刷完碗擦了擦手，路过客厅的挂历边看了一眼，像在确认什么。

温初柠坐在沙发上看游泳比赛，见他出来，还挺郑重地补一句：“确实没你游的好看。”

陈一澜笑了一声，看看才十点半，招呼着她出门。

这个点温初柠也不睡觉，就这么跟着他出去。

路上，陈一澜偏头问她：“忘了今天什么日子了？”

“星期天？”

“对，星期天。”

“那你还问我？”

温初柠吃饱喝足，没想太多。

陈一澜带着她走了一圈，两人溜达到了江边。

临江市是个大城市，这个点依旧灯火通亮，江边的观景渡轮一直营业到凌晨时分。

十里洋场，弄堂与古老的欧式建筑。他俩走过一条繁华的商业街，也路过夜景瑰丽的海滩。

两人趴在栏杆上四处看。

夜风静谧，这个点儿，路上仍然喧闹。

这个时间，跟趴在海滩边看夜景，有种诡异的放纵感。

小心，却又放肆。

她假装看着远处，那里有个摩天轮，缓缓地上升，全玻璃的观景仓。

“去不去？”陈一澜扬扬下巴。

“能吗？”

“怎么不能？来。”

陈一澜双手插袋走在前面，温初柠跟在他身后慢跑着。

这摩天轮是临江一景，有不少游客来打卡，特别是还捆绑了渡轮摩天轮夜间一日游的票。

陈一澜让温初柠在这儿等着，他去买了两张票。

又等了两趟人少的。

时间走过，后面人已经不多了。

陈一澜和温初柠进了观景仓，这一趟就他俩了。温初柠悄悄看了看时间，已经快十二点了。

温初柠站在栏杆边，隔着观景玻璃往下看。下面是璀璨的灯光，泛着粼光的江水，渡轮慢慢地沿着江水一圈一圈转，远处是高楼大厦，马路上车来车往。

到最高处的时候，摩天轮会停十分钟，供游客拍照。

温初柠抬头看着深邃的天空，弯月就在窗外，总有一种错觉，好像一伸手，就能够到月亮。

陈一澜站在她身边。

这样狭小的空间里，安静极了。

陈一澜叫了她一声，温初柠转过头，他丢给她一个小盒子。

温初柠一脸奇怪，她慢慢打开盒子，心跳一滞，忽然加速起来。里面是一条项链，一弯小月亮的吊坠，月亮的中心有一颗星星。

“生日快乐，”陈一澜说着，又补了一句，“十七岁生日快乐。”

温初柠捧着盒子，呆愣愣的。

她都不记得自己的生日了。

这么多年，周梦总忙于工作，温绍辉更不记得，舅舅周隽阳也是个粗神经。

能记得她生日的，只有陈一澜。

九月二十六日，是她的生日。

“本来想白天给你的，但白天要上学，第一个跟你说生日快乐好像不错。”

温初柠眼眶一酸，陈一澜先抬手捂住她的眼睛，声音带着笑意：“快点，还有几分钟要下去了，快许个愿望。”

温初柠赶忙把眼泪憋回去，然后一手攥着盒子，一手把陈一澜的手腕拉下来一点。

她仰着头看着他，说：“你拿奥运冠军吧。”

“我愿望是这个，”温初柠直直地看着他，“陈一澜，你拿奥运冠军吧。”

他看着她，喉结滚了一下：“这不是你的生日愿望吗？”

“对啊。”我的愿望是关于你。

温初柠脸颊一红：“那我再加一个，我考上淮川外国语大学，以后毕业当翻译，你就好好比赛，拿奥运冠军好了。”

——还希望你平平安安，一路顺遂。

温初柠转过头，看着外面的月亮，她会记得十七岁生日这天的夜晚。

皎洁，温柔。

像记得她生日的陈一澜，是独一无二的。

下面的古钟敲响，凌晨零点过了。

温初柠闭上眼睛，装模作样地许了个愿望。

陈一澜站在他身边，趴在栏杆上，偏头看着温初柠，她侧脸恬静瓷白，挺翘的鼻子，闭眼睛的时候长睫下叠。

他就这么看着，原本模糊掉的未来，就突然清晰起来。

她有理想，她有想做的事情，他也要有。他忽然也不想做平平无奇的万中其一了，他想做万中唯一。

因为是她不假思索说出口的第一个愿望。

温初柠睁开眼，发现陈一澜在看自己，她若无其事攥着盒子，扶着栏杆看夜景。

陈一澜盯她看了一会儿，喊道：“温初柠。”

“嗯？”

“你答应我个事儿不过分吧？”

“那得看什么事。”

“二十六岁前不许谈恋爱。”

温初柠的脸一红，陈一澜就闲闲地扶着栏杆看外面。

摩天轮开始缓缓地下降。

“过分吗？”陈一澜转过头看向她，眼底难得有点痞痞的笑意。

“过分！”她脸通红。

陈一澜笑出来，他转过身，背靠着栏杆，看着她，慢悠悠地问道：“那你跟我说说，过分在哪儿呢？”

温初柠说不出话来，大脑就像沸腾了一样。

“嗯？”

低低沉沉的一个单字节，空气都停顿了片刻。

摩天轮一停稳当，工作人员打开舱门。

温初柠先跑出去，跑了两步又停下，却看到陈一澜站在后面，两手插袋，运筹帷幄似的，明晃晃地笑，惹眼，比月亮还惹眼。

她的心脏剧烈地跳，一下又一下地泵出热血，在四肢蹿起来。

她有点不稳当地呼吸着夜晚发凉的空气，却怎么都冲不散胸腔里的沸腾。

她跑得稍远了一些等他，伸手用手背摸了摸脸颊，唇角弯着笑容。

十二点半。

陈一澜把人送回去，两人分别前还没说话。温初柠单方面“噌噌噌”跑上楼。

陈一澜站在楼下开门，看着温初柠像一只猫似的，三步两步跑回去。这姑娘，能坚定地凑在他身边，坚定地告诉他他很好，也能脸皮薄得跟什么似的，不禁逗弄，一句话就通红了脸，一路上不搭理他，就这么跑在前面吧，又走两步停停等着他。

陈一澜笑了，这才开门进去。

周隽阳已经回来了，听见动静，刚想说话，温初柠一头扎进了房间里。

周隽阳打了个哈欠：“那你早点睡啊！”

“知道了！”

温初柠一头倒在床上，瘫在房间里的小床上，仰面朝天。

心跳一路都是剧烈的。

她捞过了床上的盒子，像捧着宝贝似的小心打开，弯月中间的星星熠熠生辉。

她合上，又打开。

星月璀璨，少女心事泛滥起来。

啊啊啊。

温初柠在床上滚了一圈，抓起了那只海豚玩偶，举在空中。

盯了半天，又把海豚玩偶搂在怀里滚了一圈。

“叮——”

手机响了。

美人鱼：【晚安，生日快乐。】

然后手机屏幕上弹出来好多生日蛋糕。

温初柠搂着海豚玩偶，做了几个深呼吸调整，矜持地打了几个字。

【勉强答应你吧。】

又删掉，好像太刻意了，她又重新打字——

【我无欲无求。】

【我无欲无求。】

【打小就无欲无求。】

三条消息发送成功。

陈一澜去冲了个澡，回来看到手机上的消息，乐了。

他一边擦头发，一边打字：【怎么觉得你看我眼神不是这个意思呢？】

想想，今天都把这姑娘惹得脸红了一晚上，于是又换了一句——

【早点睡吧，小屁孩。】

温初柠躺在床上，看着后面的三个字，撇嘴。

还小屁孩，你就比我大六个月。

温初柠在床上滚来滚去，莫名其妙心情好得不得了。

一会儿，手机又振动。

美人鱼：【你半夜不睡觉在床上滚什么？】

温初柠憋着笑，【生日狂欢，睡不着。】

美人鱼：【快睡觉！】

温初柠笑嘻嘻的。

晚安，陈一澜。

晚安，十七岁的第一个小时。

第九章

我在你家楼下

温初柠第二天醒来，早早地下楼，有默契似的，她在楼下站了一会儿，仰头看向四楼的窗口，在心里默默数数。

数到十五的时候，单元门被准时推开。

温初柠倚靠在一截围栏旁，嘴角不受控地上扬。陈一澜从里面走出来，他个子高，出来的时候甚至要微微低头，学校的白衬衫总能被他穿得分外亮眼。

想起来一句网络上的话，说，这就是“帅哥”和“那个男的”的区别。

陈一澜也瞧见她，扬了扬下巴：“走了。”

“好！”

温初柠背着书包小跑过去，昨天晚上，一整夜都睡得不太安稳。

她梦见很多很多零碎的画面。

梦见小时候两人肩并肩跑过矮房子的楼顶，两人躺在上面等了半宿的流星。

梦到陈一澜在摩天轮顶端递给她项链。

梦到未知的未来，她一路追随着她。

那道声音好像被施了魔法，在她的梦里一遍遍穿梭着。

——温初柠，那你答应我个事儿呗?

——二十六岁前不许谈恋爱。

游泳运动员黄金年龄也就这些吧。

“你走快点，要迟到了。”陈一澜站在前面喊她。

那是一个路口，陈一澜背着书包，身形修长，脖颈线条分明，细细密密的阳光下，她甚至能清晰地看到他喉结旁边有一颗很小很小的浅茶色的痣。

“催什么催。”温初柠心情扬起来，朝他跑过去。

晴空万里，城市苏醒。她小心地走在他身边，保持着恰好的距离——想近一点，又怕被他察觉到的敏感。

陈一澜看见了她的小动作，假装忽略不见，温初柠就再往他身边凑一凑。

若喜欢是凋谢的云，乘着风也飘向你，降落在你耳边低语，像沉默的打字机，满怀热烈的情绪。

因为昨夜的礼物，温初柠一整天都有好心情，舒可蓓“啧啧”了两声，问她一天傻乐什么。

温初柠往后看了一眼，没看到陈一澜和孙嘉曜，然后拉着舒可蓓站在教室外面的走廊上。

人来人往的走廊，初秋的风肆无忌惮地吹拂着。

温初柠和舒可蓓俩姑娘就趴在走廊的栏杆前絮絮叨叨说着。

舒可蓓听得连连低呼。

温初柠抿唇笑："话说回来，那天孙嘉曜跟你一起走的吗？"

说起这个，舒可蓓气不打一处来。

"他们搞体育的，都这么直接吗？"舒可蓓愤愤不平，"明明就一个路口不顺呀，他非要说不顺路，非要让我坐公交车，说直达我家。"

温初柠哈哈笑起来。

舒可蓓气得不行，连连吐槽。

两人肆无忌惮笑着，然后远远地听见楼下有人喊——

"温初柠，笑什么呢！"

她俩低下头，就看到班里的几个男生打完篮球回来。

孙嘉曜手里拿着篮球，仰头喊她。

舒可蓓咳嗽几声，收敛起笑容，注意了一下仪容仪表。

温初柠趴在栏杆前低头："关你什么事！"

"嘿，陈一澜，管管她！"

陈一澜看了孙嘉曜一眼，笑着拧开一瓶水喝。

温初柠就站在栏杆边。

快要黄昏了，天边漫着一层火烧过的深橘色，晚风温柔。下面经过的少年们意气风发，无尽的青春活力，而她心动的陈一澜最瞩目。

她的视线落在他身上，他正拧着瓶盖，小臂线条结实好看，还能看到很浅很淡的脉络。

一举一动，都是专属于他的性感荷尔蒙。

温初柠莫名就嘴角上翘，趴在栏杆边低头看，一直看到他们上了楼梯。

真好。

大概是因为有陈一澜在，她觉得上学一点都不枯燥了。

这么胡思乱想着，马尾突然被人很轻地拉了一下。

陈一澜路过她身边，问："吃不吃饭？"

"不饿。"

"走，去吃饭。"

"不饿！要写作业。"

"今天想吃什么？"

鸡同鸭讲！

温初柠没来由气鼓鼓的，结果陈一澜从教室后门走进去了，随意地坐在椅子上，转头看向她，还挑了挑眉。

舒可蓓忍着笑：“你快回他吧，人是铁饭是钢。”

温初柠磨磨叽叽坐了回去。

陈一澜拿着一支笔戳戳她的后背：“快点，我要去游泳馆训练了，给你买还是一起吃？”

温初柠偏过头跟舒可蓓小声说：“不止孙嘉曜，他也很直接。”

舒可蓓终于觉得满意了，小声笑着。

陈一澜又戳了一下。

温初柠凶巴巴回头：“三明治。”

陈一澜瞅她一眼，他刚运动完，短发还微潮，懒散地坐在椅子上，校服里面穿了件白色的T恤，衬得身形更好。

他咂了咂嘴，眯眼看她。

这是什么表情?

他勾勾手指，温初柠不明所以，以为他有话要说，然后凑过去。

“你知道你这像什么吗？”他凑近她耳边说了一句。

“像什么？”温初柠茫然。

“恃宠而骄。”

他说着，还对她吹了口气，葡萄软糖的味道，挨这么近，拂过耳畔，痒痒的，还带着一点温热。

温初柠脸皮薄，脸颊瞬间涨红，跟熟透的虾似的。一时间，不知道是因为他凑她耳边这么近，还是因为这个似是而非的成语。

她像奓毛的猫：“你学个词就乱用……这个词是这么用的吗？”

“什么词儿啊？”孙嘉曜去倒水进来，冷不丁听见这句话。

“没你的事。”温初柠愤愤，“不搭理你们了。”

陈一澜笑出声，然后把一支糖从后面扔到她桌上，一支葡萄味的奶糖。

崭新的拆开了，他只吃了一粒。

温初柠乱乱地想着，他好像也不爱吃糖啊。

“啪。”他又丢过来一个纸团。

温初柠拆开看——

【买水凑个整，给你买的。】

温初柠收起纸团，看着桌上少了一粒的糖，莫名有些心虚。

手心里攥着那张字条，就觉得好像是抓住了这一刻的怦怦然。

这天因为是她的生日，温初柠没上晚自习，正好陈一澜要去游泳馆训练，她便早早回家了。却不想拿钥匙开门的时候，发现舅舅在家，家里还弥漫着一股饭香味。

周隽阳厨艺不精，他点了很多外卖，自己煲了汤，桌上还放着一个蛋糕。

温初柠背着书包回来，眨眨眼睛：“舅舅，你怎么知道的啊？”

“还说呢，我都差点忘了，是你妈给我打了电话，”周隽阳戴着围裙，把煲的汤端上来，“哦，对啊，你妈给你寄了礼物，你快拆开看看。”

“啊？”温初柠都反应不过来这一系列的话。

她看到沙发上放着一个漂亮的象牙白色的盒子。

温初柠放下书包，周隽阳重新回了厨房里洗水果。

她慢慢拆开包装盒，里面是一条白色的裙子，方口领，宫廷风长泡泡袖，有修身的收腰，很漂亮。

温初柠看到后面的商标，是个名牌的，单一件裙子就要四位数。

温初柠拿着裙子去卧室里试了试，发现完美贴合自己的尺码，她站在镜子前，忽然有点儿鼻子泛酸。

周梦总忙于工作，可也总能在不忙的时候，记起她的生日，记得她的尺码。要是让她选跟周梦还是跟温绍辉，她应该一直都会选周梦。

关于温绍辉的记忆，在六岁后就是空白，他甚至忘记了温初柠对桃子过敏。那一瓶桃汁，好像一个章，盖下去，什么东西就悄无声息地碎掉了。

她的爸爸，连这个都忘记了。

周梦确实不是一个合格的妈妈，但温初柠对她还总是有些美好的眷恋。回忆是个挺美妙的事儿。

温初柠想起来读初中的时候，温初柠随口说想吃虾。她想着周梦挺忙的，应该也忘记了，结果放学回来，冰箱里摆了一抽屉的大虾。

温初柠看着镜子里的自己，鼻尖有点酸，她给周梦拨了一通视频电话。

周女士过了一会儿才接。

国内的下午六点钟，英国的上午十点钟。

周女士正要出门，化好了精致的妆容，穿着白色的雪纺衬衣，配黑色的A字高腰裙，精致又漂亮，一点都看不出来有四十多岁了。

“收到礼物没？”周女士把手机放在桌上，毫不顾忌地对着一旁的镜子涂口红。

温初柠看到她的房间设计简单大气。

周女士给温初柠发过照片，她住的公寓还挺讲究，一个人住也摆放着漂亮的盆栽。

“收到了，妈，谢谢你。”

“妈妈不在身边，你自己照顾好自己，有事儿喊你舅舅，开心点。”

“好。”

“那我去上班了，你早点睡。”

“好。”

温初柠点点头。

母女二人隔着屏幕对看着，周梦忽然笑了。

“小柠真好看。”

温初柠不好意思地笑了笑。

“行了，去吃饭吧，妈得给你赚钱去了。”

“好。”

温初柠点点头，挂了视频，她握着手机，没来由有些开心，周女士好像又漂亮了。

温初柠想到周女士的公寓，想到漂漂亮亮的周女士。也是在这么个瞬间，她想到了许燕，同样是四十多岁，许燕苍老疲态，家里虽然有烟火气，但精致还得是周女士，整个人看起来跟三十出头似的。而且周梦从来都不会像许燕逼迫温许似的逼迫温初柠学习，逼迫她要考第一。

这么一想，周女士的形象高大了起来，温初柠觉得，周女士完全碾压许燕。

她脱下了裙子，换上睡衣出来吃饭。

周隽阳佯装无意地问：“你不叫你同学了？”

“哪个同学？”

“你那几年不见的，就回来两个月的老同学？”

温初柠厚着脸皮回道：“哦，陈一澜啊，他在游泳馆。对了，舅舅，你吃蛋糕吗？”

“老年人不吃甜。”

“行，那蛋糕你别拆。”

“嘿，你这位小朋友……”

“寿星最大！”

“行行行，快吃饭。”周隽阳笑着拿筷子过来。

温初柠喝着果汁：“舅舅，你今天真好。”

“白眼狼，我哪天对你不好过？”

温初柠心情好，笑嘻嘻打哈哈过去。

其实以为这个生日除了陈一澜没人记得的，所以她下午和舒可蓓分了一个三明治垫了垫肚子。

饭后，周隽阳收拾了桌子，就去了房间忙工作。

温初柠也回了卧室写作业，她奋笔疾书，埋头做数学题，提前定了个九点的闹钟。

九点一到，温初柠准时卡着点写完作业。

九点，是陈一澜训练完游泳的时间。

温初柠冲到浴室理了理头发，给陈一澜发了条消息——

【你在楼下等我一会儿。】

【好。】

温初柠握着手机，心脏“扑通扑通”直跳。

她犹豫了一会儿，看着床上的盒子，眼一闭，心一横，换上了周女士送她的裙子，然后站在镜子前，她又重新拿起了那个小盒子，心紊乱地跳着，最后决心打开了那只盒子，动作麻溜地把项链取出来，小心地戴在了脖子上。

搭扣很小，她的头发披散着，反着手扣上，有点费劲。

冰冰凉凉的银质细链子贴在胸前，她伸出一只手，摸了摸那小小的星月挂坠，微凉的质感。

怕被他看出来这些刻意，又怕他看不到，于是温初柠捋了捋长发，但裙子是个方口领，颇有些掩耳盗铃的意思。

温初柠脸颊发红。

手机振动起来。

美人鱼：【我在楼下了。】

好快啊！

温初柠站在镜子前，几次三番做深呼吸，好像是要做什么重要的事一样。

最终，温初柠一闭眼，换上鞋子，拎着蛋糕出去。

起先是紧张的，然而真出了门，却有些急切。

周隽阳听见动静，就往外看了一眼，看见小姑娘换了新裙子，打扮得漂漂亮亮，拎着那个不许他拆的蛋糕下楼去了。

温初柠拎着蛋糕下楼的时候，陈一澜斜斜地倚靠在小围栏旁边看手机。

他冷不丁听见声音，一抬头，看见人从里面走出来，穿着白色的新裙子，一截细腰，一头黑发，手里拎着一盒蛋糕。

温初柠没想到陈一澜就在这里，手里拎着蛋糕，有那么一点点无措。

他收起了手机，黑色的运动短裤，黑色的 T 恤，在黑夜中泼墨似的深邃凌厉的身影。

短发被风吹得微微乱起来，路灯铺下一点淡淡的暖光，弯月高悬，少年的眉眼如画，清晰冷冽，一双眼睛看着她，却像是藏着热意。

她站在那里，头发被风吹，裙摆也被风吹起来，薄薄的蕾丝裙子，贴着腿，这才恍然反应过来，是入秋了。

可她的心跳剧烈。

陈一澜更是。

他看到她蝶翼似的锁骨下面细细的链子，星月的挂坠在夜色下泛着一点璀璨的光。

她站在那儿，有点拘谨，有点紧张。

崭新的蛋糕，特意留着等着跟他一起吃。

崭新的裙子，第一个想穿给他看。

青春时期的小秘密，奇妙得像躲在薄雾后的月亮，羞涩地探出一个尖，又迅速地藏起不见。

小区的正中间，有一棵号称有百年历史的柏木，这树外面围了一圈木栏，准许人们在这里坐着。

温初柠和他坐在那儿，在她坐下之前，他把身上的薄外套脱下来递给她。

“都冷成什么样了，傻子。”

她没接，陈一澜把外套披在她肩膀上。

外套热热的，还带着少年的体温，淡淡的青柠味道铺天盖地地包围着她。

温初柠脸颊发烫，低着头。

她拆开蛋糕盒子，陈一澜托着，她插上蜡烛点燃，然后双手合十，小心许愿。

其实眼睛留下了一道小缝，隔着烛火偷偷看向陈一澜。

夜风吹着火苗窜动，陈一澜就这么好脾气地端着，耐心地等着她许愿。

她忍着笑，吹了蜡烛，蛋糕很小，他俩就坐在那棵有几百年历史的柏树下面吃蛋糕。

“是不是特像傻子啊？”温初柠小声说。

“那不是也有我陪你一起。”陈一澜坦然回道。

“你觉得要是有人路过会怎么想？”温初柠一边吃蛋糕，一边问。

陈一澜似乎思考了一会儿。

“管别人怎么看，”陈一澜说，“这不是，温初柠特意打扮了一下，陈一澜陪着温初柠在晚上九点半吃着她特意留的生日蛋糕嘛，纯纯的深厚的感情。”

奶油好甜啊！

温初柠喜滋滋的。

周隽阳在五楼往下看，看到小区的那棵百年历史的老树下，温初柠披着一件外套，两人并肩，坐在那儿吃蛋糕。

小姑娘的情绪藏也藏不住，是真切的开心。

周隽阳并不是什么刻板的舅舅，他想起前不久温绍辉的话，当时他第一反应是想到了陈一澜。

可周隽阳也不会插手。

那天打扫卫生，进了温初柠房间，看见小姑娘桌子上贴着学习计划表，淮川外国语大学这几个字标粗放大。

有目标，有动力，挺好的。

他是希望，温初柠能够有一个正常快乐的童年和青春，不像温许那样，被逼着用乱七八糟的课业填满。

学习重要，可小朋友的快乐也重要。

他相信温初柠自己有分寸，他决定装作视而不见。

第十章

银杏叶与小爱心

国庆节放假前，温初柠在写数学作业，听见孙嘉曜提了一嘴说要回学校了。陈一澜懒懒散散应了一声，刚跑完步，睡不醒似的。

温初柠坐在前面，握着笔的手却顿了下。

运动会结束都有一周了，她早有预料陈一澜和孙嘉曜要回去。

陈一澜和孙嘉曜是在国家队代训，为期一年，一年后的夏天有一场冠军锦标赛，是去是留，成绩决定。

短暂的两个月，过得很快。

大概是因为快放假的原因，班里的气氛又活泛起来。

温初柠默默趴在桌上，明明是该写作业，却又不受控制地听着他们两个交谈。偏偏孙嘉曜只是提了一嘴就带过了这个话题。

温初柠心里挺懊恼，加上她今天生理期来了，肚子疼，抵抗力下降，脸上冒痘，整个人有点萎靡。

舒可蓓悄悄说：“国庆节放完假，还有三个月就放寒假了。”

寒假还能再见吗？以往过年，温初柠没见他回来过。

“不一定，他们训练任务很重的。”

“过年都不回来吗？”

“可能的。”

“唉。”

舒可蓓也叹了口气，两人坐在座位上写作业，有各科课代表发作业，英语课代表过来的时候提醒了一句：“温初柠，英语老师喊你去办公室一趟。”

温初柠起身从后门出去，陈一澜坐在椅子上，大剌剌的，温初柠从他的长腿上迈过去。

人姑娘没搭理他，陈一澜还愣一下，问孙嘉曜：“她怎么了？”

“没怎么吧，”孙嘉曜站起来往桌上一看，“估计是做数学题心情不好呗。”

陈一澜看了一眼，突然想起来体育课上温初柠没跑步，自习的时候在桌上趴了半天。这么一想，他大概也猜到是女孩子每个月的那几天。

温初柠去了英语老师办公室，崔萍萍正好在写教案，见到温初柠，她拉开了抽屉：“正好，前几天我们给你报名全国英语比赛，下周是初赛，初赛不难，就是做卷子，复赛是口语，正好能赶在寒假那会儿进决赛。”

崔萍萍递给她几张卷子说：“这是我给你找到的真题，你有空可以看看。不用太紧张，你的水平肯定可以的。”

“好，谢谢崔老师。”

温初柠点点头，恰巧办公室的门被人推开，温初柠抬头看，发现是马笑彤。

崔萍萍带五班和六班。

马笑彤进来，看到温初柠，视线落在她手里的卷子上。

崔萍萍跟温初柠说：“你先回去吧，好好准备准备。”

“好，崔老师再见。”

温初柠点点头，从办公室里出来的时候，听到马笑彤似乎在问老师临江外国语大学的事情，大意是也想跟温初柠一起参加英语比赛。

崔萍萍语重心长地说：“这么说，咱们学校只有一个临江外国语大学的保送名额，谁能拿到各凭本事。我一直告诉过你，你的英语成绩虽然是年级第三，但你跟温初柠差了一大截，你的口语也不如她，所以我说这种竞赛，也是要分情况的，你确实可以参加，但我还是建议你把重心放在考试上。就像这个决赛，根据以往经验，要么是全英文辩论赛，要么是口语演讲，你能在三个月里把口语提上来吗？”

马笑彤不语，似乎有点难堪。

崔萍萍拍了拍她的肩膀：“参加是可以的，但我希望你分得清主次。”

马笑彤的家境一般，崔萍萍是他们班的班主任，知道这孩子父母都在外地打工，家里还有一个弟弟，一个是这孩子口语差，另一个是决赛要去燕京，冬令营的形式，也是一笔不算小的开支。

可为了保护这孩子的自尊心，崔萍萍没说这个。

马笑彤点点头。

温初柠在门口等了一会儿，犹豫自己该不该说。

等了几分钟，马笑彤从里面走出来。

“马笑彤。”温初柠叫住她。

马笑彤停住脚步。

温初柠咬了咬唇：“可能我不该跟你说，你做你自己就好了，没必要这样，我不考临江外国语大学，况且你是理科班，临江外国语大学好像没多少理科专业……”

马笑彤脸皮薄，刚才被崔萍萍那么一说，更觉得自己不如温初柠。

她没温初柠好看，也没温初柠得到英语老师的“偏爱”，她的英语成绩是学校年级第三，但差了温初柠一大截，温初柠可以在学校的英语比赛里说流利的口语，她不能。

她的英语磕磕绊绊，还带着口音，上台就被同学们取笑。

“你有时间吗？”马笑彤在班里没多少朋友，嗫嚅地看着温初柠。

“还好。”

马笑彤往前走了几步，跟温初柠靠在栏杆上。

“我爸爸想让我考我们老家的师范学校，签两年工作的那种，这样我可以参加明年的春季高考过去。”

马笑彤憋着一股情绪，忍着眼泪又不能哭。

“所以我才想，我想拿到临江外国语大学的保送，其实不是为了保送，是因为临江外国语大学的保送有免学费……”

她这么一说，温初柠忽然愣住，不知道该接什么话。

马笑彤不敢看她的眼睛，看着楼下人来人往的球场。小姑娘个子不高，皮肤有点蜡黄，干干瘦瘦的，是班里埋头学习的那一挂。每个班里都有这样一种女孩，长相身材不出众，学习比谁都努力，沉默寡言。

温初柠想了想，说：“你成绩很好，你完全可以考你喜欢的大学，学你喜欢的专业。老师们都说大学改变命运，改变的是你的命运，这是你的未来，别强迫自己。”

马笑彤没说话。

“我妈挺不靠谱的，但我妈跟我说过一句话，”温初柠说，“你自己才是你人生的导演，你是为自己而活。

“关于原生家庭，我可能没有资格说什么，可如果你觉得他们愚昧，那你就要想办法逃离，世界还是很美好的。”

马笑彤终于有点忍不住想哭。

温初柠还不太擅长哄人，她抿抿唇，说：“我先回去写作业了。”

“好。”

“要是你有时间，可以来我们班找我，”温初柠说，“我妈妈给我买了很多英文杂志和小说，你喜欢的话，我借给你看。”

马笑彤感激地看着温初柠——她的假想敌，是个很美好的女孩。

温初柠快步走下楼，准备从后门进去的时候，陈一澜坐在门口。

“不高兴了？”陈一澜抬了抬腿挡住她。

温初柠心情都平复下来了，刚才看到马笑彤，忽然难免有些小小的感慨。

陈一澜大剌剌地坐在这儿，余晖落在他身上，她在他身上好像能看到无尽的可能与活力。

舍不得很正常，可他要在属于他的赛场拿到属于他的荣耀。

“还好。”温初柠敛了敛视线。

陈一澜对她的桌上扬了扬下巴。

温初柠看过去，桌上有一支崭新的葡萄味软糖，还有一杯热奶茶。

“那就吃点甜的开心点。”

自习要开始了，陈一澜收回腿坐正。

温初柠看着桌上的奶茶，心情有些五味杂陈。不舍，却也希望他能奔赴他的赛场。

温初柠拆开糖，分给舒可蓓，又把剩下的一半放到了陈一澜桌上。

“你也是。”温初柠放下就转回了身子，继续趴在桌上写作业。

她回头的那一瞬间，看到陈一澜被阳光镀上金色的头发，看到他轮廓挺立的脸颊，心里空落落的。

好像，一切就要回到他回来之前那样了。

明涛开了个小班会，讲了国庆节放七天假的事情。

“今天的自习上不上都行。”明涛特批。

放学铃一打，大家都沉浸在放假的喜悦里，温初柠也打算早点走。

孙嘉曜拍着篮球，说：“一澜，篮球你先拿着吧，过两天我来找你打球。”

“行。”陈一澜应了一声，收拾了桌子，然后没急着走，等着温初柠。

温初柠起初不知道，她想写完这张卷子之后再走。

舒可蓓也先走了。

因为放假，班里只剩下了四五个同学，这四五个人还去吃饭了。

温初柠小腹隐隐作痛，她喝了一口温热的奶茶，努力地做完最后一道题。

旁边的桌子晃了晃，温初柠一偏头，发现是陈一澜坐在了她的身边，他里面穿着一件白色的T恤，外面是学校的秋季校服。

蓝白色的老古板校服，可总能被他穿得分外清俊，他肩宽腿长，身材比例极好，后背随意地靠在后桌上，偏头看她，夕阳从窗户里斜斜地沁进来，映照在他的眼角，瞳仁是浅浅的茶褐色，薄唇的形状好看，下巴瘦削。

他随意坐在身边，左手撑在桌上，手指抵着太阳穴，就这么偏头看着她。

猝不及防的对视，温初柠的视线落在他脸上，一时间竟然不知道该要往哪里放。

“还有最后一道问题，”陈一澜的视线落在她的试卷上，清冽好听地低声读着，“已知圆X的平方加Y的平方等于8，与直线l相交于CD两点……”

温初柠脑袋里空白了一下，重要的好像并不是题了。

陈一澜读了一遍题，就在旁边看起了手机。

温初柠拿着笔在草稿纸上算来算去，陈一澜低着视线看题，她偏头看着他。

秋天是个很好的季节，天黑得不早不晚，彼时天色是橘色与浅蓝色，陈一澜低垂着视线，长长的睫毛微微晃动。

温初柠握着笔，思维出现了短暂的偏差。她趴在桌上，握着笔随便勾勒了几下。她画画不太精，简单勾勒了一下，又不太像他。

“写完没？”静谧中，陈一澜开口问她。

温初柠慌里慌张把草稿纸夹进试卷里，然后合上了数学课本，把作业装进了书包里。

陈一澜这才慢悠悠起身，从后面拿起了篮球走在前面，温初柠背着书包跟在他身后。

学校里的同学都走了一大半，校园里有些空荡，偶尔有些庆祝声。

温初柠抬起视线看过去，篮球场上一群少年在运球抢球投篮，一片青春无限活力。

可那群人，没有一个像他。

游泳池边的铁栅栏门也拉上了，水面安静，泛着光。

这儿，再也看不到一个少年坐在这擦着头发，也看不到他在水中像人鱼似的游来游去。

他只在这儿短短的两个月，却好像在她的灵魂深处留下了浓墨重彩的印记。

温初柠走在他身后，陈一澜放慢了脚步走在前面，他不知道她今天失落的原因。

他随意地拍着篮球，一会儿又把篮球拿在手里，用一根手指转着。他回过身，看着她，步子放慢，倒退着走。

温初柠背着书包，低着视线，看着有点不高兴，陈一澜想逗她笑笑。

她往前走，结果没想到陈一澜停下了脚步，他的手捏在她的脸上，很轻。

“笑笑，难过什么呢？”他松手，拍了下篮球，“糖都哄不好了？”

“你手脏不脏。”温初柠拍开他的手。

陈一澜给她讲冷笑话，她背着包，不想笑。

他走在她身边，说到好笑处，肩膀微微抖动，发现她依然还是情绪不佳的样子。

“小屁孩还挺难哄啊。”陈一澜停下脚步，站在她面前，微微弯下腰，一张俊脸凑在她的眼前。

快走到家属院了，一边是绿化带，里面的铁栅栏里面开了好多花。

她的少年就这样明晃晃地站在她面前，没有半点不耐烦，他仔细地看着她的脸。

“你看什么？”

温初柠心虚地别开视线。

陈一澜突然抬起手，用修长的食指和拇指将她的嘴角向上拉了拉。

“笑笑多好看。”陈一澜闷笑一声，抬起脚走了两步，二人陷入一种短暂的、诡异的静默。

“我大概可能要走这件事情，让温初柠小朋友这么不开心？”

“才不是！”

他弯着的桃花眼，含着笑，像能够看穿心事。

“是吗？”陈一澜耸耸肩膀，笑着看她，“那你觉得我信不信？”

“管你信不信！”

温初柠拔腿就跑，脸颊烫得厉害，眼眶也有点发酸。

她宽慰自己，是生理期把情绪放大了。

温初柠跑回家了，趴在床上，鼻尖泛酸，一是不舍，二是懊恼自己这一路上的反应。

明明应该笑笑，可真的笑不出来。

十七岁的酸涩，藏在心底一遍遍发酵。

她听到楼下开门又关门的声音，听到陈一澜又出门。

她不该那样的，她应该多笑笑的。

温初柠有点想哭，也找不到一个哭的原因，就趴在床上蔫蔫地睡了一会儿，衣服也没换，她做了个很短暂的梦。

梦到她睡过了日子，陈一澜买了车票要离开临江了，她跑去找他，可那趟列车已经走了。

她站在车站大哭，没有面对面跟他说一句陈一澜再见。

"嗡——"手机振动了一下。

温初柠睁开眼睛，房间里一片漆黑，黑暗将情绪放大，那个梦太真实，真实到她眼眶潮湿，趴在床上忍不住流泪。

陈一澜给她发了好多条消息，她现在才看到。

美人鱼：【看外面。】

温初柠从床上爬起来，抹了一把眼睛，往楼下看。

家属院里种了很多银杏树，秋天，银杏叶落了一地。

陈一澜不知道从哪儿弄了一把扫帚，将银杏落叶扫成了一颗爱心的形状。

他站在楼下那颗黄灿灿的爱心旁边，抬头看着她的窗户，对她笑了笑。

温初柠抹了一把脸跑下楼，脚步急切。

陈一澜站在外面都听到"咚咚咚"的脚步声，单元门被人急急地推开。

温初柠回来就哭着睡着了，头发乱乱的，身上还穿着校服，眼尾有些泛红。

陈一澜好笑地看着她："多大的事儿就哭了？"

温初柠不说话，站在他面前，梦醒了，他还没走。

她吸了口气，声音有点发哑，以为他是来告别的："陈一澜，再见。"

陈一澜愣住，盯着她的脸，莫名其妙："再哪门子见？"

"你不是要回去了吗？"温初柠声音有些发抖，"对不起，我下午……"

"谁跟你说的？是我们学校的水上项目要搬回来了，我要回去收拾我的宿舍，"陈一澜笑出声来，"傻不傻啊你？"

温初柠滞住，不敢置信："你不回去了吗？"

"我们校区要搬回来了。"陈一澜笑着说，"不走了。"

温初柠已经碎掉的心瞬间拼凑起来，她重重地吐出一口气，然后抹了把眼睛，跑到陈一澜身边，揪着他的T恤擦了一把脸。

"你这小屁孩……"陈一澜一脸无语地看着她。

温初柠掐了他一把："你怎么不早跟我说！"

"我哪知道这个，"陈一澜往后跳开，"我以为你生理期情绪问题！"

温初柠咬牙切齿。

陈一澜笑她。

那颗黄橙橙的爱心，好像让这个本该黯淡熄灭的秋天重新燃烧了起来。

碎掉的心脏满血复活，沉寂了一天的心情瞬间上扬。

"回去了，外面冷，"陈一澜拉着她回去，头也不回，"温初柠，别忘了你答应过我什么。"

“谁答应你了？”温初柠脸颊涨红，手腕任由他拉着。

狭窄的走道，她越发清晰地感知到手腕上的温热温度。他的手指修长，掌心干燥，她的手腕烫了起来。

陈一澜笑她一声，懒得跟她拌嘴：“回去早点睡了，哭这样也不嫌丢人，多亏你现在十七了，你要是才六岁，这会儿又该告我状了。”

“不理你了！”

温初柠挣开他的手腕，“噌噌噌”跑上楼。

陈一澜站在门口，看着她跑上去的背影。他低头看着自己的手，想到她刚才跑下来的样子，急急忙忙，长睫濡湿，长发也乱乱的。

——怪不得一下午闷着头，原来，是舍不得他呀。

陈一澜想到这三个字，低声笑了。

陈一澜打了个喷嚏，拿钥匙开门进屋。

在楼下站了半个小时，终于看到她笑了，也值了。

温初柠跑进家门，心“扑通扑通”跳。

她又跑到了窗台边，那颗黄灿灿的爱心躺在地上，让她的整颗心都飞起来。温初柠拿出手机拍了张照。

——他不走。

——他没走。

——他说，小屁孩，真难哄。

明明多好哄呀，一颗由银杏叶构成的爱心，她的阴云瞬间烟消云散。

温初柠洗漱了一番，坐在桌前，想到陈一澜站在楼下的样子，傻乎乎地笑了。

她给他发了一条信息。

【晚安。】

外面吹起了风，温初柠突然有点小躁动，她蹑手蹑脚地跑下楼，晚风吹拂着那颗爱心，温初柠捡了一片银杏叶又跑回去，身上穿着睡衣，脸颊被吹得凉凉的。

温初柠把银杏叶夹在一本小说里。

她随手撕下一张纸。

——【没被糖哄好，银杏叶更漂亮呀。】

写完，又划掉。

——【是他没走。】

第十一章

年少的坦诚热烈

这个十一假期，陈一澜回了一次淮川，说是去收拾宿舍了，温初柠问他是不是会一直留在这里。

陈一澜给她发了个白眼的表情包，附赠一句话：【淮川见。】

温初柠看到后面几个字瞬间陷入了愁绪。她距离淮川外国语大学的成绩线还差好大一截，可想到能跟他一起去淮川，温初柠又觉得莫名很有动力。

才高二伊始，一切都仍有可能。

温初柠问他临江的校区在哪里，陈一澜随手发过来一串地址。

温初柠都没听说过这个地方，百度了一下才发现，离市区有点远。

也是，他们封闭训练。

陈一澜又回一条：【周末可以回家。】

她提起来的心，又落回去。

国庆的七天假期温初柠没什么计划，反倒是温绍辉有给她打电话，说难得周末，要带她一起出去玩。

温初柠犹豫几番，其实不想去，但温绍辉笑呵呵的，似乎有意要把上次的“桃汁事件”翻篇。

温初柠拿着手机，大人总是这样，以为他们是大人，就天生有什么特权，他们做错的事情可以理所当然当没发生，小孩就是不懂事。

温绍辉说，带她们去山上的农家乐吃饭，怕温初柠拒绝，还特意说了那地方风景好，给她们缓解学业压力。

温初柠当时没给确切的答案去还是不去。

温绍辉还跟她开玩笑说：“我们小柠是大忙人了啊。”

温初柠挂了电话，这句玩笑像唤醒了小时候的记忆。那会儿她去学跆拳道，温绍辉来接她，一手帮她拎着书包，一手牵着她，也是用这样开玩笑的口吻说了一句：“我们小柠真厉害。”

也许是这样似曾相识的口吻，让温初柠多少心软了一些，觉得自己是不是因为“桃汁”太过小心眼。

正巧周隽阳在家，温初柠看到他，犹犹豫豫的。

“说吧。”周隽阳倒了杯水，眼前摆着报纸和杂志。

温初柠坐下：“舅舅，我爸爸说带我出去玩来着，我能去吗？”

“想去就去。”周隽阳拿起了报纸翻看。

“好。”

温初柠点点头，像是松了一口气，然后回了房间里。

周隽阳拿着报纸，忽然也没什么心思看下去。

身为周梦的弟弟，他厌烦温绍辉这个男人，懦弱，过分心软，这段破碎的婚姻伤害的是周梦和温初柠。

可身为温初柠的舅舅，他也不能阻止温初柠去见温绍辉，周梦当时也是那样说的，即便婚姻结束，她也不想做一个蛮横专制的坏人。

周梦和温绍辉离婚的原因，谁都没有告知温初柠，所以在温初柠的心中，只以为父母是因为工作选择分开，她对温绍辉，仍然有一些残留的感情。

温绍辉定的日子就是明天。

温初柠在家里复习功课，中午吃饭前刷了会朋友圈，结果看到了孙嘉曜发了一条小视频。

温初柠点进去，一眼就看到了陈一澜。

视频是在食堂拍的，几个大男孩坐在一起，陈一澜的头发还微湿，长腿微曲，看到孙嘉曜的镜头，他往这里看了一眼，眼神有点疲惫，但不知道对面的人说了什么，他又随意地笑了笑。

温初柠看着这个视频，十五秒，停住的画面是陈一澜含笑的侧脸。

温初柠就这么鬼使神差地把这个视频存了下来，然后给孙嘉曜点了个赞。

莫名看到他笑起来的侧脸，刚才写题时的浮躁都烟消云散。

温初柠重新捡起笔做数学题，一会儿手机又振动了一下。

孙嘉曜看到这个赞，给温初柠发过来一条小视频。

温初柠只看到了视频封面上陈一澜的脸。

她拿着手机，慢慢点开。

陈一澜正在喝酸奶，右手拿着空掉的酸奶盒子，冷不丁看到孙嘉曜拍他，他直直地看着镜头，薄唇边有一点很淡的白色的奶渍。

孙嘉曜左手拿着手机录视频，右手扯了张餐巾纸给陈一澜擦了擦。

“你干什么？”陈一澜一脚踹过去。

“给小柠发福利。”

孙嘉曜的手机怼到了陈一澜脸旁边。

陈一澜奓毛，准备一把抢过手机，孙嘉曜死死护着。

温初柠看着这个只有八秒的视频。

镜头很近地怼在他脸边，餐厅的桌子靠着窗户，清朗通透的光线，陈一澜的皮肤白皙细腻，这样近距离看到他的脸，他深邃的眼睛，长而浓的睫毛，唇边还有一小圈酸奶痕迹。

在孙嘉曜用餐巾纸擦掉的那瞬间，陈一澜的眼神微凉。

闹哄哄的，孙嘉曜那句话落，陈一澜笑着偏头过去，差点被呛到。

温初柠看着视频笑了，给孙嘉曜打字：【那你多多更新此角度的视频。】

然而下一秒，微信上又弹出来一条消息。

是来自陈一澜。

陈一澜给她发过来一个三秒的短视频，孙嘉曜已经被他双手反剪摁在桌上，孙嘉曜怕痒，一边哈哈笑，一边扭来扭去，像只大泥鳅。

陈一澜给她发过来一条语音。

温初柠顿了下，往门外看了一眼，舅舅还在沙发上坐着看报纸。

温初柠莫名心虚，从桌上摸了耳机戴上，降噪耳机一下让周围瞬间安静。

她点开那条语音。

耳机的音量没太调好，陈一澜的声音带笑，语调上扬，介于少年的清爽与男人的低沉之间，每一个字都像一把看不见的星星，洒在她的心上。

他说——

“让他拍什么，要看我亲自给你拍。”

温初柠听完这句话，脸颊瞬间发热，含笑的语调，好像有些随性。

温初柠傻乎乎地听着这条语音，脸颊发热，嘴角上扬。

她放下手机想继续做题，可是看着试卷上的数学题，就忽然想到了那天陈一澜坐在她身边，向她这边看过来，读着试卷上的题目。

温初柠翻开数学课本，里面夹着一张草稿，草稿纸上她简单地勾勒了陈一澜的侧脸。

可她画画不好，这个轮廓看着也不太像他。

温初柠又添了几笔，越看越不像，索性调出了保存的视频，封面上的陈一澜侧脸轮廓流畅，鼻梁高挺的，活脱脱的漫画脸。

温初柠又打开手机，长按那条语音，偷偷加了收藏。

像小时候做坏事似的，紧张，隐秘，加了收藏之后又像做了什么大事，止不住有些小小的窃喜。

没一会儿，陈一澜给她发消息，说后天回来。

温初柠说：【好，我要继续做做作业了。】

陈一澜回了个表情包。

温初柠继续复习功课，认认真真地背了一会儿文综，又认认真真地背了一会儿语文古诗词，然后从书包里拿出了崔萍萍给她的真题卷子。

扫了一眼，题型都很中规中矩，她做起来不费力。

晚上九点钟，温初柠就准备洗漱睡觉了，她躺在床上，戴着耳机听英语。

一篇诗读完，温初柠的手指在手机屏幕上滑来滑去，最后落在【收藏】上。

她点了一下，

他含笑的声音，就像暗藏着电流，让她的心尖微颤。

温初柠躺在床上，翻到一张淮川外国语大学的照片。

她发了一条朋友圈。

慢吞吞地打了一行字。

【I am ready for you,

I have always been ready for you.】

隐晦的，浓烈的情绪，藏在隐喻里。

藏在朋友圈里。

为梦想，为他。

温初柠点了发送，放下手机，仰躺在床上，结果手机振动了一下。

她拿起来看，朋友圈被陈一澜点赞了。

他还在下面发了一个月亮的表情。

是晚安吗?

还是他看懂了呢?

温初柠没有睡意，翻了个身，想到明天要出门，还是快点合上眼睛。

虽然淮川外国语大学有些遥远，但也并不是完全没有可能。

她也想要变成无比优秀，可以熠熠生辉。

他也要站在最高的领奖台上。

年轻的十七岁，一切明亮。

温初柠定了闹钟，早上八点多起来洗漱，温绍辉说，温许要上两小时的奥数课，等温许下了课接着温许一起去。

温初柠没什么意见。

九点半，温绍辉开了车来家属院接她，十月这几天天气暖和，温初柠就穿了一条运动短裤和 T 恤出门，清爽干净，适合出行。

温初柠上了后排座。

温绍辉这回记得了，给她一瓶橙汁。

“爸……许阿姨去吗？”

“你许阿姨今天有事情，教师组开会。”

“好。”温初柠松了口气。

她不讨厌温许，只是很羡慕她。

她是直觉不喜欢许燕，不管是许燕在爸爸人前人后的态度，还是许燕对她那种似是而非的敌意，都让她不喜欢。

温绍辉开车，路上问温初柠的功课，温初柠含糊了几句。

温许在一个培训学校上奥数，早上八点上课，十点下课。车子停在马路边，父女二人陷入一种诡异的沉默。但其实温初柠这会儿还挺开心，哪怕没话说，也觉得满足了。

没一会儿，温许背着书包从里面走出来，拉开车门坐进来，看到温初柠时打了个招呼，喊了声“姐姐”。

开车路上，温许低头玩了一会儿手机，然后抬头跟温绍辉说着学校里的事情。

温绍辉笑着接了几句，也没忘了温初柠，从后视镜里，看到温初柠坐在后面有些沉默。

他就随便找话题："小柠，你想考哪个大学？"

温初柠随便回了几句，温许偶尔接几句，大概是因为没有许燕，车上的气氛尚活络。

温绍辉要开两三个小时才能到地方，确实是远离市区。

路上，温绍辉说："小柠，你还记得你以前那个张叔叔吗？就是以前爸爸的同事，这个农家乐就是他做的。"

温初柠有点茫然，跟温绍辉的记忆在六岁后都变得模糊断层，这个张叔叔大概是小时候只见过一两次吧。

"爸爸，是不是过年时约你吃饭的那个张叔叔？"温许说。

"对，就是他。"温绍辉尴尬地笑了笑。

温许接连说了好多东西，温初柠在旁边静默听着，有些插不上话。

温初柠手里的手机振动了一下，是陈一澜给她发了一个小视频。

他已经训练结束了，从训练馆走出来，玻璃窗外的绿植茂盛，晴空暖阳。温初柠下意识地看向车窗外，今天的天气很好。

玻璃的倒影，她看到陈一澜的身影，陈一澜好像只是随手给她分享了今天的阳光。

温初柠慢慢打字，今天跟我爸爸去山上。

陈一澜没回。

路途有些远，温许玩了会儿手机，然后从包里掏出来一盒薯片，递给温初柠。

"姐姐。"

"谢谢。"

温初柠惶讶，还是接了过来。

温许今年才上初一，趁着许燕不在，跟温绍辉抱怨说妈妈给她报了这么多课，周末都没时间跟同学约着出去玩。

"爸，你能不能跟妈说我不想学奥数了，我想学画画。"

"这不是为你好嘛，你们博文班学业压力那么重，等你上大学就好了。"温绍辉跟她打哈哈过去，温许板着脸不太开心。

温初柠没体会过这种的压力。

农家乐在一处偏远的山边，这里被政府开发了，有瀑布有山，想带动周围的经济。温绍辉口中的张叔叔就在这里开了一家小农家乐。

农家乐占地挺大，做了仿古建筑，有水池，后面还有鱼塘。中老年人挺喜欢这里，远离闹市，吃的是自然时蔬，风景原始秀丽。

温绍辉带着俩姑娘去钓鱼，温许兴趣缺缺，温初柠也不太感兴趣。

温绍辉拿了鱼竿去鱼塘边，温初柠和温许坐在凉棚下面。

温许翻了个白眼，从包里拿出了作业，温初柠瞅了一眼，奥数题她看都看不懂。

温许丧气，看着温初柠："姐姐，你妈妈让你上补习班吗？"

温初柠摇摇头。

温许有点羡慕她："我见过周阿姨。"

"你妈妈好漂亮好有气质，"温许说，"之前我妈还说你妈妈不管家里，可我还是比较羡慕你，我连一个懒觉都没睡过。你敢不敢信，我到现在，连穿哪双袜子都是我妈给我选的。"

温初柠不知道怎么安慰她："等你长大了就好了。"

温许还很天真，有一点点青春期的叛逆，尽管被许燕压制着，仍然有了生长的苗头。

温许低头做题，一会儿她的手机响了，是许燕打来的电话。温初柠坐在石凳边，听了个清楚。

许燕语气严厉，让她别玩野了心，出去玩也得做完作业，然后质问温许怎么没穿她选的裙子。

温许本来做题就烦躁，顶了两句嘴，挂断了电话。

"你妈妈可能也是为你好。"温初柠说，尽管她不太理解许燕这种控制欲。

温许抱怨："我也是服了我爸，其实你不知道，我有个小愿望……"

"什么？"温初柠凑过去。

温许低声说："虽然听起来很恶毒，但我有时候希望他俩离婚，我妈控制欲太强了，逼我考第一不说，还要逼我穿她买的衣服，膝盖以上的裙子不许我穿，吊带不许我穿。

"他俩每次吵架我都巴不得我爸硬气点，但我妈就是一母老虎，我爸又不敢吭声，最后连着我也骂……"

正当青春期的小姑娘，吐槽起来没个完。

温初柠同情地看着温许，只能安慰几句。也是在这种时候，温初柠忽然觉得自己好像也没那么羡慕温许了。

她羡慕的，可能不是一个完整的家庭，是因为，她缺失的爸爸。

温初柠远远看着温绍辉，温绍辉在湖边钓鱼。她羡慕的，是初中的时候老师布置的作文，写我的爸爸。她翻来覆去只能写六岁的事情，脑中空白。

而老师会选同学去读优秀作文，她坐在台下羡慕地听着同学们写的那一件件小事。

午饭是在山脚下吃的，温绍辉点了土锅炖鸡，还点了几道特色菜。

温许皱着眉："我们上山吃野菜啊？"

"你尝尝看，这东西凉拌的好吃，咱们回去都吃不到。"

"难吃死了。"温许放下筷子。

温绍辉又给温初柠夹了一筷子："小柠尝尝，这是南瓜花，炸了特别好吃，我们小时候常吃……"

温初柠咬了一口，有点微甜，其实她不爱吃油炸的东西。

下午的时候，温绍辉要带她俩去摘秋月梨，温许不想去，温初柠还挺珍惜这样的机会。尤其是温绍辉走在前面，随手摘了一个最大的，在旁边的小溪里洗了洗递给她。

温初柠也就在这会儿，觉得这只梨好像在某种层面上让她满足，满足到可以弥补缺失的父爱。

三人在梨园坐着休息，温绍辉挽着袖子坐在温初柠旁边。

“小柠好好学习啊，”温绍辉感叹，“感觉都很久没带你出来玩了。”

“没事的。”

“你许阿姨这人也不坏，你有空来家里吃饭，你妈妈出国了，有什么事你跟爸爸说。”

“好，我知道了。”

“唉……一眨眼，你都这么大了，爸爸还记得你小时候可皮了。”温绍辉试图活络气氛。

温初柠看着远处的天色，下午四点多了，这一天结束，爸爸又会离她很远了。温初柠默默坐在他身边。

温许在前面的梨树边摘梨，摘了一小筐，突然捂着肚子蹲下了，温绍辉赶紧跑过去：“怎么了？”

“爸，我肚子疼……”温许蹲在地上，手死死地捂着右下腹，小脸瞬间煞白，几乎要跌坐在地上。

“你怎么回事？”温绍辉急忙问，“能走吗？吃坏东西了？”

“不知道……我有点想吐……”温许脸色白得吓人，额头上出了一层薄汗，有种恶心呕吐的感觉。

温绍辉看温许不能走路，连忙把温许抱起来。

温初柠也蒙了，一路跟着小跑过去。

温绍辉跑着回了农家乐那边，张叔叔没在，几个服务员大姐说另一边有个乡镇医院最近。

大姐看着车里的温许，一脸担忧：“这孩子不能是什么急性病吧？”

温绍辉让温初柠也上车，驱车去往最近的乡镇医院。

到了医院门口，温绍辉下车抱着温许大步进去，温初柠不知道跟去哪儿，只能在门口等着。

温绍辉抱着温许去检查，温许脸色苍白，汗水浸湿了刘海，医生忙推着去检查，温绍辉焦急地在门口徘徊。

没一会儿，医生出来，戴着口罩，说：“是急性阑尾炎，得做手术，手术不大，你去缴费，得住院几天……”

“哎，行……”温绍辉拿着单子大步下楼。

“爸……”

温绍辉头也没回下楼，不知道是听见了，还是没听见。

温初柠站在原地，只能看着温绍辉上楼下楼。寂静的长廊，她坐在椅子上，忽然觉得自己有些多余。

温绍辉忙上忙下，交了费，医生让护士和助手去准备手术。

温绍辉急急地问："医生，手术不大吧？严重吗？"

"不严重，没事，手术不大。"

"那就行，辛苦医生了。"

温绍辉勉强松了口气，看着医生进了手术室，才蓦然想起来温初柠。他擦了擦额头，愧疚地说："小柠……"

"爸，我没事……"

"小柠，爸可能没法送你回去了，你妹妹在这儿做手术……你能自己回去吗？"温绍辉说，"爸过来的时候，看见外面有个公交车站，可以到市区……"

温绍辉说得很为难。

温初柠一愣，也只能点点头。

这会儿温绍辉的手机响了，他接起来。

许燕的声音急切，在电话里大吼大叫："温绍辉，你有病是吧？非得带着孩子去那么远的地方，在哪个医院？我现在就过去！"

"在 XX 乡镇医院……你别吵！"

"嘟嘟嘟……"

温初柠听见了，许燕一会儿就会过来，她直觉，要是自己在这儿，估计会有不愉快。

"爸，我出去坐公交车吧，没事的，大不了我打个车。"

"小柠，爸对不起你……我也没想到你妹妹突然急性阑尾炎……"

"没事的。"温初柠摇摇头。

医生出来了一趟，温绍辉没再顾上温初柠，过去询问医生，温初柠就趁着这会儿下楼了。

乡镇医院外面是一条老街，小摊贩们准备收摊了，有一家摊子前面挂着灯泡，黄色的暖光照着热气腾腾的大锅。

骑着车的女人带着小孩子，小孩子指了指面摊子，说想吃牛肉面。

女人只是停了停，说："咱们不吃这个，你爸爸给你炖了鱼汤，咱们回家吃饭了。"

小孩子回头看，看到一个大姐姐站在路边，蹲下了身子。

"妈妈，那边有个姐姐是不是哭了？"

"走了，回家了。"女人回头看了一眼，有些同情。

温初柠蹲在乡镇医院门前，看着收摊的小贩，看着各种骑车回家的人。她也说不上为什么，心里难受。

是因为温绍辉的急切，都没顾上她。

是因为这么偏僻的地方，温绍辉让她自己回去。

根本没有什么回城区的公交车，那公交车一小时一趟，五点就是末班车。

温初柠蹲在马路上，没来由地哭了一会儿。

她也想回去，让温绍辉送她回家，可是温许在做手术，温绍辉走不开，等会儿许燕来了，她夹在那里，像个多余的人。

原本期待的一天，就这么悄无声息地，以这样戏剧的一幕结束。

她甚至都不记得，她生病的时候，温绍辉有没有这样急切地送她到医院。

温初柠在十五岁的时候发过一次烧，那会儿周梦出差了，舅舅也在外地，她发着烧躺在床上，自己吃了退烧药昏沉地睡过去。

好像并没有被人这样急切地照顾过。

她的成长，是被迫懂事。

她的懂事下也藏着很多很多渴望，那些渴望都在日复日的孤单里悄无声息熄灭了。

懂事，真是成长的过程里最痛苦的一件事。

温初柠走了几步，坐在那个空无一人的公交车站牌下，她看着手机，用打车软件叫车，结果显示附近无车辆，她想给舅舅打电话，她努力平复着情绪，不想让舅舅听出她哭过。

手机忽然振动起来，温初柠看着上面跳动的号码，好不容易憋回去的眼泪就这么滚下来了。

“你在干吗呢？下午给你发了这么多消息也不回……”

陈一澜大剌剌的声音从电话那端传来。

回应他的是静默。

“温初柠？”陈一澜又疑惑地问了一句。

“陈一澜……”温初柠哭出来了，她抬手抹着眼泪，“我好像回不了家了。”

“你在哪儿呢？”陈一澜愣了愣，“怎么回不去了？”

“我在……我在……我也不知道……”

“你先别哭了，地址发我。给你舅舅打电话了吗？”

“还没……”

“等着。”

陈一澜扔了一句话，挂了电话。

温初柠捏着手机，把地址从微信上发给他，坐在公交车站牌下擦了擦眼泪。

没三分钟，他又拨过来：“我给你舅舅打电话了，你舅舅去听讲座了，晚上才能回来。我看了下，你那边是不是有个夜市？”

“有……”

“你在那坐着，等着。身上有钱吗？”

“先吃点东西。”

“好。”温初柠声音还带着点哭腔。

远处的天是渐变蓝，下午五点多了。

陈一澜没挂电话，温初柠只能听到他那边一阵杂音，不知道他在干什么。

温初柠捏着手机，小心地说了一句：“我手机还有百分之二十的电……”

“你在公交车站那边等我吧，我买票回去。”陈一澜听见了她这句话，语气不是跟她商量。

“你不是明天才回来吗？”她小声问了一句。

“那我看着你露宿街头啊？”陈一澜没好气地说，“我改车票。”

“那你过来，咱俩露宿街头吗？”温初柠愣住了。

“两人露宿街头不也比你自己露宿街头好多了吗？”陈一澜说，“得了，你怎么对露宿街头这么执着，有我在，还能让你睡马路上?

“行了，先挂了，我去车站了，你在公交车站那边等等我吧。”

“好。”温初柠答了一句，那边挂了电话。

她看着通话记录，五分二十秒。

温初柠心里又酸又热，都不知道该是什么反应。

好像小时候，她一哭，陈一澜先认错，把手里的糖给她。

她确实缺失了很多东西，可是她也这样拥有着陈一澜。

他的每一句话，都像往她的心湖上丢了一把石子，泛滥起了涟漪，又一圈一圈安心下来。

就好像，有他在，她就不是被遗弃的小孩。

温初柠坐在露天的车站边，天暗下来，气温就降了。远处的面摊人来人往，一个老奶奶支着锅一次次地煮面。

温初柠穿的短裤短袖，一会儿就觉得很冷了。可她也不敢走开，明明知道陈一澜不会来得很快，她还是不敢离开半步。温初柠手机也快没电了，也不敢乱看。

这条街晚上果然是个夜市，只不过是个小乡镇的夜市，并不大，来来往往的，都是一些卖吃的摊贩。

温初柠就坐在公交车站边，有点新奇有点瑟缩地看着人来人往。

她有点冷，就靠在公交车站的透明围墙上。

好一会儿都没消息，她实在是等得无聊，就给陈一澜发消息。

【你到哪里了？】

【再等一小时，别乱跑。】

【好。】

大概是因为他的秒回，温初柠觉得有些安心，可是这会情绪平复下来，温初柠又觉得愧疚下来。

一时没忍住，给他发消息。

【我是不是给你添麻烦了？】

【你回来很麻烦吧？】

他说改签车票，从淮川回临江，还要坐车两三小时赶到这儿。

【那不然怎么办呢？看你一个人搁那儿哭？】

屏幕上还是显示正在输入中。

温初柠盯着屏幕，几分钟又弹出来三个字儿——

【舍不得。】

温初柠握着手机，莫名有些鼻酸。

陈一澜没再给她发消息，温初柠就这么孤苦伶仃地坐在没人的车站边等着他。但因为这三个字，她觉得这场漫长的等待也没那么难挨了。

陈一澜找到地方的时候有点狼狈。

他的高铁票本来是明天早上的，五点多给她打电话，最近的高铁在四十分钟后，而这个时间正是交通高峰期。

打车高峰，地铁这个时间最拥挤。

好在训练中心距离高铁站不算太远，他干脆一路跑过去，少年恣意的身影与说不清的紧张，奔跑在十七岁初秋的黄昏，卡着最后十五分钟赶到高铁站。

到了临江后，很多出租车司机都不太愿意接这么偏远的单，最后好不容易打到一辆出租车，师傅嫌这里难走，把他放在乡镇口，正好碰上一急着去城区的单，司机毫不犹豫把他放这儿了。

看看手机，距离温初柠发来的地址还差六公里。

怎么办呢?

他一路跑过来，以前训练时一次次跑三千米，终点线是成绩，是电记表。这次六公里，终点线是温初柠。

远远地看到那个公交车站，陈一澜终于停下脚步。

他弓着腰，双手撑在膝盖上喘息。只是听到她在电话里带着哭腔的声音，他就连跑带赶回来。

那一瞬间想到的是什么呢?

是小时候，温初柠父母刚离婚的那会儿，她才刚上一年级。学校离家有点远，那天没人来接她。

陈一澜跟着几个小伙伴先走了，结果晚上七点多，学校的老师给他家打来电话。那时他刚到家，汪茹不在家，他接了电话，听见温初柠哭着说，她回不了家了，没人去接她。

陈一澜一路跑过去的。

学校的老师陪温初柠等了好一会儿，学校也关门了，老师也要下班回家了，让她在保安室门口等着。

六岁的温初柠记不住周梦刚换的手机号，只记得陈一澜家的电话。她唯一能打给的人，是他家的号码。

那天陈一澜跑到学校，男孩子胆子总归大一些，也认得路，就这么把温初柠牵回去，一路上温初柠抽抽噎噎哭个不停。

本来不是他的事儿，可是他看着抹眼泪的小温初柠，竟然第一反应是——后悔自己贪玩，把她扔在那儿。

这会儿，陈一澜呼吸不稳，看着公交车站那里。

光秃秃、黑沉沉的夜色，夜市散掉了，并不算宽敞的马路上，残留着很多垃圾。

只有斜对面有一个老奶奶推着车，牌子上写着“牛肉面”，锅里冒着腾腾热气。

对面还有一些老旧的店铺，有些中年人围在外面打牌。

破落的喧嚣，沉寂的夜色。

温初柠靠着公交车站牌，穿着短裤短袖，马尾低低的，裸露着的胳膊纤细。

在某一瞬间，她跟小时候那个坐在保安室门口的小小的身影交叠。

那会儿小姑娘哭得抽抽噎噎，扎着双马尾，正好掉牙，咧嘴哭的时候，缺两颗门牙，就坐在那干巴巴地抹眼泪。

也不知道什么时候，她一哭，本来没他的事儿，他都觉得是自己的责任。

那通带着哭腔的电话，足以让他一路狂奔向她，提起来的心，终于在这一刻落回去。

陈一澜看到温初柠有点累地靠坐在那儿，他抬起了脚步。不远处有个烤红薯的摊子，还卖热梨水，他过去买了一份，朝她走过去。

温初柠都快等睡着了，突然觉得眼前的光被什么挡了一下。她有点惊恐地睁开眼，却看到陈一澜背对着光，他弯下腰，蹲在她面前。背着光，少年的轮廓被镀上一层朦胧的暖意，他的头发有点乱乱的，额角有些薄薄的汗意。

他在她面前半蹲下身，把还冒着热气的烤红薯和热梨水递给她，像变戏法似的。

有那么一瞬间，温初柠觉得这一切好像是做梦一样。

陈一澜蹲在她的面前，晚风吹动他的头发，少年气的五官清爽耐看，轮廓清晰，下颚瘦削，双眼皮形状漂亮，薄唇微微上翘，清爽干冽的气息拂过鼻息。

温初柠看过训练时他专注的表情，看过他在泳池里比赛时的肃然冷冽，看过他闲散地坐在椅子上与人谈笑的神情。

可很少看到过这样的他，眼里有单纯的笑容，笑起来的时候，嘴角微微上翘，眼角眉梢泛着一股说不清道不明的性感。

这一刻，温初柠的脑袋里好像冒出了那天在语文课上看的《怦然心动》里的那句台词——

“有时候，你也会遇到色彩斑斓的人，真的遇到了，什么都不重要了。”

在这个秋意冷冽的夜晚，一切本来都是灰蒙蒙的，可陈一澜出现，好像让这个夜晚变得温暖，变成了色彩斑斓。

什么都不重要了。

她被温绍辉忽略，孤独地在这个公交车站牌挨过了好几个小时，都不重要了。

“别哭啊，我这不是来了？”陈一澜轻笑一声。

是呀，他来了。

她不知道他一路的狂奔，心落下去，“扑通扑通”炸开泛滥的情绪。

温初柠吸吸气，把眼泪憋回去。

陈一澜揉了一把温初柠的头发，觉得她可怜巴巴的，像个走丢的小猫，惹人心疼。

温初柠接过他手里的东西，烤红薯还热着，一下暖了掌心。

她把梨水放在一边，陈一澜脱了身上的薄外套递给她，温初柠干巴巴坐在那儿，他只好把外套披在她肩膀上。

铺天盖地的暖意，是他的体温。

温初柠捧着烤红薯，心里一时间竟然酸涩难忍。

她把烤红薯掰成两半，把其中一半递给陈一澜。

陈一澜接过来。

温初柠低头给烤红薯剥皮。

陈一澜坐在她的身边，探手把薄外套拢了拢。

温初柠扁扁嘴，红薯甜糯，还热着。

“我是不是给你添麻烦了？”

“得，你可别跟我算这个，”陈一澜故作轻松地说，“咱俩可算不完这些，十多年的麻烦呢。”

哪能算麻烦呢，都快成了他的下意识。

温初柠也有那么点微弱的庆幸，她总能在他面前像小时候那样毫无防备，是不是又说明，他对她，也是特殊的呢?

温初柠一想也是，报复性地咬了一口烤红薯，结果正好咬到了最中间，滚烫的红薯烫得她倒吸一口凉气，腾出另一只手扇了扇。

“又没人跟你抢，吃慢点。”

陈一澜笑了她一声，跟她并肩坐在这里。

温初柠瞬间觉得，终于安全多了。

他没来之前，她还挺惶恐的，毕竟在一个人生地不熟的地方，她当时还发散性地想，要是真有什么事，她是不是能跑过去找那个摆面摊的老奶奶。

他来了，她终于可以停下那些乱七八糟的担心。

温初柠咬着烤红薯，转头看着陈一澜。

他里面只有一件短袖，少年坚实的肩膀，线条流畅的脖颈，他单手帮她拿着一小杯梨水。

“陈一澜，你真好。”她发出一声很小声的感叹。

“我不对你好还对谁好？”

他闲闲回了一句，右手给她端着梨水。

温初柠把吸管转向他：“要不你先喝一口？”

“我喝了你怎么喝？”他挑了挑眉，散漫地看了她一眼，有点痞气。

“我把盖子打开喝啊。”温初柠说，“快点，第一口给你喝，就当弥补小时候我抢你西瓜尖儿了！”

“你还好意思。”

“怎么不好意思，快点。”温初柠催促，陈一澜勉为其难尝了一口。

温热的，甜度正好。

温初柠把盖子打开，见里面有几块脆生的梨，她干脆一口气把梨汤喝光，然后举着杯子吃里面的梨块。

陈一澜偏头看着她。她终于暖和了一点，脸颊没那么发白了，仰着小脸，下巴尖俏。

老奶奶也收摊了，只剩路边吊起的灯泡。

一条并不算宽的路，每隔几米都有路灯投下光亮。

打牌的店铺也打烊了。

路边上有散落的垃圾，老旧的店门，昏黄的光。

两人并肩坐在马路上，静谧极了。

温初柠小声问他："咱俩怎么回去？"

陈一澜说："歇会儿，我给你舅舅打了电话，他今天去临市听讲座了，买了最近的票，估计过来还要一两个小时，我们去镇口等他，这边过来的路不太好走。"

"好。"

温初柠站起来，拍了拍屁股。

然后她想到一个问题——

"你怎么过来的？"

"高铁，到了打车过来的。"

"可是我好像没看到有车过来……"

"在镇口下车，跑过来的。"

"远吗？"

"六公里，跑起来有点远，但想到你一个人孤苦伶仃坐在这儿，也不算远。"

温初柠的话都梗在了心底。

陈一澜走在前面，背影瘦削颀长，还穿着运动短裤和一件宽松的白色T恤，总能给她无尽的心安。

温初柠莫名有点想哭。她原本以为，她会懂事一点，等平复好情绪给舅舅打个电话，还要编一个理由，不让舅舅怪罪温绍辉，然后坐在这里等舅舅来。

没有想到陈一澜的电话打过来，她可以毫无防备地哭出来，可以不用懂事地说一句没关系。

她也没有想到，陈一澜会从淮川出现在这儿。

温初柠摸出了手机，手机还有最后百分之二的电量。她搜了一下，从淮川的训练场到这个鸟不拉屎的地方——有三四百公里。

手机屏幕黑了下来，而其中，他为她跑了六公里。

她在他面前，可以稍微不懂事一些，可以哭，可以不用担心被人抛下。

因为他会朝她跑来。

温初柠拿着手机站在原地，路灯拉下了长长的影子。

陈一澜没听到她的动静，回头看她，温初柠朝他小跑过去。

陈一澜走在她的外侧面。

"陈一澜，你觉得我能哭吗？"

"哭吧。"陈一澜停下脚步，对她张开手。

“你干吗？”

“你小时候不就这样，”陈一澜不屑地说，“一头扎过来，鼻涕眼泪都蹭在我身上。”

温初柠羞窘难当：“我没有！”

“行，你说没有就没有。”

——这回答啊，简直更让她无地自容。

夜风习习，没人走的小路，有秋后的虫鸣，抬头看，月亮皎洁。身旁的少年一如以往，无声地予她心安。

路上陈一澜使坏，故意给她讲民间鬼故事。

温初柠强装镇定：“一切相信科学，我是坚定的唯物论……”

“沙沙沙……”风吹过草丛，发出细碎的声音，有个什么东西跳了过去。

温初柠话音才落，就被吓得往旁边一跳。

“喵呜——”

一声猫叫。

温初柠冷汗涔涔，又终于松了口气。

陈一澜走在她身边，低声地笑。

温初柠掐他一下：“你少吓唬我！”

“唯物主义。”陈一澜慢悠悠地提醒她。

温初柠厚脸皮：“短暂的唯心一下也不是不可以。对了，咱俩走多远了？”

“也就刚一公里。”

“还有好远啊！”

温初柠丧气了。

“我背你？”

空旷的窄路，少年倒退着走两步，英挺的五官被月亮染着一点难以察觉的迷人。

“不要。”

——舍不得。

“我们以前训练的时候也不是没有负重跑。”

“沙袋吗？”

“轮胎，弹力带。”

“你敢拿我跟轮胎比？”

陈一澜干脆停下脚步，闲闲地说：“别怀疑我的体力，上来。”

“不要。”

“你腼腆什么？”

“我没……”温初柠的声音越来越小。

“那你别后悔。”温初柠眼一闭，一狠心。

她伏在陈一澜背上，陈一澜也没说累，走着的步伐还很稳妥有力。

温初柠两只手揽着他的脖子，故意晃了一下：“沉不沉？我可有八十六斤呢！”

“别乱动。”陈一澜稳稳地托着她的腿。

温初柠趴在他背上，少年的脊背坚实温暖，好像并不太费力。

温初柠不说话了，只是突然想到他的训练是不是很重，这么一想，心里有点泛酸。

隔着衣料，还能感受到他劲瘦的腰腹……也对，蝶泳对腰腹力量的要求很高，她胡思乱想。

温初柠低下头，偏过视线，看着他的侧脸，她没太受控，轻轻伸出手给他擦了擦额角的汗。

“陈一澜，对不起……让你跑这么远。”她很小声地说。

陈一澜微顿，并没有立刻回答。

温初柠就安安安静静地趴在他背上，月光长远，铺出一条想要永恒的路。

陈一澜过了一会才说：“那以后我们别走散。”

“好！”

少年清朗的声音与月色混成一团别样的温柔，伏在心尖，绕到口边，就变成了止不住的雀跃。

陈一澜背着她走到镇口，周隽阳还没到，温初柠和他并肩坐在镇口的一处大石头上。

已经入夜了，这个小镇安静极了。

温初柠坐在他身边有点犯困，下巴一点一点地。

陈一澜干脆让她靠在他肩膀上。

周隽阳过来的时候已经是十点多了，他开着车灯，远远地就看到了并肩坐在一起的两人。

少年肩宽腿长，别有一番安全感。

温初柠身上披着他的外套，靠在人家身上犯困。

看到来人，陈一澜低头叫了她一声：“温初柠，醒醒，你舅舅来了。”

“我好困……”温初柠折腾一天，睁眼的力气都快没了。

陈一澜看她实在懒得动，干脆站起来，把她打横抱起来。

周隽阳停好车，先下来开了车门。

温初柠是真困了。

陈一澜把她抱进去，在她身边坐下。

周隽阳低声说了一句：“你俩吃饭了吗？”

“吃了一点，先让她睡会儿吧。”陈一澜也低声回一句。

“行。”周隽阳关门上车，把空调温度调高了一点。

身上暖起来，温初柠睡着了。

陈一澜没动，由着她倚靠着肩膀。

周隽阳也没有打破这份平静，只是视线偶尔扫过后视镜，看到陈一澜脸上也难得有一点疲倦，却仍然保持着姿势，让温初柠舒服地靠着。

少年总有分外的勇气，可抵距离，可赢万难。

周隽阳接到陈一澜电话的时候，果断又利落地改签了票。

那么远的距离，他当时想，自己得多久才能赶回去?

正焦灼的时候，陈一澜说：“我过去，不能让她一个人在那儿。”

轻描淡写的一句话，却语气坚定。

——陈一澜不会丢下她。

甚至那么一瞬间，周隽阳觉得自己才是拿不定主意的那个。

他想了想，问：“以后什么打算？”

“什么什么打算？”

“走职业吗？”

“嗯。”陈一澜说。

“是不是得去燕京？”

“不去，”陈一澜云淡风轻地说，“去淮川大学，游泳特招要高考，降分录取。”

“是不是有点难考？”

这一刻，周隽阳也忽然好像明白了什么，温初柠墙上贴的淮川外国语大学几个字，那是她的梦想，也是年少时的一句约定。

“想做的事情，总要做。”

想留在身边的人，要努力地奔赴。

每一颗星星在发光，都是为了让属于她的人能够找到她的星。

温初柠第二天一觉醒来，已经是下午，有点头疼，嗓子发干，连带着鼻子都不透气。

大概是吹了风感冒了。

温初柠昏昏沉沉在柜子里翻找感冒药，结果翻了半天没找到，她衣服也没换，准备去楼下买药。

她才开了门，四楼的门也开了。

温初柠穿着在家睡觉的短裤和短袖，脚上一双拖鞋，看着开门的陈一澜，他没去游泳。

“你怎么在家……”一张嘴，声音哑得不像话，温初柠又咳嗽了几声。

“怎么回事？”陈一澜关了房门，“噌噌”两步迈上来，大手往她额头上一探，一摸这温度，他当机立断，“去打针。”

“上哪儿打针啊……”

温初柠真是糊涂了，竟然思考了一下楼下的药店好像也不提供打针服务啊。

“小区外面有社区诊所，还能走吗？”

陈一澜问了她一句，看着她轻飘飘的样子，有点懊恼昨天晚上把她送回来之后没好好看看她。

“能吧，”温初柠晕乎着，往后退了一步，“你别背我了，你昨天背了一路，是不是因为我太重了，所以你今天也没歇过来？”

“说什么乱七八糟呢。”陈一澜给她逗乐了，笑一声，走在前面，让温初柠下来，带着她去社区诊所打针。

下午两点的太阳很暖和，温初柠走在陈一澜身边，两步一个喷嚏，三步咳嗽一声，下意识地离他远一点。

结果一辆自行车过来，陈一澜把她拉回来：“走这么远干什么，我还能被你传染了？”

“传染了耽误你训练……”

“那你姑且可以当成我体质好。”陈一澜睨了她一眼，“算了，不嫌你。”

温初柠蒙蒙的，外面有晒太阳的老人，因为假期，家属院里不少小孩放假回来，嘻嘻哈哈地追着跑。

他俩并肩走在一起，这么一恍惚，温初柠就想到了小时候。

这个世界上总是不缺小朋友，来来往往追着跑，他们长大了，别的小朋友又延续着这样单纯的快乐时光。

温初柠转头看着一个坐在花坛边的呜呜哭的小女孩，突然乐了。

“我想起来我小时候。”

“怎么？”

“好像是我妈带我去你家吃饭，我偷偷在裤兜里放了一块鸡腿骨，怕弄脏裤子，我拿着鸡腿骨去洗手间打肥皂洗了四五遍，然后跑下楼给王爷爷的那只小狗吃，小狗不吃，我也这么坐在这儿哭。”

温初柠的视线看着那个举着玩具哭得止不住的小女孩。

陈一澜也看了一眼：“那你好多了，你小时候哪回哭，没我陪着你？”

“也是哦……”温初柠咂咂嘴。

“烧傻了。”

陈一澜哼了一声，带着她去了社区诊所。

社区诊所里没几个人，女医生给温初柠量了量体温，看她感冒有点严重，开了点滴，让她去二楼打针。

二楼一个人都没有，陈一澜给她收拾了一张病床：“你还是睡会儿吧。”

“那我睡了没人……”

“我不走。”陈一澜说完，拉了张椅子过来，“你睡吧。”

温初柠就这么靠坐在病床上，社区医院就俩医生俩护士，护士给她拿来一条薄毯子盖上。

输液的时候温初柠一声不吭。怕她凉，陈一澜去护士站找了个暖手袋，垫在她手下面。

温初柠躺在病床上，起初还神志清醒，两人在偌大的病房里沉默，温初柠问他今天怎么去训练，陈一澜说今天不去，假期结束他要回去训练。

温初柠听着听着就迷迷糊糊睡着了。

陈一澜坐在她病床边，抬头看，是两包液体要输。

他裤袋里的手机振动了一下，是孙嘉曜发来的消息。

sun：【爸爸回来啦！把你行李也捎回来了，送你家还是怎么的？】

CYL：【知道宿舍在哪里吗？】

sun：【知道了，那我给你拿着吧，明天一起送到宿舍。】

CYL：【谢了。】

sun:【你昨天跑那么急干吗去了？饭都没吃完，晚上给你发消息也没回。】

陈一澜倚靠在椅子上，活动了下手指，敲了几个字：【重要的事。】

【sun：你干脆点名说人名算了。】

陈一澜轻笑一声，收了手机。

温初柠的手动了动，陈一澜抬起她的手腕，重新放了下暖手袋，她的手背有点凉。

陈一澜坐在她身边，忽然就想到昨天回来的时候，温初柠全程都在车上睡觉，靠着他的肩膀。他有些后知后觉的困倦，在一段漆黑的没人的路上，他感觉到肩膀上有些温热的潮湿。

低头一看，温初柠不知道什么时候哭了，她半梦半醒，一句话都不说，陈一澜就静默地坐在她身边。

很难以想象这些年温初柠是怎么过来的，旁人的评价里，她懂事，听话，安静。

但陈一澜知道，并不是的，小时候的温初柠像个小魔王，没少被家里娇惯，是她父母离婚后，有很长一段时间沉默寡言，虽然有周隽阳在身边，但父母离婚，几乎让她在最需要关爱的年纪一下缺失了父爱与母爱。

那会儿他也不能常常回来。

这回看到她一个人孤单地靠在公交车站，他心里像是被蜇了一下，有种隐痛从心底蔓延开来。

十几年的习惯，看着小姑娘跟在他身后转来转去。

到长大后，她出现在观众台，一场并不大的比赛，她跟几个男生比谁喊加油的嗓门大。

甚至细心地收藏着他送的每一个礼物。

他并不知道是从什么时候开始，她的名字已经落在了心底最特殊的位置。

陈一澜向前倾了倾身，看着睡着的温初柠，忽然弯唇笑了笑。他伸手，捏了下她的小脸，睡梦中的温初柠果然皱了皱眉头。

“温初柠，”陈一澜像在说一个秘密，压低声音，“等我拿到冠军，我就告诉你一个秘密。”

温初柠睡着了。

下午三点多的天，晴朗无云，温暖的阳光落下斜斜的光影。

陈一澜伸出手，钩着她的小指。

“拉钩了，说话算数。”

陈一澜笑了笑。

像小时候，最郑重地承诺，承载着童年时最纯真的希望。

童言无忌，少年也坦诚热烈。

温初柠睡了一觉，醒来的时候，偌大的输液室空旷。

外面是黄昏，隐约听到车声、人声，可房间里空空荡荡的。

温初柠没看到陈一澜，抬头看了一眼，输液快要结束了。

她睡了一会儿，终于清醒了一些，虽然还是没什么力气，但感觉好些了。

她正要坐起来的时候，看到一道身影从外面进来，二楼输液室很大，夕阳把他的影子拉长。

温初柠看到陈一澜走进来，短发有一点点乱，碎发拂过眉眼。

“你干吗去了？”

温初柠以为他回家了，冷不丁看到他，提起来的心又落回去了。

“看你快打完了，估计你一早没吃饭，给你买了点吃的。”

陈一澜把打包回来的餐盒放在床头柜上，伸腿勾过椅子坐下，然后给她塞了个靠背让她坐起来。

温初柠确实饿了，因为输液嘴里发苦。

她眼巴巴看，看到了里面有一盒椰汁。

瞧见她的视线，陈一澜先把这个拿出来，插上吸管递过去。

“陈一澜，你对我太好了。”温初柠心里酸涩泛滥，另一只手拿着椰汁，百感交集。

“跟我身后这么十来年，怎么能亏待了这么个小跟班？”陈一澜坐下，气定神闲给她拆开餐盒，“好歹也是粉丝一个，养好身子，以后来看我比赛。”

“谁是你粉丝了？”温初柠嘀咕一句。

“那我特邀行不行？”

“勉强可以接受。”

陈一澜笑了一声，把餐盒给她打开，打包了一份豚骨面，清淡好消化。

温初柠饿了，拆了筷子，提着一只手输液，别别扭扭用另一只手拿着筷子去夹面。

陈一澜笑了。

“你笑什么？”温初柠咬着面条瞪了他一眼。

陈一澜比画了一下，笑得不行：“你像只螃蟹。”

“你才螃蟹！”温初柠懒得跟他计较了，她埋头吃饭，吃完饭输液也结束了。

护士来给她拔了针，让她用棉球摁着。

陈一澜收拾了薄毯放回原处，还扔了垃圾。

“好了没？”陈一澜扔了垃圾回来，看她还用棉球摁着手背。

“疼。”

陈一澜凑过来，一只手抬起她的手腕。

温初柠趁机两只手攥住他的，然后张嘴咬了下他的手背。

“让你说我螃蟹！”温初柠翻了身从另一边滚下床，“这就是说我螃蟹的代价！”

“啧，你这小钳子还是个兔牙。”

温初柠又瞪他一眼：“走了。”

陈一澜笑着跟上，低头看看手背上一小圈很浅的牙印，淡淡的，小月牙似的。

这姑娘还跟小时候一样，一言不合嘴巴一扁就哭，再不行，就啃他的手一口。那会儿他也小，说她属狗的，温初柠哭得更厉害了，他为了“息事宁人”，后来她一哭，就把手递给她。

一同长大是个很美好的词，因为他们拥有很多只有彼此才知晓的回忆。

陈一澜笑了笑，这才抬起脚步跟上去。

温初柠进了家门，看了看药物说明书吃了药，洗了把脸，重新坐在了桌子前。桌上放着没写完的作业，还放着她的手机。

温初柠打开手机，点开微信，说没有失望是假的。温绍辉是真的没给她打电话，也没给她发消息。

反倒是温许。

温初柠有加温许的微信。

温许发了一条朋友圈，是在医院里，桌上摆着七八个餐盒。

【嘿嘿，生病也挺好，爸妈总能给我做我想吃的！】

温初柠压下酸涩，忽然也不是那么羡慕她了。

对呀，温许有爸爸妈妈，但她拥有一个谁都不能替代的陈一澜。

她的青春里，有陈一澜。

温初柠收起了手机，继续趴在桌上开始写作业。兜兜转转，她的心情晴朗起来。

温初柠抽出一张粉色的纸趴在桌上一笔一画地写——

【CYL，

我们要更好，

我希望我们有更好的以后，

有你在身边，就更好了，

但谁知道呢，

我要向你努力，

你永远都是我这十七年的生命里，

最特殊的 CYL。

我最不可替代的 CYL。

——我们不要走散。】

第十二章

第一张长大后的合照

国庆节过后，一切步入了正轨。

李红兰在黑板上写着板书，声音在教室里穿梭：“当 x 的平方加 y 的平方等于 9，与直线 L 相交于 AB 两点……”

窗外忽然传来男生的兴奋欢呼，温初柠看出去，是远处的球场上一群穿着短袖的少年在肆意奔跑，因为一个漂亮的三分球而狂呼。

温初柠看着那儿，忽然想到某时某刻，陈一澜在棕红色的塑胶跑道上奔跑着，身影矫健，青春昂扬，他无意转过身朝向她，掀起了 T 恤擦汗，然后看到坐在操场的她，嘴角上扬，迎着阳光朝她大步走来。

后面的两张桌子空了，没有那个少年从后面丢过来一个纸团，或是给她丢过来一支葡萄味奶糖。

温初柠短暂地失神了片刻，重新抬起头，李红兰已经解完了一道题，让同学们做练习题。

温初柠看着这似曾相识的一道题，翻到数学课本的那一页，里面果然夹着那张草稿纸。

草稿纸上是少年的侧脸，她画得不好，可依稀能辨别。

温初柠淡淡地笑了。

下午放学，温初柠和舒可蓓都不约而同选择上晚自习，休息时间，两人做了会儿作业，准备随便买个三明治吃。

但是两人从学校超市买了三明治回来，路过了操场，彼此都沉默了。

舒可蓓拆开三明治的盒子，拉着温初柠在校园的长椅上坐下。

“唉。”

两个花季的小姑娘，不说也都知道彼此的心事。

“我之前加了孙嘉曜的微信，我在微信上问他，以后想去哪儿。”舒可蓓咬着三明治，叹了口气。

这个向来爽朗的女孩，也因此失落了一整个假期。

“他去哪儿？”温初柠不知道孙嘉曜的计划。

“他要走特招去燕京了，”舒可蓓说，“他要去燕京体大。”

温初柠静默了一会儿，也不知道说什么。

两个人并肩坐在长椅上吃完一个三明治，回了教室。

班会的时候，明涛让同学们写下自己的目标学校贴在桌子上。

温初柠认认真真写下了淮川外国语大学。

舒可蓓本来写的是淮川大学，但最后撕掉，像做了什么决定。

温初柠看着舒可蓓重新写了一行——燕京大学。

十七岁还是个很稚嫩的年龄，或许冲动，但也正是无畏一切的勇气，才能让少年们永远意气风发，永远有一腔热血与奋不顾身的坚持。

临江一中的课业很紧张，老师们讲课的速度加快了，因为高二下学期就要开始第一轮总复习。

温初柠跻身在一沓一沓的试卷里，不是没有想哭的时候，可陈一澜总会神不知鬼不觉地出现。

下次再见，已经是十二月底了。

温初柠成功过了英语竞赛的初赛和复赛，初赛地址在隔壁二中，温初柠早早到地方，却远远地看到了马笑彤和舒可蓓。

两个小姑娘站在门口，给她加油打气。

马笑彤没有参加比赛，温初柠难得在这个小姑娘脸上看到了笑容。

“温初柠，你要加油呀！”马笑彤拉着她的手认真地说，“谢谢你那天的话，我已经想好了，我想考到粤省去，粤省医学院，我喜欢那里！我想学医。”

“好，那你也要加油！”温初柠点点头，拿着准考证准备进去。

马笑彤和舒可蓓站在外面看着温初柠迈进校门，马笑彤松了口气——多亏了自己没有报名参加，她口语太差了。

一中有在职外教，马笑彤从来都不敢跟外教说话，因为她的英语成绩是班里第一名，曾被同学推着去回答外教的问题。可她一口磕磕绊绊的口语，只能引来同学们哄堂大笑。

外教仔仔细细纠正她，她更因为紧张，后面一句都不会说了。

她站在门外，看着温初柠进入二中的考场，有个外国考官没有找到路，询问温初柠，温初柠用一口流畅的口语给她指了路。

温初柠，你要加油！

也正是在十二月底，复赛的成绩也下来，崔萍萍跟温初柠商量。

“你是S省一等奖，报名决赛吧，如果你想考淮川外国语大学，参加这个比赛，拿到全国前三十的名次，淮川外国语大学可以降分录取。如果你成绩特别拔尖，别的外国语大学可能会直接特招，根据以往淮川外国语大学不太会特招，以往都是降三十至五十分录取……我建议你报。”崔萍萍说，“决赛是以冬令营的形式举行，在燕京，为期十四天，怎么比我们就不知道了，只知道考官都是各个外国语大学的老师，联合举办单位都是国内知名外国语院校，还有一些国内外英语交流单位。”

温初柠听得有些蒙：“崔老师，我们学校有几个人去？”

“高二的就你，高三的倒是还有几个，我忘了，”崔萍萍说，“你可以回去跟家里商量商量，报名这个冬令营决赛还有点贵的。”

“好。”温初柠点点头，“谢谢崔老师。”

“没事。”

温初柠回了教室，高中的生活远远没有电视剧里那么美好，在这个高考大省，只有无尽的压力。

温初柠下了晚自习还有一堆资料要复习。

她走在初冬的路上，没来由的有点想哭。

可成长总是这样，跌跌撞撞，摔倒了哭一哭，擦擦眼泪再爬起来。

温初柠走在马路上，有这么一刻想给陈一澜发条消息。

她背着书包，在校服外面套了一件牛角扣的学院风大衣，从口袋里摸出手机，临江市的冬天湿冷，手才拿出来，就觉得一股冷风沁进来。

她站在路灯下，给他发了一个难过的小黄豆脸。

然后听见了手机专门的消息提示声从前面不远处传来。

寂静的马路，冷冽的冬风。

温初柠抬起头，围着厚厚的围巾，呼出一层浅浅的白雾。

她看到陈一澜站在路灯下，黑色的长款厚羽绒敞开着，里面一件蓝白色的毛衣，黑色的运动长裤与运动鞋。

他没系围巾，裸露的脖颈线条流畅落拓，看到她的时候，嘴角扬起笑容。

一米九多的身高，颀长优越，短短几个月不见，他依然这样让人难以挪开视线。

“小屁孩，放学都多久了才出来，我在这儿等你快半小时了。”陈一澜朝她走过来，拎了一下她背上的书包，“这么沉？能背吗？”

“能。”

也不知道为什么，看到他站在这里，像上天听见了她心里的祈求，然后毫不吝啬地帮她实现了愿望。

温初柠站在那儿，问道：“你什么时候过来的？”

“晚自习不是到九点半吗？”他走在她的外面。

冷冽的气息，带着熟悉的青柠味道，钻入她的鼻腔的时候，温初柠一下就有些心口泛酸。

“我多写了会儿作业。”温初柠问他，“你呢，刚训练完吗？”

“嗯，”陈一澜说，“刚游完一万米，这个周末可以休息。”

“你冷不冷？”

温初柠抬头看着他，好像冷风能从他的脖颈里灌进去。

“不冷，你冷吗？”陈一澜问她。

温初柠摇摇头。

陈一澜低下视线，她下意识地一缩手，今天上学差点迟到，她匆忙跑出门忘记戴手套了。

陈一澜的手抄在外套口袋里，往她那边挨了挨。

温初柠盯他看了一秒。

陈一澜若无其事，口袋朝向她。温初柠的手大过了反应，把右手塞进他的左边口袋。

蹭到他的手背，温热的，她脑中空白了一瞬间，能清晰地感觉到他瘦削的指骨轮廓，手背相触，她甚至不太敢乱动。

陈一澜的手动了动，攥住她的手背捏了一下：“这么冰？”

他的手很大，完完整整地覆着她的手，干燥的掌心，有力且炽热。

温初柠仿佛触电了似的猛地将手抽了回来：“一点都不冷！”

反应快得像只奓毛的猫。

陈一澜笑她一声，提起脚步，前面有一家二十四小时超市，温初柠在外面等他。

她抬起视线看进去，玻璃上一层朦胧的白雾，看不清陈一澜在买什么。他个子高，她只看到他的侧脸线条清晰分明，鼻梁高挺，低头时视线有几分漫不经心。

她傻乎乎想到看到他的那一瞬间，就像许下的愿望在一眨眼间被实现的惊喜，心底沸腾起火花。

她低头看着自己的手。

那短暂的几秒，她的心脏急速跳动，脑中空白，这样冷的天，都止不住脸颊发烫。

为什么抽回去呢？是紧张不已，怕他察觉异常。

温初柠站在外面，手背上好像还残留着他手上的温度。心跳和喜悦轰然绽放，响彻心扉，却又不敢表露半分。

她小心地攥了下掌心，像是想要留住那短暂的温暖。

陈一澜没几分钟就出来了，他把纸杯递给她。热腾腾的关东煮，有她最喜欢的龙虾丸和鱼籽包，加了不少鲜汤，捧在手里暖暖的。

“你训练怎么样了？”

“你英语……”

两人异口同声。

温初柠有点羞窘，陈一澜轻笑一声。

“还好，老样子，不过今年冬天要去燕京冬训，春天有一场省赛，一年后的锦标冠军赛检成绩。”

“哇……”温初柠小小惊呼，“你好厉害啊！”

“真的假的？”

“真的。”

“你呢？”

“我的初赛和复赛过了，决赛也在燕京，好像是在二月初举办。”

温初柠想了想，今年过年在二月底，正好在年前比赛。

“我一月去燕京，二月中旬回来，短期冬训一个月，”陈一澜说，“还挺巧。”

温初柠咬着龙虾丸，他没说后面的，她就自觉不问，他们训练的时间很紧凑，估计没什么时间可以计划。

“那你也要加油，好好训练。”温初柠低头，用竹签插着鱼籽包。

——你也要加油。

——我也在为淮川外国语大学努力着。

再难再累，我都要坚持下来。

“你也是。”

陈一澜跟她肩并肩，走到家属院，二人一起上楼，在四楼分开。

陈一澜站在楼下，看着温初柠上去，然后开门，听见了一声小狗叫，小狗激动地摇尾巴。

温初柠关上了门。

陈一澜站在楼下，回想起走过来的她——

扎着马尾，额前有几绺碎发，半张小脸埋在象牙白色的围巾里，不知道怎么不开心了，低着视线，情绪不高的样子。看到他的时候，她眼底的惊愕掩藏不住，瞬间有了光和笑容。

他出现得没错，在冷风里等了半小时值了。

决赛在这周就要结束报名了。

温初柠打开官网看了看，决赛是在燕京市郊的一所大学举办，报名费用涵盖住宿费，餐食可以在外吃或者在食堂解决。

温初柠看到了报名费，不到五千块钱，她又看了看时间，决定给周梦打个电话。

她私心给周梦打的视频电话。

国内的晚上十点多，是英国的下午。

周梦正从办公室里走出来，温初柠看到外面的天已经发暗了，她换了个发型，一头长鬈发，化了淡妆，自信漂亮。

“怎么了小柠？”周梦拿着手机，右手肘部搭着大衣和包包。

“妈，我参加了一个比赛，进了决赛，决赛是冬令营……”

“那你好好比赛，冬令营去哪儿？你年纪小，多长长见识是好的。”

“在燕京。”

“那里啊，那边冬天有点冷，小柠带好衣服，报名吧，妈妈支持你，多少钱？”

“五千。”

“行，你好好参加，注意身体。”周梦说，“国内都晚上十点多了，你早点睡吧。”

“好。”

温初柠点点头，周梦挂断了视频。

她坐在桌前，房间里安安静静的，她默默打开书包准备再背一会儿文综，结果手机没一会儿振动起来。

周梦给温初柠转了三万块钱，还给她发了条微信——

【照顾好自己，有什么事情告诉你舅舅。】

【好。】

挑挑拣拣，温初柠总觉得周梦还是爱她的。

周梦只是工作很忙——可如果她不忙于工作，她就没办法为温初柠提供优渥的成长环境。

在这么一刻，温初柠突然明白过来，自己总是在渴望缺失的父爱，可是没有看到过周梦自打离婚后独自一人带着自己，要是她不去工作，又怎么把自己抚养长大？

从小到大，周梦从没在钱上亏待过自己半分。

温初柠报名参加了决赛，但这是温初柠第一次独自出远门。

临江市今年寒潮来得早，有一场流行性感冒，全市的学校都提早几天放了寒假。

温初柠回到家的时候，是下午五点多。冬天了，天黑得早，路上的行人裹着厚衣服步履匆匆，小区里光秃秃的，像是蒙着一层灰霾。

温初柠路过那一排银杏木，抬起头看，只能看到赤裸的枝丫。

四楼安安静静的，汪阿姨应该去上班了，陈一澜也不在家。

温初柠小跑上楼，从口袋里拿出钥匙开了门。

家里很暖和，客厅里摆着不少快递箱子，温初柠探头进来，问："舅舅？你在干什么？"

"你不是二月初要去比赛吗？你妈说去那么好几天，怕你照顾不好自己，给你买了这么多吃的，让我给你装上……这个行李箱可以吧？"周隽阳指了指地上一个 28 寸的大箱子。

温初柠窘迫："我是去比赛，又不是去度假……"

"这边是胃药感冒药发烧药，那边是零食，有巧克力和饼干，虽然现在都是电子支付，但是你也带点现金。"

周隽阳颇有老年人出行的架势。

温初柠哭笑不得，她回了房间，给周梦打电话。

周梦在忙，起初没接，温初柠又打过去第二个。

"小柠，妈在开会呢！"周梦还是接了，压低了声音回她。

"妈，你今年回来过年吗？"温初柠有些小期待，也低声问她。

"应该不行，妈没有过年的假期，妈先开会，你收行李的时候看看还有什么要买的，让你舅舅去买。"周梦说，"先挂了。"

温初柠拿着手机，失落却也转瞬即逝。

周隽阳帮她收拾行李："小柠，你怎么过去？"

"我自己坐高铁吧。"

"能行吗？"

“能的。”

“那就好，”周隽阳说，“出门在外注意安全，按时吃饭，我看了下你们比赛的那个学校有点偏啊，你在食堂吃吧，吃点好的。”

“好。”

温初柠压根没查这个学校的位置，但这么被人关切着，她觉得心里暖暖的。

周隽阳手机响了，他去厨房接电话，回来后把手里的东西扔给她：“你先收拾着，我出去一趟。你这两天提前买车票吧，不然拖到后面不好买了。”

“知道了。”

温初柠答应了一声，周隽阳就拿了大衣出门。

她蹲在行李箱前，看着满满当当的箱子，转身回了自己房间。

陈一澜一月就说了去燕京冬训，温初柠还挺犹豫怎么给他说一句自己也要过去了。

她翻了翻日历，比赛的日子是在2月8号，她打算2月6号就过去，一是恰逢周日，不知道陈一澜休息不休息，二是提前一天过去适应下赛区的环境。

温初柠正在看车票呢，还没看好哪一趟，手机铃声响起来。

温初柠看到屏幕上的号码，心一跳，调整了下呼吸，还特意清了清嗓子。

“你怎么给我打电话了？”温初柠干脆开了电脑，从电脑上看车票。

陈一澜大概是走在路上，还能听到隐约的风声，风吹过路边的枝丫，发出窸窸窣窣的声音。

“问你车票买了没，”陈一澜好像有点冷，带一点鼻音，“我正好周末休息，你到达时间合适的话我能过去接你。”

温初柠的嘴角上扬，故意说：“我还没看车票呢。”

“现在能买吗？”陈一澜还在外面走，隐约还能听到不远处球场中球的欢呼。

“你在外面吗？”

“嗯，刚下了力量课去吃饭，马上到食堂。”

“那你快点回去，”温初柠说，“你好像感冒了。”

“没感冒，有点凉，你现在看看票，孙嘉曜他们约着周末出去吃饭，我看看时间。”

“好，”温初柠看着屏幕说，“我上午起不来，买下午的车票吧，下午两点的。”

“行，三个小时到地方，差不多能一起吃顿饭，之后我把你送到地方再回。”

“好。”温初柠答应了一声。

陈一澜也“嗯”一句。

两个人拿着手机，谁都没有先挂电话。

温初柠握着手机贴在耳边，静默的房间里，陈一澜的呼吸声从听筒中传出来，还有冷冽的风声。

她坐在桌边，房间里只有电脑屏幕拢着一点暖光，窗户上蒙了一层薄薄的白雾，像是藏在口边的想念，消散地蔓延。

“那下周末见。”

“好。”

“多穿点衣服，这里很冷。”

“知道了。”温初柠答应，“那你……去吃饭吧。”

“陈一澜，你快点啊，冻死了。”孙嘉曜站在远处的食堂门口拉开门，朝他喊了一声。

“我先挂了。”

“好。”

温初柠听着电话里传来的“嘟嘟”声，她的期盼，从挂断这通电话就开始了。

因为提前放假的原因，温初柠在家里提前做了会儿寒假作业，还抽空补了听力。

周隽阳和周梦都没给她任何压力，临走前那天，周梦给她打来电话，让她安心参赛。

温初柠拿着手机，挺想说一句希望周梦回来过年，但转而想到她在国外工作忙，硬生生将话咽回去了。

温初柠洗完澡出来，周隽阳在客厅看新闻。

“舅舅，今年过年我妈不回来，就咱俩过了吗？”

“去你外公那儿。”

“也行。”温初柠很久不回去了，倒不是因为别的，是因为周梦很少回去。

她以前还好奇过，后来周隽阳给她提了一嘴，说因为当初周梦和温绍辉结婚的事情让外公不太高兴。

周梦就是那个性格，索性很少回了。

不过外公外婆对温初柠还是挺好的，外公以前是个企业家，外婆是中医，家里的气氛很好。

温初柠倒是没什么意见。

第二天周隽阳早早起来，给她买了早饭。

温初柠去刷牙，感叹说：“舅舅，你这年纪轻轻，是不是已经体会到了养孩子的艰辛？”

“得了，我这不婚不育主义啊，多半儿都是因为你和你妈，让我提前遭了带孩子的罪，为了你这个高中生，我天天早起早睡。”

“那你还是挺辛苦的。”

“废话，不过总好过回去住了遭你外公外婆念叨。在这儿看着你，还能给我记个功劳。”周隽阳放下豆浆，“你等会儿出来吃饭。”

“没问题。”

温初柠抹了把脸，转念想到下午就可以见到陈一澜，她仔仔细细地护肤，又拨弄了一下头发。

高铁站有点远，周隽阳上午十二点就得送她过去。

温初柠在衣柜里翻来翻去，临江市是个中部沿海城市，她没去过北方，不知道北方是什么温度，拿着手机看了看，也不知道零下八度是个什么概念。

她思忖了一会儿，倒是在行李箱里塞了几件厚衣服。因为下午要见陈一澜，她思来想去，拿出来一条薄薄的打底裤，里面一件杏色的薄毛衣配着方格短裙，搭一双黑色的短靴，外面一件深蓝色的牛角扣短款大衣。

这一身在临江市是足够了。

周隽阳看见她这一身，说："你穿得有点少，到了燕京要冷啊。"

"没事，我带了厚衣服。"温初柠拎着行李箱出来。

周隽阳权当是小姑娘爱漂亮，为了风度不要温度，也就不好多说什么。他开车把温初柠送到车站，看着温初柠进去后才走。

温初柠检票进站，看着指示牌去找候车区。

陈一澜给她发消息，问她到车站了没。

温初柠打字问他：【到了，在候车。你什么时候过来呀？】

陈一澜发过来一张照片，他坐在一家店里，玻璃窗上折出他的轮廓。

黑色的冲锋夹克外套，里面一件薄卫衣和衬衫，手机挡住了大半张脸，只露出来的侧脸和下巴线条瘦削流畅。

【已经在等你了，就在高铁站出站口的星巴克。】

有那么一瞬间，温初柠以为自己说错了时间。她从口袋里拿出车票看看，发现没有错呀，再往上翻翻聊天记录，也没错。

他……怎么也来这么早？

【两个小时后你就到了，我在这儿等你。】

【好。】

温初柠翻来覆去地看着那张照片，傻乎乎地笑了。

在高铁的两个小时很快就过去了，温初柠推着行李箱出来，下车的那一瞬间，温初柠就后悔了。

原来零下八度是这个意思！

她才下来，就感觉一股干冽的冷风从袖口、从脖颈处灌进来，她赶紧拉了拉围巾，挡住了一张小脸，推着行李出去。

一到出站口，温初柠想给陈一澜发消息，结果扫了一眼——

一米九三的身高真是发挥了优势，她一眼就看到了他。

黑色的外套和长裤，配上一张轮廓英挺清俊的脸，在人群里很是惹眼，周围来来往往的小姑娘都往他那儿看。

"陈一澜——我在这儿！"温初柠扶着行李箱，伸出一只手对他挥了挥。

陈一澜瞧过来，就看到一小姑娘站在出站口，露着一双纤细笔直的腿，小短靴，她剪短了头发，变成了齐肩发，刘海也有点长了。

才多久没见呢。

陈一澜走过去，把手里的热拿铁递给她，自然地帮她拎过箱子。

“你怎么穿这么少？”陈一澜没走，站在她跟前，眉头微皱。

——还不是为了见你。

“我不知道北方这么冷。”温初柠说了一句实话，“但是北方不是都有暖气吗？”

陈一澜叹了口气，突然弯下腰，帮她拉了拉围巾，然后系紧了一些。

他的温热的手擦过了她的脸颊。

温初柠慌忙低下视线，假装自己没有看他。

“那你是不知道马路上没有暖气？”陈一澜说，“你箱子里有厚裤子没？趁现在还没走，去换吗？”

“不换！”温初柠拒绝，穿都穿了，去换了多没骨气。

陈一澜给她逗笑了：“行，我先带你去吃饭。”

箱子被他推着，温初柠跟在他身后，也许是考虑到外面冷的缘故，陈一澜带她在车站里吃的饭，出来后乘坐地铁轻轨到了她比赛的校区。

出了地铁站，外面冷风吹，现实教她做人。温初柠牙齿都打战了，强硬地撑着自己不冷。

陈一澜无奈，不能逼着她去换厚裤子，况且扫视一圈，外面也没地方让她换了。

结果好不容易到了学校门口，保安大爷不让进。

“比赛不是8号才开始吗？7号下午两点才报到！小姑娘你没看通知呀？”保安大爷在保安亭里没出来，“应该是通知了的呀……”

温初柠傻眼了。

“先找地方住吧，”陈一澜看她都快冻傻了，鼻尖发红，小脸发白，他没犹豫，拉着她的手腕把她带回地铁站，“先进来暖一暖。”

温初柠就这么被他拉回来，外面那通冷刀子似的风，吹得她脑子都像是冻住了，这会儿进来，冰块一样的思维才开始解冻。

校区远离市区，陈一澜买了地铁票，准备带着她重新回市区。

重新坐上回去的地铁，温初柠才后知后觉：“那你呢……你……”

“今天周六，我们这个周末休息，”陈一澜说，“先带你找个地方住下再说。”

“好……”

晚上八点多的郊区地铁上没什么人，只能听到每一站都有女声报站，还有“哐当哐当”声和呼啸声。

地铁里暖气充足，她的小脸有些发红，抬起头来看着前面。

暗色窗户外面的广告牌一闪而过。

她和陈一澜并肩坐在一起，少年的轮廓分明，面庞明明暗暗。

她冷得不像话了，要是她一个人来，听到保安那句话估计会无措慌张。但陈一澜利落地问好，听见他还问了一句周围有没有住的地方，得知没有，干脆利落地把她拉回来。

好像有他在，她什么都不用担心。

他总能为她解决好一件又一件的事情，像她的避风港。

温初柠又低下头：“我又给你添麻烦了。”

“怎么老这么想？”陈一澜闲闲散散，低头一看，她这腿上只有一条薄薄的打底裤，他随手摸了一下厚度，“冷吗？”

温初柠的腿动了动，冷。

大衣是中款的，裙子是短裙，拉了拉也勉勉强强只到膝盖上方。

陈一澜的手搭在她的腿上，像是给了她一点热度。

他没逗弄她，反倒说：“见我不用打扮成这样。”

温初柠扁扁嘴。

“不用想那么多，我又不是不知道你好看。”他轻笑了一声，重新帮她理了理松掉的围巾，往上拉了拉，遮住了她的半张小脸，然后说，“下次不许这样了。”

“知道了。”温初柠的声音闷在围巾里，却呵出来了一层暖雾。

陈一澜把她的手塞进了口袋里，这回温初柠是真冷了，老老实实不敢动。

从郊区到市区，花了半个多小时。

温初柠安安静静地跟在陈一澜身后，陈一澜从手机里查了查，找到附近有个酒店，他拉着温初柠一路找过去。

温初柠忸忸怩怩，前台小姐说只有最后一间房了。

陈一澜说：“身份证。”

温初柠赶紧从身上摸来摸去，翻到了身份证递过去。

前台小姐开好了，把身份证和房卡递过来。

“6068。”

陈一澜接过来，拉着温初柠的行李箱跟她走到电梯旁。

酒店的规模不小，明亮的暖色的灯光，地上都铺着厚实的红地毯，陈一澜拉着她进电梯。

鞋子踩在地毯上没什么声音，静谧得偶尔能听见某些房间里打电话或者说话的声音。

这里很暖和，热气充足，温初柠跟在陈一澜身后，看着他颀长的背影，一颗心在胸膛里胡乱地跳着。

温初柠没有出过远门，因为周梦也没什么时间带她出来，她更没有独自住过酒店。

在这种陌生的城市，独自一人住酒店，说不怕是假的。

陈一澜推开房门，插上房卡，房间里内嵌的灯带亮起来，他开了中央暖气，房间里瞬间升温起来。

温初柠腿都有点发麻了，原来北方的冬天是这么冷。

“你……你要回去吗？”

两人站在这么个不算大的大床房里，气氛怎么看都有那么一点点的诡异。

她站在床边，陈一澜站在她对面，房间里温热的空气在流动，窗帘半掩着，六层楼下，有一座行人桥，隐约能看到亮起的碎光。

她挺害怕独自在这么个陌生的房间里，但是也不能有什么多余的期盼。

她甚至扫了一圈房间里，思考着拴好门链，要不要搬一张椅子堵在门口。

就这么短暂的一点片刻，陈一澜拿出手机看了看。

“走不了了，冬训的宿舍九点就关门。”

他说的是实话，运动员训练的作息极好，晚上十点多就要熄灯睡觉，早上六点多起床训练。

明天休息，不用去上力量课，但宿舍还是一样有门禁。

现在是八点半，这里距离冬训的地方有近一小时的路程。

“饿吗？”陈一澜问了她一句。

“有点。”

高铁站的东西都不怎么好吃，温初柠晚上吃得不多，陈一澜也看在眼里了。

“去换身暖和点的衣服，出去吃点东西早点睡了。”

“哦。”

温初柠觉得自己大脑里像是在蒸温泉，一股莫名的暖流贯穿着她的思绪，让她觉得有种不真实感。

温初柠蹲下身，慢吞吞打开行李箱，里面有几件外套和长裤。她见识到了北方的冬天室外多冷，这回拿了保暖裤和一条杏色的长裤，捧着去洗手间换了。

换完，她一照镜子，自己的脸颊通红，她用手背贴了贴，没什么用。

陈一澜也没催她，她磨叽了一会儿，一想到陈一澜留下，心脏就像要爆炸了似的，“扑通扑通”狂跳。

温初柠几次三番做了深呼吸，这才拉开门出来。

陈一澜反应如常，只是从酒店出来的时候提醒她把围巾系好。

这儿是市中心，又挨着几所燕京的大学，年轻女孩子们打扮得时尚漂亮，温初柠看着人家薄打底裤配长靴，心里羡慕得不行。

陈一澜走在她的外面，为她挡下了一些冷风。

温初柠本着就近原则，选了一家炸鸡店解决了夜宵。

二人走回去的时候，穿过一条长长的隧道。

车来车往，燕京跟临江是截然不同的景象，临江很少见红砖飞檐翘角的古建筑，温初柠有点新奇，说：“我们明天下午才去报到，要不然我们明天出来走走吧？”

“想去哪儿？”

“雍和宫吧？”

“那你明天得早起。”

“行。”

温初柠爽快应下来。

二人沿着隧道走，温初柠心情不错，往前快走了几步，隧道口有摆摊唱歌的年轻人，远远就听见在唱多年前流行过的《傲寒》。

“傲寒我们结婚，让没发生过的梦都做完。

如果全世界都对你恶语相向，我就对你说上一世情话……”

温初柠停了脚步，陈一澜两手插袋站在她身边。

温初柠翻了翻身上，找出来一张纸币放进那人面前的盒子里。

陈一澜弯唇笑她。

温初柠没听完，回头看陈一澜，他身姿优越，每一寸都像是独得了造物主的偏爱，肩宽腿长。

而他最让她记忆深刻的时候已经说不清了。

不是现在。

也不是以前。

而是贯穿在这十七年里的每一个碎片，他为她奔跑过的六公里，背着她走过的那条小路，甚至是他从身后丢过来的纸团。

是每一件小事，是站在他身边的每一分每一秒。

她的天平就永远会倒向他。

温初柠回头看了看，那个歌手还没唱完一首歌，在这个萧瑟的陌生城市的夜晚，温初柠静默地想，等陈一澜拿到金牌，她要告诉他一个小秘密。

这一年，距离下一年的奥运会还有整整四年。

四年吧。

回到了酒店房间之后，温初柠从行李箱里拿出了睡衣，有点磕磕绊绊地说：“那我……我去洗澡了。”

“嗯。”

陈一澜答应了一声。

温初柠不等他反应，一溜烟蹿进去，她来的时候没想到会是这样的走向，也没带一身好看的睡衣。

温初柠磨叽着洗完澡吹完头发出来，没看到陈一澜人影，她先掀开被子钻进去，小心地占据到最右侧的位置。

几分钟后，房门打开，陈一澜端着一只玻璃杯进来。

“这是什么？”温初柠缩在被子里问。

“感冒药，你这一路上吹了这么久风，怕你感冒了影响比赛。”陈一澜把杯子递过来。

温初柠扒拉开被子坐起来，老老实实喝光了药，又把杯子还给他。

“睡吧，”陈一澜说，“明天早点起来。”

“好。”

温初柠重新躺回去，房间里的顶灯被陈一澜关上了，只剩下了床边内嵌的灯带散发着淡淡的暖光。

陈一澜没带睡衣，随便拿了酒店的睡袍。

浴室里还蒙着厚厚的一层水雾，萦绕着淡淡的白桃味道，很清淡的甜味。洗手台边放着温初柠的沐浴露和洗面奶，还有一个浅粉色的洗漱包。

陈一澜出来的时候，温初柠缩在床的一边，被子拉到了下巴上面。

陈一澜睡在左边，她在右边。

中间留了宽宽的分界线。

知道她怕黑，他特意留了床尾灯。

房间里安安静静，但是能隐约听到隔壁房间里男人在打电话。

陈一澜偏头看了一眼，温初柠闭着眼睛，也不知道睡着没有，一张小脸恬静乖巧。

他弯了弯唇，也闭上了眼睛。

“陈一澜。”温初柠小声叫了他一句。

“在。”

“四年后奥运会对吧？”

“对。”

“那你是不是要参加？”

“明年的锦标冠军赛成绩达标了，能留在国家队的话，是的。”

“好。”

温初柠闭着眼睛想，这算是一个四年的约定吧。

她知道他的职业黄金期只有这些年。

“陈一澜，晚安。”

“晚安。”

温初柠转头看他，窗帘拉上了，暖风吹起了一角，借着外面模糊又遥远的月色和灯火，她依稀能看到他高挺的鼻梁轮廓，还有根根分明的长睫。

温初柠笑了笑，闭上了眼睛。

晚安啊，陈一澜，我单方面许了一个四年的约定。

你，也一定会知道吧？

第二天温初柠醒了，转眼一看，陈一澜早就起了，温初柠动作麻溜地爬起来。陈一澜低头回几条信息，就看到一道身影跑进洗手间。

白色的卡通睡衣睡裤，齐肩的黑发有点乱乱的，只看到背影，慌慌张张的。

温初柠洗漱了一番，收拾了洗漱包出来：“早啊。”

“早，”陈一澜说，“这里下午两点退房，东西先放这里吧，不然拎箱子去雍和宫有点麻烦。”

“好。”

温初柠这回长了记性，穿了长裤和外套。

燕京的冬天冷，尤其是早晨一层薄雾笼着。

北方有不少早餐摊子，温初柠觉得新奇，点了几样食物，两人凑合吃了才去地铁站。

雍和宫是个祈福的好地方，游客众多，好在现在非旅游高峰期。

人来人往，香火旺，袅袅青烟散向远处，宏伟的大殿，红墙琉璃瓦，长青的松柏木，大气恢弘。

温初柠点了一支香，供奉在香火炉的中央。

——陈一澜，四年后要拿奥运冠军。

我就会正大光明地告诉你一个专属于我的小秘密。

从雍和宫出来，门口有一个卖糖葫芦的摊子，温初柠跑过去买了一串，扁扁的。

正好不太急着走，温初柠和陈一澜站在雍和宫门口，她把糖葫芦递了过去：“给你的！”

陈一澜拒绝，温初柠穿了一双平底的运动鞋，踮着脚凑过去，问：“你不吃试试？”

他的外套微敞着，温初柠隔着里面的衬衫掐了他的腰一把。

“还挺会威胁人。”陈一澜笑她，还是咬了一口尝尝，“我怀疑你是让我给你尝酸甜来了。”

“那甜不甜？”温初柠问。

“甜。”

他倚靠在一截栏杆旁，她挨过去的时候压着他，栏杆晃了晃，陈一澜下意识地扶着温初柠的腰。

温初柠一抬眼，正好撞见他视线。

她觉得这应该是很美好的一天。

太阳升起来了，在这个冬天显得格外暖和，背后是朱红色的墙壁，隐约能听到诵经声。

她许的愿望，神明应该会听见吧?

“小姐姐——”

这个时候，一个长头发的女生朝他们走来，脖子上挂着一个相机，看起来应该是学生。

“不好意思，没经过你们允许就拍了一张照片，是觉得那一幕很美好。”那个女生从拍立得里取出一张相片递给温初柠，“底片我们可以留下吗？我们在微博上运营了一个账号，可以发在上面吗？”

温初柠手里还攥着糖葫芦，有些不好意思。她接过了照片低头看了看，相片拍摄的角度很好，是她举着冰糖葫芦凑在陈一澜身边，陈一澜正好用右手揽住了她的腰。

晴天暖阳，他们有了第一张长大后的合照。

陈一澜在下午四点多把温初柠送到了比赛的校区。有很多参赛学生是燕京本地的，都是父母送来的。

温初柠和陈一澜站在马路一侧。

温初柠说："那我先进去啦，你也早点回去吧。"

"好，好好比赛。"陈一澜给她理了理围巾。

"知道了！"

"走的时候跟我说一声。"

"呵，你们训练又没结束，和你说了你又不能来送我，你好好训练吧。"

"进去吧。"

温初柠扁扁嘴，推着行李箱过马路。她走了几步回头，陈一澜还在原地，身形颀长，立在下午的薄雾中。

她莫名想到了叶青的一句诗——雾是很容易消散的想念你。

宿舍是四人间，暖气充足。

温初柠旁边的一个小姑娘叫钟颜颜，也是S省人，无形里拉近了距离。

六点集合，带队老师介绍了下赛区的环境。他们宿舍没有洗澡间，洗澡要去公共浴室。有两个食堂，就近即可。

后来参赛的同学在多媒体教室集合，温初柠才发现有很多人参加，压力一下子大了。

赛时有十四天，第一周有外教授课，会安排随堂小考，记入成绩。

第二周是辩论赛、演讲、自选英文戏剧表演依次进行，统一在校区的大礼堂举行，也意味着其他人可以观看。

这么下来，确实很考验英语功底和临场发挥能力。

温初柠的比赛进程繁忙，每天结束后已经是下午五点多，她跟着钟颜颜去食堂吃饭，沐浴还要排队，回到宿舍时往往都已经八点多了。

下午，有工作人员告知了他们第二周的比赛进程，分别是自定主题的演讲、抽选主题的辩论赛，还有一场小组制的戏剧表演。

成绩出得很快，于最后那天晚上在大礼堂上公布前三十名的优秀奖，相当于闭幕和颁奖仪式，燕京本地的参赛者大多可以叫家人来。

温初柠去食堂吃完饭，回宿舍前，她看了看时间，晚上六点多了，陈一澜应该结束了训练吧？

温初柠几次三番地犹豫，最后给他拨了一通电话。

她站在宿舍楼下，道路两旁种着不知名的树，冬天萧瑟，树木都被蒙上一层灰色。她的手冻得冰凉，等待接听的每一秒都好像很漫长。

过了一会儿，陈一澜接通了电话，呼吸有些不稳。

"你还没训练结束吗？我是不是打扰到你了？"温初柠听着手机里传来的呼吸声，下意识地说了一句。

"正想着……"陈一澜小跑着出来，喘息一口，像笑着说，"你是不是把我忘了，我这不是等着你的好消息嘛。"

温初柠莞尔笑了："今天晚上大概是闭幕式了，会公布前三十名……我买了明天早上十点的车票回家。”

“好，我的冬训还没结束。”陈一澜说，“明天我早点起来，把你送到车站。”

“我又不是小孩子了，自己能找到路的。”

“你这万一走丢了怎么办？”

“丢不了，我能自己看地图的，坐地铁很方便……”

“温初柠。”他突然叫住她，脚步声淡了些，好像去了个安静点的地方。

“怎么了？”

温初柠吸了口气，凉凉的空气灌进来，呼出去，变成了温热的白雾。

“那就明天一起吃个早饭呗。”陈一澜说，“别跟我说不行，你就听不出来吗？”

“什么？”温初柠的心跳了一下，像什么呼之欲出的答案。

“在你临走前想见你一面的意思，”陈一澜该回去了，急急忙忙说，“我早点起来过去找你。”

“好。”

“嗯，我回去了。”

“好……陈一澜。”

“嗯？”

“那你也注意休息呀，明天见！”

“好。”

陈一澜握着手机笑了笑，他们在室内进行力量训练，教练不许在里面玩手机，他干脆拿着手机到外面接电话。

零下八度的天，他只穿了短裤和短袖。

出来这几分钟，手都冰凉了，可他却想着，这通电话再久一点该多好。

温初柠挂了电话，看到一个穿着风衣的年轻男人站在身后，似乎也是刚打完一通电话的样子。

温初柠见过他，当时她的主题演讲，他在台下的评委席，应当是比赛的主办方之一，他面前的牌子上写着“谢宴霖”三个字。

出于礼貌，温初柠看到他笑了笑。

“同学，我记得你，温初柠？”谢宴霖也瞧见了她，这小姑娘给他的印象倒是深刻。

比赛的人数不少，尤其是主题演讲，大家的题目有些千篇一律，越排到后面，内容枯燥的话很容易让人分散注意力。

温初柠就是这么“倒霉”，她的号在倒数第二个，当时已经是晚上八点了。

小姑娘穿了一条白色的打底裙，头发扎了起来，看起来乖顺安静，台下有几个老师笑着小声说：“这次又是聊‘全球变暖’还是‘追逐梦想’？”

结果都不是。

主题演讲，不定主题，温初柠偏偏讲了体育竞技，奥林匹克精神，她甚至举了好多例子，世界纪录都准确到秒上。

她最后说了一句话——

“总有些人，为了理想在翻山越岭，将满腔爱意藏在身旁。”

是陈一澜的目标，陈一澜也是她十七岁时藏在心底的梦想。

就这么一句话，谢宴霖算是记住了这个小姑娘。

“是我，老师好。”温初柠有些腼腆。

“你以后打算去哪个学校？”谢宴霖随口问了一句。

“淮川外国语大学。”

“哦，淮川外国语大学，我们公司跟淮川外国语大学有合作，你表现得不错，加油！”

“谢谢老师，我先回去了。”

温初柠笑了笑，女生宿舍就在前面，她跟他告别，往宿舍那边走去。

谢宴霖站在后面，看着温初柠的背影，隐约觉得这姑娘不错。

闭幕前算是一个小小的颁奖典礼，温初柠回宿舍收拾行李，钟颜颜跟其他两人熟悉了，这会儿坐在一起聊天。

说这回比赛有个大神真厉害，口语流利，当时演讲的时候，说的都是高级词汇和高级句式，还引用了很多名句，说他肯定能拿第一名。

然后三个小姑娘凑在一起，说今年这个比赛的前十名能拿到保送，都是国内知名的外国语大学，前三十名能拿到降分录取的资格。

温初柠没有接话，来参加这种大型赛事，确实见识到了人外有人天外有天，优秀的人太多了，她想着能拿到一个参与奖就不错了。

“温温，我那天没走，看了你的演讲，你很厉害啊！我听说好多来参加的学生都有过国外夏令营冬令营的经验……唉，我们真是比人家差了一截。”

“我没出过国，”温初柠摇摇头，“只是小时候听过很多英文原声带，我偏科很严重的。”

她很普通，但好在周梦从来都不限制她的兴趣，小时候她对英文诗英文演讲感兴趣，周梦就给她买很多英文小说，订很多英文原片。

周梦以前是急诊医生，能说一口流利的英语，所以那会儿要是急诊科有外国病人，科室里都叫周梦。

周梦说，不要纠结于复杂的语法，英语是一门语言，是一个工具，多听多练总会慢慢学好的。

于是温初柠的英文从小时候就被周梦“耳濡目染”了。

颁奖的时候，温初柠和钟颜颜坐在后排，主办方致辞，接着是主持人逐个公布前三十名的名字。

温初柠坐在台下看手机，直到听到第二十三名的时候——

“温初柠，临江一中，高二（6）班。”

“温温，是你！”钟颜颜惊喜，推了推温初柠。

温初柠茫然抬头，前面的屏幕上出现了她的名字。

“快过去呀！”钟颜颜给温初柠让出路来。

这个第二十三名完全超出了温初柠的预料，她站在台上，礼堂的观众席上坐了好多人，第一排的都是当时的评委。

前面的人领奖的时候，还都即兴说了五分钟的领奖词。

温初柠脑子空白，谢宴霖坐在下面，对她用唇形示意：随便说几句。

有工作人员给她拿来奖杯，温初柠抬起头，有些不太擅长面对这样的场面。

她低了低视线，说：“很开心在十七岁的时候参加了这场比赛，希望每个人都能记得自己十七岁的理想，少年总能实现理想，因为他们是黑夜里永远燃烧的烟火，唯有热爱抵万难。”

陈一澜赶来时很晚了。温初柠说七点多开始，估计八点多就要结束了。

陈一澜六点半才结束训练。

孙嘉曜说：“你折腾什么，过去人家早结束了，再说了，那么多参赛人，温初柠也不一定能拿到前三十名啊。”

陈一澜踹了他一脚。

她能。

就算她没拿到，她也永远是他心里的第一名。

陈一澜站在最后面，呼出白雾。

礼堂里的暖气与外面的冷风交替。陈一澜来的时候，很晚了，但也正正好好。

他看到小姑娘站在上面，说，少年总能实现理想，唯有热爱抵万难。

陈一澜轻笑一声，口袋里的手机振动，是孙嘉曜给他疯狂连环CALL：“你快回来啊，大哥，要查寝了！”

“马上。”陈一澜压低声音，往台上再看了一眼。

温初柠穿了一条杏色的长裙，外面一件浅驼色的大衣，长发散在肩膀两侧，她在台上鞠躬，台下有掌声。

她有她的荣耀，他总得更努力一些。

闭幕式结束之后，参赛者各自散去。

温初柠从前门离开时，谢宴霖叫住了她：“温初柠，恭喜啊，以后说不定能在淮川外国语大学见到了。”

“谢谢老师。”温初柠小脸有些发热，不好意思地抿唇笑了笑。

“没什么好谢我的，你凭自己实力拿到的。”谢宴霖淡笑，“快回去吧。”

“好，老师再见。”温初柠对他点点头，拿着奖杯回去。

“这几天辛苦谢总了。”一个工作人员过来，递给谢宴霖一瓶水。

“没事，来看看这种比赛多好，都是一群学生，青春朝气。”谢宴霖收起笔放进了风衣口袋。

“谢总之后是留在燕京还是要回淮川？”

“回淮川了，下回你有机会来，我请客。”

“成，没问题。”

温初柠从礼堂出来，夜晚晴朗无云，头上的月光皎洁。

温初柠给陈一澜打了一通电话，出于意料，陈一澜几乎是一秒就接了。

“陈一澜。”

“在。”

温初柠握着手机，正想说点什么，却听到他像是在跑步，呼吸紊乱，还隐约能听到车声。

“你在干吗？”温初柠问了一句。

“我在……”陈一澜喘了一口气，“跑8000米。”

“你今天还没结束吗？”

“结束了，我自愿跑的。”

为了偷偷见你一面，错过了回来的地铁。

“那你快跑吧，我不打扰你训练了。”

陈一澜轻笑一声：“明早见啊。”

“知道啦！”

温初柠挂了电话，小跑回宿舍收拾行李，她知道陈一澜这几天早上八点多就要开始上体能课，估计明早他很早就能过来。

温初柠想明天稍微打扮一下，决定今天回到宿舍就早点睡。

她简单洗漱了下，捧着手机，定了一个五点半的闹钟。

陈一澜跑回去的时候，正好跟查寝的耿爱国撞上了。

“你这臭小子又跑哪儿去了？半天找不到你人！”耿爱国查完一圈气得不行。

“出去了一趟。”陈一澜平复了下呼吸。

宿舍是两人间，环境不错。但是陈一澜推开门之后，没看到孙嘉曜的身影。

“孙嘉曜呢？”耿爱国问了一句。

“不知道啊。”陈一澜刚回来，回来前孙嘉曜还给他打电话来着，电话里也没听出什么异常。

“这小子又上哪儿去了，我去找找。”

宿舍楼是六层，耿爱国挨间找了一圈没找到，又折返回来拉着陈一澜去找人。

耿爱国气势汹汹，但心里紧张得不行，生怕这孩子跑到哪里去了，都是运动员，身体金贵着。

“他晚上给我打电话没听出异常。”

“今天晚上……”耿爱国随手抓了件外套，跟陈一澜去训练区找人，“今天晚上总教练过来了一趟。”

陈一澜没接话。

姜平一直不苟言笑，看着就是个老古董，队里的男孩子平日里嘻嘻哈哈，但没人敢跟姜平对着来。

“姜教不满意孙嘉曜的训练成绩，姜教练跟我说了，孙嘉曜以为不让他练了，今天晚上跟姜教练顶嘴了，”耿爱国说，“我罚他跑五十圈是气话，我怕这孩子做傻事。”

“不会的，”陈一澜听完，静默了几秒，淡声说，“我跟他一块儿长大，他不是那种人。”

“他的职业生涯，也是我一手带起来的。”耿爱国说，“可是体育竞技就是这么残酷，差 0.1 秒都不行……”

两人说着，来到了操场。

冬季训练中心不只是他们水上运动的会过来，田径队的也会来，这里的跑道很专业。

已经晚上八点半了，操场上空空荡荡的，只有一道身影在一圈一圈不知疲惫地跑着。

耿爱国和陈一澜一眼就看见那是孙嘉曜。

耿爱国看到这道身影，瞬间百感交集，自己只是说了句气话罚他跑五十圈。

五十圈是什么概念？四百米一圈，就是两万米啊！

这十七岁的孩子，脑子一根筋，死倔。

“那您打算怎么办？”陈一澜转头看向耿爱国。

耿爱国已经快退休了，两鬓的头发有些发白，他以前是泳坛名将，退役后做教练，虽然平日训练严苛，但也会跟这群孩子开玩笑，甚至为了这群孩子学会了用电脑。

他是个合格的好教练。

陈一澜不是没有叛逆期，十五六岁时觉得游泳训练枯燥，耿爱国不厌其烦地把他捉回来，软的不行来硬的，硬的不行再来软的。

耿教练生气地说：“那不然怎么办啊？个个都是我带的游泳的好苗子，我还能看着你们糟蹋自己的天赋？

“他想走职业的路子，游泳不行。你看在十七岁的时候，我带过的优秀名将，个人混合泳早就能上 4 分 15 了，他还卡在 4 分 18，这回更是 4 分 20 了，游泳这条路子他走不了很长。他想留下，要转三项全能，这样他的短板反倒成了优点。国内铁人三项是个紧缺项目，游泳很讲究天赋，水性，甚至是肌肉生长和骨骼形态，孙嘉曜适合游泳，但走不了游泳的路子。

“转三项全能，他很有希望，但他还是不想转。”

耿爱国有点累了：“行了，你先回去睡吧，我去找他谈谈。”

“好。”陈一澜应了一声。

耿爱国朝着操场走去，陈一澜的脚步转了一圈，他还是没走。

耿爱国吹哨子，那道身影还在不知疲倦地跑。

“你给我停下！”

孙嘉曜不搭理他。

耿爱国一把年纪了，提起步子追孙嘉曜。

孙嘉曜才十七岁，腿长个高，正当热血的年纪，他憋着一股情绪跑，耿爱国就在后面追他，一圈，两圈……

孙嘉曜终于停了。

耿教练喘着粗气骂了他一句：“你个熊孩子……”

“他凭什么不让我练？”孙嘉曜憋着的情绪爆发了，声音几乎是吼出来的。

他恼火、委屈，又自责。

他把情绪迁怒在了耿教练身上，耿教练罚他跑五十圈，他知道是气话，还是忍不住拔腿就来跑，他恼火带了他十几年的教练竟然没有护着他。

可是现在停下，看着这个年近六十岁的老人跟着他跑了两圈，他只剩下了一肚子的委屈。

“孙嘉曜，我耿爱国带你游了十一年，从你六岁开始，”耿爱国说，“我知道你爱游泳，三项全能一样能游泳，不是说你不适合游泳。”

孙嘉曜喘息着。

“是在游泳队里，大家的成绩都要顶尖，你在后面吊车尾，一个是影响你的情绪和积极性，不利于你的发展，一个是你没法参加大型赛事。”耿爱国继续说，“你去练全能，能够拿到很好的成绩，你依然可以在赛场游泳、奔跑，我希望你不只是一个运动员，你还要记得你的初心，你还记得吗，你六岁的时候跟我说的什么？”

孙嘉曜眼眶发酸，汗水淌下来，他一声不吭。

“你跟我说你要拿冠军，我已经给队里的全能教练联系过了，我给他看了你的每一场自由泳成绩和混合泳里的自由泳分段成绩，还有你的三千米和体能成绩，他说你有希望在这里拿冠军。”耿爱国问他，“你去吗？”

耿爱国留给了他一个问题后先回去了。

孙嘉曜看着耿爱国的背影，忽然觉得自己很不是人。他脱了外套，干脆躺在草坪上。

结果下一秒，扔过来一瓶水。

孙嘉曜扭头看，陈一澜坐在了他身边，一人一瓶水。

“你还知道回来。”孙嘉曜换了个话题，不打算跟他聊游泳。

“嗯。”

“你觉得你能拿冠军吗？”

队里的确高手如云，陈一澜的成绩没有顶尖，尤其是今年国家队一老将参加奥运会只拿了银牌。

冠军这个词，是目标，却千里迢迢。

“本来觉得远，但有这样的理想，不总得努力试试嘛。”陈一澜拎着水瓶说，“有句话，少年总能实现理想，唯有热爱抵万难。”

“行啊，鸡汤。”孙嘉曜喝了口水，撞了他一下，“你老实说，你是不是喜欢人家？”

“是喜欢，”陈一澜回得坦荡，“但我得努力一些，要不以后看着她发光发热，自己一事无成，配不上她。”

配不上这三个字，莫名让孙嘉曜也想到一个人，他又问：“那你的目标就是拿金牌了吗？”

“拿金牌，跟她表白。”陈一澜又补了一句。

“你给我撒狗粮呢！”孙嘉曜骂了他一句。

陈一澜低笑，站起来：“走了，回去睡觉了，我明天还得早起。”

“我歇一会儿。”孙嘉曜躺在草坪上。

陈一澜起来活动了下身子，喝光了水，将水瓶丢进垃圾桶。

他抬起头，月亮皎洁，坦荡地映着万种心事。

他看到温初柠站在台上的样子，安静，却能给他无尽的力量和勇气。

是啊，少年总能实现理想，唯有热爱抵万难。

第十三章

亲口对你说新年快乐

这一年过年，温初柠被周隽阳带去了外公家。下楼的时候，温初柠在四楼停了停。

汪茹不在家，但也没再听说过她阻拦陈一澜游泳的事情，温初柠也不知道，不久前自己说的话是否起到了一点作用？

汪茹还是急诊医生，陈叔叔依旧在外带队训练，这个年陈一澜家里冷冷清清。

外公外婆家条件不错，住两层的小洋楼，在市区一高端小区里。

腊月二十九的时候，年味已经很浓了，街道上挂着红灯笼，这个小区里连门口的石狮子上都挂了红围巾。

外公家干净暖和，周隽阳请了一个阿姨照顾两位老人的起居。

外公外婆注重养生，身体硬朗。外婆听见车子停车的声音，还特意出来迎他们。

外婆往车里看了一眼："隽阳，你姐姐没回来呀？"

"没咯。英国又不过咱们的中国年，她没假。"周隽阳从后备厢里拿东西，让温初柠快进去暖和。

温初柠帮舅舅拎着东西。

外婆身上披着一块大围巾，银白色的头发挽在脑后，忙说："小柠，快放下，让你舅舅拿。"

"嘿，你们都欺负我呢。"周隽阳笑了一声，转头跟温初柠说，"拿不动就放这儿。"

"我没事的。"温初柠笑笑，提着一盒糕点挽着外婆的手进去。

外婆心疼地看着温初柠："你有空多过来呀！你妈妈不回来，别忘记这里。我和你外公还念叨着我们小柠……"

这几天在外公外婆家里住，外婆早早叫人收拾出来房间，房间不大，但是很温馨。

阿姨还在做年夜饭，温初柠跟外公打了招呼，上楼回房，扑在床上。

她有点无聊，打开了陈一澜的微信，他还是没有发过朋友圈，偶尔给她发一句晚安，冬训不知道结束没有。

温初柠的手指划着键盘：【陈一澜，你放假没有呀？都二十九了，今天除

夕夜。】

陈一澜没回，温初柠扁扁嘴，觉得他确实辛苦，以往过年时都没假期。

温初柠又给孙嘉曜发了一条。

sun：【我们冬训延期了，但是今天结束早，明天下午还要训练。】

没几分钟，孙嘉曜给她发来一张陈一澜躺在瑜伽垫上做仰卧起坐的照片。

已经有几天没看到他了，温初柠点开这张照片，突然有点心酸，本该是团聚的一天，他却没有假期。

六点多，外婆上楼来叫她吃饭，阿姨做好了七八道菜，清淡爽口营养。

饭后外公在等什么，周隽阳偷偷告诉她：“等你妈打电话呢，你妈这个人真是……”说着，他摇了摇头。

周梦会逃避一切事情，在外人看来挺软弱的。温初柠却觉得周梦是个好妈妈，尽管缺席了她的一部分成长，但要是没有周梦，她也不会生活在这样优渥的环境里。

外婆和外公看了一会儿春节联欢晚会，早早睡了。周隽阳也没什么兴致，这几天约了跟朋友出去组局，免得老人唠叨。

温初柠估计这几天挺无聊的，带了作业来。

晚上十点多，家里安静下来了。她躺在床上刷微博，过了一会儿，手机上弹出来一条消息。

是陈一澜发的消息：【睡了没？】

冷不丁看到这一条消息，温初柠腾一下坐起来，心脏“扑通”跳，她打字：【没呢。】

美人鱼：【OK，那你等一下。】

温初柠下意识地问：【等多久呀？】

美人鱼：【到时候给你电话。】

【好。】

因为陈一澜这条消息，温初柠的睡意消失得干干净净。

她抱着手机玩了一会儿，眼看时间到了十一点半，正要给陈一澜发消息，陈一澜一通电话打了进来。

温初柠几乎第一时间接下，她躲在被子里压低声音：“陈一澜，你是要跟我说新年快乐吗？”

“不是，”陈一澜的声音有点不稳当，似乎刚一路小跑，他呼出一口气，“温初柠，可以当面跟你说新年快乐吗？”

噗——

心底的泡泡又一次炸开了。

只是这一瞬间，温初柠的大脑空白了一下，随即跃起了无数欢喜，她立即从床上弹起来，然后趴在窗口去看。

玻璃窗户上有一层白雾，她用手擦了擦，外面不知道什么时候下起了小雪，楼下不见陈一澜的身影。

她举着手机，贴近了脸颊：“你在哪里呀？”

“小区门口。”

“你怎么知道我在这儿？”

“你朋友圈带了定位啊，傻子。”

“哦……那我马上过去！”

不等陈一澜回复，温初柠赶忙放下手机，想挑一身衣服，又怕来不及，她只穿了一身棉质的睡衣，外面罩了一件长款的珊瑚绒睡袍，踢着拖鞋匆忙蹑手蹑脚地跑出去。

外面是真冷，尤其是今年寒潮来袭，下了一场薄薄的雪，草坪上覆盖了一层很淡的白霜。

温初柠一路小跑，一切都很安静，温初柠只能听到自己剧烈的心跳声。

她一路狂奔，绕出来，看到小区门口站着一道颀长的身影。

他穿着黑色的长款外套，戴了一顶黑色的毛线帽，微微压着刘海，露出的脸瘦削而轮廓流畅，站在路灯下，身影被拉得颀长。

“陈一澜——”

温初柠跑过去，陈一澜一回头，远远地看到一个香芋紫的身影朝他跑过来，他笑了一下。

温初柠的拖鞋不太跟脚，差一点就撞在他身上，但陈一澜张开了手，像小时候那样——

温初柠明明是想急刹车的，结果还是撞了上去。

他的外套敞开着，将她包裹在其中。

他里面只穿了一件薄薄的咖色毛衣，身上很暖和，软软的毛衣料子下是炽热滚烫的体温。温初柠冰凉的脸贴在他的左胸口，清晰地听到几寸深的胸膛内剧烈有力的心跳声。

陈一澜的身材清朗坚实，温初柠轻轻闭了闭眼睛，只觉得心口有开心雀跃的情绪在泛滥。

她慢慢抬起头，手缩在袖子里，不敢触碰他，她抬着视线，却也不敢看他的脸。

匆匆一瞥，看到少年轮廓坚硬的下巴，他的视线落下来，温初柠极快地撇开目光，又落在他裸露在外的脖颈上，那线条流畅，喉结突兀。

路灯下，碎碎的雪花慢悠悠地飘下来，落在他的肩头，落在他的脸上，又迅速融化掉。

“陈一澜，新年快乐。”温初柠深呼吸，凉凉的空气窜进来，她说话的时候带着层白雾。

“新年快乐，温初柠。”又是一年新年了。

本来没有机会回来的，可还是想对你亲口说一句新年快乐。

缺席了那么多年，这次想当面对你说。

温初柠扬起唇笑了。

陈一澜看她穿得这么薄，脚踝还露在外面，便赶着她回去："快回去吧，太冷了。"

"那你呢，你回家吗？汪阿姨好像今天也在医院上班……"

"我不回。"

"那你去哪儿呀？你要是没地方过年，你来我家……"温初柠想得单纯。

陈一澜站在原地看着她。

出来之前，她可能是要睡了，长款的珊瑚绒睡衣里面是棉质的睡衣，小脸被冻得有点发白，额头的刘海被风吹乱了。

薄薄碎碎的雪花在灯光下落得很慢，有一片完整的六瓣雪花落在了她的鼻尖，迅速融化掉，她鼻尖一侧有一颗很小很小的浅茶褐色的小痣，雪花融化，落下一点点细微的水迹。

她眼里亮晶晶的，好像被月色落下了一层别样的温柔。

夜风吹着，他没太听清温初柠后面说了什么，他的心里冒出来了很清晰的四个字——死心塌地。

不顾距离，坚定不移的唯一。

也是他的坚定不移和第一选择。

像发条在耐心地数着每一分秒，用听不见的心跳丈量着时间和距离，而在它嘀嗒嘀嗒的几百万分秒中，你只要对它回应一下，哪怕只笑一笑，哪怕只披了一件外套连鞋子都来不及换地跑下楼——

我就会永远朝你狂奔而来。

陈一澜只是笑着看她，而后回神，伸手摸了摸她的头发："回去睡吧，外面太冷了。"

"你呢？"

"我要回燕京啊，凌晨的机票。"

"陈一澜——"温初柠瞪大了眼睛，不可思议，"你从燕京跑回临江？"

"嗯。"

"就为了跟我说新年快乐？"

"是的。"

"你怎么这么……"

温初柠的话堵在喉间，可是对上陈一澜的视线，她所有的话都说不出口了。

这个夜晚的满月风清，可她只看到了他眼底映出的她的轮廓，像盈满了碎星，少年只是这样站在这里看着她，她就觉得她心里的天平彻底地倒向他。

她才知道，陈一澜可真是太能勾住她的心神了。

"你快回去吧！小心赶不上飞机！"话绕来绕去，说出口时没有底气。

"行，"陈一澜又对她张开手，"我马上就走了，要不要再给你抱一下？"

"不要！"

"我下次回来可是明年五月了啊。"

温初柠猛地顿住，下次回来，就是临近高考了。

温初柠鼻子发酸，不知道是冷，还是因为这冰凉的气温加速了情绪的融化。

她闷头走过去，很轻很轻地、虚虚地，像是为了满足一下自己的愿望，小心碰了一下陈一澜的腰。

他的腰线流畅，温初柠想起他在泳池的模样，肌肤白皙细腻，该有的肌肉都线条分明，却并不突兀。

是坚实的，也是滚烫的。

温初柠的脸颊发烫，只这一秒，就迅速地收回了手。

陈一澜把她睡衣外套外面的帽子给她戴上，遮了一些风寒。

“好好考淮川外国语大学。”陈一澜看着她的眼睛，认真地说，“听见没？”

“听见了，你也是。”温初柠小声回他。

陈一澜抬手捏了捏她的脸：“回去睡吧。”

“你也是，回去早点睡，晚安。”

“晚安。”

温初柠往回走，走了两步回头看看，陈一澜还站在原地。

她回头对他笑了笑，然后蹑手蹑脚地开门回去。结果才进来，就撞见了下楼吃夜宵的周隽阳。

周隽阳一抬头，看见温初柠站在门口，鼻尖冻得发红。

“你干吗去了？”周隽阳压低声音问一句。

“我……我出门看雪！”

“骗谁呢你！”

周隽阳拿了一根香蕉剥开，往外面看了一眼，结果什么也没看到。

温初柠心情还不错，跟他说：“舅舅，我真想明天就高考啊。”

“你还真激动。”

“我想早点去淮川外国语大学。”

“你跟舅舅说，是不是出去见你那青梅竹马了？”

“他去机场了。”

“什么意思？”

“就是说，他赶飞机过来，跟我说了一句新年快乐，然后又回燕京冬训啦！”

周隽阳被香蕉噎了一下。

温初柠很开心，她拍了拍周隽阳的肩膀。

“舅舅，”温初柠狡黠地笑，“知道青、梅、竹、马多好了吧？”

“回去睡觉！”周隽阳拍开她的手，拿出舅舅的威严，“你先把大学给我考上，考上之后再给我胡思乱想！”

“你放心，舅舅，”温初柠说，“我豁出我这条命，我也要考上淮川外国语大学。”

“咳咳！”

小姑娘义正词严，说得很有气势，说完就蹑手蹑脚上楼睡觉了。

周隽阳吃了一根香蕉没吃饱，又去客厅里剥了一只砂糖橘。

橘子很甜，他叹了口气。

这种一往无前、无所畏惧的勇气，大概只属于少年，会为了亲口说一句新年快乐，不远万里跑过来，也会为了跟他有很美好的以后，拼了命地咬牙学习。

这些日子温初柠坚持得多不容易，周隽阳这个舅舅看在眼里。

虽然是放了寒假，温初柠仍然学习到晚上十二点，早上八点准时起来继续刷题。

这不就是青春吗?

永远有勇气，有目标，在为之而努力。

尽管很遥远，但不去开始，又怎么知道自己不行?

周隽阳笑了笑，他觉得这两人可以，并不是因为新年的这天。

而是那天从那个乡镇回来，陈一澜把温初柠抱起来的时候，他只觉得少年的臂膀是能够撑起一片天的，那种情深意切，哪怕不说，也藏在每一个眼神和动作里。

第十四章

她坚定地朝他跑来

温初柠的高三生活很繁忙，S 省是高考大省，一中的学业压力很大，好在老师们都很关切学生们的状态，所以学生们过得算是繁忙且愉快。

明涛在这年谈了个女朋友，有几回被同学们撞见，说涛哥骑电动车带了个美女下班。明涛虽然笑着骂他们多管闲事，但也隔三岔五给他们买饼干买水果。

英语老师崔萍萍更是，她爱做烘焙，经常在家里烤了小饼干和蛋糕带来给同学们。

温初柠很久没见到陈一澜了。

舒可蓓每天埋头刷题，两个小姑娘情深意切，也许是知道高三后就要分别，一个去燕京一个去淮川，所以分外珍惜这段友情。

这一年，温初柠的生日是在一个平平无奇的周五。

温初柠下了晚自习回来，却看到房间桌子上放着一个快递。

温初柠心一跳，探头看厨房。

因为被周梦打电话唠叨，说孩子快高考了，不能总吃外卖，周隽阳硬是被逼着学了下厨。

周隽阳一开始做得确实不太好吃，但是他闲着也是闲着，跟做菜做汤杠上了，现在厨艺还不错。

温初柠进去问：“舅舅，这是我妈寄的吗？”

“哦，你回来了啊。不是，这是陈一澜刚送回来的，看你还没放学，他就回去了。”

“回哪儿了？”温初柠愣住了。

“回去训练了吧，刚走没多一会儿，应该是去高铁站了。”周隽阳随口说了一句，然后又轻飘飘打了个补丁，“你要是现在下楼，坐地铁 4 号线，说不定能赶上。”

一听这话，温初柠扔下书包，快递都没拆，直奔楼下的地铁站。

4 号线直达高铁站，这会儿还是高峰期，地铁里的人像沙丁鱼群一样。

温初柠挤进去，地铁里已经没有空位了，她费劲地攥着一截栏杆，视线扫了一圈，却寻到了一道颀长的身影，在人群中突兀又显眼。

黑色的连帽长袖卫衣，黑色的运动短裤，一张线条凌厉轮廓明朗的脸，裸露的脖颈白皙，有种清冷的性感。他倚靠着栏杆，一只手扶着，另一只手拿着手机回消息。

温初柠在人群里一眼看到陈一澜，提起的心落就回去了。

温初柠站在原地看着他，刚一路小跑下楼，飞奔过来，或许还有紧张的加持，她微微喘着。

——也是在这一刻，温初柠想到了那六公里。

陈一澜朝她跑来的时候，应该也是像这样急切吧？

温初柠口袋里的手机振了振。

她悄悄拿出来看。

CYL：【放学了没？】

温初柠很快地打字：【放了，你要跟我说生日快乐吗？】

【给你带了礼物，在你桌上。】

【那要不要给你一个机会亲口跟我说？】

又是一年的九月末，今年的天气也是反复无常。

温初柠心里的喜悦泛滥，忽然想要悄悄地出现在他身边。

她在人群里艰难、缓慢地往陈一澜那边挤过去：“麻烦让一下……”

地铁正好到了一站要停靠，下车的人一股脑地往外拥，温初柠情急之下只能先停住脚步，抓着栏杆先站稳。就这么有些狼狈的时刻，陈一澜的视线看了过来。

温初柠今天上了一天课，头发被挤得有点乱，几绺碎发垂在脸侧，蹭过鼻尖。

地铁的门再一次关上，陈一澜朝她走过来。温初柠呆呆地看着他，好像这大半年没见，陈一澜的身形更为劲瘦，少年的脸颊还是一如既往的清俊，一双好看的桃花眼依然深邃，多了一点疲倦倦怠。

就这么几秒，陈一澜站在了她的身边，略长的刘海有点乱，他低头看着她，一手撑在她身边的栏杆上，温初柠的视线有点不知道该要往哪儿落，只看到他干净修长的手腕，乍一嗅到那熟悉的淡淡的清柠味道，温初柠连呼吸都有几分贪恋。

“生日快乐啊，小屁孩，十八岁了。”

地铁里有些喧闹，陈一澜微微弯了弯腰，视线与她的平齐，薄唇微弯，还是那副认真却又带点闲散的样子。

他对她说话的时候，唇畔还有一丝笑意，疲倦一扫而光，清澈的眼底映着她的面庞。

原本一大堆话，一大堆情绪，都在这一刻化成了弥散的窃喜与开心。

“谢谢你啊，陈一澜。”温初柠的声音被地铁到站的声音冲散了些。

还有一站就到高铁站了，陈一澜问温初柠要不要在这站下车，正好坐对面的地铁回去。

温初柠摇摇头。

陈一澜好像看穿了她的小心思，在她身边站直了身子。

温初柠在人潮中仰头看着他，但是他太高了，温初柠只能看他下巴的轮廓。

“陈一澜，就一句生日快乐，你要是训练很忙的话……你给我打电话也不是不行。”温初柠很小声地说了一句。

“那你怎么就不想想？”陈一澜看着上面的到站表，视线下滑，暗色的窗户上映出他们两个站在一起的画面，车上人很多，他的手臂为她撑起了一小片安稳的空隙。

“想什么？”

“我这是特意赶回来见你。”

温初柠愣了愣。

“训练确实挺忙的，但总抽得出点时间吧？不然怎么能突出这是温初柠的十八岁生日呢？”他说得有些慢，故意停顿了几秒。

温初柠脸颊发热。

“我的意思是，重要的也不是你十八岁的生日，是你的每一个生日。”

你的每一个生日，我都不想错过，都想亲口对你说一句生日快乐。

他不止要训练，还要为了下半年的高考做准备，确实抽不出太多时间，加之被队里带去参加了几场赛事，可想见的人，总要抽出时间去见一面。

温初柠抿了抿唇，觉得心口像是吹过一阵甜蜜的风。

地铁到达高铁站，陈一澜的车次恰好还有四十分钟发车。

“行了，快回去吧。”陈一澜催她。

温初柠站在安检那里，目送陈一澜走进去。

就像是不久前的除夕夜，那天陈一澜站在雪地里，看着她走回去。

温初柠忽然能够想到此时他的心情，不舍的、急切的，也是义无反顾的。

温初柠坐地铁回家时，周隽阳正好做完了饭，还给她买了一个生日蛋糕。

温初柠回来后就跑回了自己房间，慢慢拆开快递盒，里面是一枚省运动会的金牌。

金牌上面还刻着字——400 米个人混合泳冠军。

他又进步了 1 秒。

温初柠笑起来，他是真将那一句承诺放在了心上。

周隽阳给温初柠庆祝十八岁的生日，温初柠还给周梦打了电话。

周梦难得跟她多说了几句，叮嘱她好好学习，考哪个大学都好，重要的是要努力一些。

温初柠也在这样的片刻，短暂地以为周梦只是出了一趟差。

“妈，你什么时候能有空回来啊？”温初柠忍不住问了一句。

“再等等吧，妈在这边谈了几个项目，短时间回不去的。”

“那你好好工作吧。”

“生日快乐，小柠。”

温初柠挂了电话后，舅舅给她插上了蜡烛，像模像样的。

温初柠切开蛋糕，她的愿望像去年一样。

周隽阳不太爱吃甜食，这回还是跟她一人吃了一半。

饭后温初柠下楼丢垃圾，今年秋潮凉，银杏叶早早就黄了，温初柠站在银杏树下，地上铺了薄薄的一层金色的落叶，这棵传说有百年树龄的古树依旧苍劲挺拔。

温初柠吸了吸气，在这一刻忽然想到去年，跟陈一澜在摩天轮里看夜景，还有那一颗由金灿灿的银杏叶构成的爱心。

今年的生日，依然很开心。

时间跨到了夏天，第二轮总复习结束，第三轮总复习开始。

班里开始了题海战术，一张接一张做不完的试卷，一轮又一轮的模拟考。

晚自习结束后的闲暇，温初柠会打开陈一澜的对话框，他很久都不更新一条动态，她给他发晚安，有时隔了很久才回复。

温初柠知道，这一年陈一澜参加了很多比赛，他被足够重视了。

每回觉得很累的时候，她会抬起头来看看。书桌上方的架子里，放着很多陈一澜送她的玩偶，还有那两枚金牌。

温初柠轻轻伸手摸了一下，想到高二那年的运动会结束，少年走在前方，两旁都是盛放的蔷薇，他手里攥着一枚金牌递给她——

“温初柠，我做到了，你也要说话算话。”

是呀，他在努力，她也要。

温初柠轻轻地把奖牌攥在掌心里，好像还能想起昨日的一切。

那种甜蜜又欣喜的怦然心动。

她一定要考上淮川外国语大学。

坚定、勇敢，无畏，他是她十七岁的理想，也是她的信仰。

这足够支撑着她熬过一个又一个艰难的夜晚。

她的成绩从班里的第十五名到了第十名，又前进到了第八名。每一次考试，都能进步一个名次。

陈一澜更是。

两个人在此期间都没怎么联系，只是偶尔说一句晚安。

陈一澜更为繁忙，因为进步了这一秒，队里给他报了好几项兼项比赛。

同一场游泳比赛里，他的主项是 400 米个人混合泳，但为了提高成绩，耿爱国还给他报了几场短距离自由泳。

结束了训练，已经是晚上八九点。陈一澜没时间休息，继续埋头复习做题。

耿爱国挺心疼，说：“你说你这个劲头，燕京大学你这成绩都能走特招了，你非得去淮川大学走高考，我看着你都累。”

陈一澜不说话，宿舍里摆了一大堆的复习资料。

对他来说确实很难，队里的同学都是要走特招的，大部分都可以跨过高考直录。

孙嘉曜转了项目，进了全能队，成绩一下上去了，全能的教练让他走了燕京体大的特招，也成了重点队员。

陈一澜住单人间，常常复习到了凌晨。有几次，他想要给温初柠发一句晚安，可看了看时间，凌晨两点，还是没有发出去。

划开屏幕，看到温初柠先前给他发的消息，她的成绩在一点点往上爬。

陈一澜笑了，这样的夜晚没那么难熬了。

六月底，高考成绩出来了。查分之前，温初柠只觉得很紧张，周隽阳宽慰了她几句。

温初柠坐在电脑前，输入了准考证号。因为先前英语比赛时，她拿到了淮川外国语大学的降三十分录取的资格。现在，她超了淮川外国语大学的分数线一大截。

温初柠坐在电脑前，忽然有想哭的冲动，她的志愿填了淮川外国语大学。

而温初柠没有联系陈一澜。

因为高考结束后，陈一澜又去准备了一场锦标冠军赛。

温初柠查了查锦标赛举办的城市，打开官网，还有余票。她的脑子有些空白，几乎是有些激动地买了一张前排的门票。

举办比赛的城市是淮川，比赛的日子就在明天。

温初柠买好了票，晚饭时告诉了周隽阳。

周隽阳轻笑一声："去呗，你淮川外国语大学都考上了，想去就去吧。我明天送你去高铁站。"

"谢谢舅舅！"

温初柠恨不得搂住周隽阳亲一口，周隽阳见她如此激动，率先起身去厨房倒水。

"你今天中午睡觉的时候，你妈给我打来电话，知道你考上了淮川外国语大学，非要给你买礼物，我说你现在什么都不缺，你猜你妈说什么？"

"说什么？"

"你妈说，小柠以后会留在淮川吗？那我要不然回去一趟给她在那儿先买套房子……你看，你妈都激动傻了。"

温初柠笑了笑。

自己以前总是埋怨妈妈不顾家，可后来想想，妈妈在国外又何谈容易，为了工作，只能忽略了女儿。可妈妈到底也是记挂着自己，不然也不会让舅舅来照顾自己，还隔三岔五给舅舅打电话。

反倒是温绍辉，这一年来，都没怎么跟自己联系。

其实也不全然是。

年后温绍辉有联系过温初柠，温初柠拒绝了几次，终于有一次还是过去了，但他家的气氛有一种说不出的微妙。

许燕逼着温许学奥数，十来岁的小姑娘叛逆得不行，在家里跟许燕吵了一架，最后波及到了温绍辉。于是那天，温绍辉尴尬地出来，带着温初柠出去吃。

饭间，温绍辉问起周梦最近怎么样。温初柠摇摇头，说妈妈两年都没回来。

温绍辉跟温初柠说好好准备高考。其实这种时候，温绍辉自己都不知道是否有过那么一丝后悔。

当年周梦就是如此，重心永远在工作上，他们从不吵架，或者说是没有机会吵架。

而现在，跟许燕日复日地争吵，让温绍辉想要逃避。

可许燕不是周梦，更年期的中年女人，吵起来要人命。

临近温初柠高考，温绍辉挺想给温初柠加油的，但是更年期的许燕情绪一上来，就指责温绍辉光顾着管温初柠，不知道管管自家女儿。

于是作罢。

而对此，温初柠表示理解，尽管她并不理解。

温初柠买了一早的车票，周隽阳送她去车站。

“早点回来啊，别在淮川过夜！”周隽阳拿出了舅舅的威风。

“你想什么呢？”温初柠瞪了他一眼。

周隽阳只笑，把她送到地方。

高考结束的小姑娘，这回没什么压力了，好好打扮了自己。

六月的盛夏天，温初柠出落了不少，还是巴掌大的鹅蛋脸，剪了薄薄的刘海，长发剪过一次，变成了齐胸的长度，眉眼长开，一双杏目明亮漂亮，她的皮肤好，显得更为温柔，一笑起来清新漂亮。

她出门前认真选了一身衣服——一件白色的小吊带，一件薄薄的长袖短款开衫，配一条浅水蓝色的高腰短裤。

两个小时不到就到了淮川，温初柠下了高铁，天空晴朗无云。

她的喜欢在心底冒着细细密密的泡泡，通通都是因为要见到陈一澜。

去水上运动中心要倒三次地铁，然后检票进入，有志愿者带着观众去观众席位。

温初柠的票在第一排。她很紧张，这次是全国级别的赛事，所以来的观众不少，更有一部分是地区泳队的粉丝群。

起初的几场都是短距离单一泳式，400 米个人混合泳在第三场。

温初柠坐在观众台上，异常紧张。

上午十一点，400 米个人混合泳开始。

有主持人报着运动员的名字，运动员逐一上场。

温初柠仔细地听着——

“6 号赛道，陈一澜，S 省游泳队。”

温初柠的视线都落在他身上，一米九三的身高，黑色的运动长裤，黑色的长袖卫衣。他已经戴好了泳帽，露出的一张脸瘦削而白皙，他走出来的时候，气质斐然清傲，一瞬间让旁边的女生惊呼。

运动员各自坐在赛道前的椅子上脱衣服。

陈一澜脱了长裤和鞋袜扔进箱子，站起来，反手拎着衣摆脱下卫衣，少年白皙而结实的身躯，腰腹的肌肉引人注目。

他活动了一下肩颈，跟旁边的运动员说了几句话。

第一声电笛声响起，运动员们纷纷站在了起跳台上做准备。

温初柠的视线黏在陈一澜的身上，心脏在胸腔里跳得激烈。

第二道声音响起，温初柠看到他入水的动作凶猛有力，每一块肌肉的线条都无比流畅，赏心悦目。

陈一澜在第一个泳式蝶泳上超出了第二名一个身位，在二三泳式时与其他两人持平。

体育竞技残酷，就残酷在拉开了距离后，如果没有合理地分配体力和速度，只会越拉越远。

温初柠旁边是一个记者，在做新闻直播，她举着话筒激动地说："我们能够看到4号赛道的Z省运动员已经逐渐在赶超S省队的陈一澜，陈一澜落后半个身位……还有最后的100米自由泳，陈一澜加油啊！"

温初柠记得，陈一澜的爆发力很强。

第三个泳式蛙泳后，陈一澜和1号4号道的运动员距离开始持平，陈一澜甚至落后了一点。

但当最后一个泳式自由泳开始的时候，陈一澜的速度提快，那两个运动员也在加速，但加速了半程就慢了下来。

而陈一澜的体力优势发挥了出来，他在最后的100米保持着全程加速，从半个身位开始赶超，最后领先了一大截！

"S省队的陈一澜充分发挥了他超强的爆发力，在最后一程全程提速……陈一澜赶上了4号道的运动员，陈一澜还在持续加速，4号赛道的队员慢了下来……"

"陈一澜，加油！"温初柠的手放在膝盖上，心脏剧烈跳动着，她的视线落在他的身上，在心里为他加油呐喊。

陈一澜第一个触壁。

屏幕上显示出了陈一澜的成绩——

冠军：6号道，S省队陈一澜，4分12秒23。

亚军：4号道，Z省队王俊峰，4分14秒82。

季军：1号道，A省队张军，4分15秒12。

温初柠的心落回去。

陈一澜摘了泳帽，抬起手捋了一把头发，水珠顺着他棱角分明的脸流淌下来，比赛时的他专注而冷冽，丝毫不会分心。

陈一澜攀着池壁上岸，线条紧实的身材，从后背至腰臀的线条极好。

他只是拿着一块毛巾随意地擦了擦头发，而后将毛巾搭在左肩，走路的时候呼吸还有些不太稳，腹肌与人鱼线更为显眼。

温初柠看着他站上了领奖台，下面有一些体育赛事的记者在拍照。

有人在喊别的运动员的名字。

温初柠好像被什么鼓舞，她对着那边，两手围在唇边——

"陈一澜——"

陈一澜正好弯腰，有工作人员将奖牌挂在他的脖颈上。

他仿佛是听到了什么，应当是错觉吧？

"陈一澜——"

不是错觉！

陈一澜的视线抬起来，在对面的观众区扫了一眼。

温初柠站起来了，长发及胸，黑顺柔软，短裤下的一双腿笔直而白皙，小姑娘激动地对他挥着手。

陈一澜眼底的疲倦和劳累一扫而光，他的视线看着观众区，弯眸笑了。

温初柠等了好一会儿，才在出口处等到了陈一澜。

比完赛后本要跟队回去，不过陈一澜跟耿爱国说了一声。

耿爱国知道留不住他，赶紧摆了摆手："你快走吧，别磨叽我了，明天再过来吧。"

陈一澜乐了，去换了衣服，头发都没来得及吹干，一路大步地出来，就看到了站在门口的身影。

她很瘦，外面的阳光很好，她的皮肤白皙得不像话。听见声音，她转过身，杏目弯起，笑的时候，唇红齿白，足够让他心底的春天草长莺飞。

"陈一澜——"

温初柠看着他，他的短发还没干透，软软地擦过眉梢，青春朝气，又有一种潮湿的性感。

"我考上淮川外国语大学了！"她扬起笑容，"我能跟你淮川见了！"

陈一澜笑了一声："那挺好啊。"

"你呢？"温初柠瞪他，"你查分了没有呀？"

"我这刚拿了个冠军，小屁孩就跟我聊高考？"

温初柠愣了愣。

"你觉得呢？"他晃了晃手里的水瓶，抬步跟她往外走。

"你快说！"温初柠心底难得涌上来忐忑，小跑上去堵在他面前。

陈一澜仰头喝完半瓶水，把水瓶扔进了一旁的垃圾桶。

这是水上比赛中心的后门，外面是一个小花园，绿植修剪整齐，隔着几条鹅卵石小路，栅栏里面还是茂密的蔷薇花，风一吹，是扑鼻的花香。

陈一澜低头看着她，小姑娘眼神躲闪，紧张都写在了眼底。

他没来由地想到一年多以前，温初柠站在台上，声嘶力竭地给他喊加油。

"温初柠。"陈一澜笑了，慢悠悠地叫她名字。

"嗯？"温初柠紧张坏了。

"你说，这十来年，我答应你的事，哪件没做到？"

温初柠呆在原地。

陈一澜站在她面前，阳光晴好，落在他的脸上，他的轮廓优越，五官清俊，嘴角挑着一丝笑意。

半干的头发，被阳光镀上一层浅浅的暖金色。

“不过我得提前跟你说……”陈一澜凑近她的身边，微微弯腰，一双好看的眼睛看着温初柠。

这样近的距离，她甚至看得清楚他根根分明的睫毛微垂。

“说什么？”他突然凑近，让温初柠的心跳加快。

“这次我应该可以进入国家队了，我可能这三年会有很多场比赛，要去别的地方集训，我不能跟你保证太多，但是……”

她的心跳剧烈，紧张，一下又一下地清晰。

“但是只要我回来，我会来找你，三年后就是奥运会了，”陈一澜的视线直直地看着她，“还有三年，我还记得。”

温初柠只觉得，这一天，天空清朗无云，所有的一切都静谧无声。

这算是一句承诺吗？

风吹过，树上的花落下几瓣，像极了很多年前，少年站在长路的尽头，恣意得令人挪不开视线。

她在这一刻想起了陈一澜对她说过的很多话——

“温初柠，我说话算话。”

“温初柠，答应我个事儿不过分吧？二十六岁前，不许谈恋爱。”

“我陪你一起。”

“小屁孩，真难哄。”

“六公里，跑起来有点远，但想到你一个人孤苦伶仃坐在这儿，也不算远。”

“温初柠，那我们以后别走散。”

“温初柠，可以当面跟你说新年快乐吗？”

…………

她看着他的眼睛，忽然心底泛酸。

她也想起了自己在雍和宫的香火前许下的愿望。

——陈一澜，你要拿奥运冠军。

我就告诉你，我真的、真的很喜欢你。

是我青春里，最重要、最不可替代的 CYL。

“走了，回去了。”

“回哪儿？”

“回临江。”

温初柠小跑追上他。

陈一澜快走了两步停下等她。

温初柠朝他跑来，额前的碎发随风吹乱，小姑娘坚定地朝他跑来。

他们还有很多很多年。

他一定要拿到冠军。

贯穿这么多年的喜欢，总要有一天，窥到天光，正大光明地站在她身旁。

第十五章

好响“抱抱鸭”

考虑到翻译专业最好是研究生选修，温初柠的大学本科选择了英语专业。

舒可蓓也如愿考上了燕京大学，临走前，俩小姑娘约着一起吃了顿饭，最后舒可蓓在温初柠家住的。

两个小姑娘躺在床上，盖着薄被说悄悄话。

“你知道吗？孙嘉曜转三项全能了，我查了查，听着都累，这还有个别名叫铁人三项。”

“他应该也是很爱体育吧，”温初柠说，“他和陈一澜，都是六岁就开始游泳了。”

“是哦，”舒可蓓叹了口气，“可我还没跟他说上话。”

说着，舒可蓓翻了个身趴在床上：“我总觉得孙嘉曜这人好像很难沟通，我给他发消息，他隔四五小时才回我！还特敷衍！”

温初柠思考了一下，每次她给陈一澜发消息，他也有回复不及时的时候。

“大概是他们训练很累吧。”

“温温，”舒可蓓问，“孙嘉曜没青梅竹马吧？”

“想什么呢？没有，他小时候太皮了，我们家属院的女孩子都不跟他玩。”温初柠笑了。

“哎，真的烦死他了！”舒可蓓躺下仰面朝天。

“我们睡吧？”

“行，”舒可蓓刚一闭眼睛，又转头问，“你打算什么时候跟陈一澜表白啊？”

“大概……等他拿到奥运金牌吧，”温初柠慢慢说，“运动员的黄金年龄很短的，我不能让他为我分心。”

“温温。”

“嗯？”

“你真好，”舒可蓓感叹说，“你是干大事儿的人，你肯定能行！”

温初柠闭着眼睛笑：“你也是，快睡吧！”

淮川外国语大学与淮川大学在同一条街上，陈一澜比温初柠早去了两天，淮川大学的运动特招只有几十个人，限定在国际贸易的专业。

其中包括了几名游泳特招生，都是国家队和省队的队员。

温初柠惦念着三年的约定，没太黏着他，两人的相处模式一如以往。

不过温初柠在这儿碰上两个熟人。

一个是钟颜颜，她俩恰好一个宿舍，只是温初柠是英文系，钟颜颜是法语系。

另一个是谢宴霖，他是淮川外国语大学某个项目的投资方，温初柠在办公室里见过他，当时温初柠只是路过，听见有人叫他“谢总”，温初柠也没太上心。

陈一澜的比赛很频繁，用耿爱国的话说，这是他的黄金年龄，能多比赛就多比，一遍遍刷成绩，碰上大型赛事，还要去燕京集训。

他回来的日子不太多，因为两人的学校挨得近，他们运动员有专门的小食堂，饮食配比科学，陈一澜常常叫温初柠过去吃。

桌上三个大男生，温初柠只看到陈一澜，还有另一个眼熟的面孔。

脑海中思索片刻——

“大白狗。”

蹦出来孙嘉曜的一句话。

是安东，也是当时队里空降的成绩吊打其他人的新人。

另一个戴眼镜的，长相斯斯文文，叫张文博。张文博是外省的，性格憨憨的，一口一个“一澜哥”。

陈一澜倒是跟温初柠提过一句，张文博是他们队里年纪最小的，这孩子是个奇才，因为小学连连跳级，游泳起步晚，九岁才开始，但被他们省的省体校相中，走上了游泳这条路。

运动员的食堂饮食都是专门配比的，陈一澜带着温初柠“蹭饭”来了——因为看她英语专业学习忙，怕她吃不好。

对此，温初柠问他：“你带我来，不怕有人说你啊？”

陈一澜给她端了一碗鸡汤：“我倒是担心温初柠同学废寝忘食，饿瘦了可怎么办？”

温初柠确实挺忙，林林总总，主修和选修加起来都有六七门课了，说什么大学就轻松了，一点都不轻松。

陈一澜回回得了空就约着温初柠一起吃晚饭，有时候他来宿舍楼下等她，有时候是她下了课一路跑去淮川大学。

她知道淮川大学的游泳馆在哪里，一路飞奔着，道路两旁的梧桐木参天浓密。

她顺着场馆找过去，很大很专业的泳池，但平时这里都是运动员训练用的，旁人几乎不来，于是温初柠就在门口等他。

一楼有专门的镜子和吹风机，她站在外面，看着陈一澜背包从里面走出来，短袖短裤，肩宽腿长，很随意的 T 恤，风一吹，贴在他的身上，隐约看到他紧实的腰线。

陈一澜站在镜子前，短发微湿，他也只是胡乱吹了几下，从镜子里看到了坐在门口的小姑娘。

老实说，温初柠是真的变了很多。

她瘦，骨架纤细，身材比例好。

眼下，温初柠里面穿了一件淡粉色的针织吊带，配了一件浅杏色及膝半裙，外面一件薄薄的针织杏色开衫，及胸的黑发披散着，温柔又动人。

她就坐在那里看着他，眼底笑意盈盈。

陈一澜放下了吹风机出来，头发都没吹干透，然后就看到两个男生走到温初柠的面前——

“同学你好，可以留个联系方式吗？”

陈一澜脚步顿在原地。

温初柠摆摆手，忙站起来：“不用了，我没有联系方式……”

陈一澜听笑了。

那两个男生似乎也被这个答案惊了一瞬：“同学，手机号，或者微信号都行……”

“我还有点事，先走了。”

温初柠抬起头，看着站在那边的陈一澜，瞪了他一眼。

陈一澜只笑，这才慢悠悠朝她走过来：“走吧，吃饭去。”

那俩男生身高也有一米八，但陈一澜比他们高多了，运动员的身材优越，往这儿一站，气势压人。

“不好意思啊，她联系方式不会乱给，因为我非常介意。”陈一澜闲闲散散补一句，拉起温初柠的手腕走了。

温初柠脑子都在发烫。

陈一澜攥着她的手腕，掌心还微微潮湿。她抬起头看他，陈一澜的头发略长了一些，因为还有些湿，被他随手捋了一下，露出了光洁的额头。

他的骨相愈加立体，是他特有的清爽与一丝不易察觉的性感。

“你还看！都不知道帮我解围。”温初柠哼了一声，把手腕从他手里抽出来。

“我这不想看看温同学拒绝搭讪的标准答案嘛。”

陈一澜扬了扬眉，忽然停了停脚步，他们也正好走到了学校里的一条主干道附近。

杨柳依依，碎影斑驳，人来人往的，有不少学生骑车穿行。

以前跟在他身后的小姑娘，到底是从什么时候开始变得越来越明艳漂亮？

她坐在那个公交车站，纤瘦又失落的样子，好像还在昨天。

他背着她走过一条无人的马路。

现在，大概是因为她性格较为安静，看书较多，身上沉淀着沉静的气质，又甜又乖。

陈一澜轻笑了一声，心中有一种莫名的感觉，好像，他确实是吃醋。

这么漂亮一姑娘，在淮川外国语大学估计没少人追。

看起来，他得早点拿金牌。

温初柠被他这么看着，才几秒就有些羞窘，一抬头，撞上他黑漆漆的视线，鸦羽似的睫毛下叠，她马上别开脸。

“你老实跟我说，”陈一澜没让开，像是斟酌了下语言，慢悠悠地问，“有被别人追吗？”

他这么云淡风轻地问这种问题，身上好闻的沐浴露味道和青柠的甘冽交织，她的视线躲躲藏藏，却不经意地划过他的脖颈。

他的喉结微微滚动，夏风都滚烫起来。

“嗯？”他发出了这么一个单音节词，尾调上扬，声线勾人。

温初柠脸颊涨红：“不是你说的……”

“不是你说的二十六岁之前不能谈恋爱吗？”温初柠一股脑说出来，小猫似的威胁地盯他，“陈一澜，你早点拿奥运金牌！”

陈一澜愣滞了没半秒，这昭然若揭的心思，还真就隔着这么一层薄纱。

温初柠挤开他快步走了。

陈一澜笑出声，跟在她身后，故意说“二十六岁有点晚啊……那我尽快！”

这人用这么正经的语调说这么不正经的话，温初柠走得更快了。

只是她走两步又停下，没什么威慑力地盯着他。

“那有人跟你表白吗？”她憋出来一句。

“我哪知道？”陈一澜一脸无辜。

可恶！

“我这不是有目标嘛，”陈一澜慢慢说，“我得先拿个金牌。”

“然后呢？”

“然后提醒一下某位小屁孩。”

“嗯？”

“我拿了金牌，她能不能跟我谈个恋爱。”

温初柠愣了愣。

陈一澜继续说：“所以在此之前啊，谁跟我表白我都不在意。”

温初柠呆呆地站在原地。

陈一澜眉眼噙着笑，这样恣意又洒脱的少年，眼底的情绪不加掩饰，热烈又坦荡，真挚且无畏。

就像他为她奔跑过的六公里，那样出现在她的面前，予以她无尽的怦然心动和欢喜。

她只记得，那天看到他，所有的阴霾都消散了。

那天的月光弥散成万种心动，是她这么多年的心动回响。

温初柠脸颊发烫，抬步就走。

陈一澜就在后面笑她：“温初柠同学，你跑什么呀？我哪儿又让你不高兴了？”

“陈一澜！”温初柠白皙的脸颊泛红，“你快点走，我今天还有论文要写！”

陈一澜笑了，看这姑娘脸皮薄，没再捉弄她。

因为温初柠有作业要写，陈一澜带她去了一趟淮川大学的图书馆，还顺道给她点了一块小蛋糕和一杯热饮。

温初柠背了包，带了笔记本电脑和几本书。

淮川大学的图书馆很大，光线好，通透明亮，两人在三楼靠窗的位置坐着。

温初柠摊开书和电脑，用小勺挖着蛋糕吃。

陈一澜姿态闲散。

温初柠看着面前毛姆的《刀锋》，她修了一门文学，教授建议读原著。

上面有这么一句话——

“爱情就好比航海技术很差的水手，颠簸的过程让人受尽折磨，不过，如果你和拉里之间隔了一片汪洋，你会恍然大悟，刚开始那点难以忍受的痛苦，以后会变得微不足道。”

温初柠觉得或许有那么一点贴切。

他们彼此都在努力，虽然从未点明，却也明白，他们都在等待成为最好的自己。

她不能影响他最重要的几年。

他也不想在一事无成时站在她身边。

他的温初柠，永远都是他心里的唯一的第一位。

温初柠写完了作业，陈一澜照旧带温初柠去他们的食堂开小灶，然后把人送回宿舍。

淮川外国语大学和淮川大学挨得很近。两个人慢悠悠地出校门，路过古朴的弄堂，也路过淮川的标志性商业街。

已经是晚上八点多，夏天的风甜腻腻，驶过去一辆露天的观景巴士。

温初柠看着巴士，视线闲闲，只一眼扫到了最后一排。

坐着一个年轻的女孩和气质斐然的男人。

“沈先生，新婚快乐——”

温初柠听见了这一句洋溢着喜悦的话，嘴角不自觉弯起来，好像也能感受到这份喜悦。

温初柠偏头看着陈一澜，没来由说了一句：“陈一澜，祝你训练快乐！”

宽阔的马路人来人往，温初柠的视线落在他攥着她手腕的手上。

修长有力的手掌，温热干燥的触感。

最重要的，是陈一澜。

他时时刻刻记着十七岁那年的话呢！

陈一澜把温初柠送回去，温初柠回宿舍放下包，跑去阳台看了一眼。

陈一澜还在楼下，直到看她回了宿舍才能放心走。

温初柠的大一大二过得很平静，陈一澜大一大二时很少在学校，因为接二连三的比赛，几乎常驻燕京集训，回来也只是参加学期考试。

获得参加奥运会的资格并不容易，要一次次刷出漂亮的成绩才有资格参加预选赛。

而下一次的奥运比赛，正是在后年，算算日子，那会儿他们差不多该大四了。

这就意味着陈一澜必须在大二这年刷够成绩，拿到参加预选赛的资格，而后有一整年的时间备战奥运。

两人聊天时，陈一澜并没有多提什么。温初柠只隐约听孙嘉曜提过一嘴，说游泳队竞争相当激烈，陈一澜做不到顶尖就危险。

而温初柠也一直在努力，她的导师知道她有目标，在大二的时候就跟她谈过一次话，要做同声传译，建议读研，趁现在多参加一些大学生的英语竞赛，增加履历。

所以温初柠一直挺忙，而同宿舍的钟颜颜追求不太大，还在大三这年谈了个男朋友，男朋友是英语系的，看着挺活力一男孩子，两人没少拌嘴。

钟颜颜有撞见过陈一澜在宿舍下等温初柠的时候，也知道他是运动员，忙着训练。

钟颜颜还挺奇怪地说："你俩这算什么情况？都没表白？"

"嗯，还没。"温初柠坐在桌前复习功课。

"老实说，你俩这郎有情妾有意的，平时也不打打语音视频啊？"钟颜颜涂着指甲油揶揄，"陈一澜简直太可以了，我说句泳坛第一美男都不过分。你呀，该庆幸，现在女孩都不太关注体育……"

温初柠撇撇嘴，不过听着钟颜颜这么说，还是短暂地失神了。

"哎，对了，温温，咱们好像下周是 reading week（准备周），没课，你有空吗？"钟颜颜突然想起什么，问道。

"有吧，怎么了？"温初柠看着手机，点开屏幕，落在陈一澜的对话框上。

"我想跟我男朋友去云南玩来着，但是那个旅游团要四个人，不知道你能不能去啊，要是你去的话，还缺一个人……"钟颜颜说，"你看看你有空没有，套餐蛮合适的，正好是五天，租一个两层小洋楼，算是半自由行。"

"我得看看。"

"行，你想想，三天内跟我说就行，我们还没定下来呢。"

"好。"温初柠随口答道。

她发现自己没看进去面前的资料，反倒是脑子里一直冒着钟颜颜说的那话——

"说一句泳坛第一美男都不过分。你呀，该庆幸现在的女孩子都不太关注体育……"

本来不说还好，一说，她一想，确实心里酸溜溜的。

温初柠看了眼时间，已经是晚上八点了。

她几次三番犹豫，还是给陈一澜打了一通电话，还特意去了阳台。

"嘟——"

二月，她们才开学不久，因为陈一澜在外训练没回来的缘故，温初柠也只回临江待了几天。

在家触景生情，倒不如早点回来学习。

到了大三这一年，温初柠见陈一澜的日子更是寥寥可数。说不想，是假的。

这两年的大型赛事不少，诸如亚运会和全运会都是四年一届，还有两年一届的国际泳联世锦赛，以及几场全国锦标赛、城市运动会和大学生运动会。

陈一澜不仅是S省省队成员，还挂名国家队，参加的比赛只多不少，主项400米个人混合泳，还要兼其他泳式其他距离。

想想就很辛苦。

温初柠穿了一件外套，站在宿舍的阳台上，手里拿着手机，给陈一澜打电话。

他过了一会儿才接。

"怎么了？"他的声音听起来有些气息不稳。

温初柠听到了隐约的回声，猜测他此刻在泳池里。

"你还没有训练结束吗？"温初柠轻声问了一句，心口莫名有点发酸。

"结束了，但我还在泳池，马上回去。"

"还是在燕京吗？"

"对，"陈一澜扯了块毛巾擦擦手，从水里爬上来，"对了，我过几天要去云南，是高原春训，可能要在那里待三个月。"

温初柠的呼吸一滞，脑袋里有各种各样的想法冒出来。

最后都只有一个终点——

我想见你。

"陈一澜，你说，"温初柠趴在阳台上，拿着手机看着天上的月亮，可惜今天是个阴天，薄雾笼着，月亮也好模糊。

"嗯？"

"我要是去云南，可以见到你吗？"她轻声问了一句。

陈一澜握着手机，还以为听错了，顿了几秒才说："你不上课？"

"下周我们reading week，不上课。"温初柠的指尖冰凉，心里却翻着滚烫的浪潮。他们每个学期都有两周的准备周，她还选修了英语语言文学，有大量的资料要读，所以时间很紧。因为学校里没有安排上课，对大部分学生来说更像是一个小长假。

"我们有专门的春训基地，不一定能有很多时间。"

陈一澜披着毛巾去更衣室，只是路过了窗边，今天没有月亮，天气雾蒙蒙的。

初春还冷着。

"没事，你好好训练，能见到就见到，见不到……"温初柠抬头看着窗外，"以后还有很久很久。陈一澜，今天淮川降温了，你记得多穿点。"

陈一澜轻笑一声，隐约听到她那边有风声，似乎也在阳台上吹风。

他们是在看着同一片天空。

月光模糊，可明亮的从来都不是月亮。

陈一澜换衣服时，温初柠没急着挂电话，她手指冰凉，小声问："陈一澜，你们是去云南哪里？"

"昆明。"陈一澜套上卫衣，随手拨了拨头发。

"好！"

"好什么，别耽误学习。你过来可能会有高原反应。"

"你怎么这么唠叨，我都大三了，又不会落下学习。"

路上要折腾很久，可觉得值得，因为是见你。

陈一澜笑她："那你这过来，我得想想办法请一天假。"

"那你也不许逃训练。"

"废话。"

温初柠笑了，打这通电话，二人之间好像从来都没什么变化，刚才钟颜颜说的那句话都烟消云散了。

"那，等我到了我跟你说。"

"好，早点睡。"陈一澜应了一声，挂了电话，疲倦一扫而光。

算算这次集训已经持续了几个月，为了备战一场比赛，训练的强度很大，确实枯燥，连他都觉得疲倦劳累，可温初柠这通电话，像一通及时雨。

就这么一周假，他舍不得她折腾到高原，可转念又想，这是他们两个人的期待。

陈一澜笑了笑，把手机放回裤袋，准备回去洗漱休息。

他从游泳馆出来，刚才熄了灯，这会儿又亮了。

陈一澜停下脚步回头看了一眼，水池里又多了一个人，他眯了眯眼睛看过去，发现是张文博。

张文博年纪小，同样大三，才 18 岁。

游泳队的队员，各有各的难处。

陈一澜突破缓慢，张文博成绩不稳，安东现在也卡在了 4 分 13 秒。

现在队里的目标是 4 分 10 秒至 4 分 11 秒。

陈一澜本来想直接走，但是看了一眼时间，还是倒回去了。

张文博正好游过来，看到陈一澜，他从水里出来，抹了一把脸，喊道："一澜哥。"

"这么晚还没回去？"

"我睡不着，我想再练练，"张文博有点失落，"耿教练说我成绩太不稳定了。"

"游泳，除了天赋，还要拼平时的努力，临时抱佛脚不能提成绩，"陈一澜笑了笑说，"你起步比我们好多了，注意劳逸结合。"

"一澜哥，我能问你个事情吗？"张文博攀着池壁，少年一张尚且稚嫩的脸，眼底的茫然，也让陈一澜想到了自己十七岁的时候。

他为了突破 4 分 15 秒，不知疲倦地一次次游。

“你问。”陈一澜没急着回去，索性坐在池边，随手拧开了一瓶水喝。

“我觉得游泳好难，提成绩也难，我的蛙泳太不稳定了……”张文博说到后面有点心酸，“我有点想回家了。”

“你父母支持吗？”陈一澜问。

张文博点点头：“我爸妈特别支持。”

“你比我好多了，我妈一直不太希望我游泳，我是被我爸逼着游的，小孩子都有逆反心理。后来我遇见了耿教练，也有你这样的倦怠期，想退缩。每个人都有一事无成的权力，可我们不能，我们不只是一个个体，还是游泳队队员，要为队里和国家争荣誉，有时候想想提成绩确实很累，但还有一句话，”陈一澜说，“唯有热爱抵万难。”

张文博似懂非懂。

“想做的事情，要尽全力去做，不然以后只能后悔为什么当初没有再努力一点。”

陈一澜喝完了水，站起来，拎着空瓶去一旁的垃圾桶扔掉。

“知道了一澜哥，我再练一会儿负重打腿，练完就回去。”

“好，别太晚。”

陈一澜从地上拿起包，回头看，张文博戴上了打腿板，重新扎进水里。

他自己也有这样的时候。

迷茫，甚至萌芽了退缩，能够保持成绩已经很不容易了，更何谈提高一秒，在体育竞技里，每提高一秒钟都要付出几百倍几千倍的努力。

想做的事情，总要去做，想留在身边的人，要努力地去奔赴。

陈一澜出了训练馆，抬头看着朦胧的月亮。

——他其实知道，就算他只是普普通通的陈一澜，温初柠也会喜欢他。

可他不想做普普通通的陈一澜，他不想一事无成地站在她身边，他想要给她更好的未来。

温初柠从阳台回了宿舍，钟颜颜正好也跟她男朋友打完电话，温初柠答应了钟颜颜云南旅游团的邀约。

温初柠坐在桌前，打开微信，下一秒陈一澜给她发了一条消息。

很长的一条消息，内容是去高原地区的必备药品和用品。

温初柠笑了笑，回了一个“OK”，然后问他：【陈一澜，孙嘉曜去吗？】

CYL：【全能的早就过去了，可能都快结束了。】

【好！】

陈一澜又发了一条语音消息。

温初柠不知道他发了什么，拿出耳机戴上点开。

陈一澜走在回宿舍的路上，风吹过树叶“沙沙”作响，陈一澜声线低，仿佛被夜色蒙上一层特殊的意境——

【怎么，还问别的男人？】

神经病！

温初柠翻了个白眼，敲了几个字，没打出去，手指不小心又碰到语音条，于是又在耳边播了一遍。

他的声音尾调上扬，他甚至不用出现在她的面前，她就会想到他微微弯下腰，回回这么说的时候就要故意看她的眼睛，一双好看的桃花眼弯起一点笑意，她躲无可躲。

温初柠脸颊发热，索性不回他的消息，打开了舒可蓓的微信，拨了一通语音电话。

舒可蓓在宿舍里追剧，几乎一秒就接了。

“贝贝，你下周有时间吗？”温初柠说，“要不要去云南呀？我听说孙嘉曜在那边春训来着。”

“真的假的？”舒可蓓立刻把 iPad 上的综艺暂停，“去云南了？”

温初柠觉得怪怪的，问道：“你俩吵架了？”

“算是吧，他不冷不热的，两个月前我把他堵了。”

“然后呢？”

“然后他跑了。”

温初柠没来得及开口，舒可蓓又说：“我下周只有两节课，我去，我非要问问他到底什么情况。”

舒可蓓咬牙切齿。

温初柠让她息怒。

舒可蓓哼了一声：“那我到时候跟你联系。”

“行。”

舒可蓓说完，又跟温初柠聊了一会儿，她俩虽然不在一个地方，但是联系没断过，寒假暑假时还能见面。

温初柠知道舒可蓓一直喜欢孙嘉曜，两人说没说明白，温初柠没有多问。

运动员的训练生活的确繁忙，尤其是职业运动员，因为黄金期短暂，所以比赛频繁。

温初柠今天早早睡了，躺在床上，却翻来覆去睡不着，她抓过窗边的海豚玩偶，这是陈一澜在很多年前送她的那个，是他参加第一场比赛的吉祥物，她把它带到了淮川。

温初柠在床上翻了一圈，在手机上设了个倒数日。

【距离奥运会还有 880 天。】

再等 880 天。

温初柠盯着手机，莫名觉得很有盼头。

下一秒，手机里弹出来一条视频请求——

她还戴着耳机，手一抖，按了拒接。

陈一澜又打过来。

温初柠这回接了。

陈一澜的训练宿舍是单人间，房间干净整洁，他刚冲完澡，头发还是湿的，身上穿着一件 T 恤和一件短裤，他坐在桌前，往屏幕里一凑。

“温初柠小朋友生气了啊？”陈一澜凑近屏幕说，“来，我想想怎么哄哄。”

温初柠躺在床上，一动不动，她还戴着耳机，声音就这么顺着耳朵传进大脑，像是有一股浅浅的电流。

这么闲散又随意的语气，声音性感好听。

“你在干吗呢？”陈一澜以为网络卡了，拿起手机看了看。

“没干吗。”温初柠终于说话了。

她的宿舍是二人间，钟颜颜还在看剧，灯没有关，她的床帘拉上，还透着一点淡淡的光。

就在这样一片属于她的安静的小世界里，她看着屏幕里的陈一澜，情绪都化成了一种没有形状的想念。

他的脸依然轮廓深，皮肤白皙细腻，一双桃花眼深邃漆黑。

他那边开着灯，从这个角度，能看到他脖颈的线条，还有 T 恤领口下隐隐的锁骨。

因为挨得近，她甚至可以清晰地看到他的睫毛，他对着屏幕眨了眨眼睛。

大概是因为在黑暗里，温初柠才能这样大胆地看着他的脸。

要是面对面，看不了几秒，她就会觉得脸红。

“我的错。”他没来由说了一句。

“你哪儿错了？”

“你没回我消息不就是把你惹不开心了？”陈一澜说，“还这么早睡。”

温初柠没说话。

“不行啊，我要是把你气着了，以后我可有苦日子了。”

“我没生气。”

“那你是什么？”

我是很开心马上能见到你。

但这话说不出口。

陈一澜说：“我不信，你开灯让我看看。”

温初柠说：“我都躺下了。”

“才八点。”陈一澜继续说，“那你就是生气了。”

温初柠马上就要从没生气到生气了！

她从床上坐起来，开了床头灯。

温初柠有点不好意思，她也洗完澡不久，头发还没吹干，身上穿着一身浅粉色的珊瑚绒睡衣。

陈一澜靠坐在椅子上，拿起了手机放在面前。

“几天不见，温同学又变漂亮了，”陈一澜气定神闲地说，“一想到你在距离我几百公里外的淮川，我很是不放心啊。”

“神经，”温初柠脸红起来，“看都看到了，我没生气，你也早点睡。我明天就收拾一下行李。”

“行，”陈一澜笑了一下，“不过说到生气……”

“嗯？”

“我都好几天没联系你了，因为训练有点忙，有时候我在泳池里多待一会儿就很晚了，回来之后没给你发消息，是怕影响你休息。”他突然冷不丁解释了一句。

温初柠拿着手机，心里莫名有一股暖流。

“我知道。”她小声说了一句。

“所以啊，你要是不开心，可以先来怪我，我已经很久没回淮川见你了，”陈一澜说，“觉得对你很亏欠。”

他这话说得挺认真，认真到温初柠听着，觉得心里泵出的热意让她的感官更加清晰。

“好了，你早点睡吧，我大后天要跟队里去春训了。”

“好，陈一澜，”温初柠拿着手机，“晚安。”

“晚安。”

是温初柠先关掉的视频，因为她知道陈一澜早上五点多就要起床。

她这会儿更没了睡意，坐在床上，手机还有一点余热。

她莫名就嘴角上翘。

虽然从来都没有确认过那层关系，可温初柠始终觉得，这只隔着一层薄纱似的情意，他们彼此都能知晓。

她从来没有过不安——

因为陈一澜，是真真切切地把她放在了最特殊的位置。

即便他不说，她也能够感觉得到。

才八点多，温初柠确实不太困，她这会儿干脆从床上爬了起来，想再看看书。

结果手机又响起来，是外卖电话。

温初柠有点疑惑，穿了拖鞋下楼取。

是一杯温热的奶茶，还有一小盒蛋糕。

温初柠提着东西上楼回宿舍，打开方形的纸质包装盒后，里面有一块蛋糕，旁边缀着草莓和几朵粉色的玫瑰花。

蛋糕盒子外面还有一张卡片——

【有一只小鸭子叫抱抱鸭，它叫的声音特别大，所以别的小鸭子都叫它“好响抱抱鸭”。】

温初柠笑了。

真傻。

她拿出微信，给陈一澜改了个备注——

好响抱抱鸭。

温初柠给他敲字：【我特别开心。】

好响抱抱鸭：【？】

温初柠：【嘿嘿，晚安！】

好想时间走快点，想要快点见到你。

第十六章

金牌与她，他都要

温初柠放假前被专业老师叫去了办公室一趟。

她们正好是大三下学期，专业老师是个中年女人，四十多岁，很有气质，穿搭简约大气，听说还在某家上市公司挂名翻译。

专业老师叫林芝，很喜欢温初柠，才大三下学期，她就来询问温初柠的打算。

温初柠说打算以后从业同声传译。

林芝是淮川本地人，说话慢而沉稳，很熨帖，提议温初柠边备考研究生边准备实习。

温初柠点点头。

“你要是想实习，我倒是有个推荐的，高林国际，他们是一家国际贸易公司，有同声传译岗位，就是商务会议翻译。正好我跟他们的人认识，听说明年只招一个实习生，我推荐你过去。”

“好，谢谢林老师。”温初柠道谢，“我会好好考虑的。”

“行，回去吧。对了，你感兴趣的话可以多读点现代小说，好好利用这个准备周。”

“好。”

温初柠有点心虚，但还是面不改色。

温初柠回宿舍收拾行李，三月的天气还有些凉，她带了几件厚衣服。

那天是早上的航班，温初柠早早赶去机场，到达机场时，是早上五点多。

舒可蓓比她还早到一个小时。

起床的闹钟响起时，陈一澜的消息也准时跳了出来。

好响抱抱鸭：【穿暖一点。】

好响抱抱鸭：【下午见。】

温初柠拖着行李箱出门时，唇畔噙起了一点笑意。

春寒时候，气温很低，温度刚刚零上五六度。

旅行的计划她之前就发给了陈一澜，陈一澜隔了好几个小时才回了一条“OK”。

温初柠挺期盼这次见到他，因为下次见面就不知道是什么时候了。

下了飞机打车，人生地不熟，又听不懂司机的云南话，民宿老板给的地址又不具体，几个人七拐八绕到了那个小别墅，可是费劲。

这别墅地处安静，环境漂亮。

外面路边种着很多花，潮湿微雾，别墅是两层的小洋楼，装潢简洁漂亮，前后院都种着不少花花草草，二楼的卧室还有一个漂亮的露台。

钟颜颜特高兴，拉着男友齐鸣拍了不少照片。

温初柠和舒可蓓一个房间，放好行李两人就开始喋喋不休地聊天，当然主要是舒可蓓抱怨孙嘉曜，一路抱怨到了一个小饭馆。

舒可蓓出落得漂亮，化了点妆，张扬又明艳，现在在燕京大学修汉语言文学，特气质。

温初柠默不作声拿走舒可蓓手边开的乌苏："你少喝点。"

她知道孙嘉曜一向大大咧咧，这么听舒可蓓吐槽，在感情上觉得他还挺缩头乌龟。

舒可蓓说："我这回过来，是想要一个答案，他能答应呢，我就等他退役。全能也是二十五六退役吧？还有这么几年，反正这些年也过来了。他要是不答应呢，这回就断了，我正好才二十岁。"

温初柠赞同，觉得是这个道理。

"行，就这样，我现在就过去。"舒可蓓喝了点酒壮胆。

"现在？你喝多了吧？"温初柠伸出手在她眼前晃了晃。

"我没喝多，我就开了一瓶乌苏，才喝了一半就被你拿走了。"舒可蓓翻个白眼，"放心，半瓶啤酒我一点事都没有。"

温初柠看她只是脸颊有点发红，这才答应放她走了。

舒可蓓知道孙嘉曜他们春训的地方，离市区有十公里，不算太偏僻。

温初柠送舒可蓓去打车，看着舒可蓓走了，她在风中搓了搓手，看了下时间，才下午两点多。

估计陈一澜到不了太早，他们的飞机三点落地，要去基地报到后才能有时间。

温初柠回了别墅，钟颜颜和齐鸣已经出去了。

温初柠吹了点冷风，有点疲乏，索性去了卧室。房东给她们都准备了舒适干净的床铺，温初柠脱了衣服就躺下睡了。

她睡到后面渴醒了，喉咙有点干涩难受，浑身有点痛，睁开眼，觉得头也有点痛。

温初柠偏头看了看，原来卧室和阳台之间的推拉门没关紧，她反应过来——坏了，应该是感冒了。

随即温初柠又意识到已经天黑了。

她赶紧翻身抓起了手机看了一眼，已是晚上七点半。她下意识地想给陈一澜打电话，结果下一瞬间，卧室的房门被推开。

温初柠一转头，看到了陈一澜从外面走了进来。

走廊开着灯，房间黑暗，他的身材颀长，穿着黑色的运动长裤，里面一白色T恤，外搭了一件藏蓝色夹克，拓然优越。

“你……你怎么过来了？”

“我刚到，给你打电话不接，你室友正好回来拿东西，看到你有点发烧，给你买了感冒药和退烧药。”陈一澜端着水杯进来，坐在床边的沙发上，伸手摸了摸她的额头，“把药吃了。”

温初柠躺在床上，半撑着身子，有一种不真实感。

陈一澜坐在她身边，伸手按开了床头灯，淡黄色的暖光笼罩着，他是真实出现在了这里。

温初柠接过他手里的水杯，就着温水把药吃了。

他随手把水杯放在了床头柜上。

温初柠睡得有点蒙，一睁眼就看到他出现在自己的身边，鼻尖后知后觉有些发酸。

算起来，真的很久没有见了。从大一到大三，见面的日子寥寥。

这更像是一场挺难挨的漫长异地恋，总能找到足够多支撑的理由。

这也是一场很勇敢的付出和等待。

在用现在等着未来，每一个想他的日与夜，只能打开微信，找到那些收藏的语音，一遍遍听着。

翻来覆去地看着他的照片，看着他的比赛，期待导播将镜头切到他的身上。

“怎么还哭上了？”

陈一澜坐在床边，轻笑了一声，向前倾身，伸手摸了摸温初柠的眼角。

温初柠别开脸，有点说不清楚的委屈藏在心里。

陈一澜的视线落在她脸上，她原本就很小的巴掌脸似乎更瘦了一点，房间里开了中央空调，她穿了一条睡裙，肩颈的线条纤瘦，眼角有点发红，看着还挺委屈。

“来，让我抱一下。”

没等她回应，陈一澜向前倾身，将她揽进怀里。

温初柠坐在床上，他身上有些凉意，但薄薄的T恤下，是少年硬实温热的胸膛。

温初柠的下巴搭在陈一澜的肩膀上，陈一澜的身上有淡淡的青柠和薄荷的味道，一寸寸地沁入鼻腔，仿佛唤醒沉睡了很久很久的想念。

想念是缠在心口的无形藤蔓，只要一个拥抱，就能肆意生长。

温初柠的眼泪落在他肩膀上，然后吸了吸鼻子，到底是没哭出来。

她动了一下，抬头看着陈一澜。

陈一澜下颚线条更加紧实流畅，五官精致立体，一双眼睛里有些淡淡的疲倦，双眼皮似乎更深，眼睛黑漆漆的，却又那样明亮。

陈一澜伸手，用指腹擦了擦她的脸，弯唇笑了，长睫落下一层浅淡的阴影：

“再哭可就不漂亮了啊，这么久不见，一见我就哭，哭坏了我可心疼。”

他说着，伸手捏了捏温初柠的脸颊：“笑一个我看看。”

温初柠弯了弯嘴角，笑得有点傻气。

高原训练对运动员来说几乎是每年都有的项目，因为高原上的低氧环境可以有效地促进运动员的心肺耐力，尤其是马拉松和田径类项目，良好的高原训练效果可以为这一年的赛季打下一个坚实的基础。

因为乍一过来，多少有点高原反应，所以耿教练给了他们一些时间适应，也知道这群孩子耐不住好奇，索性给他们放假玩几天。

陈一澜这才有了些时间。

温初柠吃了药迷迷糊糊睡了一会儿，再醒来时又过去了两个小时。

房间里只亮着一盏床头灯，有那么一瞬间，温初柠以为那只是梦，可是床头柜上放着的玻璃水杯又提醒着她是现实。

温初柠的外套搭在床边，她摸索过来披上，正要下床，看到露台上有一道影影绰绰的身影。

陈一澜在外面打电话。

温初柠坐在床上，盯着他的背影看了一会儿。

露台上有些小装饰灯，架子上摆放着很多花花草草，陈一澜颀长的身影站在那儿，好像自带了一种朦胧的滤镜。

温初柠小心穿上鞋，结果陈一澜还是发现她醒了，他说了几句就挂断电话，然后走了进来。

他把手机放回口袋，过来伸手，将有点凉的手心贴在温初柠的额头上。

“好点了吗？”他问。

“好多了。”

“还能出去吃饭吗？不能我点外卖。”

“能。”

本来就是出来玩的，况且能见面的日子不多，温初柠并不想把回忆都留在房间里。

她去洗手间洗了把脸，换了一身暖和点的衣裤，照了照镜子，觉得脸色有些不好看，干脆化了个淡妆才出来。

已经临近九点了，两人在老街找到一家私房菜馆，是露天餐厅。

温初柠随便点了一些吃的，看到后面有饮料，名字起得花里胡哨，她也没看介绍，直接盲点。

结果端上来之后发现是一杯创意饮品。

杯子里面是碎冰、荔枝果汁与苏打气泡水，上面插了一个小瓶子。

尝一口，有果汁味，还有甜甜的奶味，冰冰凉凉的。

温初柠并不知道这饮料含酒精，只觉得挺好喝。

结果吃完这顿饭，陈一澜结账上来，就看到温初柠趴在栏杆边，脸色倦怠，蔫蔫的。

正好有服务员上来打扫，陈一澜往他们那桌看了一眼，看到了上面插着的小瓶子上有“alcohol”的字样。

得，含酒精。

陈一澜朝温初柠走过去。

九点多，人都散了不少。下面是商业老街的拱顶，人来人往，温初柠趴在那儿看，大都是年轻人，手牵手的情侣居多。

温初柠看着看着，没来由的，委屈又涌上心头。

别人都可以跟喜欢的人天天在一起，她不能。

她知道陈一澜训练很忙，聚少离多，可转念想想，好像也就这么几年。

希望能苦尽甘来。她只能这样安慰自己。

陈一澜走过来，看温初柠有点失神的表情，他嗅了嗅，好像是有点淡淡的酒精味道。

“还能走吗？”陈一澜弯腰看着她。

“能。”温初柠晕乎乎的，强撑着理智说，“我们今天去老街逛逛……我听说这里……”

“回去睡吧。”陈一澜的视线落在她脸上，白皙的小脸有点绯红，长睫低垂，看起来情绪不太高的样子。

他伸手帮她拉了拉外套的领口，把围巾系好，然后把手递给她，说：“走了。”

“不想回去。”

想跟他多留下点回忆。

多留下一点回忆，再支撑到下一次的重逢。

温初柠看过一句诗，说，神明有两个时间漏斗，相见的时候流得快一些，分别的时候流得很慢很慢。

“还会喝酒了，”陈一澜看她磨磨叽叽的样子，“要不要背你？”

“不行。”

“怎么不行？”

“你是来训练的……我又胖了点，我已经九十斤了，你得好好留着力气训练。”

温初柠转过身，看着他递过来的手，犹豫了一会儿，抓住，说：“走，我们去走走。”

她执意要去，陈一澜就依着她。

这是一条风情街，两边的门店都是一些创意文艺店。可惜这条街不长，走十几分钟就到头了。

温初柠脑子短路了，又牵着陈一澜走回去。

她其实不太记得两旁有什么样的店铺，只记得拉着他的手，她的手心被他攥着，她的手都不敢动。

只是这么被他牵着，就有点小小的开心。

两旁的店铺开始打烊。

温初柠牵着他的手，脚步停了停，看到一家露天的花店要歇业了，外面摆着很多瓶花，漂漂亮亮的。

店里关了灯，整条街都快要灰暗了，一天就要这样结束了。

温初柠忽然有点没来由的自责，她下午不该睡的。

陈一澜的视线也循着看过去。

他牵着她站在路边，让她在椅子上坐一会儿，说：“我马上回来。”

“好。”温初柠点点头，一个人乖乖坐在那里等他。

这一刻她脑子里想着她在飞机上做的计划，想跟他去的地方。

可是这个计划她只是自己偷偷写下来了，没太当真，因为当时想他不一定有时间。

眼下，陈一澜能陪她几天。

温初柠算着，大理、丽江、玉龙雪山……

她正胡思乱想着，视线里突然出现了一小束花，外面是一圈浅薄荷绿的薄纱，里面是几簇开得漂亮的白色铃兰，香气清新。

温初柠愣住了，慢吞吞抬起头，就看到陈一澜站在她面前，他手里拿着花束，在她面前蹲下。

“一束花能哄好吗？”他蹲在她面前，伸手捏了捏她的脸。

温初柠直愣愣地看着眼前的花。

他身后的花店关了灯，其他店铺的灯也在一盏盏熄灭。

陈一澜的五官更加轮廓立体，他最近应该有些疲倦，双眼皮的褶皱更深了。

一瞬间，温初柠好像想到很久很久前。

小时候她总是坐在家属院的门口哭，陈一澜经常会把手里的糖递给她。

一颗糖不够，他就把口袋里的糖都给她。

温初柠一边抹眼泪，一边伸着小手去摸他的口袋。

温初柠接过了花，没来由说了一句：“我想吃葡萄牛奶糖。”

“行，”陈一澜把手递给她，“带你去买。”

温初柠吸了一口气，右手抱着花，左手牵着他。

铃兰的花香很清新，她低头凑过去闻了闻。

“陈一澜，你对我真好。”温初柠小声说，“我好像只能给你添麻烦。”

“那我还挺需要被你麻烦。”

陈一澜攥着她的手，慢悠悠补了一句，她走得慢，他也放慢了脚步。

“我五天后就要回去了。”温初柠低着头，声音有点闷，“五天后，我在淮川，你在春训。”

“嗯，那我每天跟你说晚安。”

“可是也见不到。”

“那再加一张照片。”

温初柠脚步越来越慢。

“走不动了？”陈一澜看她走得慢吞吞的，干脆停下来，“上来，我背你，早点回去睡一觉，明天带你出去玩。”

对，明天早点起来。

温初柠老老实实爬上去，左手小心地护着那束铃兰。

陈一澜稳稳地背着她。

离开这条老街，还要直走一段距离才能回去。

温初柠趴在陈一澜背上，有点不开心。

她突然想起什么，伸手摸了摸口袋。

这件外套里有一条葡萄味的奶糖——是很久前她在便利店里结账的时候顺手买的。

“陈一澜，”温初柠说，“我有糖，不用买了。”

“好。”

“我把我的糖给你吃，”温初柠伸手摸口袋，用一只手费劲地剥开糖纸，拿了一粒递到他嘴边，“你也开心点。”

陈一澜弯起眼睛笑了：“你这酒量还真差，以后别喝了，喝饮料前看仔细点。”

“你呢？”

“运动员不喝酒。”

“哦……”温初柠胡乱说着，“那以后我给你点饮料。”

“行。”

“陈一澜。”

“嗯？”

“以后你比完赛回淮川的时候给我打电话，我一定来见你。”温初柠像是想到什么，认认真真地说，“我一定去见你。”

“知道了，”陈一澜答应她，“一定见你。”

“好！”

温初柠终于开心了一些，她趴在陈一澜背上，偏着头看他，乱七八糟的情绪都消失了，她只想好好看着他。

还有几百天而已。

就几百天，几百天也可以过得很快。

温初柠这样安慰着自己，也终于放了心。

陈一澜背着她走回去的时候，背上的人逐渐没什么声音了，只有温热的呼吸轻轻地拂过他的耳畔。

小区里格外安静，偶尔有一些风，吹拂过两旁的花花草草。

陈一澜微微偏过头看了看。

温初柠好像是睡着了，却还紧紧地抱着那束花。

他的心底有一种微微酸涩的情绪弥漫开来。

见不到日子还横跨着很多遥远的距离，因为在备赛，也没有那种买车票赶回淮川的时间了。

温初柠从来不会对他抱怨什么，将所有的酸涩情绪都藏起来。

其实她也很难过。

她的难过，让他自责。

陈一澜把温初柠背回去时，钟颜颜和齐鸣都没回来，舒可蓓也没回来。

偌大的房间有些空。

温初柠搂着那束花不放开，陈一澜轻轻地拿开她的手，结果温初柠下意识地抓住，陈一澜没抽出来。

他坐在床边，温初柠睡着了。

“温初柠。”他很轻地叫了她一声。

只有沉默。

陈一澜的手被她攥在手里，她的手指纤细，攥着的力气也不大。

见她的一张小脸有些发红，陈一澜摸了摸她额头的温度，没有发烧，只是因为感冒，呼吸声有些重。

陈一澜用另一只手拉了拉被子，低声说：“异地挺苦的。

“见不到你，我也很想回来。

“还有两年多，还有两年多就是奥运了，我一定早点拿到金牌。”

“然后给你一个惊喜，”陈一澜垂眸看着她，她安安静静的，呼吸匀称，他没来由低笑一声，“表白这事儿，还是得我先来。

“要不然，让你先说喜欢我，多亏。我们温初柠小朋友也是受苦了，异地这么久。”

“再过两年吧，”陈一澜的语调带了一丝不易察觉的放松，“我单方面改改，二十二岁前，争取跟你谈个恋爱。”

从他有记忆开始，这个小姑娘就跟在他身后，一把鼻涕一把泪，出什么事都喜欢黏着他。

小学时温初柠不记得周梦刚换的手机号码，偏偏记得他家的号码。

他刚进体校那会儿，放假回来跟很多人都疏远了，偏偏温初柠扔下书包，飞奔着跑过来。

所有人只关注他的成绩，关注他有没有进步，只有温初柠问他累不累。

也只有她，会突然出现在比赛的现场，比谁都激动地为他喊加油。

在累的时候，他发现她把他送过的所有东西都小心珍藏。

其实他也不是没想过，在此期间温初柠会不会喜欢上别人，可他知道，她在坚定地等着。

他们之间那些承诺，他们两个都在不用言明地遵守着。

这样的日子很苦，他常常会担心她还能不能坚持。

可这么多年，温初柠始终都放在心上。

他对此，有一种无形的亏欠，只能化作每一次训练的动力。

再坚持坚持，再努力一些。

陈一澜看着她，弯唇笑了笑。

温初柠放在床边的手机振动了一下，是舒可蓓发来的消息，说她今晚不回来了。

陈一澜看到温初柠的包都随意地放在床上，于是收拾了一下，结果看到了她包包里的钥匙。

钥匙上挂着一串钥匙链，小熊猫头的挂饰，已经用了很久了，背面有很多划痕，显得有些旧。

他把钥匙链拿在手里，轻轻攥了攥。

温初柠安稳睡了一整夜，醒来时到了中午十点多。

她迅速爬起来，感冒好了不少，但还是有些头疼。

她看到一束铃兰，连带着包装插在一个透明的玻璃瓶里。

很多回忆浮上来，温初柠脸颊发热，赶忙拿着自己的东西钻进浴室洗漱。

结果她拉开浴室的门，看到陈一澜只围着一条浴巾在刷牙。

浴室里还有水汽萦绕，玻璃上覆着一层白雾。

陈一澜闲闲回头看她，嘴里咬着牙刷，显然也是刚睡醒不久的样子，短发有些乱，额头光洁，鼻梁高挺。

温初柠瞬间愣住，视线都不知道该要往哪里放。

“等会儿。”陈一澜含混不清地说。

温初柠手里拎着洗面奶，磕磕巴巴地说：“啊……我这就出去。”

“你多站会儿我也不介意。”

陈一澜右手拿着牙刷，手臂的线条修长有力，他一转身，她看到他劲瘦的身躯，腹肌线条有型，肩颈线条流畅，只有腰间围着白色的浴巾，腰线性感。

温初柠几乎是落荒而逃。

陈一澜笑了她一声，继续洗漱。

温初柠跑回房间，刚才那一幕却在脑海里挥之不去。

温初柠伸手摸了摸脸，手背冰凉，脸颊滚烫。

陈一澜洗漱出来，房间里关着门窗，只有中央暖气发出的轻微气流声。

温初柠趴在床上看着自己手机备忘录上的计划，一边看，一边查地图，没注意浴室的门打开了。

“看什么呢？”

低沉好听的声音从耳边传来，温初柠一回头，就看到陈一澜站在了她的床边，手里拎着一块白色的毛巾，短发还没干透，有那么几绺乱乱的。

他已经穿了一件白色的短袖，将毛巾扔在一旁的椅背上，弯腰往她的手机上看了一眼：“想去哪儿？大理？丽江？”

温初柠抿抿唇，脸上还有些温热。

陈一澜却弯着腰看着她备忘录上记的地方，然后说：“玉龙雪山吧。”

“别的地方呢？”

“有点赶，”他说，“跟你在丽江多待几天好了。”

温初柠没有意见。

他去哪儿，她就去哪儿。

温初柠从床上坐起来，陈一澜没让开。

二人的视线相撞，温初柠抬头看他，还能看到他T恤领口下性感的脖颈和锁骨。

“看你这状态，还能不能出门？”陈一澜看着她，“要是不舒服就不去，我在这里陪你不也一样？”

“不一样，”温初柠拒绝，“好不容易出来一次，在房间闷着多没意思。”

“行，”陈一澜依她，“就去丽江吧，你这身板，别折腾去大理了。”

“好。”温初柠同意了。

到昆明的第二天，温初柠和陈一澜买了票，去丽江。

走前她给钟颜颜发了信息，后来也看到了舒可蓓发来的消息，她这才放心。

她跟在陈一澜身后别有一种安全感，他左手拎着她的行李箱，怕她走丢了似的，右手拉着她。

出门前，他还仔细给她系好了围巾，戴好了外套后面的帽子。

温初柠什么都不用担心。

他们买的是动车票，一路从打车到车站，安检进了候车厅。温初柠搓搓手，陈一澜拉着她去吃早餐。

温初柠跟在他身后，有一种很隐秘的私奔感。

两人就近解决了早餐，距离上车还有十几分钟，陈一澜去旁边的便利店随手给她买了一瓶荔枝气泡水和一支葡萄奶糖。

“怎么还有糖？”温初柠伸手接过来，顺手放进了自己的口袋里。

“这不是给你补充一点快乐嘛，”陈一澜说，“昨天的糖吃掉了。”

温初柠都不记得了。

动车要坐两个多小时才能到地方，两人的座位挨着，温初柠的位置靠窗。

窗外的景色很怡人，温初柠靠着陈一澜的肩膀小眯了一会儿，还是手机振动把她唤醒的。

温初柠低头看，是舒可蓓发的消息。

贝贝：【大概有戏了。】

贝贝：【你们好好玩！等我回去跟你打电话说。】

温初柠回了几个问号，舒可蓓只给她发了一串兴奋的表情包。

温初柠笑了一声。

陈一澜听到动静，低头看她。

温初柠的睫毛动了动，嘴角噙着一点笑，正对着手机屏幕回什么。

正要跟她说话呢，他的手机上也弹出来几条消息——

sun：【爸爸问你件事。】

CYL：【滚。】

sun：【我认真的，我喊你爸爸行不行？】

CYL：【说。】

sun：【你说，队里谈恋爱，会被处分吗？】

CYL：【你可能会死。】

sun：【？】

CYL：【你们队里就两个人。】

sun：【我谢谢你提醒我啊。】

陈一澜轻笑一声，收起了手机。

快到站时，温初柠从手机上订了一家民宿，在玉龙雪山不远处。二人打着车过来，折腾一路，到地儿就下午了。

民宿是个复式公寓，一楼有投影仪，房间里的暖气充足，温初柠随便找了部片子。

房间里暗，外面亮着一点灯，隐约能看到外面朦胧的雪山线。

片子有点老，温初柠看得有些心不在焉。

"想什么呢？"陈一澜坐在她身边，一眼就看出来她心里藏着话。

温初柠自从今天收到舒可蓓的消息后，心里一直雨后春笋似的冒出来各种乱七八糟的念头。

温初柠摸了一瓶饮料插上吸管，尽可能若无其事一点地说："陈一澜，问你件事儿啊。"

"你问。"

"我有个朋友……"

话音才落，陈一澜转头看她，挑了挑眉，似乎等她的后半句。

温初柠本来好不容易酝酿好的情绪，突然就虚了起来。

她挺了挺坐姿，说："我有个朋友让我问问你啊，就是运动员在役真的不能谈恋爱吗？"

"偷摸谈没人管。"

"那偷摸谈能行吗？"

"你还挺热心。"

温初柠翻了个白眼。

"你哪个朋友想问的？"

"你不认识！"

"是吗？"

陈一澜往沙发后背上一靠，随意地坐着，偏头看向她，轮廓又深又立体。那一双桃花眼就这么看着她，让她心里莫名更虚了。

好像被他抓包了。

“问你你就回答，看我干吗？”温初柠清了清嗓子，让自己的注意力放在投影上。

结果才这么说完，陈一澜伸手拿遥控器摁了一下。

画面暂停住了。

温初柠不得不看向他。

“看起来我得跟这位小朋友好好谈谈啊。”

陈一澜把遥控器放在沙发上，语气颇有点严肃。

“谈什么？”温初柠心里还挺虚的，不太敢正眼看他。

陈一澜伸手，右手两指捏着她的下巴，把她脸转回来。

“我可以偷摸谈个恋爱，但对你不公平，一是我训练没有时间陪你，恋爱里做的事情我不能跟你做，今年和明年我有四场比赛，训练期很久，大部分时间不在淮川。”

陈一澜头一次用这样认真的样子跟她说话。

温初柠直直地看着他的眼睛，陈一澜也坦然地看着她。

“第二呢？”温初柠问了一句。

“我不想跟你搞什么见不得人的地下恋，”陈一澜说，“藏着掖着，对你不公平，我也舍不得。”

“还有最后一点，你应该知道，”陈一澜继续慢慢说，“游泳运动员只能在二十六岁前出最佳成绩，当然是越早越好。我在国家队，不止为自己而游，这是我的责任，我会尽力把它做到最好。

“所以要开始，我会好好开始，等我两年。”

他放在心上的小姑娘，不能与她这样开始一段最重要的关系。

要认认真真地开始。

他现在因为职业的关系，没办法跟她开始一段恋爱关系，他甚至都没有办法出现在她的身边，对于她来说，很不公平。

温初柠直愣愣的，好半天没反应过来。

——是因为最后这句舍不得，还有话里话外对她的珍视。

温初柠呆呆地看着他。

陈一澜捏了捏她的脸：“两年很快。”

温初柠眼眶一酸。

陈一澜松开她，眉心舒展，重新按了继续，然后闲闲补了一句：“你那位朋友知道了吗？”

“知道了！”温初柠脸颊一烫，忽然觉得很羞耻。

陈一澜笑了她一声：“跟我还是有话直说，藏着掖着，你那点小心思，还能瞒得过我？”

“是哦，你好厉害。”

“你先看，我去洗漱了。”

说完，陈一澜把一个抱枕扔给她。

温初柠接住，盘着腿坐在沙发上，怀里搂着那个靠背，心里后知后觉放起了烟花。

他一定知道！

温初柠嘴角上扬，心底泛起了一阵阵雀跃。

陈一澜作息很规律，晚上九点多就要睡觉。

他洗完澡，拉开门，结果看到温初柠站在门口。

浴室里的水汽弥漫着，有淡淡的清爽薄荷味道。

陈一澜穿着深色的睡衣，短发湿漉漉的，一张线条流畅拓然的面旁，下巴和脖颈上还有些水珠，很荷尔蒙，很性感。

温初柠抬起视线看他，很郑重地问："你不能谈恋爱，那我能抱你一下吗？"

陈一澜随手把毛巾搭在左肩上，张开双臂，嘴角弯着："我说不能你就不抱了？"

温初柠扑过去抱了他一下，睡衣薄，被水汽浸得有些潮湿，他身上的清浅气息好像被放大，在她的鼻尖萦绕着。

温初柠用脸蹭了一下他的胸口，就这么短短的几秒，她的呼吸里充盈着那专属于他的清冽气息，甚至还能够听得到他剧烈有力的心跳。

在一下一下地撞击着她的耳膜。

"陈一澜，你好好比赛，我能等你的。"

温初柠微微抬起头看他。

陈一澜低下视线，温初柠一张小脸素净清秀，一双杏目很干净，认认真真看着他。

有这么一秒，他有想过亲下去的后果是什么。

没什么比这句"我能等你"更戳中他心口的柔软了。

"就两年。"温初柠又补了一句。

"没良心。"陈一澜笑了，揉了一把她的头发，"去洗澡，早点休息，明天上午去玉龙雪山。"

"知道了！"

温初柠应着，心情都要飞起来了。她就知道，她没有喜欢错人。

她的陈一澜，是有责任心的，是要永远发光发热的，是被她用心喜欢的陈一澜。

十几年的默契，有很多话，不用说出口就能被他细心地察觉到。

温初柠睡觉的时候还挺乖，加上睡前吃了感冒药，躺下没多久就睡着了。

陈一澜却没什么睡意。他偏了偏头，见温初柠睡着了，样子挺安静，他就这样看着她。

在她扑过来的那一瞬间，在她说等他的那一刹那，说没心思是假的。

可在参加奥运会前，他不能有这些心思。那是对她不负责，也是对队里不负责。

如果没有什么意外，他是要参加两年后的奥运会。

是一定。

陈一澜其实有时候觉得这个目标很远，很艰难，可因为与她的承诺，总让他觉得再难都可以为之努力一把。

陈一澜翻了个身，看着温初柠的脸。

他撑起身，想到她仰着头看他的时候。

她的呼吸均匀。

陈一澜凑过去，素来沉稳的心跳乱了那么一瞬——

怕她醒来。

他很轻很快地吻了一下她的嘴角。

只是相碰了一秒。

陈一澜在心里许下了一个承诺。

不能让她白白等待两年，这两年对她已经很苦了。

陈一澜看着她的睡颜，低无声地笑："挺想早点让你光明正大跟在我身边的。

"再等等吧。"

在一起是一件多美好多郑重的事，他得拿到金牌，跟她认认真真表个白，认认真真地得到她的答案。

要是不明不白地开始，对她不公平。

金牌和温初柠，是他的承诺。

温初柠第一次发现自己的身体素质这么弱。

去玉龙雪山时先坐了索道，十分钟，海拔升高一千米，温初柠在索道上就出现了一些高原反应，整个人都蔫了。

陈一澜坐在她身边，攥着她的手，有点担心。

温初柠有气无力地回了一句："来都来了。"

他们这趟缆车上正好有个导游带团，年轻的导游说段子似的讲玉龙雪山的故事。

温初柠头昏脑涨，陈一澜提前给她拿了氧气瓶。

缆车在升高，今天玉龙雪山有一层雾，下面雾蒙蒙的，什么都看不清楚。

温初柠靠在他肩膀上，越过窗子看着下面连绵不绝的白色。

呼吸罩上蒙着一层浅浅的白雾，陈一澜帮温初柠拿着，温初柠看着他，眨了眨眼睛。

"是不是特像老太太？"温初柠有点虚弱地问。

"那还是个挺好看的老太太。"陈一澜问她，"好受点没？"

"好多了。"

温初柠扁扁嘴，出门前陈一澜给她准备了高反药，温初柠还挺自信，死活不肯吃，结果坐上索道没一会儿就开始头晕恶心。陈一澜把药带上了，她吃了缓了一会儿才勉强好受一些。

每逢在这种时候，温初柠都觉得，幸好陈一澜在身边。

索道只有十几分钟，温初柠枕在他肩膀上，看着他的侧脸。

陈一澜好像有所察觉，也低下视线看她。

温初柠觉得太不浪漫了——

自己一边吸着氧气，一边看他。

连绵不绝的玉龙雪山恢弘大气，一片白茫茫的，真正站在上面的观景点的时候，才觉得自己很渺小，白雾下沉，一切都看不清楚。

这些岩石有几千年的历史了，覆着的皑皑白雪经久不融。

温初柠费劲地拿着氧气瓶，这一瓶氧气都快耗尽了。

她转头看着陈一澜。

今天的天气不算好，有些阴，雾蒙蒙的，只有远处有一缕乍破的天光。

温初柠总自诩是个唯物主义者，可是在看到那缕光的时候，听到后面有游客在欢呼，她下意识地想到了陈一澜的名字。

长路漫漫，我永远都希望尽头是你。

温初柠从口袋里拿出手机想拍照，陈一澜伸出手接过她的手机。

“拍景还是拍人？”他有些好笑地问。

温初柠往他身边凑了凑，陈一澜轻笑一声。

温初柠裹着厚厚的外套，围巾遮住了半张脸，在他举起手机的那一瞬间，她鼓起了勇气放下了氧气瓶。

冷冽的空气让氧气更加稀薄，她的小脸发白，还是竭力地挤出了一丝笑容。

陈一澜按下了拍照键。

这是他们的第三张合照。

她深深地吸了一口气，想更凑近陈一澜。

陈一澜以为她要说什么，下意识地弯下腰凑过去。

空气越来越稀薄，天空中还飘起了细细的雪花。

温初柠呼出的空气变成了一层薄雾，绕在他的鼻息间。她其实特想放肆一下，视线落在他的唇上，但她连踮脚的力气都没了。

陈一澜拉起了她的右手，重新把氧气瓶递给她。

因为温初柠的高反，两人没待太久，下去的时候也是坐的缆车。

这回缆车上只有他们两个人，隔着一张小桌子面对面。

温初柠的脸色煞白。

陈一澜向前倾身，抬手摸了摸她的脸。

回民宿的时候，老板看温初柠脸色不好，建议陈一澜带温初柠去不远处的诊所打一针。

“我没事，我睡一觉就好了……”温初柠也不知道自己的高反这么严重。

“走。”

陈一澜没跟她废话，直接将她抱起来，问了民宿老板具体的位置，直接带她过去。

温初柠浑身发软，穿着厚厚的外套靠在他怀里，说没有自责也是假的。

诊所不大，一个老医生给温初柠测了血氧，输了液。

温初柠乖乖坐在椅子上，陈一澜让医生给她吸了氧。

已经快傍晚了，陈一澜就这么守在她身边。

快输完液的时候，温初柠终于有了点精神，转头看着陈一澜。

这附近没什么店铺，陈一澜给她买了瓶果汁，还不知道从哪儿买了一盒葡萄，洗了洗，就这么守在她身边。

温初柠抬起视线时，陈一澜给她剥了一小盒葡萄。

“给我吃的吗？”温初柠声音有点小。

陈一澜插上牙签推过去：“给一个还挺会逞强的小姑娘吃的。”

温初柠扁扁嘴，用没输液的右手拿起来吃。

葡萄酸甜，压下了她胸口的那股恶心。

陈一澜就这么看着她。

温初柠笑了。

她现在左手输液，鼻子上插着氧气管，整个人活脱脱一林黛玉。

“我觉得，我好像还挺离不开你。”温初柠有气无力地说。

“十几年了，请问温初柠同学是才发现吗？”陈一澜把插着吸管的果汁递过去，“那我也发现我还挺喜欢你离不开我的。”

温初柠咬着吸管有点脸红。

“你现在清醒点没？”

“好多了。”温初柠有点心虚。

“行，”陈一澜往后倚了倚，“不用急着现在留下点什么回忆。”

“以后还会有很多时间，看你把自己折腾成这样，是真的挺心疼的。”

温初柠有点不好意思：“可是都不知道下次什么时候再见你了。”

她的吸管发出了“咕噜”一声，果汁喝完了，陈一澜伸手接过来放在桌子上。

“春训之后我有一场比赛，比赛后会休息三五天。”陈一澜说，“到时候提前跟你说。”

“我是不是……还挺任性的，”温初柠低着视线，用牙签戳着剥好的葡萄，“让你放不下心？”

陈一澜说：“我知道你能照顾好自己，我挺担心我回不去，你一个人擦眼泪，多心疼。”

温初柠吸了吸鼻子，不说话。

大学这三年两人见得很少，异地是个既甜又涩的词。

所有的见面的日子都很短暂，翻来覆去，在他不在身边的日子，只剩想念难挨。

她难过的时候，他不在身边。

下雨的时候，他也没法为她撑起一把伞。

可他在哪儿，她的心就在哪儿，她永远都在原地等着他。

她的爱会翻山越岭，将满腔的喜欢藏在他的身边。

他一定知道。

“你好好比赛，早点拿到金牌，我等你！”温初柠像说什么豪情壮志似的，眼睛晶亮坚定，“我不让你担心，你好好比赛，我很坚强的。”

陈一澜笑了：“知道了。”

陈一澜有时候觉得温初柠还像小时候一样，偶尔会哭鼻子，间歇性有点丧气，但是唯独对他的感情，好像从来都没有变过。

一直，都很坚定。

她需要他，他也喜欢被她需要。

第十七章

我多幸运，有一个我们

温初柠自打从云南回来后，忙了不少，一是预备考研，一是准备实习。

林芝把她推荐给了高林国际，让她准备面试，说高林国际的面试有三道程序。

一周后，温初柠接到了高林国际的电话，要她去面试初试。

公司很大，在淮川的金融中心，象牙白的地板，很简洁商务气息，到处是职业装的白领。

温初柠第一个面试。她进去后，三个面试官最中间的那个是谢宴霖，高林国际的副总裁。

温初柠看到他时诧异了一下，但还是收起了表情，按部就班地回复面试官的问题。

中规中矩的问题，全程英文作答，从开始到结束只花了半个小时。

温初柠从面试间出来，包里的手机振动，她拿出来看了看，是几通来自陈一澜的未接来电。

她才想回过去，结果身后有人叫她。

是谢宴霖从面试间出来了。

“送你一程？”

“不用的，”温初柠在心里掂量了一下，思考自己该像以前一样叫他谢老师，还是谢总，“我自己回去就行。”

“倒不是特意送你，是准备回学校一趟，我东西落在了办公室了。走吧，我车就在外面。”

谢宴霖有在学校挂名荣誉教师，有时候会上一节文学课。

温初柠在心里思考了几秒，觉得这样再拒绝不太好。

尤其是谢宴霖还是她刚刚的面试官。

谢宴霖的车子就停在公司外面，一辆黑色的迈巴赫。

“上车。”

谢宴霖开了车锁。

温初柠自觉坐在后面。

他车上放了点青柠味的香薰，在空气中散开，很好闻，但似乎味道太浓了些。

“你面试不错，”谢宴霖说，“听林老师提起过你几次。”

“谢谢。”

谢宴霖问了几句她以后的打算，温初柠照常回答了，最后谢宴霖就在女寝门口把她放下来的。

“谢谢谢总了。”温初柠拎着包下来，对他礼貌道谢。

“没事，还是喊谢老师顺口点，谢总，都把我喊老了。”他温和地笑了笑，重新倒车离开。

温初柠客气笑笑，转身走了两步，脚踝隐隐作痛。

她平时就不穿高跟鞋，今天因为面试穿了正装和高跟鞋，一穿磨脚。她走了两步，总觉得好像有人在看她，一抬头——

看到了站在梧桐木下的身影。

身姿优越颀长，让人挪不开目光。

黑色的运动短裤，白色的 T 恤，外面一件浅蓝白色的条纹休闲衬衫。

手臂的线条劲瘦，在阳光下非常白皙，隐约还能看到小臂上的肌肉纹路，浅显而性感。

“陈一澜。”

冷不丁看到他，像梦一样。

温初柠拎着包快步走过去，脚踝刺痛。

陈一澜朝她走过来，眼神里藏着一点漆黑，他扬扬下巴，问道：“那人谁？”

语调莫名有点危险。

“是面试官，也是我们专业的荣誉老师，顺路送我回来。”温初柠看到他的时候，眼睛都亮了，“你怎么回来了呀？”

“这不是想给你个惊喜。”陈一澜的视线在她身上扫了一圈，黑色的修身半裙，白色的雪纺衬衫，垂顺感很好，温婉动人，小腿的线条匀称，薄薄一层淡妆，唇红齿白的。

被他这么看着，温初柠有点不好意思。

温初柠脸颊温热：“我上去换身衣服。”

“你等会儿。”

陈一澜拉住了她的手腕，让她坐在旁边的长椅上。

温初柠不明所以，老老实实等着，这里有垂下的柳枝晃动，周围都是走走停停的学生，初夏的天气很好。

陈一澜没多久就回来了，手里拎着一个袋子。他在她面前弯下腰，一手握住她的脚踝。

“疼……”

冷不丁碰到了伤口，温初柠感觉一下一下跳着痛。

陈一澜放轻了动作，把她的高跟鞋脱下来。

温初柠有点不好意思，毕竟是在校园里，人来人往。

陈一澜却不太在意，用碘伏给她消了毒，看见磨红了一小块，怕她疼，动作很轻，还吹了吹。

棉签拂过脚踝敏感的肌肤，伤口有一点点痛，还痒痒的。

温初柠低头看着陈一澜，能看到他脖颈后的线条，微微突兀的一点后颈骨，线条也是分明的性感。

他低着头，她只能看到他脸颊侧侧影。

好像在那么一瞬间，回到了很多年前。

在那个人来人往的地铁站，陈一澜拉着她的手吹了吹。

这回，他买到了一个卡通的创可贴，贴在了她被高跟鞋磨红的踝骨上。

温初柠忽然没来由地脸红心跳——

因为又几个月不见，少年好像已经不是少年的样子，身材更加劲瘦结实了一些，脸颊的线条轮廓更立体，眉宇之间多了些成熟感。

他身上仍旧是淡淡的青柠的味道，混合着一点浅浅的薄荷和罗勒味，凑过来的时候，一手撑在她身侧的长椅扶手上。

性感清冽的荷尔蒙中，有一种，有点危险的侵略感。

“你干吗……”

“我有点不太放心，”陈一澜慢慢地说，“怕你给别人惦记上了。”

“哪有！”

温初柠推开他，觉得他这语调有点不太正经，慢条斯理的，暗藏一股占有欲。

“你心虚了？”

“谁心虚？”

哪里是心虚，分明是他更让她挪不开视线了，看一眼，心脏就剧烈地跳动，爱意在苏醒，连眼神都藏不住。

陈一澜轻笑一声，伸手捏住她的下巴，非得要看她。

温初柠觉得鼻尖都在冒汗。

她深吸一口气，抬起视线看他，他的轮廓更深，五官也更立体，鼻梁优越得不像话，眼型好看，薄而深的双眼皮，阳光下浅茶褐色的瞳眸，目光中，好像浸着绯色的清风与一个赤裸裸的她。

温初柠的一点理智在一点点地、不被察觉地溃散。

“陈一澜，”温初柠慢慢说，“你终于又回来了。”

那两张合照，她都翻来覆去看了好多遍了。这样活生生的他，又出现在了她的面前。

陈一澜笑了：“快去换身衣服，带你去吃饭。”

“知道了！”

温初柠要站起来，陈一澜又一次拉住她手腕。

“又怎么了？”

“还挺好看。”陈一澜看着她，视线落在她腰上，“很好，我很有危机感。”

温初柠抽回手，诡异地觉得这话有那么一丝丝的不正经。

她慢吞吞拎着包去换衣服。

陈一澜坐在椅子上，视线落在她的背影上。

她的长发又长了些，柔顺的黑发及胸下，裙子勾勒出腰线，雪纺衬衫的垂顺感好，温婉又动人。

他在看到她从那车上下来的时候，有那么一点不爽。

但也好在她看到他的时候，眼底的惊喜藏不住。

还真是他放在心底的女孩。

温初柠回了宿舍，心脏在胸腔里激烈跳动，那种怦然心动又开始在心底泛滥着。

温初柠几次调整呼吸，感觉手腕上好像还残留着那温度，还有紧实的触感，还有那被她想念了很多次的青柠味道。

温初柠拉开衣柜，换了一条舒适的裙子，穿了一双平底运动鞋，匆匆忙忙跑下去。

陈一澜还在原地等着她，陈一澜看她这火急火燎的样子，弯唇笑了。

温初柠在他面前停下脚步："我拉一下你的手过分吗？"

陈一澜把手递给她。

温初柠笑了，攥住他的手，紧紧地攥着，掩耳盗铃似的补了一句："先说好，到你学校就松开。"

"行。"

"我可没跟你谈恋爱。"

"行。"

"两年后我再考虑一下要不要答应你。"

"行。"

一些没点明的东西，就像一层遮掩不住的薄纱。

温初柠紧紧地拉着陈一澜的手走在他身边，有点不太好意思看他，手心上的触感好像被放大，被他这样攥着手，总觉得连风都好温柔。

温初柠忍不住想笑，好像仅仅牵一下手，等待的日子里的愁绪都烟消云散了。

淮川外国语大学很漂亮，道路两旁的绿化做得好，夏风拂面，春心浮动，草长莺飞。

谢宴霖拿了落在办公室里的文件夹回去，冷不丁看到前面两人。

温初柠换了一条浅绿色的连衣裙，杏色的吊带在肩膀上系了结，配了一双白色的平底运动鞋。

青春又活力。

脸上也带着明晃晃的笑容。

谢宴霖细细一想，头一回见温初柠，是在燕京，隆冬季节，她在楼下打电话，脸上也带着像现在这样的笑容。

谢宴霖甚至清晰地想起来那时候温初柠在燕京的英语竞赛上的演讲题目，体育竞技，奥林匹克精神，举的例子都精确到秒上。

他那会儿还疑惑，一小姑娘怎么讲这样的题目呢?

那会儿她说："总有些人，为了理想在翻山越岭，将满腔爱意藏在身旁。"

而她身边这位——

谢宴霖平时也看体育节目，他认得这张面孔，是现在国家游泳队的实力队员，陈一澜。

肩宽腿长，身材极佳，比赛时专注，成绩稳定发挥，为人低调。

谢宴霖是怎么记住这个名字的呢?

他今年已经近三十岁了，常常跟几个朋友在家里小聚，几个大男人看体育频道，常猜冠军是谁。

好几个好友都押陈一澜，他当时不太信，因为在混合泳第二个泳式陈一澜落后别人半个身位。

结果到后面自由泳，陈一澜全程保持加速冲刺。

陈一澜还真拿了几次冠军，他也就记住了这个名字。

眼下，好像有些不用问的东西有了答案。

温初柠紧紧地牵着陈一澜的手，二十岁的小姑娘，喜欢根本就不用掩饰，爱意漫漫。

总有些人，在为理想拼搏，而也有些人，悄悄把最热烈的喜欢藏在他的身边。

这样的等待，难挨，却是她最热烈、最真挚的无声告白。

陈一澜带温初柠去他们食堂吃饭。而窗外，耿爱国跟姜平走过去，两人要回办公室。

下一次赛事在今年秋天了。这次的赛事成绩在一定的程度上决定了下次奥运国内预选赛的参加队员。S 省队里在国家队的游泳运动员就有八九个，估计到时候选一选，他们这儿只能有三四人参加预选赛。

前一阵子高原训练后，运动员们参加了一次小型比赛，队里多少有点情绪问题。

耿爱国头疼，准备去食堂，冷不丁一抬头看，看见了窗边的两人。

陈一澜旁边那个小姑娘，他是见过的。

耿爱国头更疼了，注意队里的风气，还得注意运动员的情绪问题。

得了。

他在太阳底下站了几分钟，算了，去一楼大食堂打包了带回办公室吃吧。

温初柠学校的暑假放得早，五月考试了几天，交了几篇论文，一个学期就差不多结束了。

陈一澜的下次比赛在九月底十月初，这个暑假他不回临江了。

温初柠等着考试成绩出来，就在宿舍里准备考研的事情。

也正是在这个时候，温初柠接到了一个有些意想不到的号码的来电。

是温绍辉。

温初柠犹豫了好一会儿，因为这些年里，温绍辉很少会联系她，保持在一年三四通电话的联系频率上。

这时候温绍辉打电话过来，温初柠觉得有些出乎预料，但还是接了。

是温绍辉到淮川出差来了，想和她吃饭。

温初柠想了想，还是答应了。

温绍辉定了一家离她学校不远的火锅店。

温初柠过去的时候，温绍辉已经到了。

他好像没什么变化，像个普通的小资中年男人，看着有些亲切，只是有点疲倦，像很多爸爸那样。

温初柠经常看到他发朋友圈，以前明明朋友圈干干净净的，结果这两年，总是发点风景，发点过往，发点人生感叹。

他看上去颓废而又不如意，酒过三巡后，叙说了许多后悔话。

恰巧此时陈一澜给温初柠电话，温初柠叫了代驾，准备将温绍辉送回家。

陈一澜赶来时，温绍辉迷迷糊糊睁开眼睛，脸上有些酒后红："陈一澜……"

"是我，叔叔好。"陈一澜扶着他，少年的身躯结实修长，这时候见面很是尴尬。

"嘿，陈一澜……我还记得，你们小时候天天在一块儿玩，"温绍辉说话都不太利索了，"你、你小时候游泳很厉害……"

温绍辉伸手扶着车，费劲地腾出一只手指着温初柠："你对我女儿好点……别像小时候似的……"

"不会的，叔叔，你上车吧。"

陈一澜拉开了后车座的门。

"这是我女儿……"温绍辉口齿不清，"你好好对她……"

陈一澜和代驾小哥把温绍辉扶进去，温绍辉上车就睡着了。

陈一澜穿了一件短袖，胳膊上被抓红了，温初柠伸手拉起了他的胳膊看了看，多少有些心疼。

陈一澜垂手，顺势攥住了温初柠的手腕："走，带你出去走走。"

老实说，陈一澜也不知道带她去哪里，但是看着她好像情绪不太好，这姑娘总爱把话闷着。

陈一澜拉着她转一圈，碰巧路过一家电影院，干脆拽着她进去。

这个时间，即将播的是一档很狗血的青春爱情电影。

陈一澜随便买了张票。

果不其然，这厅里就他们两个人。

陈一澜给温初柠买了一桶爆米花，三步并两步过来，坐在她身边，还随手把两人椅子之间的扶手抬起来。

陈一澜突然说："我听进去了。"

"什么听进去了？"

温初柠坐在椅子上，抓了一粒爆米花吃。

心情也说不出为什么，怪低落的。

是因为温绍辉的对不起？还是因为温绍辉说的那些话？

总觉得好像发生了点什么，可是温初柠也觉得，大人之间的事情，她根本无法插手解决。

"你爸爸不是说，对你好点？"陈一澜也伸手拿了一粒爆米花。

指尖相触，陈一澜转眸看着温初柠，影厅里光线很暗，陈一澜的五官深刻立体，眼型本来就很好看，眼底还噙着点笑："听着，还挺像负责的意思。"

温初柠翻了个白眼。

电影开始，狗血档的狗血青春电影，电影的男女主角十年爱情长跑，从校园到社会，穷苦的男主角致力于给女主角更好的未来。

不过女主角一直等着男主角"给她更好的生活"。

结果与女主角门当户对的有钱男二号出现，两人惨淡收场。

温初柠吃着爆米花，转头看了陈一澜一眼。

影影绰绰的光，温初柠这会儿心情稍稍好了一点。

因为她后知后觉地反应过来——在她因为温绍辉心情不好的时候，什么安慰的话都显得有些苍白，陈一澜只用着他的方式来哄她——陪在她身边。

"陈一澜。"温初柠叫了他一声。

影厅里只有他们两个人。

"嗯？"陈一澜又伸手，拿了一粒爆米花，听她好一会儿没说话，他转头过去。

"你是不是也这么狗血，觉得以后得给我更好的生活？"她莫名其妙问了一句。

"我其实还挺不想你这样想的，"温初柠慢慢说，"我也会努力的，我不想单方面让你给我更好的生活，这是你的职业生涯，你要好好对待它，我会在这里等你的，就像你来找我一样。"

陈一澜愣了愣，似乎没想到温初柠这么说。

他的视线落在温初柠脸上，她眼神坚定、认真，一如很多年前一样。

"我想来想去，"陈一澜看着她的眼睛，"就能给你说一句话。"

"什么呀？"

"你等我比完赛，我对你负责。"

温初柠一愣。

"我认真的。"

陈一澜说着，腾出一只手来拿起她的手，贴在了自己的左胸口。

薄薄的T恤下，是他炙热的体温，还有她掌心下剧烈的心跳，一下又一下，清晰而隆重。

“听见没？”陈一澜攥着她的手腕，语调低沉，明明灭灭的光打在他的侧脸上，“这是不是叫其心可鉴？”

温初柠脸颊发烫，想抽回手。

影厅里的光亮起来了，电影结束了。结束的画面上，映出一段话。

还有一道低醇好听的女声在唱着片尾曲——

“这世界有那么多人，多幸运，我有个我们……”

陈一澜攥着温初柠的手腕，眼底有碎光，那点不正经一丝丝褪去了，变成了一种，她可以感受到的坚定。

“晚风中闪过，几帧从前啊，远光中走来，你一身清朗……”

温初柠抱着爆米花桶，眼眶发酸，但还是慢慢笑了。

陈一澜说：“笑一个。”

温初柠笑了笑。

陈一澜捏起她的脸颊，低声补一句：“听见了没？”

“听见了。”温初柠小声答应。

“这世界有那么个人，活在我飞扬的青春。”

最后一句歌词结束，大屏幕空白了。

陈一澜拉起了温初柠的手，说：“走了。”

“好。”

温初柠跟着陈一澜出去，手里的爆米花没吃完，也没舍得扔掉。

他俩顺着马路走回去。

淮川的夜景真的很漂亮，欧式建筑亮着暖盈盈的光，雄伟宏大。粼粼江水静静地映着世间万物。人来人往，时间一晃而过就是很多年。

温初柠抱着爆米花跟在他身后，就这么想到，很多年前陈一澜带她来淮川。

距离他们许诺一起到淮川，已经有五年了。

陈一澜拉着温初柠的手腕对她说，两年后对她负责。

身旁那么多人，多幸运，我有个我们。

两人走在路上已经有点晚了，偏偏这种时候，是淮川夜景最美丽的时候。

某个国际大饭店的门口，有一对情侣在拍婚纱照。

女孩子穿了一条白色的丝质吊带长裙，及腰的长发，头上戴着头纱。她身边的男人拉着她的手。

两人在车流中相视而笑。

温初柠正好被陈一澜拉着走过去，她回头看着那对拍婚纱照的情侣。

电影中的男女主角分开，现实中的情侣仍然长相厮守。

温初柠抬起视线看着陈一澜的背影，心想，快二十年了，他还在她身边。

温初柠轻轻地攥着陈一澜的掌心，陈一澜好像有所察觉，更紧地攥住了她的手。

她抬起头来看他，陈一澜还挺若无其事。

温初柠终于笑了，逗他："陈一澜，你脸红了？"

"你看错了。"

"我没看错。"

"想看我脸红，"陈一澜说，"倒不如你直接亲一下看看。"

温初柠抽回自己的手，不让他牵了。

陈一澜不让她如意，攥着就是不松手。

"你还说对我好点。"

"哪句话就对你不好了？"陈一澜气定神闲，"我们温初柠同学，还停留在谈恋爱只牵手的观念上啊？"

温初柠呆住了。

"两年时间你慢慢做好准备呗，"陈一澜放慢脚步，眼神落在她脸上，"你可以等两年后试试看，我是不是只跟你拉个小手？"

"陈一澜！"

这语调，听着就像一大尾巴狼，温初柠的脸颊彻底涨红了。

陈一澜笑得肩膀微微晃动，嘴角上扬，眼神中，有种暗藏的暧昧，却也有着最坦荡、热烈的无畏。

我多幸运，有一个我们。

在这样一个无人的黑夜，你的身影依旧如往常。

第十八章

陈一澜被禁赛

确认了放假的日子，温初柠没急着买票回去。

温初柠晚走两天，一是在这里还能多见见陈一澜，二是复习预备考研。

林芝帮她选了几所学校做参考，温初柠没定下来，因为不知道陈一澜之后是什么打算。反正，他去哪儿她就去哪儿这个决定是定下来了。

六月就要关宿舍，为此宿舍阿姨特意来通知了温初柠。

温初柠买了第二天的车票回临江。

那天陈一澜得训练，在淮川大学的游泳训练馆。

温初柠提前给陈一澜打了个电话，陈一澜让她直接过去。

盛夏的烈阳艳艳，温初柠穿了一条短裤配短袖，直接一路小跑过去，还是出了不少汗。

游泳馆里温度适中。

泳池很大，是很专业标准的 50 米长池。

水里有不少队员在训练，温初柠推开玻璃门，视线寻了一圈，一眼就看到了陈一澜。

陈一澜正坐在起跳台旁边，穿着深蓝色的紧身泳裤，呼吸不太稳当，呼吸的时候，肌肉的线条愈加清晰分明。

他刚从水里出来不久，头发还是湿的，刘海有些长了，都被他捋到后面，额头光洁，更衬得鼻梁线条优越。

只是他的左手拿着冰袋，正在敷着右手腕。

他听见脚步声，回头看了一眼，然后站起身来。耿爱国不在，他跟旁边的人说了："我先走了。"

陈一澜攥着冰袋朝温初柠走过来，身躯的线条硬朗，锁骨与肩颈线拓然，高大，劲瘦，身材比例极好。

满满的荷尔蒙。

温初柠有点不好意思。

陈一澜随手拿了块毛巾擦了擦头发，扬扬下巴，说："我去穿衣服，你在这边等我，这边空调凉快。"

"好。"

温初柠就在旁边的休息区等着，陈一澜拎着包去更衣室了。

她刚坐下，玻璃门又被推开，耿爱国穿了一件白色的 polo 衫，卡其色的长裤，拿着一沓成绩表风尘仆仆地进来。

他扫了一圈，看见一个眼熟的姑娘。

“来等陈一澜啊？”耿爱国擦了擦汗，走到温初柠这儿。

“对，耿教练好。”温初柠是头一次跟耿爱国说话。

耿爱国往更衣室那边看了一眼，似乎确实是有点犹豫。

这队里他带的都是一群正好热血年纪的少年，吃软不吃硬，还得注意他们的情绪问题。

“你知道，一澜他今年年底得参加一场冠军赛吧，预选赛的竞争很激烈，他得过了预选赛，比赛成绩好了，才能拿到奥运预选赛的资格。”

耿爱国犹豫了一会儿，继续说：“所以他的训练，是真的挺忙的。”

温初柠微愣。

“他们游泳运动员，出成绩的，其实二十六七岁就退役了，那种长时间在国家队不出成绩的，有可能提前退役，他们这行，黄金期真的很短。陈一澜今年二十一岁了，是队里的重点苗子，”耿爱国说得很委婉，“我希望陈一澜能把重心放在训练上，你明白吗？虽然我说这话有点多余，你们确实都是成年人了，恋爱自由，但现在来看，不是个好时候。”

耿爱国隐约看到更衣室门口有影影绰绰的影子。

他知道这姑娘跟陈一澜认识都应该好几年了，他觉得说的这番话，应该能算是提醒。

看这个姑娘也是很懂事的样子。

“我知道的，耿教练，我不会耽误他训练的。”温初柠莫名有点脸颊发热。

“行，你们先去吃饭吧。”

耿爱国点点头，拿着成绩单往泳池那边走去。

温初柠看着耿爱国的背影，他说的话，她每一句都听进去了。

陈一澜这个年纪，不能本末倒置。

温初柠短暂地想了想，最近陈一澜在淮川的日子，两人的见面频率确实高了很多。

温初柠失神的时候，陈一澜已经换了衣服出来了。

他头发吹了个半干，空手走到她身边：“走了，去吃饭。”

“哦。”温初柠讷讷应了一声，跟在他身后。

陈一澜今天看起来好像情绪一般的样子，温初柠想着是不是应该跟他说点什么。

“你是不是快回去了？”陈一澜放慢了点脚步，回身过来倒退着走。

今天的阳光很好，从游泳训练馆出来，是一条不算宽的鹅卵石小路，两旁是密密麻麻的灌木和修剪齐整的花丛。

“对，我明天早上的车票。”温初柠抬起视线看着他。

他头发还半潮着，有几绺拂过了眉眼。

两旁的繁花盛开，绿意盈盈。

总觉得在这样的时刻中，他好像比以往更加夺目。

温初柠只是看着他，恍惚地想到，这条小路，他们两个已经走过三年了。

他多了一丝介于成熟与少年之间的稳重，脸部的轮廓也是更为利落。

两人到了食堂，今天食堂的饭菜搭配不错，陈一澜给温初柠端了一小碟她喜欢的清炒虾仁，恰好看到今天有栗子蛋糕，也顺道给她拿了一块。

温初柠在靠窗的位置等着他。

“陈一澜。”

温初柠等他回来的时候，还是决定跟他好好说一说。

“嗯？”

陈一澜低着眸，记得她不太爱吃清炒虾仁里的青豆，正在给她挑着。

温初柠就这么看着他，他眼神专注，阳光从玻璃窗里折进来，落在他的脸上，她清晰地可见他细腻的皮肤，还有浅茶棕色的眸子，澄澈，干净。

“算了。”

说不出口了。

“什么算了？”陈一澜继续挑着青豆，随口问了一句。

温初柠极度纠结。

陈一澜闲闲抬眸，那眼神，好像一眼就能看透她在想什么。

温初柠斟酌了半天语言，不用看他，都能感觉到他视线落在自己脸上，最终憋不出了，干脆地说：“我是想说，你好好训练。反正，你别忘了，我们约定好的，等你拿到金牌我才答应你。”

“你不要为了我影响到你的训练，”温初柠又将语速放缓，“反正我是等你的，我等你。你就这么几年，我们以后还有很多日子……”

说到后面，温初柠都已经不知道自己在说什么了。

慌里慌张，想说的话，怎么都说不对。

陈一澜的筷子顿了下，他似笑非笑地看着她。

温初柠只跟他对视了一秒，就匆匆别开视线，拿起了筷子低头吃饭。

陈一澜给她打开一瓶玉米汁。

“知道了，看你这样子……”陈一澜声音含笑，语气里好像藏着点只有他们两个人才能察觉的暧昧，“我得好好负责。”

温初柠不理他，低头吃自己的。

陈一澜下午还要训练，温初柠就回宿舍收拾行李了。

第二天早上走，温初柠没打算告诉陈一澜，她车票是早上八点多的。

温初柠六点就起来洗漱了。

她出宿舍的时候，是六点半，天刚亮不久，陈一澜站在她宿舍楼下，拎着早饭。

温初柠拖着箱子愣住了：“你怎么过来了？”

“送你过去。”陈一澜把手里的豆浆和三明治递给她，顺道接过了她手里的箱子。

“你怎么知道我这个点……”

“今天早上只有两趟车，相差只有半个小时。”陈一澜睨她一眼，“走了。”

“你今天不训练吗？”温初柠跟在他身后，把豆浆插上吸管。

“九点开始。”陈一澜说。

温初柠抿抿唇。

学校不远处就是地铁站，两人头一回沉默了一路。

陈一澜回头看了温初柠一眼，她今天显然状态有点反常。

结果还是在走到了地铁站门口的时候，陈一澜先停下了脚步。

“你是不是觉得你耽误我训练了？”他站在她面前，直接地问了一句。

温初柠手里拿着三明治，刚刚拆开，闻言，动作顿了下。

确实是的。

“你没有耽误我训练，”陈一澜很直白地说，“是我最近训练不太积极。

“因为下次比赛兼项多，训练压力大，还扭伤了手腕。”

“疼吗？”

温初柠看到了他昨天拿着冰袋敷手腕，她吃饭的时候还特意多留意了一眼，看着好好的。

“不疼，”陈一澜说，“所以，你不要觉得你耽误了我的训练，我一直都知道我要做什么。”

温初柠手里的豆浆温热，早晨的天气有点凉，她吸了吸鼻子，没有说话。

“温初柠，”陈一澜继续说，“你不用胡思乱想，我要做什么，我很清楚，我也知道，你永远都会是我的唯一终点。”

“温初柠，来见你，才是我枯燥的训练里唯一的快乐。”陈一澜说，“所以我很珍惜。”

温初柠忽然有点自责——

自责一路上没跟他说说话，自责昨天晚上早早跟他说了晚安。

其实他都知道的。

这场还没开始的小别扭，就这么悄无声息地平息了。

温初柠心酸，伸出手，攥住了他空闲的右手。

陈一澜笑了笑，帮她拉着箱子等地铁。

早上六点半的地铁上空荡荡的，他们两人并肩坐在一起。

温初柠伸手拉起了陈一澜的右手，给他揉了揉手腕。

陈一澜低头看着她，温初柠今天没来得及扎头发，长发掖在耳后，露出的侧脸恬静白皙。

她的手软软的。

陈一澜最近确实挺浮躁的，秋天的冠军赛，他有主项400米个人混合泳，还有一段团体的4×200米的接力泳的自由泳分段，更是有一项1500米自由泳的兼项。

说不累肯定是假的。

这样日日夜夜地训练，也确实枯燥。

而往往见到她的时候，他也就觉得，茫茫的生活中，总算是有了一点属于他的月亮。

陈一澜任由温初柠揉着他的手腕。

即使前路混沌，跟她走过，才算人间。

温初柠回了临江，周隽阳还在这里住着，但是温初柠回来的时候周隽阳不在家，为了逃避外公外婆的催婚，他跑出去旅游了。

温初柠倒也清静，自己在家学习。

陈一澜虽然忙着训练，两人有了时间，也能打打视频电话。

温绍辉那天在淮川酒醒后，给温初柠发了几条微信，温初柠只是简单回了两句。

结果这回她回来，温绍辉倒是来给她送了几次吃的。

送了一回大闸蟹，送了一回她爱吃的海鲜。

温初柠一个人在家住，温绍辉隔三岔五过来，她觉得有点奇怪，终于有一回没忍住说了一句："爸，你最近有点奇怪。"

"爸不是，上回觉得挺对不起你，好不容易去了一趟淮川，给你添了麻烦不说，还在你跟前丢人了。"温绍辉过来，手里提着一盒看起来就价值不菲的大闸蟹。

温初柠给温绍辉开了门。

温绍辉好像有意去弥补那些缺失的过往，进来之后，还穿着皮鞋和外套就直接走进了厨房："现在还不是吃大闸蟹的时候，但这是我朋友特意寄过来的。小柠你等下尝尝，爸爸也很久没下厨了。"

"爸……"温初柠跟进了厨房里。

温绍辉继续说："大闸蟹还是清蒸了最好吃。"

"爸，你最近怎么了？"温初柠就是反应再迟钝，也觉察出来了。

温绍辉来的时候买了菜，他在水池边洗菜，问道："你还记得吗，你小时候就喜欢吃你们幼儿园的珍珠丸子，爸给你做了好几回……"

"爸，你怎么跟我妈似的？"温初柠站在门口，静默了一会儿，说，"逃避解决不了问题的，你到底怎么了？"

温绍辉默默洗菜，一时间，厨房里只剩下了水流的"哗哗"声。

"爸就是想过来看看你，你别笑话爸爸，"温绍辉背对着她，"爸爸有时候是真的特别想念你小时候的那段日子。"

温初柠不说话，温绍辉也没说话。

在他眼里，他是一个成年人，是一个爸爸，有些成年人的崩溃和苦痛，都不能让孩子知道。

温初柠是他的女儿，也尽管，与她的回忆，在她六岁那年出现了断层。

可过来看看她，就好像还能找到一点还没残缺的东西。

温初柠在厨房里站了一会儿，不见温绍辉说话，就回房间里看书了，但是有点看不进去。

其实这么多年，温绍辉不在身边，她早就习惯了。

她最懵懂、最渴望父爱的时候，温绍辉不在。

甚至在她最敏感的十七岁，温绍辉忘记了她对桃子过敏的事情。

现在又来补偿什么呢？

温初柠已经不太需要了，可她不知道怎么说出口，也就睁一只眼闭一只眼了，好像这只是一种，温绍辉的自我满足。而她对此……她发现，她也没有那么渴望父亲的陪伴了。

温初柠打开了微信，周梦发来了消息。

一条转账，还有一条语音——

“小柠，该吃什么就吃什么，想买什么就买什么，钱不够跟妈妈说，妈妈准备睡了。”

周梦给她转了三万多块钱，她根本就用不完。

温初柠挺想跟周梦说会儿话的，但手指落在键盘上，最后只回道：【好，妈妈晚安。】

温初柠复习了一会儿英语文学，整理了下资料，外面飘来饭香味。

她趴在桌上，陈一澜给她发过来一条微信，他也吃饭了。

窗外天色微暗，月亮早早就出来了。

温初柠给他打字：【你好好吃饭，加油训练。】

CYL：【知道，你也是。】

上面显示正在输入中，温初柠等了一会儿。

CYL：【还挺想你的。】

温初柠笑了：【我也是。】

刚回完消息，门外传来了“砰砰砰”的敲门声。

不对，是近乎粗暴的砸门声。

温初柠吓了一跳，知道温绍辉还在厨房里忙活，她从猫眼里看了看，发现是许燕，她以为许燕是来找温绍辉的，也就开了门。

她一边开门，一边喊道：“爸，许阿姨过来了。”

她对许燕没什么感情，开了门就准备回房间。

结果，许燕拉开门进来，愤怒地看着开门的温初柠。

她的眼眶一下就红了，冲过去拉住了温初柠，一巴掌扇在了温初柠脸上。

温初柠被打蒙了，脸上火辣辣地疼，愣愣地站在原地，捂着脸错愕。

“温初柠，你就像你妈一样，是个贱人！”许燕在屋里扫视了一圈，看到桌上的饭菜，瞬间失去了理智。

“你来发什么疯？”

温绍辉听见了声音，手里还拿着锅铲就冲出来，看到站在客厅里的许燕，冲过去就推搡着她出去：“你给我出去！”

“行啊你，温绍辉，你放着家不要了，是惦记着你亲生女儿是吧？你嘴里还有一句实话吗？”许燕不管不顾了，把手里的包往地上一摔，声音刺耳，“你从前几个月就说你忙工作，隔三岔五跑去淮川，我一打电话问老张，你压根没去找人家，你是跑去淮川见你亲生女儿了对吧？还来给人家做饭，放着温许在家不管。你是不是又勾搭上周梦了？周梦回来了是吧？周梦？周梦——”

许燕发疯似的推开温初柠，在家里来回地走。

温初柠一言不发，温绍辉今晚做了粥，端上来了两碗，就在桌上放着。

温初柠端起了一碗，直接泼在了许燕头上。

“啊——”许燕爆发出了一声尖叫。

温初柠把碗往地上一扔，瓷碗碎了一地：“你来我家发什么疯？你有什么资格喊我妈的名字？还来我家撒泼？”

八宝粥从许燕的脸上滴滴答答淌下来，许燕撕心裂肺地尖叫。

“出去，还是我报警？”温初柠的手都在哆嗦。

“出去。”温绍辉好像也傻了，没料到事情的走向变成这样，他终于缓过来，推着许燕出去。

许燕还在斯底里地尖叫，温绍辉爆发了。

温初柠站在房间里，麻木地看着这两人吵架，心烦意乱，直接拨了报警电话。

“喂，是 110 吗？我这里是市医院家属院，2 号楼，1 单元，501……”

温初柠还没说完，许燕冲上来，抢了温初柠的手机：“你是杀人犯的女儿，你有什么脸报警？”

温初柠的手机没拿稳，被许燕打落出去。

温初柠听见这句话，心里下意识地站在了周梦的那边，强撑着理智，一字一字地说：“行，你说我妈妈是杀人犯是吗？我妈妈要不是杀人犯，我告你诽谤。”

许燕还想扑过来打温初柠，温初柠从小学跆拳道，吃不了亏，她截住了许燕的手。

许燕狼狈得像女鬼，痛得脸色苍白，温初柠早就不是当初的小孩了。

许燕死死地看着温初柠，温初柠只是冷冷地看着她。

有这么一瞬间，许燕想到了周梦。在很久前，她知道温绍辉的妻子是周梦的时候，她去看过一次。

周梦是市医院急诊科里出了名的肤白貌美，家境好，即便知道了许燕的身份，也只是淡淡扫了一眼，说：“请问您有事吗？没有的话我这边还要坐诊。”

压根没把许燕放眼里。

温初柠是周梦的女儿，长相上也随了周梦，漂亮秀气，看着挺好相处，但都有一股韧劲。

温初柠打电话报了警，警察没一会儿就赶到了。

温绍辉不想闹得太难看，只跟警察说是家庭纠纷。

许燕一直在跟警察哭诉，温绍辉并不辩解，温初柠更是一言不发，冷着脸看着她。

家属院里住的都是熟面孔，他们三人站在楼下，身边还有两位民警，周围很快有人围了过来。

温初柠心里憋着一股情绪，她脸皮薄，很不喜欢这样被人围着看。

尤其是许燕一直在颠倒黑白，指着温初柠说："这就是当年勾引我老公的小三的女儿，你们见过这么没大没小的孩子吗？"

"不是你先动的手？"温初柠没忍住，顶了回去。

因为周梦长期不在身边，很多事情温初柠都只能依靠自己，她也是在这时候才发现自己远比想象中理智得多。

温初柠也惊奇地发现，自己并没有什么太大的情绪波动，也没有哭。

许燕哭得更大声了，温初柠听得心烦意乱。

温绍辉沉默不语，任凭许燕在马路上发疯，他从口袋里掏了烟盒，拿出一支点上，背着风点火，一抬头，看着不远处的家属院。

灯火人间。

可一步错，步步错。

许燕哭着过来扑打温绍辉，还大声嚷嚷着："温绍辉，你有本事跟我离婚啊——"

"行啊，离婚就离婚！"温绍辉不耐烦了，把许燕往旁边一推。

许燕不可置信，眼睛死死地盯着温绍辉："你还是不是人？温许已经十五岁了，你跟我说离婚？"

"你想跟我吵是吗？我不想跟你撕破脸。"温绍辉神色平静，"你骗了我十几年，如果不是半年前我看到张岩来找你要钱，我会知道温许是他的孩子吗？"

张岩是许燕的前夫。

许燕呆滞住了："你说什么张岩……"

警察赶忙过来拉人。

温初柠站在一边，觉得有些冷。她看着温绍辉跟许燕争吵，她内心想到的竟然是温许。

温许今年十五岁。永远都是这样，父母之间的问题与矛盾，承担这些苦果的，一定还是孩子。

晚风吹着，温初柠的左脸火辣辣地疼。

汪茹下班回来的时候，看到小区楼下围着不少人，她锁了车子，看了一眼，一眼就看见了温初柠。

“怎么回事，小柠？”

汪茹风尘仆仆地挎着包走过来，在人群里看见了站在警察身边哭哭啼啼的许燕，她眼神一暗：“跟你妈说了吗？”

温初柠摇摇头：“汪阿姨，您先回去吧，应该没什么事。”

“你得跟你妈说啊！这么大事。”汪茹拉着温初柠往旁边走了一步，看见了温初柠脸上的巴掌印。她皮肤白，巴掌印在脸上格外清晰。

“您好，这边还有我们家孩子的事儿吗？没有的话我先带孩子上去了，”汪茹拉着温初柠，往警察那边走过去，没指名道姓地说，“有些人也是不要脸，颠倒黑白多少年了还没够啊？对孩子下这么狠的手，还有脸哭？”

警察也看了温初柠一眼，问温绍辉：“你跟孩子是什么关系？”

“我是她爸爸，让孩子回去吧，我跟你们说。”温绍辉沉默了好久，回头跟温初柠说，“你先上去吧。”

温初柠一秒都不想在这里待了。

汪茹拉着温初柠上楼，直接把温初柠领到了自己家，然后去电视机柜下面找到药膏递给她：“你先涂着。”

“谢谢阿姨。”温初柠接过来，去洗手间对着镜子涂了一层。

她出来时，汪茹在厨房里洗菜，她静默了一会儿，说：“汪阿姨，你是不是知道我妈以前的事情？”

汪茹跟周梦以前不只是大学同学，之后还在同一科室上班。

后来不知道怎么，两人谁都不理谁了。

“我不知道，你妈这人就这样，什么都爱忍着，我叫她缩头乌龟。她跟你爸离婚之后，又一声不吭离职了，明明不是她的错，她一走，不是也被人传成是了？”汪茹一边说，一边洗菜，“现在干脆还跑到国外去了。”

温初柠觉得自己也不太想知道了。

在她最敏感的十几岁的时候，她会怨妈妈，是不是真的因为妈妈总出差，爸爸才跟妈妈离婚？是不是因为她不够好？

后来她也看淡了，渐渐开始理解周梦。

汪茹做了一顿饭，又怕温初柠回去家里没人，让温初柠干脆在她家住。

汪茹家是两室一厅。

这么一来，温初柠只能睡在了陈一澜的卧室。

汪茹还不知道温初柠和陈一澜的那点事，给她收拾了床铺，说道：“你在这里睡吧，我明天早上值早班，你起来自己吃点东西。在这里多住两天也行的，你陈叔叔一直在省队不回来。”

“好。”温初柠点点头。

汪茹从衣柜里给她找了两件陈一澜没穿过的 T 恤和短裤，让她当睡衣。

温初柠还挺不好意思，去洗了个澡穿上。

陈一澜的衣服她穿上太大了，单单是 T 恤，就已经到了大腿上。

温初柠抬眼看了一圈，陈一澜的卧室很简洁，他平时很少回来，东西不多，只有衣柜里挂着不少他的衣服。

床边的相框，她上回来看过了，是当时汪茹和周梦的部门组织春游，她和陈一澜并肩在一起，不知道是谁给他们拍了这么一张照片。

温初柠靠在床头刷了会儿微博。

没几分钟，陈一澜打过来一通视频电话。

温初柠手一抖，差点没拿稳，手指一划，摁了接听。

猝不及防的，她的脸出现在屏幕上。

陈一澜沉默了几秒，问道："你在哪儿呢？"

他这么一问，温初柠脸颊有点发热，不太想让他看到左脸上的巴掌印，将手机稍微往右边挪了一下。

"你这是……"陈一澜看着她后面的墙，"跑我床上睡了？"

他的语调有点上扬，温初柠只觉得脸上的神经都在一跳一跳的："你别乱说，是今天我家有点事……汪阿姨让我过来的。"

客厅里的灯已经熄灭了，温初柠知道汪茹早早就要去医院，特意压低了声音说的。

"你紧张兮兮的干吗？"陈一澜也把手机拿近了些。

温初柠甚至可以清晰地听到陈一澜不稳的呼吸声，起伏绵延，传入耳中，有种莫名叫人脸红的错觉。

"你回宿舍了吗？"温初柠小声问了一句。

"嗯，刚从游泳馆出来，"陈一澜说，"我怎么觉得，我应该回家一趟。"

温初柠惊了，忙说："别，你别回来！"

"我怎么就不能回来了？"陈一澜说，"我有点想念家里的……床。"

温初柠觉得自己不能跟他说了："我要睡了，你也早点睡。"

"行，看在你今晚睡在我床上的份上，"陈一澜轻笑一声，"祝你今晚梦见我。"

温初柠匆忙挂了电话，抬手摸摸自己的脸，很烫手。

她干脆放下手机躺下，闭上眼睛关了灯，结果总觉得陈一澜的气息在她的呼吸间放大，于是又开了灯。

完了。

要失眠了。

温初柠睡着时已是早上四点多了，五点多的时候她听见汪阿姨起来出门上班了。

温初柠摸到手机看了一眼时间，正好五点过三分。

她眯着眼睛打开微信，看到陈一澜在十点多给她发了两条微信消息。

是两条语音消息。

温初柠点开——

"晚安。"

“祝你今晚梦到我。”

他又说了一遍，语调像是含着笑。

温初柠失眠了一夜，五点多才又睡着，再醒来的时候已是下午。

她起来洗漱了一下，隐约听到了楼上有开门关门的声音。

温初柠有点奇怪，这个时间谁能过来？温绍辉没有她家的钥匙，舅舅在旅游还没回来。

温初柠犹豫了一下，先下楼叫了保安大叔和自己一起上去。

上楼的时候，温初柠紧张得不行，生怕陌生人进了她家，保安大爷也拿了根棒球棍走在她前面。

结果一开门，温初柠看到了周梦。

周梦穿了一件轻薄的风衣，里面一条裙子，踩着尖头高跟鞋，头发卷过了，长鬈发。

温初柠乍一看到她，整个人都蒙了，然后回头跟保安大叔说：“叔叔，这是我妈，您先回去吧，谢谢您了。”

“哎，那就行！”

温初柠走进来，身上还穿着昨晚睡觉穿的T恤和短裤，问道：“你怎么回来了？”

周梦在找东西，看见温初柠，快步走过来，伸手摸了摸温初柠的脸：“许燕打的？还疼吗？”

温初柠别过脸：“妈，没事，不疼。你怎么突然回来了？”

“晚点跟你说，正好，我刚才还想跟你打电话，你现在换衣服，跟我出去一下。”

“去哪儿？”

“你先换衣服，等会儿跟你说。”

温初柠还茫然着，但还是乖乖听周梦的话去换了一身衣服。

周隽阳出去旅游的时候没开车，周梦直接开了他的大G，带着温初柠去了一趟派出所，温初柠见到了昨天的民警。

民警看了一眼温初柠：“孩子这不也没事？”

“没事我也要申请做伤情鉴定。”周梦执意要做，“况且你怎么知道我孩子有没有被打出其他问题？”

民警给他们开了伤情鉴定委托书，周梦直接带着温初柠去法医门诊做鉴定。

温初柠脑子很蒙，许燕那一巴掌其实过了一晚上已经好多了，但是许燕的指甲划过了温初柠的脸，留下了一道红印，而且那一巴掌打过来的时候，她毫无防备，不知道把嘴里哪里咬破了。

温初柠被一个女法医检查着。

面部表浅擦伤面积在2平方厘米以上；划伤长度在4厘米以上，口腔黏膜破损，舌损伤。

最后只能判定是人体轻微伤。

周梦脸色不太好看，之后带着温初柠出去，直接去了律师事务所。

温初柠坐在律师的办公室的沙发上，听着周梦跟那位律师说着什么。

她呆呆地看着周梦，好半天，都觉得像做梦一样。

周梦跟律师聊了半小时才拎包起来，温初柠都已经很久没见她了，上车之后一直看着她。

周梦给温初柠买了点消毒棉。

温初柠坐在副驾驶上，周梦撕开包装，用消毒棉给她擦着脸。

“妈。”温初柠终于清醒了点，看着周梦，眼眶有点发酸。

这么多年，温初柠都独立惯了，周梦这个动作，让她有点想哭。

她甚至现在才后知后觉，周梦，好像真的是为她回来的。

“要不是你汪阿姨昨天打电话告诉我，我都不知道，”周梦沉默了几秒，“怎么不跟妈说？”

“你工作忙。”温初柠把眼泪憋了回去。

“工作忙也不能看着你被别人打。你高考的时候妈没回来，是因为我跟的项目正好到最后一步了，脱不开身。”

周梦突然说这些，好像戳中了温初柠某处脆弱的神经。

“小柠，你是不是挺怨妈妈这么多年没在你身边？”周梦没急着开车走，这也是她们母女之间难得的一次对话。

温初柠摇摇头：“不怨，我知道你带着我不容易。”

周梦伸手摸了摸温初柠的头发，温初柠一直是她懂事的女儿，她也正是因为觉得女儿听话懂事，不会想太多，她就可以放心地去忙赚钱，以后能给女儿更好的生活。

单身妈妈是真的很难，要给孩子更好的生活，就没办法陪在孩子身边，要陪在孩子身边，就不能给孩子更好的生活。

周梦开车带温初柠回去的时候，没想到在家门口看到了温绍辉。

曾经的一家三口，在这样的情境下见面，是谁都会尴尬。

周梦拎着包进来，没有关门。

温绍辉犹豫了一下，也跟着进来了，有些无所适从。

他们两个是真的很久没有见过了，周梦还是像以前那样，理智、清醒，也是一如既往的美丽。

“温绍辉，这么多年来，我从未在孩子的面前说过许燕的半句坏话，律师函今天下午会寄到许女士的学校和你们家，里面包括许燕造谣和诽谤的证据复印件，以及小柠的伤情鉴定复印件，这些律师会处理。我希望你以后不管出于什么原因，都别来打扰我和我小柠的生活，”周梦没坐，踩着高跟鞋站在那里，“这是我第一次，也是最后一次跟你这么说。”

温绍辉沉默地站在那里，一夜没睡，脸色也倦怠疲劳。

周梦依旧光鲜亮丽，有这么一瞬间，温绍辉想到了和她刚离婚的那会儿。

周梦并没有跟他争吵，也并没有询问什么。

她只是很平静地说：“既然你跟许燕还有联系，我们离婚，财产分割方面，我会找律师拟定好协议，小柠以后跟着我。”

很理智。

她算逃避吗？没有，她只是快刀斩乱麻，而后生活要继续。

他知道，或许比起逃避，周梦只是过分的理智而已。

“温绍辉，如果你听见了，现在就离开我家。”

温绍辉脑子空白了一瞬，艰难地说：“要不要问问小柠的意见？”

家里只有温初柠在沙发上坐着，她听见这一句沙哑的话，第一反应竟然是温绍辉昨天跟许燕争吵的时候，说了一句“离就离”。

他在说这句话的时候，也没有为温许考虑过吧？对自己，温绍辉也从没有给她选择的机会。

这是他的自私，甚至是虚情假意。

迟来的关切与选择比草都轻贱。

温初柠摇摇头，温绍辉愣愣地看着她。

温初柠抬起头，发现温绍辉一夜老了不少。

温初柠只是觉得，这么多年没有爸爸的日子好像也这么过来了，这几天温绍辉频繁地往这儿跑，她甚至觉得有些无所适从。

那瓶她明明过敏的桃汁；那会儿温许急性阑尾炎住院，她被扔在一个不认识的地方，打不到车；这么多年来的被忽略……

她好像真的已经不太需要了。

“爸，不用了，你以后也不用过来了。”

那天晚上周梦带温初柠出去吃的。

她订了个还挺高端的露天餐厅，叫了一瓶葡萄酒。

她有意把这事翻页，跟温初柠说在国外的事情，说她的项目还在赶进程。

她喝了酒，温初柠不会开车，到后面走的时候，叫了代驾。

周梦跟温初柠坐在那家店门口的长椅上等着，周梦靠在温初柠的肩头，慢慢说：“我女儿是真的长大了。”

温初柠低头看着周梦，周梦安安静静的，只是头靠在她的肩膀上。

车内有些黑，路过某些光亮处，她能看清周梦的脸。

周梦一直保养得很好，但毕竟快五十岁了，眼角下有了些淡淡的细纹。

“妈，你以前就被许燕诽谤过吗？”温初柠静默了一会儿，问道。

周梦闭着眼说：“许燕是温绍辉的第一任妻子，我跟温绍辉自由恋爱结婚，你外公不太同意，许燕也另嫁。后来，许燕说她老公家暴，隔三岔五来我们家找温绍辉，那会儿你还小，许燕造谣，说我跟我们科室的男医生关系暧昧……再后来，医院里来了个重伤的女患者，车祸受伤的，来的时候就已经没救了，我和那个男医生抢救的，许燕说……许燕造谣说那个女人是男医生的女朋友，因为我出了车祸。以前没人信的，我们都报了警，许燕只是被罚了款而已，但是耐不住谣言被传出去……

“再后来，是有一天许燕离了婚来找我，说前不久温绍辉出差，他们见面了，她给我看了一份孕检报告，说孩子是温绍辉的，所以我就跟温绍辉离婚了。”

周梦离婚很果断，甚至也不想知道孩子到底是不是温绍辉的。

许燕一次次来骚扰，一面说丈夫家暴，一面跑来找温绍辉。

为什么不报警呢？来找温绍辉有什么用吗？

周梦只是厌烦温绍辉的态度，也觉得许燕的行为恐怖，为了不牵扯到温初柠，周梦利落地选择了离婚。

离了婚后，终于有了一段安生日子。

温初柠是第一次听到周梦说这些。

她低头，周梦不再说话了，只是闭着眼睛，眼角有些水光。

“小柠，你怨恨妈妈没给你一个完整的家庭吗？”周梦慢慢地说，“妈妈只是不想让你在那样的环境里长大，宁愿让你跟着我……妈妈没有时间陪你，大部分时间都是你舅舅陪着你……”

温初柠攥住了周梦的手，她大概也挺庆幸，周梦做出的选择。

如果让她也在那样畸形的环境里长大，她大概只会走上一条崎岖的路。

“妈，其实你挺厉害的，”温初柠说，“你把我养这么好，还这么会赚钱，还这么漂亮，舅舅一直对我挺好的……”

周梦攥着温初柠的手没放开，温初柠一点都不怨她。

周梦只在家里待了两天就要回项目去了，临走前递给温初柠一张银行卡。

温初柠执意要去送周梦，周梦劝不动，最后只好允许了。

温初柠送周梦去了安检，看着周梦走进去。

周梦教给温初柠的是一种无畏独立、清醒理智。

尽管她很多时间都不在温初柠的身边。

温初柠一直在机场站着，看着大屏幕上周梦的航班显示已起飞。

她往窗户外面看，不知道是哪一架，只看到有一架飞机滑行，起飞。

温初柠站在机场里，只觉得心里有些空荡荡的。

她思考着是从机场里转地铁回家，还是干脆买票去找陈一澜。

按理说今天不该去打扰他，但是温初柠忽然很想见他一面。

正准备打开手机看车票的时候，一通电话打了进来。

还挺心有灵犀，温初柠划到接听上。

“温初柠……”

“机场广播提醒您，飞往燕京的航班……”

“你在哪儿？”

陈一澜刚叫了她的名字，冷不丁听到机场的广播，他语调立马严肃起来。

“我刚在机场送了我妈妈，”温初柠听出了陈一澜语气里的紧张，弯唇笑起来，“刚还想给你打个电话。”

“好，我是想说今天周五了，要不要一起过个周末，”陈一澜轻咳一声，“我能回去。”

“那还是算了，你别乱跑了，我过去吧。”

温初柠知道，陈一澜他们通常没什么周末，只是周末的训练会少一些而已，还是别折腾了。

“行。”陈一澜说，“淮川阴天了，记得带把伞，跟我说下时间，我去接你。”

“知道了。”

温初柠挂了电话，查了查票，买了趟最近的车票。

温初柠直接从机场坐地铁到了高铁站，前后用了不到三个小时到达淮川。

温初柠以为陈一澜在淮川大学的游泳训练馆，结果没看到陈一澜的身影，恰巧耿爱国从办公室出来。

两人又撞上了。

耿爱国轻咳一声：“一澜去医院了。”

“啊？他怎么了？”

“不是他，是他爸爸突然突发高血压性心脏病去医院了，一澜过去有一会儿了。”耿爱国说，“淮川附属医院。”

“好，谢谢耿教练。”温初柠站起来，觉得自己来得有点不是时候。

耿爱国说完，示意自己要继续给队员们指导训练了。

温初柠犹豫一会儿，从地图上查了查，附属医院离淮川大学也不远，地铁一站就到。

淮川附属医院很大，有好几个住院部，温初柠路上跟陈一澜打了电话，出地铁后看到第二住院部，一路小跑过去。

医院是个很容易让人心情失落的地方，大厅里有坐在轮椅上的病患，有在排队缴费的家属，也有坐在椅子上发呆空茫的人。

温初柠乘电梯上去，结果发现16楼是重症监护室。

温初柠脑子有些空白，心脏在胸腔里乱跳，从电梯里出来，陈一澜已经在门口等她了。

陈一澜的神情有些倦累。

温初柠默默坐在他身边，他大概也是刚从泳池里出来没多久，头发还有点乱乱的。他向来是这样，有什么情绪都不太外露，不太爱让人担心。

陈一澜其实远比她更坚强，他从很小就离开家，跟着耿爱国去陌生的城市练游泳。

但也越是这样的时刻，温初柠越是心疼他。

她伸出手，拉住了陈一澜的手腕，两只手把他的手捧在手心里，轻声说道：“我陪你呢。”

“知道。”陈一澜反手回握住温初柠的手。

陈一澜和她坐在一起，等着汪茹过来。

期间陈一澜有回病房看了看，陈建平躺在病床上有些呼吸困难，手指上和胸前都贴着监护器。

“爸，你要喝水吗？”

陈一澜平日里很少见到陈建平，他训练多，陈建平回来得也少，两人一年都不一定能见到一两次。

他上回见陈建平，还是不太愉快的，陈建平是个性格有些火暴的中年男人，汪茹也是说不了三句话就开始唠叨的主。

陈一澜的童年里，陈建平并不算个和蔼的父亲，他从小开始接触游泳，启蒙人正是严厉的陈建平。

那个记忆里脾气火暴的中年男人就这么躺在病床上，鼻下吸着氧，神色难得有了些倦意。

“不喝，你要是训练，就快点回去训练。”陈建平摆摆手，“ICU 有医生看着呢。”

“教练跟我说，你好几天没睡好了。”

“我自己的身体我知道。”陈建平固执，一直摆手，赶着让陈一澜回去训练。

陈一澜去给他倒了杯水放在床头柜上。

“我说了你也不听，”陈一澜说，“你照顾好自己，才能带好队员。你以前也告诉过我，身体才是本钱。”

陈建平冷不丁这么被儿子“教育”，神色略有尴尬，伸手端过水喝了一口。

ICU 有探视时间和人员要求，医生进来让他先出去，让病人休息一会儿。

陈一澜回头看了一眼，才跟着医生关门出去。陈一澜顺势拉住了她的手。

温初柠抿抿唇，脸颊微热。视线还是没忍住落在他的脸上，好像怎么看都让她挪不开视线。

电梯打开，温初柠下意识地看了一眼，出来的人是汪茹，下意识地将手抽了出来。

汪茹匆匆赶到，只交代了一句，就朝着病房那边走过去。

陈一澜看汪茹进去了，又重新拉起了温初柠的手，带着她往电梯走。

温初柠想抽出手，陈一澜没松开——

不对，他微微松了松，干脆跟她十指相扣。

现在已是八月，陈一澜九月有比赛，训练紧张。

从医院出来，已是下午五点多了，陈一澜又带温初柠去淮川大学的专门的食堂吃晚饭。

吃完饭后，温初柠要回一趟淮川外国语大学，陈一澜直接去了训练馆，临分别前，陈一澜让温初柠等会儿直接过来找他，温初柠答应下来。

这个时候淮川外国语大学的校园有点空，温初柠去了一趟图书馆，选了两本书借走，付款买了个环保布包。

结果临走的时候，碰上了来还书的谢宴霖。

“真巧。”谢宴霖在自助扫码机上扫条形码还书，“放假没回去？”

“回了，今天过来找朋友的。”温初柠单肩挎着包，对他礼貌笑了笑。

谢宴霖“哦”一声，也猜到了她说的这朋友是谁。

“那，谢老师，我先走了。”

“行。”谢宴霖点点头，目送着温初柠出去。冷不丁看到这个小姑娘，他心情还不错。

温初柠又一路跑回淮川大学，快八点多了，淮川大学的校园依旧灯火通明，有不少在校园里夜跑的女生。

温初柠路过一个球场，回头看了一眼，青春活力的男生投中一个三分球，场外有女生在观看。

男生从球场上走下来，女生递过去一瓶水，应该是他女朋友。

这画面，好像跟很多年前的一幕重合。

那年她坐在临江一中的操场边，陈一澜朝她走过来。

温初柠的脚步只停了几秒，就往训练馆那边跑去。

这时候游泳训练馆里还亮着灯，一楼是泳池，二楼是力量训练区。

一楼的泳池里只有一道身影，在水里一遍遍地游着，温初柠看了几秒，发现是张文博。

见陈一澜在二楼，她小跑上去，二楼就是一个健身房的力量区。

温初柠走到拐弯处时，脚步停下来，一瞬间不知道自己该上还是该下。

二楼只有陈一澜一人。灰色的软地砖，陈一澜正在瑜伽垫上做卷腹。

他只穿了一条黑色的运动短裤，腿长，能看到腿部并不夸张的肌肉线条。他赤裸着上半身，腰腹的核心力量稳而有力，腹肌与鲨鱼线分明，每一处的线条和肌肉都极具荷尔蒙气息。

卷腹用力时，他的呼吸起伏，隐约还能看到手臂上流畅的青色血管。

灯光明亮，他出了一层薄汗，肌肤白皙细腻，蒙着一层淡淡的水渍。汗珠顺着他的额角流下来，额上的短发潮湿了几绺。隔得不算远，温初柠甚至看到那汗珠流淌下来，滑过他挺而硬的下颚，最后滴落在地板上，碎成一片浅浅的水痕。

温初柠站在楼梯拐角，有种想逃跑的冲动。结果陈一澜一抬头，还是看见了她。

温初柠的脚像灌了铅，走也不是，留也不是。

陈一澜站起来，有种侵略性的冽然。他漫不经心地笑了一下，嘴角上扬，神情有些浅浅的倦意，是一种直抵灵魂深处的勾人。

他随手收起了瑜伽垫，拿了自己的衣服套上：“等我五分钟，我去洗个澡。”

“好……”温初柠已经呆在原地了。

二楼有更衣区，陈一澜径直走进去，随意冲了个澡。

大概是这里太静谧了，温初柠甚至听到了“哗啦啦”的水声。

她站在台阶上，重重地呼出一口气，后知后觉自己的心脏跳得剧烈，脸颊和眼神都在发烫，她伸出手用手背贴了贴脸颊，几次调整呼吸。

只有短短的五分钟，陈一澜就出来了。但是这五分钟里，温初柠有思考自己到底要不要买票回家。

这个想法才冒出来，陈一澜就拎着包出来了。

很简单的白 T 恤配了一条黑色短裤，短发永远都是有点乱的样子。

他也懒得吹头发，说：“走了，回去睡觉了。”

说话要不要这么有歧义啊！温初柠在心里暗暗骂了他一句。

她跟着他下楼时，一楼的张文博还在游着，陈一澜过去跟他说了句话。温初柠听不清，只看到陈一澜笑了，然后朝着她走过来。

温初柠就这么飞快地看了看售票软件，最后一趟回临江的车就在半个小时后。

——她已经没机会了。

温初柠路上走得很慢，故意磨蹭了会儿时间，结果陈一澜误以为温初柠想吃夜宵。

“饿了？”

“不饿。”

“你想喝奶茶？”

“不想。”

“那你磨叽什么？”

温初柠眼神一飘：“你睡觉这么早吗？”

“今天训练结束早，十点就睡。”

“好。”

陈一澜走在她旁边，活动了一下胳膊。他们宿舍楼不远，因为淮川大学的运动特招就这么几十个人，不是在省队就是在国家队，宿舍的环境很好。

陈一澜带着她过去，宿舍按区分的，一区六个房间，地上铺着地毯，踩在上面安安静静的。

陈一澜拿钥匙开门，普通的单人间，自带洗漱间。他走在前面，把包放下，随手拉开衣柜，拿出来一件洗过的白 T 恤和棉质短裤。

温初柠一句话都没说，默默放下包，低头接过来衣服，心脏跳得不由她控制了。

陈一澜要补上学期漏下的功课，他随意拉开椅子坐下，说：“浴巾是我今早刚从阳台收回来的。”

“知道了。”温初柠闪身进了浴室。

浴室不算大，洗漱台上放着他的东西，尚且算是整洁，都是他用过的沐浴露和洗发水，温初柠拿起来闻了闻，有种熟悉的淡淡的青柠的味道。

温初柠关好门洗漱，然后伸手从架子上拿下了浴巾，浴巾上好像还残留着阳光的味道。她随便擦了擦头发，把头发包起来，弯腰拿起陈一澜的T恤，穿上之后，温初柠猛然反应过来一件事——就这么穿着T恤睡觉了？

温初柠呆滞在镜子前，脸颊莫名涨红，但是她转念想到了在燕京的时候，那会儿她睡在左边，他睡在右边。

那不也是相安无事的一夜吗？今天晚上怎么回事？

温初柠攥着T恤，很快找到了答案——

都是因为她今天晚上在训练馆看到的画面。

那会儿在燕京，好歹是懵懵懂懂纯洁无瑕的十七岁。

温初柠羞耻得不行，只能在浴室里磨叽，磨磨蹭蹭吹头发，吹完之后慢吞吞出去。

陈一澜还坐在桌前，长腿微曲，桌上摊着几本书，面前摆着电脑。

朦朦胧胧的光影下，少年挺拓恣意的身影充斥着一种清冽而干爽的荷尔蒙。

温初柠闭了闭眼，麻溜地跑过去，先滚到床上，占据了一侧。

这张床比那会儿在燕京的小多了，但是好在她瘦，挤一挤也不是不行。

“你什么时候睡？”温初柠迅速拉过被子。

“写完这个作业，半小时。”陈一澜拿着笔低头写东西。

“好。”温初柠干脆摸出了手机，靠在床头刷视频。

这回，是陈一澜沉默了。他确实有点心猿意马了。

他侧头看了一眼，温初柠靠坐在床上，把被子拉上去，长发披在两侧，白皙的小脸上因为洗过澡有点绯红，她捧着手机看，露出的手臂纤细，嫩生白皙。

他深深吸了一口气，抬手把空调调低了一度，然后继续复习这个本来也不急着复习的国际贸易课。

温初柠打开微博的编辑框，盯着空白的页面，这是只有她自己发悄悄话的微博小号。

往下翻翻，她其实发得不太频繁，也就是一个月两三条的频率。

温初柠抬眸，正好看到陈一澜的侧影。她慢慢打开了相机，偷偷拍了一张他的背影。少年的脊背仍然如画，只能看到微偏的侧颜。

温初柠加了一颗小爱心。

——今天的CYL也很让人心动。

温初柠发完这条微博就把手机放下，拉下被子躺下。

一会儿，陈一澜写完了，去了浴室。

温初柠闭着眼，浴室里传来了“哗啦啦”的水声。

有这么热吗？温初柠一点都没睡意。

又过了五分钟，陈一澜回来了，温初柠把眼睛睁开一条小缝偷看。

床的另一侧动荡了一下，陈一澜跟她挨着。床很小，他一个人占了一大半。

温初柠的心脏“怦怦怦”地跳，连呼吸都小心翼翼的，可是，她却清晰地嗅到那种潮湿的青柠味道，在她的鼻腔间交缠，好像顺着呼吸，一下进了心底。

温初柠的鼻尖有点出汗。

陈一澜关上了房间的灯，深色的窗帘也拉上了，校园外的路灯亮着，偶尔还能听到有男生走过大声说话的声音。

温初柠默默动了一下。她的手规规矩矩地放在身体两侧，跟陈一澜的手背相触，坚实，温热。

陈一澜的呼吸就在离她很的地方，清浅，性感。

温初柠闭了闭眼睛，又睁开。

就这么想到，那天她睡在陈一澜的卧室里，呼吸间是浓浓的他的气息。

那天，她确实做了一个关于他的梦。

梦里的陈一澜一直看着她，目光深邃而清澈，好看的桃花眼微弯，有点散漫，却也有种浓似墨的缱绻。

又撩，又诱惑。

这个梦硬生生把她惊醒，导致她那一整夜都睡得不太安稳。

“陈一澜，”温初柠吸了口气，“我睡不着了。”

“你睡不着还怪我，嗯？”他闭着眼睛，声音有点浅浅的疲倦，低而沉。

温初柠觉得后背上都在隐隐发麻，她干脆翻了个身，将脸朝着他。

房间里的光很暗，勾勒着他优越的五官，温初柠在黑暗里大胆地看着他。

几秒之后，陈一澜转过脸来了，黑曜石一样的眸子，映着碎光。

“还打算把睡不着赖在我身上了？”陈一澜压低声音，“需不需要我给你提供个哄睡服务？”

大概是因为离得太近，她甚至能够感觉到他呼吸间的温热软软拂过她的耳畔。

“是我让你睡不着了，嗯？”

“陈一澜。”

“嗯？”

“嗯个头！”温初柠干脆往旁边挪了挪，“你不要对我，散发你的，荷尔蒙。”

陈一澜被她逗笑了，低笑一声。

“温初柠，”陈一澜慢悠悠地说，“我是个信守承诺的人。”

“跟信守承诺有什么关系？”温初柠努力闭上眼睛。

“我说了等两年就是等两年，这不正好让你做好心理准备，”陈一澜又补一句，“不是停留在跟你拉个小手的恋爱关系。”

温初柠干脆更往边上挪了。

“过来点，快掉下去了。”陈一澜把人拽回来。

多亏了房间里是黑的，她的脸一定红透了。

晚来的雨终于下了起来，起初是小小的雨珠，后面大雨倾盆，砸在窗户玻璃上“噼里啪啦”的。

温初柠躺在床上，轻轻转头看向窗户的方向，听着外面大雨瓢泼，她往他那边挨了挨。

陈一澜的手扣住她的手，温初柠的嘴角微微上扬。

“温初柠，”陈一澜的声音在黑夜里有些懒洋洋的，像是藏着一点笑意，“你就这么喜欢我？”

“有意见吗？”温初柠小声说。

“没意见，”陈一澜攥着她的手，轻轻扣住，“反正，我也不会让我家温初柠的喜欢打水漂。”

城市大雨倾盆，滚烫的心动在夜里悄然沸腾。

藏在紧扣的掌心中，藏在舍不得睡着的每一分秒中。

温初柠在这儿待了个周末后才回去。这回陈一澜没送她，他们的比赛越来越近了，温初柠自觉没有太打扰他。

回去的时候，周隽阳已经回来了，瞧见温初柠，眼皮一掀：“几天没回来了？”

“两天。”温初柠脸一红，面不改色地坦白，“你放心，很符合社会主义核心价值观。”

周隽阳轻笑一声，笑而不语。

温初柠躲回了房间里。

周隽阳在门口问她：“再过一个学期你大四了，什么打算？”

“去高林实习呢，我们老师给我写了推荐信，去高林国际做会议翻译，不过我还打算考研。”

“考研学校选好没？”

“没。”

“你得早点选啊。”

“我知道，”温初柠坐在桌前，“还想等等看陈一澜去哪儿。”

“行，知道了。”

周隽阳其实是提早回来的，周梦给他打过电话，隐晦地说了这几天发生的事，他旅游还没结束就回来了。

周梦担心影响到温初柠的情绪，哪知道周隽阳这一看，人家心情好像也没被影响。

主要原因应该是跑去找了陈一澜吧。

这会儿人都成年了，二十出头的年纪，确实不耽误学习。

周隽阳觉得自己想叮嘱两句“注意安全”，又觉得有点多余了，还是什么都没说。

温初柠坐在房间里，看着收藏柜里面放着的玩偶和两枚金牌，还有墙上贴着的那张纸，那张纸已经有些泛黄了，是她在高二那年贴上的。

上面板板正正地写着，淮川外国语大学。

温初柠看着这张纸，就不自觉笑了笑，好像想到了当初那段为理想、为他努力的日子。

陈一澜在九月中跟省队参加了一次游泳冠军赛，这种大型赛事，成绩会纳入平时的记录表。

这回，耿爱国给他报了他的主项，400 米个人混合泳，还有一场 4×200 米混合泳接力的自由泳分段，以及一场1500 米自由泳。

压力确实很大，陈一澜几乎每天都泡在泳池和训练馆。

尤其是这段接力，混合泳接力的顺序是仰泳、蛙泳、蝶泳、自由泳。陈一澜在最后的一段，从某些方面来说，他这一段至关重要。

因为记着放在心里的目标，陈一澜训练的时候比平日里更努力。

队里气氛也紧张，安东情绪倦怠，耿爱国开导效果甚微；唐子甄成绩不上不下，面临提前退役的窘境；张文博刻苦训练；原定接力蛙泳是上回奥运银牌老将李东伟，耿爱国不忍让他失望，在原有的项目基础上，给他多备注了一个接力蛙泳预备。

陈一澜的比赛日是九月末尾，在一个中西部城市。

温初柠已经开学了，陈一澜是要跟队里走，车票是下午的，所以两人一起吃了顿饭，这半年温初柠的课不少，饭后就得麻溜去图书馆补论文。

陈一澜坐她对面，给她盛了碗鱼汤："明年奥运了，再等我一年。"

"知道。"

这一年温初柠心里也有预料，陈一澜要去外面训练，等待的日子很难挨，但想想再一年就能守得云开见月明了。

分别那天，下了一场绵绵的小雨，天空阴沉沉的。

温初柠坐在大教室里，听着台上的老师在讲某本现代文学小说，举例子的时候，问同学们有没有看过文德林 德拉安南的《怦然心动》，老师说了这本书的英文名字，Flipped。

温初柠在听到这个单词的时候，鼻子莫名一酸。

她想到了那年临江一中运动会前的那一天，少年坐在她的身旁，午后的风吹起窗帘，他的五官轮廓立体又好看。

她在纸上写下 flipped，怦然心动，与 CYL，然后藏进了自己的存钱罐。

关于这个单词，温初柠只能想到他——陈一澜。

老师给他们放了一段视频，让坐在窗边的同学们拉上窗帘。

温初柠站起来，却看到外面的天一片灰蒙，细细的雨丝落在窗户上，像在无形里把所有的思念放大。

两人的联系少了很多。

她仍然关注体育新闻，9月比赛那天，她坐在宿舍的床上，戴着耳机看比赛。

陈一澜有三个项目，镜头切过去，陈一澜从幕后走出来，穿着黑色的卫衣与黑色的长裤，身形挺括而结实，他抬手脱下衣物放在盒子里，在岸边做热身动作。

赛场上的陈一澜，永远都是最夺目的。

他身姿矫捷，打水的动作稳健而有力。

第一天的 400 米个人混合泳，他不负众望地拿下了冠军。

第二天的团队接力混合泳中，S 省队的仰泳和蛙泳速度与其他几个队伍持平，当时新闻导播的重点放在了安东身上——

“本次团队混合泳接力的第三棒是S省队大将安东，安东的实力不容小觑，年纪轻轻就多次破过记录，本次 S 省队有望摘金。”

主持人的话音落，观众台上不少人都在欢呼着安东的名字。但安东入水速度慢了，入水后，他的速度落后了旁边两道半个身位。

耿爱国在后面看，心下着急：“坏了……”

姜平不出声，他们教练组都在观众席上，眼看着 200 米的距离，安东游到一半之后速度明显变慢。

“安东是不是腿抽筋了？”姜平的声调平稳却低沉，“他几天没下水练了？”

耿爱国没接话，这段日子安东的情绪焦躁，因为这一年的训练压力大，比赛密度高，能坚持下来实属不易。

当时耿爱国只是找安东说了几次，毕竟都是二十多岁的小伙子，心里分得清轻重缓急，况且安东的天赋极高，所以耿爱国也没硬逼着他去训练。

结果现在，真是应了那句老话。

一天不下水自己知道，三天不下水，是个教练都能看出来。

泳池里八个赛道，安东结束后，S 省队从稳居第一名，变成了第六名。

“只能看陈一澜了。”姜平的眼神盯着泳池。

果不其然，安东上岸后，右腿不太敢着地，耿爱国站起来，眼睛一直看着泳池，心里很担心，当时安排着前三段只要能保持住第一，陈一澜的第四段多少能缓缓，他明天还有一个 1500 米，能为此节省点体力。

结果现在，接力所有的压力全都扣在了陈一澜身上。

陈一澜等安东触壁后迅速入水，他没有保留体力，全程都在尽力向前冲刺。

因为他知道这次的成绩不只是记入成绩表而已，还决定了他能不能参与到奥运的预选赛资格里。

“刚刚因为安东的失误 S 省队已经落后了，目前是第六名，最后一棒是陈一澜，主攻 400 米个人混合泳的实力冲刺型选手……陈一澜压力非常大，因为他旁边赛道上的是 Z 省主攻短距离自由泳的专业选手，很好，陈一澜的速度还在加快……”

耿爱国攥着栏杆，当了教练这么多年，仍然有这样激动到掌心出汗的时刻。

“陈一澜的抗压能力比安东好多了，”姜平说，“也省心。游泳这行，除了拼天赋，还要拼平时的训练，安东这样不行。”

“陈一澜是比赛型选手，他从小到大，大大小小的比赛都参加过，”耿爱国的眼睛盯着泳池，眼看着陈一澜把成绩从第六名拉回了第二名，并与第一名的距离越来越小。

陈一澜第一个抵达终点。

耿爱国终于松了口气：“我就没看错他。”

“这次咱们队里能推举上去的，张文博，陈一澜，李东伟。”姜平看着泳池边，4×200 接力结束，运动员从水里出来去休息区，“张文博或许能定主项短距离蛙泳了，他成绩提得很快，陈一澜还是 400 米个人混，但是陈一澜这个不好说，李东伟今年肯定也要参与，而且……”

耿爱国等着姜平继续说。

“李东伟可能是最后一届参与了，他今年已经二十六岁了，没什么意外这次应该会退役，上回拿了银牌，我看了看他这次的成绩，进步不大，但是他跟陈一澜的项目冲突，一起都推荐上去。陈一澜倒是也占好处，因为年纪小，不过谁知道呢，体育局那些人，有时候更愿意选老将。”

温初柠大四了。淮川外国语大学在四月就在准备毕业典礼了。

这会儿温初柠顺利进入了高林国际做了实习的会议翻译，平日的工作不算太忙，主要是跟在项目部那边，而项目部的领导是谢宴霖。她的工作频率是一周去两次会议，负责跟对方的合作人对接会议记录。

好在加班的频率不太高，温初柠下了班可以准备考研的事情。

四月，陈一澜在燕京集训。温初柠没问他，但是看到了张文博的朋友圈，知道五月他们也要回来，领学位证。

温初柠还挺高兴。

四月见到陈一澜那回，他依旧恣意，身影颀长。

当时张文博还有点聒噪：“一澜哥进步特别快！我们教练说，一澜哥肯定能行！我们队里一澜哥是实力最强的！”

“你也不差，”陈一澜笑着跟张文博说，“你也行啊，咱们队里蛙泳之王了。”

张文博嘿嘿笑，一溜烟跑了：“我去吃饭了，一澜哥！”

“去吧！”

终于只剩下他俩了。

温初柠站在陈一澜面前，陈一澜笑笑，对她伸开手。

温初柠扑过去，稳稳当当扑进他怀里。很熟悉的气息，结实的胸膛，有力而清晰的心跳声。

是陈一澜，温初柠伸手抱住他。

“下个月就是预选赛了。”陈一澜揽住她说，“再等我几天。”

“我等你的！”温初柠的声音闷在他怀里，“你是不是明天就得走呀？”

“对，这趟只回来拿学位证。”

“好。”温初柠点点头。

这天他们队在外吃饭。吃饭的地方定在了烧烤店，听说是李东伟的教练选的地方，挨着水库，环境不错。

李东伟的教练是个矮胖的中年男人，叫何军，笑呵呵地说这店好，是他一兄弟开的。

耿爱国惦念着要比赛，这群孩子的身体重要，让他们少吃点。

“你们耿教练真是的，天天吃食堂，也不怕这群孩子吃腻了。”

“小心使得万年船嘛。”耿爱国挠挠头。

露天的店，支了好几桌，烟火味道。

陈一澜这一桌就几个人，还有耿爱国和何军，温初柠坐在陈一澜身边埋头吃饭，尽可能降低自己的存在感。

张文博在隔壁桌吃，非得要给唐子甄展示一下生菜包肉。

唐子甄大声道：“你怎么包的，还挺好吃，配方给我，不然你完了！”

“你别挠我痒痒，哈哈哈……我告诉你还不行吗？”

“快说！”

那边嬉笑哈哈，张文博给安东和唐子甄展示自己的生菜大法。

别的教练的队员各自一桌，气氛都不错。

“一澜，你是你们耿教练的重点学生，”何军难得喝了点酒，不免感叹，“哎，时间真快啊，我想着当年我带李东伟的时候，李东伟也是你这么大，哦不对，可能比你大一岁，李东伟头一次参加奥运什么时候来着……二十二！今年都要二十六了，快退役了。”

陈一澜只是客气地笑，何军亲自给他烤了几串羊肉递过去。

“一澜啊，你得好好比！给你耿教练争口气，到时候你耿教练也有奖金拿！”何军说话都带着酒味。

“行了，老何，你少喝点吧！”耿爱国拿过了何军的酒杯，跟陈一澜示意这人喝了酒就管不住嘴。

陈一澜吃得不太多，主要念着明天就走了，想多跟温初柠待一会儿。

所以才吃没多久，陈一澜就打算走了，恰好看到耿爱国的眼神，说：“那，我们先走了。”

“行，回去注意安全，别忘了咱们七点多就走。”耿爱国叮嘱了一下。

“知道了。”

这地方还算是热闹，开着各种各样的店，温初柠并肩跟陈一澜走在路上，她一下莫名就想起来以前他俩走在那个小镇的晚上。

温初柠主动地拉住陈一澜的手，陈一澜也扣住她的掌心。

“陈一澜，”温初柠说，“你要注意休息，好好比赛。”

“知道。”

“你比赛别有太大的压力，我等你的。”温初柠又补一句。

“知道。”

“你怎么什么都知道？”

陈一澜笑了一声："我知道你等我，就是觉得……"

"嗯？"

"好像快看到以后了。"

等待的日子，好像终于有了尽头。

温初柠嘴角上扬，牵着他的手走在他身边，乱七八糟跟他说："我等你比赛回来，我们再去一趟雍和宫吧？"

"怎么？"

"不告诉你。"

他一定能拿冠军，她要去那儿还个愿。

"行，哪儿都陪你去。"

温初柠今天没回宿舍，两人有点心照不宣。这天，两人还是睡在陈一澜房间的床上。

只是这次，温初柠惦记着他明早要走，好半天舍不得睡，就趴在旁边，一直看着他。

"以后看的日子还多着呢，"陈一澜合上眼，"等我比完赛，让你好好看。"

"你懂什么，我这是舍不得你。"

"我也是。"陈一澜睁开眼，房间里很黑，只有点微光透过薄薄的窗帘映进来。

他突然翻个身，床不大，两人的距离一下拉近，清淡的呼吸交织。

温初柠有点脸红，赶紧闭上眼："算了，睡吧。"

若有似无撩他一下，还𡒄了。

陈一澜轻笑一声，扣住了她的手。

"晚安。"

"晚安。"

温初柠跟他说完足足有几分钟，心里那点小想法，藤蔓似的在心里勾缠着。

温初柠鼓足了勇气，突然凑近他的脸。

房间里黑黑的，路过一辆车，闪过浅浅的光。

温初柠深呼吸，轻轻地凑过去，很轻很快地亲了他一下，然后赶紧躺下，被他牵着的手一动不敢动，耳尖额头都在发热。

温初柠直到后半夜才有了睡意。她拿起手机看了看时间，凌晨三点钟。

她撑着眼皮点开了微博的小号。

——我也快毕业了，毕业可以许愿吗？

——愿 CYL 功成名就，愿他岁岁平安。

——还想，他能，永远永远，像我喜欢他一样喜欢我。

温初柠放下手机。想到了几年前在雍和宫许下的愿望，她在香火炉前许愿，陈一澜要拿到奥运冠军，她就光明正大地告诉他，她喜欢了他很久很久。

温初柠的毕业典礼在五月。

那天挺惊喜的，舒可蓓来了。

舒可蓓看到温初柠，心疼得不行："哎，你真是瘦了。"

温初柠穿着学士服，接过舒可蓓的花，还转了一圈："哪儿瘦了，我好着呢，最近在忙着实习和考研，天天吃外卖，都胖三斤了。"

舒可蓓看她心情还挺不错的样子，微愣了一下。

温初柠没想太多，拉着舒可蓓在校园里转了一圈。之后舒可蓓没急着走，正好温初柠的宿舍是二人间，钟颜颜实习早就搬出去了，成了温初柠一个人住。

温初柠跟舒可蓓盘着腿坐在床上，结果舒可蓓表情一直欲言又止的。

"你以后什么打算？"

"我啊？就是读研呗，等着陈一澜去哪儿我就去哪儿。"温初柠洗了两个梨，一人一个。

"孙嘉曜今年也参加奥运吧，陈一澜也是。"

"温温，"舒可蓓觉得瞒不住了，她艰难开口，"奥运参赛名单出来了。"

"出了吗？不都是月底才出吗，我还没看呢！"温初柠咬着梨，"你这什么表情？"

"陈一澜……被禁赛了。"舒可蓓闭了闭眼，"我还以为你知道，特意跑来陪着你，是孙嘉曜跟我说的，怕你难受，就前天才出的通知。"

那天之后温初柠没哭没崩溃，也没慌里慌张给陈一澜打电话。

温初柠跟舒可蓓说了一晚上话，大多都是舒可蓓在安慰她。

温初柠后知后觉发现自己真的挺理智，她就问了一句："陈一澜被禁赛了多久？"

"听孙嘉曜说，是禁赛一年，现在泳协那边也不安生，听说这两天耿爱国和姜平都快忙得脚不着地了。"舒可蓓摇摇头，"你什么打算？"

"不知道。"温初柠躺在床上。

宿舍已经熄灯了，温初柠合上眼睛，脑子里面在想，陈一澜现在在哪儿？

温初柠这一晚上没太睡好，她朦朦胧胧梦见很多画面。

梦见她坐在那个老旧的公交车站，又冷又怕，陈一澜一路朝她奔跑而来，然后蹲在她面前，气息微微不稳。看到她，他轻笑着说："别哭啊，我这不是来了？"

淮川到临江，三四百公里，为了来找她，他跑了六公里，还背着她走了那一段长长的路。

——"陈一澜，对不起，让你跑这么远。"

——"那我们以后别走散。"

少年清朗沉稳又让人安心的声音，和着那天清爽静谧的夜风，她伏在他的背上，手搂着他的脖颈。

还有十七岁那年，从体育场里出来，那条遍布鲜花的小路。

盛夏的风，恣意的少年站在光亮处，把手里的金牌递给她。

——“温初柠，我做到了，你也要说话算话。”

又或者，在那个傍晚，他们像小时候那样，坐在那些杨树下的矮墙上，陈一澜给她买了仙女棒。

——我们还有很多很多十七年。

温初柠醒了，睁开眼睛，宿舍里一片黑漆漆的。

她想到十七岁的摩天轮，想到跟陈一澜并肩在楼下吃的生日蛋糕。

陈一澜，重要的不是奥运冠军，是你。

番外

情书（温初柠篇）

温初柠大二那年的某天，学院里做迎新活动，钟颜颜是志愿者，脚不着地忙了好几天，温初柠主动提出想帮忙。

钟颜颜一边洗漱，一边说：“行，那你五点多的时候过来吧，晚上有新生会演，节目都不错，等会儿我们一起去食堂吃饭。”

温初柠说：“知道了。”

她们女生宿舍不远处就是操场，往窗外看还能看到年轻的新学子在布置。

钟颜颜一边换衣服，一边跟温初柠闲聊说今年新生真不错，新生会演节目准备得特别多，某几个学弟长得太正了……

温初柠笑了笑。

“那我走啦，晚点见！”

宿舍里只剩下了温初柠。

九月天，夏末初秋的下午，日光晴朗，她坐在窗边的桌旁往下看，三两走过的学生，有手牵手散步的情侣，还有远处的篮球场。

漂亮的三分球，欢呼声从窗外飘进来，然后有一个穿着白裙的女孩走过去，紧张而害羞地递过去一瓶水。

似曾相识的画面。

温初柠弯唇笑了笑，收回视线继续写论文，搁在一旁的手机屏幕亮起了。

是陈一澜发的微信，跟她说训练结束了，今晚跟队回来。

温初柠估计他在路上，回了个“好”就继续写作业。

倒是陈一澜坐在归程的大巴车上，盯着手机上那个“好”翻来覆去看了好多遍。

大巴车在市中心慢悠悠地行驶，树荫落下斑驳光晕。

陈一澜靠在座位上，觉得大一过得很快，耿爱国几乎把今年能参加的比赛全都给他报了，他全心备赛，放假的日子一只手都数得过来。

大一那年两人几乎没见到，这次回来也只有几天，之后他要回燕京集训。

陈一澜看着手机上那个“好”字，没来由心悸了一下。

温初柠什么时候跟他这么“冷淡”过？

陈一澜翻来覆去点开聊天界面好几次，却不知道从哪一句先说起。

其实温初柠也不是有意，她一边忙着写论文，还惦记着一会儿去帮钟颜颜布置场地，又想着陈一澜舟车劳顿，估计他回来就要休息。

她索性没再回，专心写完了论文后直接去了操场，见几个志愿者忙着今晚的灯光和舞台布置，她搭了把手。

那天的晚餐也是几个学生从食堂和超市打包回来的，就在操场的草坪上铺了几件外套，跟秋末的野餐似的。

温初柠坐在草坪上吃三明治，对面一角仍然有打篮球的男孩子，她多看了一眼，视线却没挪开。

陈一澜在哪里都很耀眼。

干干净净的白 T 恤，黑色的短裤，身高优越，肌肤白皙细腻，锻炼过的身材分外结实挺拔。

大概是心有灵犀，他回过身，撩起了 T 恤的一角擦了擦汗。

天空是湛蓝色的，大片大片的云朵都被镶上了一层金色，璀璨万里。秋末的风送来一缕不易察觉的他的气息。

像极了高二时某天的黄昏。

少年回头，笑意温柔美好。

温初柠咬着三明治，用力地眨了眨眼，好像这才确定不是自己出现了幻觉。

陈一澜将篮球扔回去，朝着她这边走来。

温初柠赶紧站起来，朝他小跑过去。

陈一澜倒好，干脆站在了操场的草坪中央，对她惬意地一张手。

温初柠想停，脚步却不受控，一头扑在了他的怀中。

陈一澜也没客气，轻而易举地揽住了她的腰，声音懒洋洋的："急什么呢你，跑这么快。"

温初柠的脸颊贴在他的胸口，隔着一层薄薄的衣料，滚烫的温度熨过来。闻着他身上浅淡的柑橘味道，清爽干净，她的心跳剧烈，小声地问了一句："你怎么过来了？"

"那不是……"陈一澜一副气定神闲的样子，但是语调却有点酸溜溜的，"你今天对我有点冷淡，我刚回来，就来找你了。"

"你找我干吗……你们不是早上六点多就起来赶车了？"

"你怎么知道？"

"我看到安东和张文博的朋友圈了。"

"你还看他俩朋友圈？"

"那不是你从来都不发吗？"温初柠仰头看他，挺不满地戳戳他，"你不回去睡觉吗？"

"回去睡觉前来见你一面，"陈一澜也没好气瞪她一眼，"明天见。"

"你明天不训练吗？我看你今年好像很忙。"

"不训练。"

"那你要不在宿舍……"

"温初柠。"

陈一澜冷不丁打断她。

“嗯？”温初柠愣愣的。

“是来见你。”陈一澜说，然后微微俯身，视线齐平，与她对视，“我刚回淮川一路跑过来，只是因为是来见你。

“所以，温初柠，开心没？”

陈一澜弯唇笑了，夕阳暮云金光灿烂，他的发丝泛着一层浅浅的棕色，他笑起来的时候让人挪不开视线，他比这漫天晚霞更温和。

暖风吹拂，温初柠更近距离地嗅到熟悉的清冽气息。

“反正我是特想你，也特想来见你，所以我就来了，”陈一澜弯着腰，捏捏她的脸，最后站直身子，在她头发上揉了一把，“明天见。”

后面有人在叫他，应该是游泳队的。

温初柠站在原地，好半天都没有反应过来，陈一澜跑回篮球架那边，弯腰拿起一瓶水，几个男孩子说说笑笑往后走。

是青春的气息，还有少年永不谢幕的黄昏。

温初柠一时都忘记要往哪里走了。

陈一澜拎着一瓶矿泉水，即将离开淮川外国语大学操场的时候，他转过身，将空瓶子扔进了垃圾桶，一抬眸，看到还傻站在原地的温初柠。

距离已经有些远了，温初柠却总有一种直觉，陈一澜好像笑了。

那天的新生会演，温初柠看了一半就回了宿舍。

淮川外国语大学的校园很大，设计感很好，绿化也做得漂亮，在园林回廊那里，常常有些小情侣约会。

那天也不例外，在学校最角落的某个教学楼下摆了好多蜡烛，她偶遇了一场青春的告白，她没有过多打扰，放轻脚步悄悄路过，不太经意的一瞥，那个男孩子拿着一张写好的告白信读。

温初柠听到了寥寥几句。

她一路回了宿舍，洗漱一番抱着电脑上床，将论文发给导师。

钟颜颜还没有回来，房间里很安静，偶尔能听到一些会演的音乐声。

她坐在床上刷着朋友圈，然后看到了万年没什么动态的陈一澜正儿八经发了一条朋友圈，照片上还是四只卡通吉祥物，还有四枚金牌。

“没有见面解决不了的想念。”

温初柠盯着那张照片翻来覆去地看，然后打开电脑的网页。因为陈一澜，她对游泳比赛已经很是熟悉，她下意识地搜索这一年来陈一澜参加的几场比赛。

有大型赛事，也有小型比赛。

她靠坐在床上，陈一澜的镜头其实并不多，大多时候都是几个镜头带过，

站在颁奖台上的时候，少年穿着浅色的运动装，肩宽腿长，一双眸子干干净净。

赛事方的颁奖人员为他戴上金牌，他一手攥着金牌，另一只手拿着比赛的吉祥物，对着镜头挥了挥手。

温初柠看着屏幕上的画面就扬起笑意，也是在这时她的手机振动起来，已经九点半了，外面的音乐也正好戛然而止，会演九点半结束。

温初柠特别意外陈一澜会在这个时间给她打电话，她将电脑收起来，划了接听：“怎么啦？”

“下楼，瞧你晚上没正儿八经吃饭，半夜三更饿了没东西吃。”陈一澜那边有点安静，甚至能听得到风吹树叶发出的沙沙声，“快点儿的，我们宿舍十点门禁，再见一面。”

温初柠乐了，就这么穿着拖鞋下楼。

九月的天是最舒爽的。

新生会演结束了，学生三三两两地回宿舍。

陈一澜就站在她们宿舍楼下的树旁，怀里抱着一大捧风信子——只是那时温初柠什么都不知道，压根没有往花语上想，她甚至一度以为，陈一澜这么晚去花店，大概花店只剩下了风信子。

其实这才是真正意义上送她的第一束花。

象征着暗恋的风信子。

陈一澜手里有不少东西，一大捧明晃晃的浅色风信子，用浅芋紫色的纸包扎着，手里拎着打包的夜宵，还有那一包卡通玩偶，仿佛只有他们两人才知晓的约定。

他站在那里，一抬眸就看到了跑出来的温初柠。

因为优越的身高和出色的外形，总有三两路过的女孩子偷偷看他。

“你这是干什么？”温初柠拉着陈一澜到旁边的长椅坐下。

“不记得了？”

“记得什么？”

温初柠确实好半天没有反应过来。

陈一澜闷笑：“还有两个半小时，是你生日。”

陈一澜总是记得。

陈一澜也一直记得。

“给你的生日礼物也在里面，回去拆，快去睡了，”陈一澜站起来，说，“明天带你去看电影。”

“好，你也是，早点睡，晚安，陈一澜。”

陈一澜是站在楼下等着温初柠上楼的，五分钟后，仿佛早有默契，陈一澜双手插袋站在楼下抬头往上看，温初柠趴在阳台上，对他挥挥手。

陈一澜笑了笑，这才小跑着往回赶——多亏淮川外国语大学和淮川大学离得近。

那天温初柠小心翼翼拆开礼物，是一个很精致的方盒子。打开的时候她其实是有点紧张的，里面是一个小小的熊猫头挂坠，跟多年前的那条类似，不同的是，这次真的镶了几颗真钻。

温初柠把它挂到自己的钥匙上，以前的熊猫头挂链已经有些旧了，但是挂上去又舍不得，于是再收起来，

很平淡、很普通的一天。

温初柠躺在床上却怎么都睡不着。

过了一会儿，钟颜颜回来，见温初柠还醒着，颇有些激动地拉着她看今晚会演的插曲。

原来是今晚有人在会演结束的时候告白了，当事女生暗恋男生，跟他考上了同一所大学后告白。

钟颜颜讲得绘声绘色，最后说得口干舌燥，明天还有课，她匆匆洗漱爬上床要睡觉。

温初柠第二天没课，钟颜颜关了灯，温初柠靠坐在自己的床上，床帘遮挡了黑夜。

温初柠看着手机屏幕。

因为陈一澜训练很忙，还不是田径，他大半天都是泡在水里。

两人根本没什么时间聊天。

她也听孙嘉曜说过，说他们训练要收手机的。

温初柠划着屏幕，翻看着两人的聊天记录。

温初柠平时不太玩手机，手机还是几年前的款，舅舅给她买了新的，但是她还用着这一个——因为上面完整地保留着她和陈一澜的聊天记录。

她从最开始的那一天开始翻。

那是一种很奇妙的感觉，她甚至记得发出每一条消息时的心情。

——你半夜不睡觉在床上滚什么?

——生日狂欢，睡不着。

…………

温初柠弯弯唇，正要收起手机的时候，陈一澜给她发了条消息：【晚安。】

温初柠问：【快十一点了，你怎么还没睡？】

陈一澜发过来一张照片，看起来像是在一个办公室里拍的，桌上堆着好多快递盒和礼物盒。

温初柠：【？】

陈一澜说：【听说有人给游泳队寄礼物了，被张文博拉去看了。】

温初柠把那照片放大看看，光线原因有点模糊。

她问：【有送你的吗？】

他回得倒是快：【没仔细看。】

温初柠：【你怎么不看看？】

他继续秒回：【我是运动员，又不是明星。】

温初柠故意逗他：【万一有女孩子送的呢？】

陈一澜反问：【有你送的吗？没有就算了。】

温初柠脑子里冒出来一个有点大胆的想法。

温初柠跟陈一澜相识很多年，喜欢藏在嘴边，从来都没有正儿八经说出口过。

她想，他一定知道。

她想，陈一澜一定会夺冠。

她也想认认真真地告诉他，她很喜欢他。

温初柠想不到有什么比书信更真诚又贴切的方式。

那年初夏，陈一澜留在淮川大学训练，时间不久，温初柠有空就去淮川大学等他一起吃饭。

陈一澜泡在泳池里。

淮川大学游泳馆很大很专业，四面都是落地玻璃窗，视野极好，明亮宽敞。

温初柠戴着耳机佯装做听力，在教材下面压着一个笔记本。

她一笔一画认真地写着。

陈一澜：

不知道你什么时候才能看到这封迟到的情书呢？

你看到的时候，可能会觉得情书有点老土，但不许笑我。

我写下这封信的时候，正坐在淮川大学的游泳馆里看你游泳。

我想起小时候，你被教练选走那天，我一直在哭，怕以后见不到你，没人陪我一起写作业，没人跟我一起放学回家。小时候觉得分别是个让人难过的词，可你说，陈一澜一定会回到温初柠身边的。

我还想起十七岁，想起那些年意气风发又阳光努力的陈一澜。

会记得我生日、第一个跟我说生日快乐的陈一澜。

那个为了我跑几公里的陈一澜。

我还记得那个公交车站，你出现在我面前时，我忽然觉得我好依赖你，而这些年，我好像只有你可以依赖，也只有你在默默做我的归港。

我也还记得那年你带我去看淮川外国语大学，说陪我一起努力，你拿金牌，我考淮川外国语大学。

陈一澜，这一年我已经考上淮川外国语大学了，我们光明正大在一个城市里，我离你好近。

我喜欢你。

喜欢你在水中自由遨游的身影，意气风发，永远都在努力。

喜欢你站在领奖台上时笑意明亮。

喜欢你站在蔷薇怒放的路上跟我许下约定。

喜欢你从未对我食言，永远信守承诺，永远都给我安全感。

我喜欢你在我难过的时候出现在我家楼下的身影，予我心安，赠我十七岁的心动。

陈一澜，你一定会是冠军，一定可以拿到那枚金牌。

山云作幕，你在黑夜中航行，我想做拥抱你的星。

今宵露水重，愿我的陈一澜永远自由，永远意气风发鲜衣怒马，永远在你热爱的地方不枉努力与坚持。

陈一澜，我喜欢你。

二十六岁的时候，谈恋爱吧？

温初柠写完最后一个字时，将钢笔放回了口袋。

她抬起眸，陈一澜正好游完几圈，攀着红色的泡沫分隔带休息。少年在泳池中央，身影颀长挺括，每一块肌肉都恰到好处。

他伸手将头发捋到后面，额头光洁，鼻梁高挺，他甩甩头发，看到坐在不远处的温初柠，对她吹了一声口哨。

他顺着泳池游过来，像一条惬意的鱼。

肩颈的线条流畅性感，水珠顺着他的下巴滴落。

在温初柠晃神的片刻，他攀着岸边的扶梯，轻而易举上岸。

“干什么呢你？”陈一澜弯腰拿起大毛巾擦了擦头发。

温初柠坐在岸边，心虚紧张地将笔记本塞回双肩包。

“没……”

“走了，吃饭去。”陈一澜拎着大毛巾，用湿漉漉的手揉了她的头发一把，她的刘海瞬间湿了。

“陈一澜！”

陈一澜闷笑一声，拿着包往更衣室走：“得，等会儿给你买可爱多。”

温初柠背着包去场馆门口等他。

午后的夏天好安静，陈一澜在门口吹头发。温初柠站在门口看他，陈一澜个子高，简单的T恤短裤也被他穿得分外出众。

他拿着吹风机拨弄头发，从镜子里偷看身后的温初柠。

温初柠有种被他捉到的窘迫，匆忙挪开视线。

陈一澜低笑。

温初柠那时想。

——陈一澜，我好喜欢你，你要早点拿金牌，然后我就能光明正大跟你牵手拥抱，认真告诉你我真的好喜欢你，我的心里有一场海啸，是因你而起。

后来，陈一澜去燕京封闭训练。

某天的夜晚，他泡在泳池中不知疲倦地一圈圈游，休息的时候看到在岸边的手机，有一条温初柠发过来的未读消息。

那是一条音乐分享链接，是王赫野的《致你》。

游泳馆里只剩下他一个人，他随手按下播放，重新扎进水里。

你的声音，来来往往，穿梭在无人演出的剧场，

若想念是朵凋谢的云，
乘着风也飘向你，
降落在你耳边低语，
像沉默的打字机，
满怀热烈情绪，
写不出会别离，太爱你。